不懂浪漫的男朋友

苏小懒 著

SPM 南方出版传媒、广东人民出版社
·广州·

图书在版编目（CIP）数据

不懂浪漫的男朋友 / 苏小懒著. —广州：广东人民出版社, 2016.9
ISBN 978-7-218-11135-3

Ⅰ. ①不… Ⅱ. ①苏… Ⅲ. ①长篇小说—中国—当代
Ⅳ. ①I247.5

中国版本图书馆CIP数据核字（2016）第186875号

BUDONGLANGMANDENANPENGYOU
不 懂 浪 漫 的 男 朋 友
苏小懒 著

出 版 人： 曾 莹

责任编辑： 钱飞遥 王湘庭
装帧设计： 紫图图书ZITO®
责任技编： 周杰 易志华

出版发行： 广东人民出版社
地　　址： 广州市大沙头四马路10号（邮政编码：510102）
电　　话：（020）83798714（总编室）
传　　真：（020）83780199
网　　址： http: //www.gdpph.com
印　　刷： 北京中科印刷有限公司
开　　本： 880mm × 1230mm 1/32
印　　张： 12 **字　　数：** 270千
版　　次： 2016年9月第1版 2016年9月第1次印刷
定　　价： 38.00元

如发现印装质量问题，影响阅读，请与出版社（020-83795749）联系调换。
售书热线：（020）83795240

“如心，你知道吗，

刚才那故事里，没有讲出口的是，

你出现的那一刻，

对我来说，你是世上光。”

楔子

1 ///

那是个闷热的夏日。

濮如心有场面试。

地点在距离她家不到一公里的星级酒店，六层游泳池 3 号休闲桌旁。

没有公交车直达，打车又不能进胡同。

她索性走路去。

她边走边暗暗咒骂，不知道谁这么变态，约在游泳池。昨天接电话时她只顾着紧张和震惊，竟忘记确认对方公司的全称。

只记得一个女中音问：“请问是濮如心濮小姐吗？”

她忙不迭地说，是的是的。

对方以极快的语速自报家门，她没听太清楚，又不好意思问。

持续半个多月，她几乎每天以面试五家公司以上的频率寻找新工作，却没有一家有回音，打破了她历年来的新纪录。有了这个阴影，她自卑又敏感，担心对方觉得自己啰里吧嗦一堆问题，耳朵还不好使，没了耐心直接取消面试资格。

那位女士接着说：“我们收到了上周您投给我司的简历，请于明天下午一点在亚光酒店六层的游泳池旁参加面试。”

“呃……泳池？”濮如心斟酌着用词，鼓起勇气问，“需要穿……泳装吗？”

对方似乎没听懂：“什么？”

“那个，抱歉。”她记得自己并未竞聘游泳教练或健美女郎，又不甘放弃可能性极低的工作机会，可就算现学或马上整容、抽脂，也来不及了。

抱着极低的一线希望，她小声问：“……请问你们的招聘职位是？”

对方比她还要惊讶。

“咦？”

说了这个字后，对方把发言的接力棒重新丢到她手中。

濮如心头皮发麻，只好实话实说：“坦白讲我不会游泳，身材和脸也……没什么优势。你确定……没打错电话吗？”

仍是没回应。

她已经接近自说自话：“所以，我，必须要穿泳装吗？”

几秒钟的沉默后，听筒里传来刺耳的笑声，像超速行驶的汽车发出的紧急刹车声。

“您可真逗，”隔着电话，几乎可以感觉那人大笑时一颤一颤的身体，“是我们人事经理着急出差，来不及直接面试您。招聘的事情又不能再拖，干脆就请客户直接跟您见了。不过她只有雷打不动的游泳时间可以空出来，所以就委屈您……”

她？

还是他？

“啊，这样。”她恨不得打脸，“没问题，不委屈不委屈。”

“那么我们就这样说好了？”对方重复了一遍时间、地点，继而补充道，“至于穿什么衣服，您……开心就好。”

“……”

真体贴。

“还有什么问题吗？”

“没……没有。”

像学生时代时被叫进办公室谈话，从踏进门的那一刻起，她已经脚底发软，整个人从头武装到脚，自动开启了防御模式，谈了些什么，她压根没听进去。

挂了电话又捶胸顿足，应该问清具体的招聘职位，多少做点儿准备。上周投的简历，上周，上周……濮如心翻出手机查看已发送邮件，终于记起，那天她闲着没事刷网页，当浏览到“爱情记录师”“上门洗狗师”“拍照衬托师”“西瓜雕刻师”“女神追求师”“夏日脱毛师”……各路大侠一展身手的个人主页后，默默发布了“陪吃陪喝，地陪吃货师”，半闭着眼发了一通简历。

新兴职业，说好听点儿是在拼创意，说难听些呢，不过是拼谁的脸皮更厚。

这么多年的求职路，濮如心也是有两项特长的。

第一，但凡她认识的、认识她的，到了饭点儿，都得朝她鞠个躬，尊称一声“吃货”。此吃货非彼吃货，不是说什么都喜欢吃、什么都能吃、什么贵吃什么，您得知道哪条街哪条巷子谁家馆子擅长什么菜系什么手艺，哪家肉最新鲜哪家不是地沟油，最关键是能以最便宜的价格吃得最好最正宗，否则便是假吃货、真饭桶。

第二，脾气好。她很少生气，除了跟自己亲妈一点就炸——关于这一点，后面再详细讲。除了亲妈之外的亲朋好友、同事、同学、莫名其妙的陌生人网友……不论对方是嘲讽、揶揄、怒骂、取笑、指桑骂槐，她都没脾气。

除了有一定的情绪控制能力，更因为要忙着找工作，忙着觅吃的，忙着酿自己的水果酒，她不愿把时间浪费在不相干和无趣的人与事上。

她是这么想的：如果有人气自己，别人做了气人的事情、说了气人的话，她为此而生了气，“别人气自己”才成立。反之，如果她“不产生”任何反应，不配合对方，所谓“气人”这件事，也就不成立。

别人怎么做怎么说，是别人的事。

而她选择不配合。

一个人时也难免长吁短叹，可转头便又笑嘻嘻地准备面试，套件新买的改良 V 领旗袍，撑把遮阳伞，提前半小时便慢悠悠出了门，故作从容淡定的样子，像赴老友的聚会。

到了六层，时间还早。

游泳池不算大，两边各摆了十几把遮阳伞和配套的竹制桌子、躺椅。刚过中午，人不多，除了匆匆上岸的一对母子、坐在池边把腿伸进水中接电话的神情焦躁男外，泳池里只有一位男士，戴着泳帽和泳镜，自由泳时溅起的水花哗哗响，看不清长相。

两边的 3 号桌都是空的。

面试这件事，身经百战的濮如心深知：身为被面试者，万万不能迟到——对方可以，你不行。到早了也讨人厌，别一厢情愿地认为是美德。时间观念无早晚，关键是个“准”字。

她就近在左起 1 号桌旁坐下。

上岸的母子摘了泳帽，年轻的母亲将右臂夹着的儿童游泳圈放在濮如心旁边的桌子上，左手抓条白色大浴巾，正裹向边咯咯笑着边加快脚步的男孩。见母亲追得急，男孩故意沿泳池边上走，边走边踢水，自是惹得那母亲紧张得一路小跑。

渐渐地，男孩放慢步子，开始高声唱歌，陶醉的、不带一丝怯意的——

当你喜欢我
请你告诉我
当你爱上我
请说你爱我
别害羞
把爱说出口
爱让世界好暖和
I love you
爱充满你和我

……

这歌曲旋律极美，歌词也好。

濮如心不禁莞尔。

她坐的位置正对风口，此刻窗户大开，刚进来时还觉得闷热难挨，坐了一会儿又觉得不了。待到微风拂面而来，带着股恰到好处的温凉，像落日西沉，天色渐暗，手捧图书坐在屋子里的人读得津津有味时，家人不声不响地为你开了灯。

男孩走到不远处接电话的中年男人前，并未意识到眉头紧皱的叔叔心情不是很好，语气里充满愤怒，似乎在和谁吵架。

他只觉得自己被挡住去路，因此奶声奶气提出合理要求——

“对不起，打扰一下，”他说，“叔叔，请让一下好吗？”

“不，不用了，”匆匆追上来的母亲警觉地抱住他，“肉肉，不要打扰叔叔。我们去别处玩。”

原来是叫肉肉，哈，濮如心暗笑，这名字好。

叫肉肉的男孩使劲挣扎着小小的身体向妈妈抗议，抗衡中他的手不小心碰到男人的肩膀。那男人斜眼瞥了母子俩几秒，突然腾地跳起，抓住女人的肩用力一推，纵然她奋力控制着身体平衡及时松开怀中的男孩，自己却踉跄退了几步跌倒在地。

肉肉受了惊吓没站稳，身体歪歪斜斜地便要栽进泳池，说时迟那时快，濮如心大跨两步抓住肉肉，只是池边瓷砖被水打湿，脚底止不住打滑，她没提防一屁股坐在湿漉漉的泳池边上，小旗袍腰以下全湿。

那男人还不解气，冲着母子俩怒吼：“滚！”这才骂骂咧咧地走了。

已然安全的肉肉终于想起害怕，小嘴咧着，十分委屈，嚎了几嗓子，却是带着哭腔，抽搭着对濮如心说：“谢谢阿姨。”

她微微点头，心里却万分沮丧。

面试要废了。

年轻的妈妈紧紧搂住男孩，眼神里充满感激。

“肉肉被吓到了是不是，妈妈知道了，想哭就哭一会儿。”她边说边轻拍男孩的屁股。

“妈妈知道不是你的错，你刚才很有礼貌。那个叔叔也许有烦心事，打电话时被你打扰到，没控制好情绪冲我们发火。他不是有意的。”

这妈妈是个明白人。

懂得及时将事情的问题和孩子剥离。

教育学家说，小孩子都是以自我为中心的，他会把身边父母、老师、朋友、陌生人……所有让人发怒、哭泣、争吵的原因归结在自己身上，直接认为所有的事情，都是自己的错。

所以事情爆发的那一刻，要在第一时间剥离。

还是值得的。

濮如心想。

“不，才不是，”鼻涕泡泡一个比一个大，小家伙开始反驳妈妈，“就是有意的，故事书里说，”他鼓着腮帮子，“恶，恶……叫恶意，就是不好的居心。那个叔叔，对我有恶意！”

女人为难地看着自己的儿子，一时语塞。

没想到他还懂得“恶意”这个词，有意思。

濮如心歪头想了几秒，从包里翻了翻，只找出一颗大白兔奶糖：“小朋友，送你好不好？”

还冲他俏皮地眨眼。

这下小家伙不哭了。

他可怜巴巴地盯着她手中的奶糖，并未伸出手，而是慢吞吞问道：“阿姨……要钱吗？”

这个机灵鬼。

“不要钱吖，如果要钱，那就是卖给你了。我是，”她暗笑，拉长语调，“送——给你的。”

他这才破涕为笑，剥开糖纸将奶糖送到嘴里，抿抿嘴唇，又抿抿。

“喏，”她指指他的嘴，“你说刚才那个叔叔，有‘恶意’，那么我这个陌生阿姨，对你有‘善意’。不好的居心叫恶意，好心、好意便是善意。我们也许偶尔会莫名其妙碰到一些恶意，但我们也经常会遇到一些善意。”

肉肉似懂非懂，脑袋一歪，不再理她。

做妈妈的这时看到她湿透的裙子，脸上浮现出愧意：“我就住楼上，去给你拿条裙子，可能会肥一些，但凑合穿回家还是可以的。”

“不用不用，”濮如心摆手道，“我……我也住楼上。这就上去换，不麻烦您了。”

她不知自己为什么要撒这样的谎。

也许怕麻烦，也许怕对方只是客气。

等那母子致谢后离开，濮如心才发现之前在泳池里游泳的男人不知何时已摘了泳镜架在额头，腰部缠着白色浴巾，裸露出厚实的肩膀和强壮的胸肌，边嘬饮料边歪头看她。

他坐的，正是 3 号桌。

2 ///

她没有同游泳池中刚出来的还裸着上身的男人打交道的经验（事实上，除了洪喜，她基本上无法同其他任何异性坦然自若地相处），连对方的脸都不敢看，只依稀觉得他的身材还不赖。

好吧，撕下虚伪的面具，濮如心想，说实话，他非常性感。

性感到她只能垂着头，装作什么都没看见也不在乎的样子往外走。

“哎，你……站住。”

这声音有些沙哑，傲慢里带着清冷，不太确定是不是本地人。听语调是像的，但个别字句上有点偏、有点远，像是走得太久，换了衣服，胖了、瘦了，骨架子还是那副骨架子，血肉却不是了。

她能确定的，是不管它怎样变化，都属于自己走在路上听到后，基本可以排除同她有关的那一类。因此一丝都没有迟疑，继续朝前走。

“裙子，湿透的，那位女士……”

“……”

濮如心身形一顿，停下来，背对他回道：“有什么事情吗？”

“你……面试吗，还？”

原来他便是今天的面试官。

这个人，说话时断断续续，像个木讷的结巴，二、三、四个字地往外蹦。

濮如心的体内像驻扎了一支正待奋勇前冲的敢死队，所有士兵都在摇旗呐喊“转过身看他，看看看”。

奈何她高举双手，一门心思只想做奴隶，暗自跟自己较着劲儿。除非他像电视剧中高高在上而又花心的皇帝见到民间美少女，威严吩咐道：“抬起头来。”

——否则，她哪有魄力主动抬头看他。

是的，如果要给她贴几个标签，闷骚、矫情、内向，偶尔逗比。

属于那种明明内心很想要，身体、语言却非常不诚实的那一款。

因此毕生都在等别人主动，等着别人一而再、再而三地使劲硬塞给她，才假装不乐意地试上一试。

——喏，都是你们逼我的。

——我也不想的。

……

所以在目前极为有限的生命中，不知错过多少良机和良人。

最近几年方觉醒，至少偶尔意识到应该考虑主动争取。

眼下，号角已吹响。

高亢凌厉，振气壮威。

一声大过一声。

奴隶啊奴隶，来吧，是时候当奴隶主了。

她踟蹰着。

“濮，如心？”见她不说话，他问。

连她名字的三个字他都断开了念。

“如果你把衣服穿上，”她心一横，“还是可以面一面的。”说完大义凛然地抬头看，对方脖子上不知何时搭了条浴巾，该盖的地方盖上了，不该盖的地方也盖上了。

他嘴角微抿，语气有些恼：“裙子湿透，却跟我，讲穿衣服？”

“我那是……”她结巴着想解释，转念又想，他明明在场，解释也无用，干脆拿出一副破罐子破摔的勇气，“算了。不跟你废话。老娘今天不面了，拜拜。”

气急败坏地走了几步，并未听到对方挽留，她看似表面平静，内心早已狂呼：快留住我快留住我！

——内心戏太多啊，内心戏太多。

那位似乎并未在意，仍不慌不忙几个字、几个字地往外蹦：“你的简历，说，吃货在此，诸神退位——看来，你对吃的，很有研究？”

“那倒是。”她停下脚步，心中暗喜，所有关于吃的话题，都是她自信心爆棚的引爆点。

他的态度，似乎对她并不抱什么期望，只为了随便把她打发走：“既然如此，我问你，庄记煎饼，搬哪里，去了？”

庄记煎饼？

这人居然知道庄记煎饼。

濮如心读初中之前，每天早点都是他家的煎饼和豆浆。

杂粮面、玉米面、绿豆面、荞麦面、紫米面，每每站在摊前流口水犹豫着选哪个，看着老板动作麻利地磕开鸡蛋将蛋液摊平，裹上炸得酥脆的小黄花鱼，或摆上几片早已焖好的肥瘦相间的猪肘肉，想要不含淀粉的纯火腿也可以，算了算了，还是加调好咖喱汁的大片鸡柳肉好了。记得微辣啊老板，要咸酱，不要甜酱。葱花、香菜撒着欢地撒，鲜翠欲滴，左铲右铲上下铲，好嘞，裹得严严实实烫手地交到你手里。忍烫咬上一口，嗯，你会低喃：真好吃，给十个猴也不换。

看不出庄记煎饼的庄老板有什么独家配方，总之，别人家的煎饼摊子玩命招呼着，也不见引来几个客人。但他家，每天限量供应，摊完200个，老板便傲娇地推车回家。

严格说来，庄记煎饼是唯一一个她从未向任何人提及的美食。

原因是，但凡她推荐过的店，后来她本人再去，总要排很久的队。

中午和晚上倒也算了，早上可不行。早上有起床气，排太久队会迟到，会被老板骂，会被辞退。她上一份工作便是因为这个而丢掉的。

她将所有的美好时光，耐心、包容、体贴，都给了——吃。

在吃的方面，她从不将就。

“这是面试问题？”想到这，濮如心警觉地问。

“是。”

“我回答出来，你会聘用我？”——如果这样，倒是可以小小考虑一下。

“会。”

“好，爽快。”濮如心决心豁出去了，为了工作！她转过身，坦然自若地迎上对方的目光，“侃兴大街紧挨着奶茶店的‘怀青煎饼店’就是。”

虽然他的头发乱糟糟的，摘了泳帽后还在湿嗒嗒滴水，谈不上什么发型，但并未因此对他的颜值产生什么破坏作用。精致的五官棱角分明，像是玉雕大师耗尽多年心血注定会功成名就的作品，哪里都刚刚好，不多一分，亦不差一毫。是濮如心平淡无奇的生活中，注定不会有任何交集的那一类。退一万步讲，就算如张爱玲文字下的遇见，“于千万人之中遇见你所要遇见的人，于千万年之中，时间的无涯的荒野里，没有早一步，也没有晚一步，刚巧赶上了……”也会隔着坚不可摧的透明结界，彼此淡漠地望上一眼，不该也不会有更深的交集，甚至不会在双方的大脑中留下任何记忆，大家行色匆匆，各忙各事罢了。

是迎面走来会让她呆麻站立，不敢发出一点声响努力将自己的存在感降到最低值，充满了自知之明的距离感。

“你在，开玩笑？还是随便，找家，煎饼店，敷衍我？”

两家店的名字，相差有点大，不怪他有这样的质疑。

濮如心微笑，这话简直侮辱她“吃货”的名声，可也懒得计较，“多年前庄记煎饼店老板的老婆因癌症去世，煎饼店关了半年多。”她也因此被妈妈抓着在家里老老实实吃了半年的面条，现在想来都要抽嘴角。

“后来重新择址，因其老婆名字中有一个‘青’字，取名‘怀青’煎饼店。味道是一样的味道，只是老板，不是一样的心境了吧。”

他“啊”了一声，似乎深受触动。

濮如心低头看着自己露出的脚趾。昨晚新涂的金色指甲油闪闪亮亮，阳光透过玻璃窗在墙壁上斜斜映出一道灼目的光线，她扭扭脚趾，那光线便也跟着旋转翻飞。她一个人正玩得不亦乐乎，有个声音说：“好吧，三天，每天酬金，一千。”

她愣了几秒，才反应过来自己得到了这份兼职，并由之前指定的每天五百块的酬金涨到了一千块。

……

很久以后，她忆起这件事，带着得意的笑容问：“吃到那家煎饼跟童年的味道一样时，是不是觉得物超所值？”

坐在对面的他漫不经心地端起面前深棕色的咖啡，喝了一口。在她以为他没有听到想重复一遍时，他说：“事实上，在我听到你，同，唱歌男孩，说，我们也许，偶尔会，莫名其妙，碰到一些恶意，也经常会，遇到一些善意时，我便已经觉得，物超所值了。”

彼时她和他已经足够熟悉，可以开一些无伤大雅的玩笑。而他说话断字的方式也有所改善，虽然仍不太连贯，但已经能够从三四个字过渡到六七个字的断句了。

他又说：“我，自从回国，为的便是——找到当初，给我最大，善意和恶意的人。该报恩的，报恩。该报仇的，报仇。”

那天，下了一整天的雨，一整天没有出太阳。

淅淅沥沥的，时大时小。

他们喝了一整天的咖啡。

店里包括服务员在内的所有人都有些莫名其妙的烦躁，大家心安理得地把理由归结为坏天气里自然只剩下坏心情。

濮如心不安地用勺子搅拌着咖啡。

最大的善意？

最大的恶意？

这语气，让她想起有一年寒假，洪喜不知从哪里找到一根长长的炮仗捻，单手折着两端的头头儿朝上，另一只手拿着打火机将其两端全部点燃，带着嗞嗞啦啦的响声扔到如意脚边，吓得如意大呼小叫，明白过来后追着洪喜便打，两人从前院直掐到后院。

只剩她独自躲在墙角，望着两头闪着银白色火花迅速前进的炮仗捻出神。

它们很快会燃到相遇，燃到同为余烬吧。

快或慢，都得等。

反正，她要看着它们燃到再无一丝殃及他物的危险后，才能离开。

恍惚中抬头，冷不防与他的目光撞个正着，缩回的目光缩回的人，清晰地听到不知从哪来传来的“啪”的一声，东西被烧着的气味迅速入鼻。

一端。

两端。

迅速燃烧。

嗞嗞啦啦。

十指指甲被她啃得光秃秃，撕扯下拇指边上一块顽强的硬皮，竟似觉得扯下所有的摇摆。

她知道，这次，她不会像幼时那样，只会徒劳而单纯地选择等。

不懂浪漫的男朋友

第一章

我常想，
如果有人开个“如何讨女生欢心”的速成班，
一定赚得盆满钵满。

很可惜，并没有。
所以那些到了青春期春心大动的男生们
总像被蒙着双眼的蠢驴，
在恋爱的大道上跌得鼻青脸肿。
洪喜的蠢，同很多青春懵懂的男生一样，
明明喜欢一个人，
却只会通过取笑，
甚至是羞辱对方的方式来表达。

1 ///

早上起床，迷迷糊糊洗脸刷牙，坐在梳妆台前，看到镜子里昨晚新剪的头发，心情还是不错的。

洪喜介绍了一家只接受私人预订的美发馆给我，听上去很高大上，实际手艺也不错。亚麻色是我一直喜欢的颜色，唯独他家染得最好。

我正自恋，我妈突然进来，端详了我好一会儿突然转身出去，没几秒手里拿了把削发器回来，边说边拿削发器便要削我的刘海，“我跟你说过多少次了，你本来就长得难看，为什么非要自己剪头发？来来来，妈给你修修。”

我只恨耳朵没聋掉，她总是能这样轻易点着我坏脾气的导火索。

如心，你不能成为别人情绪的奴隶，放轻松，深呼吸……我躲避着，竭力克制。

“这胸也太平了，真是随了你爸。”她嫌弃地盯着我的胸看，“你该不是有自闭症吧？怎么不出去玩？”

“谢谢母后关心，”我要扳回一局，于是得意道，“昨晚就跟别琼约了，一会儿去逛商场。”

“哦，”她点头，“天天出去像小疯马一样野，果然矮子只能跟矮子玩。”

——矮子只能跟矮子玩！

导火索在嗞嗞燃烧着，马上要引爆了。

听说子女是上门来讨债的。

真不知道我和我妈到底上辈子谁欠了谁。

“妈，你有什么事吗，一大早的？”天气这么好，就不能做一对和谐相处的好母女吗？

换别人对我如此刻薄，真是分分钟毁尸灭迹。可亲妈就是亲妈，即便想在脑海里进行快意的报复，也得客气些。

那句话怎么说的来着，母后虐我千百遍，我待母后如初恋。

“哦，你不说我倒忘了，”她甩手往床上扔了件衣服，墨绿底绣着红色牡丹花，“我穿着太肥了，显老。送你吧。”

“……真是谢谢你了。”我倒抽一口气。

“嗨，应该的。咱母女俩客气啥。毕竟，你脸大、人丑、皮肤差，黑且矮壮、脾气坏，我不对你好，谁对你好？”

啊！

啊啊啊啊啊啊！！！

我操起梳妆台上的刮眉刀架在脖子上：“妈，咱俩有仇吗？你再说一句话，我马上死给你看！”

说完假装一抹脖子做喷血而死状倒在床上。

她终于笑了，说：“好了好了，不说了，哎，每次跟你聊天都特别开心。赶紧出来吃早餐。”

特！别！开！心！

唉。

她对开心的要求真是特殊又简单。

成功羞辱到我，就算赢了。

我可不开心。

2 ///

邻居们曾私下里议论，我和妹妹的名字起得真好：如心、如意。怪只怪，我们偏偏投错胎，生在濮家。

濮濮濮，念多了就是——不不不。

不如心。

不如意。

唉，一语成谶。

我和如意外形相差太多，初识的人听说我俩是如假包换的亲姐妹，总以为我在开玩笑。

如意骨架子小，吃什么都不长肉，170 的身高越发衬得她身材修长。脸蛋呢，白白净净，下巴窄尖像是削过骨，剃成光头也是标准的美人一个。除了跟我妈说话，除了听到别人说了不如她意的话，除了看到别人做了不如她意的事……她表现得像个冲锋陷阵的战士外，其他时候的她基本很温柔。

尤其狭长眼眸还总喜欢挑啊挑的，男人们见了个个跟被点了穴似的，简直可以拿线牵着走。

我呢，不论从外形还是性格来说，都几乎是她的反面。

天晓得我妈怀我时是不是吃了太多土豆，小学时长到 160 便再没拔过节，只一门心思地横向发展。二十多岁的人，十几年的人生减肥路，嘴馋了什么都挡不住。逛商场时，看中的衣服我还没开口，那边导购员懒洋洋开口：

“胖子，没你的码。”

初中时和我妈买衣服，印象最深刻的是有次她非要我试穿一件腰部系带、可松可紧的牛仔背带裤。我一眼看穿那是特制的孕妇裤，死活不肯。我妈连威胁带恐吓逼着我穿上，看着镜子里的自己臃肿如河马，旁边竖着的纸牌上“孕妇裤”三个大字映入眼帘，真是心如死灰。

偏偏我妈满意得合不拢嘴，直接用购物袋收走我穿去的裤子藏在身后，频频点头说：“真好看，不用脱了，穿回家吧。”

也许是因为我妈对我买衣服的过分控制，也许是对自己的身材深深绝望，一时间悲愤交加，我坐在地上泣不成声。

正赶上时任体育委员的洪喜带着班上几个高个男生选运动会的队服，七八双眼睛一会儿看看我，一会儿又看看我妈。

那时还年幼的我哪里驾驭得了这样生不如死的场面，只好趴在地上遮住脸，用手背垫着额头，盼着他们速走。

哎，算了，不提这糟心的事。

我是在大四快毕业时才真正下决心减的肥。之前不过是说说。说的时候是真心想要拒绝美食的诱惑，大吃大喝时也是真的一心将减肥的念头抛掷脑海之外。

大学生濮如心当然比现在单纯些，架不住“好闺蜜”薛晶晶的怂恿（其实她是个彻头彻尾的心机婊），带着写了三年多的暗恋日记，向隔壁班的班草李江表白。后来才知道，薛晶晶算计好了要我出丑，她早早拿手机录了全程，视频发到网上被上千万网友点击，某某大学版“癞蛤蟆想吃天鹅肉”——可是当年最红的视频，没想到吧，互联网时代，我这样的也曾当过网红。

视频里的校草翻了几页我的日记后，在几个男生“嗷嗷”的起哄声中把本子摔到我的脸上。

末了他说：“死胖子，说吧，谁给你多少钱让你这样羞辱我？我出双倍行不？”

我就是从那时起真正下了减肥的决心，跑步、游泳、吃药……无所不用其极，一年多的时间，虽不及如意的曼妙身材，好歹瘦了三十斤。至少再买衣服时，已经能够底气十足地跟导购员说：“给我拿 M 号的。”

体重控制下来，可从此再不敢轻易跟人交心。

尤其对异性受伤的阴影面积比较大，直接导致我但凡看到个入眼的男人先脸红，再自卑，十秒钟都不到，在我的脑海里，已过完潦草的一生：恋爱没多久结婚，婆媳关系十分紧张，经济窘迫，男人天天不着家，没多久跟小三生育了一对双胞胎踢我净身出户，只好一个人抱着根棍子在立交桥下靠乞讨终老……

这种人，怎么能嫁！

虚伪！

恶心！

无耻！

……

唉，算了，不提这糟心的事。

还是说回如意吧。

她自小便有反抗精神，年幼便极度渴望婚姻生活，大四即将毕业，也就是昨天，瞒着我爸妈拿了户口本跟男友潘羿跑去登记。

回来后跟我吐槽："结婚登记费一共九块钱，一人四块五。谐音听起来就像是——死一块儿不？死一块儿不？你说这样，谁还敢结婚？"

我："……"

3 ///

我一向不喜欢潘羿，他性格孤僻又死宅，唯唯诺诺，如意说什么他都"是是是"，像个跟在主人身后没有脑子只懂得机械执行的机器人。偶有人为他鸣不平，他会抢在如意前头激烈反对。诚然周瑜打黄盖，一个愿打一个愿挨，但跟人闹到绝交的份上，着实让我们全家叹为观止。

有次潘羿的室友看到他没买到如意爱吃的鸡蛋灌饼，在宿舍里吓得面如死灰、如临大难，也是多嘴，说了一句："至于吗，不过是张饼。"

又不痛不痒地补了句："不过是个女人。"

潘羿一拳抡在人家的腮帮子上，俩人因为这事直到毕业都没说话。

我想，对如意来说，她一定是因为我妈太强势，控制欲太强，在我们家得不到足够的亲情温暖，极度渴望异性宠爱，才会选择潘羿。

心理学家说，如果一个人从小生活在父母过于严格、强势的家庭环境下，那么容易导致在恋爱时产生两个极端：

一是寻找同父母性格类似的恋人，以伴侣权威取代家庭权威，伴侣越强势越控制就越爱。

二是寻找与父母性格相反的恋人，对方越对她的指令唯命是从、说一不二就越爱。

举个简单的例子：我妈从来不跟如意讲道理，都是上手直接打。

那么在这种家庭环境下，会导致如意在找男朋友时只有两类选择：

第一类，天天家暴型。

如意：亲爱的，我想买个包。

男朋友（对着如意的脸左右开弓）：我看你长得就像个包！

如意（捂着被打肿的脸无比崇拜地）：哇，亲爱的，你对我真好，我好爱你！

第二类，百依百顺型。

如意（对着男朋友的胳膊从上至下降龙十八掐）：为什么响四声才接电话？

男朋友（开始自己掌嘴）：都是我的错，你打电话时我正在尿尿，下次再这样，我一定先憋回去半截尿，等接完你的电话再放出来。

如意（花痴地）：乖嘛，难怪我这么爱你。

……

潘羿属于后者。

如意对我的说法不置可否。

4 ///

我飞速地刷牙洗脸，看到如意已经在厨房优哉游哉地喝着豆浆，阳光照在她微红的脸颊上，像个妖女。

哼，已婚妇女。

她冲我眨眼睛，很得意。

我没好气地吃着油条，同时刷朋友圈。

“春风吹战鼓擂，已婚妇女怕过谁——从今天起姐姐我天下无敌了，美慕吧？”

这死妮子居然发了朋友圈，还晒了结婚证。

“你不怕咱妈看到？真不怕死。”

“没事，我给咱妈设置了分组权限。她看不见。只要你不多事，她就不会知道。”

我白她一眼，再刷新时，看到洪喜把如意的内容截图，也发了朋友圈，内容是——

“哪家地摊儿买的假结婚证啊？”

他特别 @ 了我妈和我。

我吓得把豆浆喷了出来：“如、如意，快跑！洪喜，洪喜发了……”

“不可能，我早把他拉黑了。”

“可你俩朋友有交集，肯定是别人转发给他……”话还没说完，我妈气冲冲地拿着手机进来。

“如意，你昨天跟我要户口本不是说要办护照吗？”

如意很镇定，慢悠悠地把豆浆放在餐桌上：“我要说去登记，你能给我吗？”

“你！”

我妈得知自己有了乘龙快婿很镇定，不发一言，从橱柜里操起把菜刀慢慢走向如意。

如意穿着拖鞋拉开窗子便往外跳。

平稳着陆后，居然还得意地扭来扭去：“没砍着，没砍着！”

5 ///

如意熟门熟路惯了，住一楼就是有这个好处。她和我妈围着小区直跑了十多分钟的马拉松。吓得老干部活动中心的马姨不停给我爸打电话：“他濮叔，快回来，你家出大事了！”

见我从窗口默默盯着她，张嘴就骂："都什么时候了，你还不赶紧拉住你妈？"

不知道电话那端的爸爸说了什么，她火急火燎直嚷："你老婆又在小区追杀你女儿！"

她可不是第一次见到。我嘟囔着，大惊小怪。

"不不不，这次不一样，"估计我爸跟我想的差不多，马姨急得跳脚，"之前用的都是晾衣竿、擀面杖，这次，这次是刀，菜刀！"

挂了电话见我还杵着不动，她瞪我一眼，也加入了马拉松队伍中。

真是幼稚可笑。

你们见过哪个做母亲的真对女儿下狠手？

我太了解我妈，头脑简单，控制欲又太强，说自己更年期，一更更了十几年，其实是打着更年期的幌子心安理得地不讲理。

我已经习惯了这俩人在小区里跑马拉松的场面。没办法，如意只怕这个，什么一哭二闹三上吊统统不好使，她只怕我妈揍她。

管它真揍假揍，万万不能揍到她美丽娇艳的脸。

"既然如此，"我曾问她，"你直接跑出小区，随便打辆车、坐个公交，咱妈能追上你？为什么要跑几圈才出去？我怎么觉得，你不是真心想跑啊。"

她眨着大眼睛，十分无辜："你没发现每次跑时我穿的衣服或鞋子都是最新款吗？"

……我还真没想到。

不花一分钱便开了时装发布会，绝对地吸引众人眼球。

"遗憾的是，高跟鞋只能支撑我展示……不，跑几分钟。你知道的，新鞋基本都磨脚，跑一会儿只能拎着鞋子光脚逃了。不过，"她努努嘴，"你知道的，好在我的脚长得也美。"

这个狐狸精。

"太过分了，你居然……利用咱妈。"我愤愤不平。

狐狸精转转眼珠:“说你傻，还真不灵。我可能只是为了时装发布会吗？我要直接从家门口跑了，咱妈出去连人影都看不到，回来还不继续削我？我跑一会儿才真正逃，也是为了让她消气。”

原来是一箭双雕。

“你不怕这样下去，传出去对你名声不好？”

太得不偿失。

谁家好姑娘天天被亲妈满世界追着打？

“好姑娘？做好姑娘有什么好处？能让男人对我百依百顺吗？能吃饭不花钱吗？能逛街不付款吗？开车能闯红灯吗？菜市场买菜能不缺斤短两吗？”

……我咬着牙:“不能。”

上周跟如意去小区便民小摊买菜，她鞋底粘了东西，晚走我几步。那摊主趁我低头挑黄瓜时，从身后捡了几根烂的埋在我挑好的新鲜黄瓜堆里，装好袋子:“三块一斤，算您两块八,七斤六两，一共是二十五块八毛八，给二十五得了。”

我听到两位数的乘法就头疼，忙不迭地付钱。摊主突然看到如意慢吞吞走过来，当即变色，飞快地抽走了底下的烂黄瓜:“十五,十五就够了。”

“除了那几根烂黄瓜，我问问你,”如意轻启朱唇，“两块八乘以七斤六两，你怎么来的二十五块八？管理处的公平秤就在前头，要不要去那里算下？”

摊主再三保证绝不再犯后，那堆黄瓜免费送给了我们。

自此我买菜总喜欢带着如意，她是物价局，她是公平秤，她是保鲜师，一人出马，吓退成千上万个缺斤短两的黑心小贩。

6 ///

十几年来，我妈的境界已经到了世间万物皆武器的地步：鸡毛掸子、痒痒挠、拖鞋、杂志、化妆品……如意身经百战，积累了丰富的斗争经验，每每预感到武器来袭，不慌不忙两个步骤一气呵成：双手护住脑袋，开脚溜。

通常来说，我妈的愤怒通过几圈马拉松发泄完毕，在邻居们不有所表示都过意不去的拦阻下，也就半推半就地见好就收。如意呢，找个地方躲躲，咖啡厅、酒吧、商场，转个圈回来，继续若无其事地吃我妈做的饭菜。她脸皮厚这个无人能敌的优点，就是从每日跟我妈的斗争中一天天磨出来的。

有次我和如意交流斗争经验。

如意说："姐，你为什么每次同咱妈吵架，都那么保留，不敢还嘴，生生被她骂哭？"

我说我不敢，她毕竟是咱妈。

我反问她为什么每次都那么毒舌，像遇到仇人般毫不留情。

她则回答："我是想让她知道，凡事都有两面性，谁让她生了两个女儿，你是正面，我就愿意做反面，不然生活多无聊。而且，开什么花，结什么果，真要较真，我这都随根儿，遗传的她。这样省得咱爸怀疑咱俩都不是亲生的。"

说罢她仰天长叹："说起来，我啊，为了这个家的和睦团结，简直操碎了心。"

我："……"

7 ///

这天的马拉松大赛，除了武器的升级，同以往确实有点不一样：一是，她们跑得比以往久了些；二是，从小跟我们一起长大的小伙伴洪喜在如意的几次示意下，都不为所动，反而跟在我妈旁边助跑，当了人体导航——

“阿姨，再坚持坚持，如意也快没劲儿了。”

有人劝架，就有人唯恐天下不乱，添油加醋。

我妈气喘吁吁。

洪喜时不时掏出饮料补给，还专门拿了把小扇子给我妈扇风：“前面得拐弯，您得加把劲儿，不然她真溜了。要不要喝点果汁？”

“太过分了！”攒足了劲儿瞄准好时机，他继续挑拨，“说结婚就结婚，根本没把您放在眼里。必须好好收拾她！”

我妈跑了一会儿反应过来，对着他的脑袋就打：“你不劝我就算了，煽风点火是什么意思？”

“哎呀，阿姨，您可冤枉我了，”他老委屈了，“您是看着我长大的，我有那么坏吗？我跟您一条心，恨铁不成钢，恨女乱结婚啊。这可不是小事。”

关键时刻，我妈恢复理智，认为收拾如意更重要，而且，有个帮手在旁边伺候着也不错。

我妈在这样的鼓动下，因此比往日多跑了几圈。

于是整个小区的人都目睹了一个男青年扶着一中年老太，追赶一个穿着红色连衣裙少女的全过程。

简直可以写一部新的童话书：“外婆和大灰狼联手捕捉小红帽。”

晚上回来听到外人对当天事件的描述总结，瞬间觉得我太善良了。

我爸下班回来兴致勃勃地问我：“听说咱小区今天有八卦？一路上听到好多人在说，什么年轻小伙爱上中年大妈，齐心协力驱逐原配红衣少女！谁呀？谁家啊？快跟爸说说。”

我如实相告。

我爸气得摔门而出，饭也没吃。

8 ///

逃避不是办法，事情还是要解决。

晚上如意回家时，我妈已经坐在餐桌旁等她。换以前，她早去跳广场舞或边看电视剧边抹泪，冷战几天等如意说软话。

我拿着笔记本心不在焉地网购，小心翼翼观察敌情。

“啪”的一声，一个红色的小本本被摔在桌上，吓我一跳。

如意眼眸低垂，不动声色地夹菜吃饭：“又搜我房间？”

“哎哟，真对不住，”我妈态度友好，诚恳道歉，“我忘记您如今是泼出去的水，扯了结婚证，跟平常不一样了。”

眼见一场战争又要爆发，我十分紧张，偏偏我爸又不在家。

我讨好地问如意：“渴不渴，冰箱里有我下午买的可乐。”

我妈瞪我一眼。

找个机会拉她出来，苦口婆心：“想要解决问题，就得心平气和地沟通，不论多想坚持自己的态度，一定要温和而坚定，否则走了极端，她一跑，越拖越久。”

我妈沉默一会儿，重新坐回餐桌，我知道她听了进去，倒满整杯可乐冲如意不停使眼色。

“我总共见过他三次面，除了说声阿姨好，会说别的吗？这个倒是其次，你俩在一起，他手机就没离过手。跟你爸和我说话，头都不抬。他到底有什么好？”我妈转换了策略，语气是软的。

我在心里说，就是就是，他对我这个姐姐也不尊重，见面只吝啬地点个头，像是一张嘴就能吐金豆，唯恐被我抢先捡了去。

“连最基本的教养都没有，你能指望他对你好？跟你过一辈子？”

“谁说我要跟他过一辈子？”如意漫不经心，“过不了……就离呗。”

如果愤怒有温度，我妈此刻应该已经能把整个屋子都熔化了。

姜还是老的辣，我妈回她：“反正早晚也是离，不如现在离了吧？”

呃……我揉着额头，坐在她俩中间，防止两方情绪过激，场面无法收拾。

“不行，”如意很为难的样子，“我刚结没几天，还没享受够结婚的乐趣呢。等实在过不下去了，再考虑您的建议。”

你来我往，简直是在掷刀片，可她俩面无表情、不动声色，只有我一个害怕误伤的人胆战心惊。

“过了那么久才离婚，跟二手汽车有啥区别，只能等着二流以下的男人接收。反正你俩早晚要离……”我妈皮笑肉不笑地说，“不如明天一大早就离了，如果有人问起可以说是喝醉酒脑子不清醒才结的，大家也就觉得你是胡闹，跟未结婚的没啥区别，还是新人一个。尤其，不耽误你再嫁呀，你说是吧？”

她话锋一转，突然把我拖进去：“如心，你说对不对？”

“妈，话，话也不能这么说……”我支支吾吾，这个陷阱太大，说什么都两头得罪。

“哈，我真是见识了，”如意冷笑，“从来只听说有催婚的父母，没见过逼着女儿离婚的妈！”

“那正好，今天就让你见识见识。明天我陪你去趟民政局，抓紧把婚离了。怎么跟潘羿说是你的事，我就当这事没发生过。”吩咐完毕，我妈伸个大大的懒腰，横在客厅的沙发里。

如意哪是省油的灯，我看着她平静地放下碗筷，取了外套，穿好鞋子，拎上挎包。

我妈还以为已经搞定一切，哼着小调，打开电视时系统默认的声音太大，忙不迭地按遥控器调音量。

如意先是从自己房间拎出一个垃圾桶，把里面的瓜皮纸屑一股脑儿地倒在门厅的地上。

“你疯了啊，如意。”

我妈也从沙发上坐起来。

如意高昂着头，目空一切，走到门口，从小挎包里摸出烟盒，弹出六七八根烟，点着后一股脑地全叼在嘴上，深吸一口，吐出一个个烟圈。

最后脱掉身上的开衫，只剩一件小吊带，露出深深的乳沟，超短裙短得我几乎以为她没穿内裤，一句话：露着脖子露着背，露着胳膊露着腿。

“妈，你最讨厌我乱扔垃圾、抽烟、穿吊带吧？”她甩着膀子，“真是对不起，我想这么做，不是一天两天了。舒服！痛快！爽！对了，我还得告诉您，我是不会同潘羿离婚的，这是我的事，任何人都没资格替我做决定。如果您实在想离婚，看来……只能选择和我爸离了。”

我妈难以置信地盯着她。

她继续补刀：“这事儿你绝对可以做主。你跟我爸凑合了这么多年，离婚嚷了几千遍，真有本事说，就真有本事离啊。我在幼儿园就被教育——这人哪，要言出必行。否则哪好意思教育自己的子女。”

这个炸弹扔出来，如意料到我妈会疯，拉开门逃命似的跑了。

9 ///

当晚如意离家后音讯全无，我爸妈跑去学校更找不到人，大四生都忙着实习找工作，六人间的宿舍一个人也无。我妈气得天天对我狂轰滥炸，就差报警。

一周后，如意和潘羿带着大包小包出现，俨然新媳妇回门。木已成舟，我爸不愿事情再闹大，他担心如意在婆家受委屈，只得做了和事佬，命我推着“总理”去打麻将，留下他独自打扫战场。

更让人始料未及的是，如意没多久怀孕，毕业后心安理得做起了家庭妇女，等孩子出世。

潘羿在一家广告公司做程序员，继续保持着沉默是金的风格。我妈没敢出主意让如意堕胎，斗争了几天，心疼战胜了怄气，每天研究煲汤，咕嘟几个小时熬得浓香四溢，再坐六站公交车送过去。

我呢，眼下刚被老板辞退，有一搭没一搭地全城面试，找我的第十六份工作。每次出门，我妈都千叮万嘱：“老老实实投你的简历就好，别吃饭，别喝咖啡。”

说得找工作面试需要陪吃陪喝似的，那应该是入职后才会有的事情吧？她怕我现了原形，没人肯聘请。

我反击她：“放心，我宁肯饿死，也不会吃你一辈子。”

如意搬走后，她把所有的炮火集中往我身上开，此刻放心似的拍拍胸脯：“那敢情好，刚才我还想，这辈子我就甭指望你找到什么男朋友了。只能图你找个好工作，万一这也找不到，吃我一辈子，真不如刚生下来就掐死，省得天天这么烦恼。”

我早习惯了她拿着一把刀对着我和如意赶尽杀绝的样子，此刻听到这样的话，防御全部坍塌，又不争气地涨红眼睛，跑到房间呜呜哭。

她是故意的。

对如意，揍才奏效。

对我，就不用那么麻烦。

——语言攻击、精神上践踏就可以了。

10 ///

可能我确实这辈子都找不到男朋友了吧，不怪我妈这么想。

我的脸有点残疾，是睡觉时从床上掉下来磕到头，造成的面部左半边神经受损。中西医都看过，药没少吃，但没法根治，多少有点反应迟钝。乍看没问题，见面说话都似正常人，可一旦落实到吃上，那些食物碎屑便如涂了万能胶一般，牢牢粘在左嘴角。

常常是众人看着我像个小丑一样嘴角挂着食物：薯片啦，面条啦，瓜子皮啦……无法明说又暗自偷笑，而我还在侃侃而谈不自知。

一次两次，可能大家只觉得我吃饭邋遢，用餐礼仪差，可时间久了，就算再迟钝，也会看出问题。

做朋友或许人家嘴上不说，可人生伴侣又另当别论。

如意给我出主意，你可以偷偷一个人躲起来吃，不就万事大吉？

她这么说也没错，只是，我并不觉得我有什么错要这样惩罚自己。别人以此淘汰我作为同事、朋友、恋人的资格，我何尝不能以此作为淘汰别人作为我同事、朋友、恋人的资格？

这是互相的。

“对对对，”如意说，“所以你现在天天换工作，三百六十行，眼看着你都要做遍了。除了我和洪喜、别琼，没有任何朋友，一次恋爱都没谈过，活该你单身……”

我并没有反驳她。

换工作，除了被老板开掉，主要是因为我还没找到真正喜欢的职业，没能全身心地投入，并不是源于同事的孤立和取笑。

没有其他的朋友，并不是因为我人缘差，而是我对朋友的要求高。

至于男朋友，喜欢是两个人的事情啊，总要多遇见一些人。

如意看到我怀里的小齐，叹口气：“不对，我收回刚才的话。你还有你的朋友小齐嘛。”

她说的小齐，是我从小到大不论睡觉、上班、外出……都会带着的安抚物，一只用我妈的衣服改的长长的圆柱形枕芯。

据我妈的说法，我小时睡觉整夜都要抓着她的衣角，她一旦离开我便惊醒号啕大哭。于是用那衣服改了个圆枕，让我夹在腿上、抱在怀里，效果出奇的好，一觉睡到天亮。

只是日子越久，对这圆枕依赖性越强，吃饭要它在腿上陪着，半夜迷迷糊糊醒来要摸着，难过时要抱着，开心时要搂着，出门时上班时背包里也要带着……

它是我的定心丸，是我的安抚剂，是我的定魂散。

是我丢什么都不能丢它的最珍贵。

开始我爸妈还反对，觉得这么大个人，天天带个小枕头出入，形影不离的，成何体统。

反对了一阵子我不为所动，也就默许了。

此刻的我又把小齐抓得紧紧的。如意十分嫌弃："老实说我最无法忍受你用不同颜色的毛线给它做头发，还有用布头裁的衣服。你老人家都什么审美啊？还有，你能不能不要用积木给它搭城堡？那些用水彩笔画着五官的苹果、橘子、梨……分列站立两排，是什么意思？你给它建了个王国？它是国王？"

它当然是国王。

我的国王。

闲来无事时我最喜欢装扮它。

尤其是有了经济能力后，服装、发饰的材质可以买好一些的。我喜欢跟小齐说话，给它建立用水果、零食、蔬菜组成的文武大臣。买来各种材质颜色的布料、丝线，像宠爱自己的孩子一样装扮它。偶然的机会我看了部英国 BBC 拍摄的情景喜剧，剧中的女主人公米兰达和我同样是个胖子（当然现在我不是了），同样有个喜欢毒舌亲闺女的亲妈，喜欢跟水果蔬菜交朋友。

天哪，我简直想介绍我妈跟她妈认识，仅在"如何毒舌亲闺女"这个话题上，她俩第一次接触就可以成为升华为无话不说的好闺蜜。

正是她启发了我，直接扩大了小齐的社交圈。

我那么爱小齐。

它是个需要我陪伴、装饰、聊天，不断去满足的女王。

满足它，实则是在满足我自己。

小齐，其实是在成长过程中欠缺太多满足的，另外一个我。

不会有人听我这些蠢话的。

我知道，在如意眼里，我肯定是个怪人。

哭过一通好受多了。冷静时，我想，如意结婚是对的。

只要能离开这个家，管他是什么人、婚姻能持续多久，至少不必每天被我妈如此折磨。

我突然无比理解她。

如意离家后曾煽动我说："你实在受不了，也搬出来住吧。"

我说我找不到肯娶我的男人。

"你在外面自己租房嘛。"

"可……可是我……又没有足够的钱。"

她一手叉腰一手戳我脑门："既然如此，你有什么资格抱怨？"

是，作家六六说过的，想要过自己想过的生活，就得有与之匹配的能力。

很可惜，我并没有。

11 ///

如意怀孕的事情，最难过最愤怒的除了我妈，当然是洪喜。

如意结婚时他联合我妈捣乱，幻想着她只是猪油蒙了心，等清醒过来，一定会发现他才是真爱。他明明是那么现实的人，到了爱情上，却天天踩在棉花堆里。

家庭没温暖？不想被控制？想要有自己的家？

都是屁话。

洪喜说："为什么是潘羿，不是我？我也可以给她温暖给她家，百依百顺绝对没脾气啊。"

我一针见血地说道："你现在说这个有点太晚。为什么不是你？因为你根本不知道怎么追求女生，天天追得如意鸡飞狗跳的。是你才怪。

你哪怕稍微浪漫一点儿，轮得到潘羿？”

“我？不知道怎么追求女生？这些年，我对如意的心，天地可鉴！浪漫？”他挠挠头，有些不服气也有些困惑，“我不浪漫吗？有吗？”

唉，真是恨铁不成钢。

爱情怎么死的都不知道。

这傻小子和如意同岁，比我小两岁，小学时就喜欢追在如意后面跑。就算女孩比男孩发育早，但彼时如意的烦恼主要集中在谁的蝴蝶结比我漂亮，粉色莲蓬公主裙我也要买，以后再也不跟刘娜玩了……这些比较重要的大事上。

洪喜死缠烂打了两个学期，如意恨了他两个学期，具体的阴影面积难以统计。

我常想，如果有人开个“如何讨女生欢心”的速成班，一定赚得盆满钵满。很可惜，并没有，所以那些到了青春期春心大动的男生们总像蒙着双眼的蠢驴，在恋爱的大道上跌得鼻青脸肿。

洪喜的蠢，同很多青春懵懂的男生一样，明明喜欢一个人，却只会通过取笑，甚至是羞辱对方的方式来表达——

如意和小伙伴们跳皮筋，洪喜跟同桌强盗似的跑过去，拉长了皮筋对着如意就弹；如意在体操台上领做广播体操，他在其后背贴上“我是猪”的纸条，使如意成为全校的笑柄；《葫芦娃》里的蛇精有个如意簪，某天洪喜想到“如意如意，顺我心意”这句词，拜他所赐，如意的外号“蛇精”被大家叫到大学……

至于什么鞋带绑桌子腿啊，上课提问站起来撤走椅子摔个四脚朝天啊，剪刀剪小辫儿啊，更是不胜枚举。但如意最恨洪喜的一件事，是那家伙不知道从哪儿搞来一个坐一下就会发出放屁声的坐垫。上课班长喊起立——

“同学们好！”

“老师好！”

“请坐！”

如意坐下时，放屁声百转千回，洪喜尖着嗓子喊“如意放屁啦”……全班同学包括老师都笑疯，上气不接下气。

所以有时候如意也还算喜欢“蛇精”这个外号，毕竟比“放屁精”要好听一些。

12 ///

因为洪喜，童年生活可真欢乐啊，每天放学回家我都能听到如意抱怨洪喜。

那时我九岁。

洪喜和如意刚刚满七岁。

洪家还没发家，洪喜爸妈早年倒腾家具，人老实又受同行排挤，合伙人卷了所有钱跑路，债主叫了一帮人天天堵在门口要债。洪爸只得外出避风头，之后便杳无音信。有人说在美国见过他，还有人说被债主砍了客死异乡……传说很多，始终无法确定真假。

那个合伙人叫吴招娣，据说是个寡妇。我爸每每提起，语气都愤愤地：“看上去就知道不是什么好人，水性杨花的！”

吴招娣卷了很多人的钱，洪喜家不过是其中之一。最惨的是当时城中心的一家叫什么“袁记家具厂”的，被骗了两百多万，在当时，这笔钱是几辈子也还不上的天文数字，那对夫妻承受不了双双服毒自尽，留下一个比我们大不了几岁的孩子。

“造孽啊。”我爸叹气。

“那个孩子……”我问，“后来怎么样了？”

“听说被亲戚带走了，去了国外。”

而洪妈，扛了一个多月，走投无路，娘家又没人，只得把洪喜扔到我家，拜托我爸妈照顾，留了一笔钱，说是南下碰碰运气。

我们朝夕相处，外人一直以为濮家有三个孩子。

三年后洪妈受高人指点，跑到海南农村收了一圈海南黄花梨，几百年的原木，更有明清罗汉床、头把交椅、将军茶台……她赶上了捡漏的好时候，民风淳朴的海南村民，当时全然不知道黄花梨的真正价值，那些后来被洪妈卖到上千万的明清家具，不过几千块钱收得。

洪妈偿还了所有的债务。尝到甜头，专门买了地，囤了无数的花梨原木。规模越来越大，海黄被炒至天价无人问津又开始下跌时，她已经收手。因不懂经营和管理，怕重蹈覆辙，她保守地把所有赚的钱都买了房地产，每天收的租金，不知道够几代吃。我爸有次开玩笑，夸张地说整个城市五分之一的地，都是洪喜家的。洪喜，是名副其实的大地主。

我们并没有因此变得生分。洪喜的性格，并未因他爸爸的离开而有所改变，至少表面上看，是这样的。

洪家后来买的别墅一年到头没人住，洪喜只愿意继续住在我家隔壁，三天两头跑我家蹭饭吃。洪妈呢，干脆在我们小区里买了套复式，洪喜这才两头换着住。洪妈每天在老干部中心跟一帮老头老太太打麻将，为了几毛钱跟人吵翻天，同她的身价一点不符。

我从来都不是什么学习的料，浑浑噩噩度过了大学四年。毕业后的就业前景不太乐观，反正我也没什么追求，索性什么工作都试一试。

前台，出纳，广告文案，书店销售……我连便利店的小时工都做过。

洪喜死缠烂打地跟如意读了同一所三本院校，同校不同系，每天的生活不过是吃饭、打游戏、追如意。

奈何如意遇见潘羿，王八吃秤砣铁了心，开始过着一心一意的甜蜜生活。

得知如意同潘羿交往后，洪喜特别不忿，跑去质问如意。

他站在如意宿舍楼底下大喊——

“403 的濮如意，你给我出来！”

他嗓门很大，一嗓子，整栋楼冲阳面的宿舍都探出脑袋来。

他继续喊："403 的濮如意，外国语学院的濮如意，外号'放屁精'的那个，你给我出来！"

……

这件事的直接后果是导致如意"放屁精"的外号陪她度过了整个大学时期。

从那时起，如意再不肯跟洪喜讲话。

13 ///

这都是老皇历了。

回到现在。

我爸约了人打乒乓球。

桌上留着字条，我妈给怀孕的如意送汤还没回来。

给我留了一份猪脚汤，油腻腻的，一点胃口都没有。我只想找点凉的吃，就近去了肯德基。

不知道谁家小朋友过生日，大半个场地张灯结彩，挂满了五颜六色形状各异的气球。到处是八九岁的孩子，围成一片叽叽喳喳，好不热闹。

草莓和巧克力味的圣代太甜腻，哪有原味的甜筒纯粹好吃，我左右手各拿一个，看着跑来跑去的孩子，吃得正开心，看到洪喜那小子哭丧着脸进来，并未点餐，直接选了个靠窗背对我的位置，把头埋在臂弯里。

此刻灯光突然变暗，服务员推着点满了生日蜡烛的蛋糕出来，《生日快乐》响彻整个房间——

Happy birthday to you

Happy birthday to you

Happy birthday dear

Happy birthday to you

……

“许个愿啊！”

“一起吹蜡烛呀。”

“安静啦，不要吵。”

戴着生日帽的男孩双手合十，闭眼许愿，在这片欢乐祥和的海洋中，突然听到一个男人悲痛欲绝的哭号声。

好、好像是洪喜。

现场似被人扔了枚炸弹，片刻的喧哗后突然安静无比，大人、小孩、服务员……所有好奇、惊讶、鄙夷的目光锁在他身上，可他完全不在乎，哭声越来越大，哭得更专注。

我默默坐他对面。

见到我，似找到情绪的共鸣点，更加委屈和不甘，哭声越发凶猛。

不远处有小朋友的家长被服务员拦着，愤愤骂着：“我儿子过生日他哭个屁啊？”

我只好赔笑解释：“不好意思不好意思，他本来也有个这么大的儿子，结果媳妇带着孩子改嫁，几年过去了都不让见。”

周围人看他的目光马上由愤怒转为同情。

洪喜：“……”

14 ///

哭了十几分钟后，洪喜拉我去隔壁店吃饭。

边吃边感慨，当年挤在我家炉子旁，用小木棍翻着炉灰里的地瓜和土豆的日子还历历在目，现在呢？

“也许时间老人自己也有个钟，他的转动才带动了整个宇宙时间的转动。”

我笑。

“要是能抓到他就好了，把他的钟往回拨，没准时光可以倒流啊。”

“抓到时间老人，比抓住如意的心更难，不是吗？”我想起他刚才的哭声，没有原则地打击他，“而且，小喜喜，以你的智商，怎么抓得到时间老人。”

“不要这样啦，如心。”也许是我多心，总觉得他的眼神有些躲闪。

我打他一记暴栗：“如心是你叫的吗？叫姐！”

“……以前，那个，”他支支吾吾，“我那是随着如意的辈分才叫你姐，我宣布，为了庆祝我的新生，以后直接叫你名字。”

我没多想，不叫姐也挺好，他个子那么高，生生把我叫老了。

“好吧，随便你，我无所谓。”

他哭丧着脸，声音嗲得连隔壁桌吃火锅的大爷都打了个冷战：“人家都哭成那样了，你一点都不心疼，哎，这个社会太冷漠无情了。难道我还能苛求从这个社会得到温暖吗？嗷，天啊……呜呜呜呜，好难过。”

我倒了一杯开水给他：“谁说得不到温暖，100 度够不够？”

他鬼叫：“100 度太高了，纯属过度溺爱。你把我往自私自利、无限膨胀的绝路上逼，与整个社会抗衡，陷我于如此不义，太歹毒了。”

我：“……滚，爱去哪儿去哪儿，别让我见到你。”

15 ///

酒足饭饱，洪喜说：“我今天找……如意谈了。”

“哦，”我一边挑拣着烧烤盘里已经冷却的烤串，叫服务员拿去再烤热，一边回他，“谈得咋样？”

“……我刚才都哭成那样了，你说谈得咋样？唉，简直生不如死。

她说什么，这么多年与其说我喜欢她，倒不如说我是喜欢捉弄她。你听听，这是什么话？”

我歪头想了一会儿，忍不住笑：“哈哈，她说得很在理啊。你哪次不是在捉弄她就是把她弄哭？我说过多少次了，追女生得浪漫，得讨对方欢心。知道什么叫讨人欢心吗？就是得让人家笑。”

他愣了几秒，声音低下来：“也没见着潘羿让如意有多笑啊。”

“对于如意这样一个能作上天的女人，”我说，“潘羿简直像是在供祖宗，何止一直让她笑，还敞开胸怀，高质量地承受了她所有的作。”

“什么意思？”

“你知道的，如意是个非常能作的女生，平日里最喜欢以折磨男朋友、刷存在感为乐，还有严重的傲娇症、玻璃心、公主病，平时得理不饶人、没理搅三分……使唤男朋友跟使唤奴隶似的，好猜忌、捕风捉影瞎吃醋，动不动提分手。稍有不如意说话就阴阳怪气，脾气大，爱挑剔、爱炸毛、爱找茬，喜欢跟男友对着干……时刻需要男朋友哄，还怎么哄都哄不好。有啥话就是不直说，等着你猜……”

洪喜频频点头：“就是说呀，你不愧是她姐，总结得太全面了。我当时就想，也不知道谁惯的她，作什么作，小爷我就不信了，还收拾不了你，板不过来你这些臭毛病。”

我叹气，这小子的情商是零吧？

于是耐着性子继续给他分析：“……面对这样一个所有女生都无法超越的作女，你回忆回忆，人家潘羿是怎么做的？”

潘羿是怎么做的？

如意打他电话，响四声才接，如意又哭又闹，非说潘羿不爱她。秒接，如意还是又哭又闹，说潘羿肯定是用手机在跟别的女生打情骂俏……不论哪种情况，反正要分手。

潘羿像个奴才似的跟在后面好几天，时刻忍受着如意的冷脸，天天热脸贴冷屁股。左手拎着水果零食，右手拎着大衣，一会儿剥了开心果塞进她嘴里，一会儿亲自替她披上大衣，“亲爱的你好像刚才在打喷嚏……”

洪喜呢？

如意有次破天荒给他打电话，还没开口，电话那端只听洪喜一声怒吼：“我打游戏呢，有什么事晚上再说！”

小时候我们三个一起看电影，如意说：“我渴了。”

洪喜回她：“我也渴。”

多年以“追求”为幌子的捉弄，让如意与洪喜彻底断交。之后架不住洪喜的苦苦哀求，我以自己的名义约如意去公园划船，然后朋友划另外一只船带洪喜在湖中心相遇。趁如意低头看手机，我和洪喜互相跳到对方的船里。

当时的如意见了洪喜大怒，我也差点被她骂死。那么难得的机会，洪喜是怎么表白诉衷肠的呢？

彼时的他站在只能容纳两三个人的脚踏船中，使劲摇晃着身体，带动小船左摇右晃，身体持续失去控制，数次险些掉进水里的如意魂飞魄散，一面脸色苍白地抓紧船沿，一面听着洪喜的告白——

“说！当不当我的女朋友？不说？真不说？我晃了啊！我就不信……”

事情以两分钟后如意整个人栽到水中，她跟我冷战了一个月作为结束。

“这不算这不算，”洪喜十分不屑，“你们女生，最喜欢挑剔男生不懂浪漫，明明是你们女生作。不浪漫和作相比，哪个可怕？我可是看过新闻，哪所大学来着，就因为女的作，非要男朋友半夜出去买夜宵，结果怎么着，男的刚出门，就被车撞死了。不是你们天天喊着男女平等，到了恋爱这块，怎么就不喊了？既然平等，那凭什么谈恋爱时，我们男的就必须时刻取悦女的，谈场恋爱需要拿命拼？”

我在心里暗骂，妈的，活该你是只单身狗。

真是可怜之人必有可恨之处。

我默默啃了两个鸡翅。

他又说："反正今天彻底告一段落。如心，你来做个见证，要是以后我对如意还有一丝留恋，"他的左手五指弯曲敲着餐桌，中指微抬，恰似只撒欢跳跃的小狗，"我就是这个。"

当人们需要发誓来证明自己的话时，通常对说出的话没多大信心。

"好，那咱们就说点别的。你真不打算找个工作，就想这样吊儿郎当地过一辈子？"

大学毕业后，洪喜一直没找工作，每天都在闲逛。

按他的话说，家里仅出租的房产，已够他几辈子挥霍，为什么要学习？为什么要工作？他生下来不就是吃喝享乐的吗？

话当然不能这样说啊，我当时还振振有词地劝他，什么人生短暂，要有追求，要证明自己的价值啊……编到后来连我自己都虚得慌。

我要是像他家那么有钱，当然也会这样过啊。

世上有什么比不劳而获虚度岁月更快乐的事情呢？

我等他重复类似的回答，却看到他来了精神，眼睛亮亮的。

这孩子心也太宽了，刚才还哭成那样，现在又这么欢乐。

"你该不会是听到如意怀孕，得失心疯了吧？"

"我都说告一段落了，"他有点生气，"能不能不提她？"

"对不起对不起，"我赶紧道歉，"真不提了，要是我再说，"我学他的样子，手指弯曲摆个奔跑的小狗敲着餐桌，"我跟你一样，也是这个。"

"这还差不多。"他白我一眼，停顿几秒，"说正事说正事。我妈说，中兴大街有两个底商，就是百盛商场对面，之前卖珠宝的那家租期到了没给他们续租，一大一小，可以拿来给我玩。我本来是拒绝的，可转念一想，不如大的我用，小的，你对我这么好，就送你了。你要愿意，自己开店做点什么吧。"

天哪，做暴发户的朋友真好，我热泪盈眶，紧紧抓住他的手："送我？什么时候过户到我名下？"

他脸红了。

这家伙，什么时候看到他脸红过？

他嘿嘿笑着挣脱我的手："按照电视剧的情节，你应该摆手推辞，拿出穷人的气节来，说这个礼太重了，受不起，才对。不是吗？如心，你太让我失望了。"

如心如心地，他倒叫得挺顺口。

"那怎么行，"我才不在乎，"我假意推辞，万一你真的收回去怎么办。我岂不是亏大了。那可是最繁华的地段，也许这辈子都能靠它养老了。"

"过户文件在我家里，本来想拿给你的，结果知道如意怀孕，心都死了，哪还顾得上这个。"

我愣住，反应过来时大叫："真的假的？刚刚我以为你在开玩笑！"

"我妈拿你们全家每个人都当恩人看，我会跟你开这样的玩笑？以你的性子，应该翘起兰花指，戳着我的脑门，"他尖起嗓子，阴阳怪调的，"说'哼，算你有良心'这样的话才对啊。"

对哦，这样的话才适合我。

我有点纠结。

他问："你不是一直说我不务正业？你也不想一辈子不是在面试，就是在去面试的路上吧？连我妈都看不下去了，真的。"

"你妈也知道我总在面试？"

"嗯，我跟她讲的。"

"你就不能讲点好的？"我拍他的后脑勺，"真是的。"

"也讲啊，比如说，我从小被人欺负，都是你帮我报仇。啧啧，一个女生，仗着自己长得胖，直接把那些坏小子压在身下……啧啧。还有……还有……那次雪地里小朋友们捉迷藏，我藏到地窖里睡着了，还不是你拖我出来，不然早冻死了。”

是，这么多年，他倒是像我的亲弟弟，我和他的姐弟情比跟如意的姐妹情倒还要深些。

“本来你的大恩，我应该以身相许的……”

这话听起来一点不像开玩笑。

我气得直嚷：“啊，你为什么要恩将仇报？”

“不至于这么差吧？”

他欲言又止，只是盯着我看。

“怎么？又沾东西了？”我胡乱抹着脸，果然有菜叶挂在脸上。

“如果你实在过意不去，就当租用，赚钱了，再支付我房租咋样？风险够低了吧？也用不着不好意思。”

说不心动是假的。

我迟疑着，不好意思直接“接受”。

老是去面试，纵然内心很强大，有时候也会有一种挫败感。

同绝大多数平凡但坚信自己很独特的女生一样，我也有两个最简单又最奢侈的愿望：一是找个真心爱我的，特别特别浪漫的男人，把我含在嘴里怕化了的那种。

千万别是洪喜这种类型，否则真是生不如死。身为旁观者，我看都看怕了，何况当事人呢？

二是找份可以让自己生活得很好的工作，买水果问老板多少钱一斤不用眨眼睛的那种。

——如果第一个无法实现，请佛祖保佑我实现第二个。

这样将来老了的时候，我还可以跟别人说，单身了一辈子都是为了忙事业。

我已沉浸在多年后自己满头银发靠在养老院的墙根下，同其他老头老太太一边捉身上的虱子，一边炫耀自己当年事业辉煌的老年岁月里。

眼下机会来了。

如果直接接受，唉，还真有点不好意思。

会不会被人戳脊梁骨，说我果然是个很有心计的女人？当初对人家好，都是有所图？

唉，好为难。

洪喜等得不耐烦，从包里掏出一把钥匙，直接塞我手里。

“就这么愉快地说定了。”

这么豪迈的性格，我喜欢！

真心送别人东西，即便别人玩命推辞，你也要拿出比别人玩命几倍的架势，更加玩命地给予。

必须说出“不要就是看不起我”“不要就是嫌给的少”“不要就是在打我的脸”“皇上说如果你拒收，奴才我就不用活着回来了”……诸如此类的话，逼着对方不得不收下。

否则就是压根不想给，表面做做样子罢了。

我很高兴洪喜不是跟我做样子。

16 ///

我爸说，这样好像不太好。

我妈跟他的意见截然相反：“你觉得不好，你可以给你女儿买豪车买别墅啊。你还可以养她一辈子嘛。没偷没抢，这么多年的交情了，老洪家又不缺这点钱，有什么不好？”

“等我赚钱了就给市价同等地段的房租，我会跟洪喜签租房合同的。”我说。

“行吧。”我爸勉强同意。

我就这样突然有了一家自己的店。

比中了大奖还要开心。

——说得好像我曾经中过大奖似的。

那是一间 130 多平方米的底商，除了开店，我还可以搬过去住。

想到终于不用再和我妈住同一屋檐下，不被我妈毒舌和控制，毫不委婉地说，即便让我吃屎我也乐意啊。

店铺是装修好的，我直接将里间的办公室改成卧室，添些家具就能入住。

可是要卖什么呢？

我一点经验也无。

服装店？礼品店？首饰店？母婴用品？书店？咖啡馆？

我妈说："家里有好多我穿不上的衣服，你拿去卖吧。"

我爸赶紧制止她说："如心得到这个机会不容易，你别捣乱。"

如意听了很是嫉妒："洪喜追求我，也没见这么下血本。"

所以说，主动追求别人不能太任性，要看看人家真正的需求是什么，而不是图痛快，只顾满足自己，生生把恋人追成仇人。

追求和报仇，还是有很大区别的：前者是要让对方痛快，后者是必须让自己痛快。

千万不能混淆。

第二章 不懂浪漫的男朋友

一生那么长，总有一天你会发现，
比起考上什么牛逼大学，
读了什么热门专业，
找到什么让人艳羡不已的工作，
决定你人生方向和质量的，
其实是你与他人沟通和控制情绪的能力。

——未来的事情谁知道。

1 ///

早上，我一边捧着 iPad 看我市电视台新推出的真人秀节目，一边蹲坑。

如意强烈推荐我一档叫《梦想达人秀》的节目，说里面的男导师 Noah 便是她的新男神，为一睹男神现场的真人风采，她也要去参加。

我不由得为她捏了把汗，这事要被我妈知道，又要掀起一番腥风血雨。

所以我点开这个视频，不是为了看什么男神，而是想找个理由打消她的念头，好让家里太平些。

古人说得好：家和万事兴。

家不和，鸡飞狗跳，寸步难行。

当前真人秀节目扎堆国内的卫视黄金档，除了明星阵容强大外，类型多种多样，户外、选秀、娱乐、职场，让明星们开飞机、进军队磨炼、送快递、做菜、“下嫁”农村搞定婆媳关系……多半模仿和改造国外节目，内容大同小异。可在观众追捧的大环境下，“真人秀”成了“吸金”的专有代名词，几乎泛滥成灾。

我本对如意推荐的这档节目不抱什么希望，看了会儿，又觉得有点儿意思。制作方很聪明地主打“理想情怀”牌，邀请民众讲述到目前为止极为有限的生命中，曾摸爬滚打、跌跌撞撞追求理想的故事。

多么正能量。

立意也独特。

不论是随便想想便付诸脑后，还是发觉困难重重半途而废，或者虽有艰难险阻一直行走在路上……只要有人肯讲，节目组便原汁原味地播放。

接着，由明星团队组成的导师团进行点评和打分，加上观众的现场投票，从海选中决出五十强，逐级淘汰。优胜者可签约经纪公司，更可以得到由赞助商和导师提供的金钱、物质和资源方面的奖励和帮助。

形式上没什么创新和突破，我说的有意思，指的是前来参加的群体，因年龄、职业、身份、阅历的不同，所持的理想亦不同。

清洁工、精神病医生、广播电台接线员、白发苍苍的老人、还在读幼儿园中班的顽童……节目组来者不拒，于是看着舞台上一个个前来讲述梦想的人，或悲伤、或愤怒、或愉悦、或悲痛、或焦虑、或崩溃……你甚至会有些恍惚，一期节目看下来，仿佛已历尽人生百态。

引发观众共鸣的同时，也让大家反思自己的人生。

导师们分工明确，感性的负责掏心扒肝，理性的负责犀利毒舌，土豪金主负责赏钱……对于我这个很少看电视的人来说，四位明星组成的导师团队中，有三位我大抵知道一些：歌手、艺人、商人。

另外一位，是我完全没听说过的肤色堪比古天乐的型男——如意的男神，名叫 Noah 的，在节目里专业负责腹黑、搞笑和卖萌。

看他有点面熟，像在哪里见过。

这人是很奇葩的存在。

只要在舞台上，他都表现得像个艺人该像的样子，或谈笑风生，或随机应变，或插科打诨，活宝一个，简直无人不爱他。可一到了台下（真人秀总是要拍摄一些花絮的，节目需要嘛）问题来了，仿佛开启了他人生的另外一种模式，完全变了一个人。

各种冷冰寒、清高孤傲自大不耐烦，像人人欠了他几千万。

有粉丝追上来双手握拳激动地失声尖叫，他虽然也配合签名、合影，表情却僵硬得很，打死也不说一句话，麻木而淡漠，拒人于千里之外。粉丝满足要求后比没被满足还要想哭，怕是回去后就粉转了路人。

后台嘉宾休息，其他三个评委你来我往，聊天气聊八卦聊选手聊服装，唯独他全程一言不发闭目养神，像尊蜡像，与周遭环境格格不入，气氛微妙异常。

奇就奇在，这样居然也播了出来。

听如意说，这档节目本来收视率低得可怜，纵然其他三位导师有些号召力，但架不住其他卫视节目舍得下血本，不但花大价钱从日韩请来当红歌星、演员，还找了国内最火的荧屏情侣。嘉宾们随便在网上发条微博，转发量都有几十万。

又会炒作，隔三岔五抛出条争议性极强的八卦，等粉丝们打得热火朝天，再跳出来否认，天天霸占娱乐新闻头条的位置，杀得其他综艺节目片甲不留。

不论是拼阵容拼创意拼宣传，《梦想达人秀》都落后一大截，每期都是在死撑。

如果没有 Noah，该节目将会持续稳定地保持低收视率，赔得血本无归后完美收官。

但偏偏有好事者将 Noah 的前后差异剪辑成视频，配上脍炙人口的广场舞曲，一通神剪辑后火得一塌糊涂。本市几家都市报也看热闹不嫌事大，争先恐后地做了娱乐版头条，什么“真人秀导师疑人格分裂，台下台上变脸忙”——这有点儿人身攻击；“疑与绯闻女友周嘉嘉情变，Noah 黑脸录节目”——这是在八卦坊间传闻的关于他和另外一位导师的地下情；“真人秀节目为收视率炒作无下限？疑导师艺德丧失遭炮轰”——这已经开始批判，质疑节目组炒作，并把高度上升为艺人的艺德……

一时间，节目收视率直线飙升，最新一期竟然杀入全国前十。同某选秀节目首次播放了大量海选节目一样，那些长得着实不敢恭维的、唱歌严重走调却自我陶醉的都播了出来，大家一窝蜂地凑热闹，不过是为了集体“审丑”，欢乐吐槽，找到共同话题，集体狂欢。

Noah 便是这种尴尬的存在。

视频的弹幕两极分化，十分极端。亲妈粉、真爱粉、脑残粉们爱得发狂，为他两种截然不同的状态找了各种冠冕堂皇的借口和理由，从性格到心理学，从童年到家庭生长环境。

另一方面，数量庞大的黑粉们来势汹汹，有组织有纪律地刷屏，问候父母问候全家，各种人身攻击。

其实花絮还好说，毕竟几分钟的时间。根据节目组预告的赛程，后面要选出全国五十强，逐层淘汰晋级后，五强选手还有户外的录制，因此需要考验选手们的恒心和毅力。届时导师会带领各自的队伍，跨越节目组设置的各种障碍，过关斩将，突破重围。

我已经能够想象这个怪胎全程一副不死不活的样子，队员大气也不敢出。别的导师带的队伍，有配合有争议有欢笑，而他们这支，像队僵尸。那时，才是对 Noah 甚至整个节目组的真正考验吧。

台湾艺人庾澄庆说：表演是件很奇怪的事，要有一定的能量，太在意或不在意都不行。坦白说，能不能发挥到位的能量，不是可以控制得了的，我最不好的地方就是很容易“太过”。

能量和控制是关键，即便是舞台经验再丰富的天王级艺人，也有可能失准。

如果是节目组联合 Noah 一起炒作，他的演技未免过于浮夸。

如果不是炒作，那么这样做的目的是什么？人格分裂，自闭？还是说，他下台时，身上的某个按钮被关闭，暴露了他原本身体里最真实的自我？

如果他在舞台上的表现是装出来的，为什么不一直保持形象装下去？

如意，居然喜欢这么一个怪胎。

2 ///

我正给如意发微信，突然传来急促的门铃声——

“你好，× × 快递！”

唉。

果然。

人生，其实跟快递很像，有着同样的未知，却又都欠缺基本的稳定性。

你知道它终将抵达，只是无法确定究竟何时。

前天我网购了几件衣服，不知刷了多少次物流进程，终于在早上看到了最新状态：快递员正在派送。

本来爸妈出去晨练，我压抑着不断传来的便意，是等了好一会儿的，害怕万一刚坐到马桶上，快递就来了。

有次洗澡，全身刚抹满沐浴液，快递跟掐表似的准时按铃，搞得我异常狼狈。

今天实在是到了憋忍大限，我才冲进卫生间。

开始忐忑地坐在马桶上时，觉得自己等待快递的心情，竟像是谈恋爱。

盼着他来，又怕他来。

我虽从未谈过恋爱，但，触类旁通嘛。

看了会儿真人秀的视频，几乎忘记快递这件事，对方这么突如其来地“×× 快递”，一个激灵，吓得我夹掉半截屎……

请原谅，这样如实描述，实在太粗鲁了。

这要怪同样粗鲁的，在我家比我爸、我妈、如意的地位还要高的快递员同志，早不来，晚不来，为什么偏偏这个时候来。

手忙脚乱地迅速签好字收了快递，iPad 也不看扔在一边的洗衣机上，返回卫生间。

好不容易重新进入状态，门铃声再次响起——

“你好，×× 快递。”

还让不让人好好拉屎了！！！

我很生气！

要知道，对我来说，世界上最温暖、安全、放松的港湾，是一个人在家里的卫生间开着浴霸上“大号”。

可一个人在家里的卫生间开着浴霸上“大号”，突然听到快递员急促的按门铃声，不亚于凭空扔下一枚杀伤力极强的炸弹，所有的从容、幸福、宁静……刹那间被炸得灰飞烟灭。

一家快递公司这样也就罢了，偏偏这家也这样。

根本就是成心。

打开门，冲着平日里帅帅的还戴着耳钉的快递小哥大吼：“你毁了我的幸福你知道吗！”

快递小哥看上去有点蒙，愣了几秒后，他踮着脚往屋子里张望着，脸红了又白：“性、性福？不，不，不好意思，我不知道你……终于交了男朋友。”

——男，男朋友？

终于？

他又说：“抱歉抱歉，这么早……我真不是成心的。”

说罢扔下一个包裹，慌里慌张的，说完“不用签字了。不耽误……您的性福”便仓促离开。

我愣了几秒，不，不是啊，抱着门泪流满面：“小哥，你听我说，不是你想的那样，你听我解释！”

然后我看到我妈拿着把渐变色的广场舞双面绸扇，摇头尾巴晃地踩着小碎步，洪喜挽着她的胳膊，笑嘻嘻并肩往家门口走来。刚才还是亲如母子的两个人，看到狼狈逃窜的快递小哥，又看看我，不约而同收住笑容。

我妈语重心长：“如心哪，妈虽然不是什么嫌贫爱富的人，你找快递员也不是不行。毕竟，你年纪也到了。但你不能来强的是不？这，这，就算他是男的，那也犯法啊。”

我：“……”

洪喜坏笑着换了拖鞋，慢吞吞凑近我耳旁，声音极轻："厕所……又忘记冲水了吧？"

心一惊，出来得急，压根没顾上。

狠狠瞪他一眼，飞奔到卫生间冲了水。毕竟他在我家寄居了那么多年，对我的生活习惯了如指掌。我新陈代谢一直正常，每天早上八点半雷打不动的大号时间。这小子常掐好时间在卫生间里关着门，看我上蹿下跳的样子，不知道讹了我多少零花钱。

见我脸色不是很好，我妈凑近我，试探性的语气让我愈发恼火："你要真喜欢他，妈出面，找他们领导，牵牵线？"

"阿姨，也许您眼睛看到的，跟实际发生的并不是一回事。"洪喜对我妈的策略就是撒娇和猛夸，一边说一边走到我妈身后，两只大手贴上去熟练地揉着肩，"力道行吗？"

我妈享受得眼睛半闭，嗔怪地说："行行行，你这小子。"

"阿姨啊，要我说，这里面也许有误会，如心不是那样的人，怎么可能是她对人家霸王硬上弓呢……"

我点头如捣蒜，是啊是啊，赶紧帮我解释清楚。

"没准如心和他郎情妾意有一段时间，刚才兴许是未婚先孕、逼婚不成啊。"

我："……"

3 ///

躲过我妈连珠炮似的追问，出门对着洪喜后脑勺来了个三连扇。要不是看在他接我去看店铺的份上，真想杀人灭口。

一路说笑着到了目的地，虽然早有心理准备，但还是忍不住咂舌：店铺就在这座城市最繁华地段商场的一楼，落地玻璃窗正对人山人海的步行街，彼时家家店铺客人不请自入，兴旺得很。

隔壁紧邻这座商城的广电大楼，值班的武警战士绝非长得歪瓜裂枣的保安可比，个个英姿飒爽，穿着笔挺的军装，更配备了枪支，远远看着，便已威严得让人望而却步。很多背着摄像器材的工作人员出出入入，偶尔有主持人戴着墨镜经过，或是有赶来参加节目的明星艺人在助理和保安的簇拥下，冲破被粉丝围起的人墙进入演播大厅。

电子自动感应门的两侧，放着近期重推的节目、活动宣传板。我一时好奇，忍不住走近看，哈，居然是我早上看的《梦想达人秀》节目。那个怪胎Noah的照片被放得很大，明星团队中他被放在第一位，化着精致的妆容，西装九分裤，漠然地打量着每个路人。

越发觉得像在哪里见过。

我有脸盲症，见过四五次面的人再次遇见，仍认不出，不知被人笑过多少次。站在他的照片前努力地想了好一会儿，未果。

那时洪喜已经开了店门，不由分说拉我进去。

双脚站在空旷的大厅，想起我妈说的话："那地方就算卖热乎乎的狗大便，也会数钱数到手软啊。"

我忍不住笑，天时地利人和，至少占了三分之二吧。

洪喜双手插在裤兜里陪我走了一圈："怎么样？"

"太棒了，"我双手握拳，志得意满，"我决定了，我要卖女装！女人和小孩子的钱最好赚，小孩子我没经验，但我是女人，最知道女人喜欢什么了。"

"哈！"他的目光落在我肥大的拖裆裤上，"你卖衣服？有心得？哈哈哈，笑死我了。"

"有什么好笑的，"我翻白眼，"你呢？我倒是要看看你干什么用。"

他好像就在等这句话，打了鸡血般拉我去隔壁他的地盘："来来来，让你看看小爷我的效率。设备都进来了。"

隔壁将近两百平的空间，不知何时已经被他彻底改造成了一个游戏天堂：跳舞机、篮球机、自动售币机、毁灭宇宙射击游戏机、赛车、真人拳击王、玩命太空摇摆机……叫得出名字的叫不出名字的，反正花花绿绿的，让人眼花缭乱。

他居然还招了六名员工，一个店长。

这么短的时间，怎么做到的？

嘴上却不服："切，我还以为有什么了不起的，玩物丧志。还不是为了自己打游戏方便？"

"你太小瞧我了，我目光那么短浅？"

有客人鱼贯而入，他对其中一个穿着工作服，头发染得绿灰相间的男生说："禽兽哥，来，把海报贴上。"

……这，都什么名字。

看到海报上的字我就笑不出来了——

"游戏大世界，开业酬宾，每人免费送一百游戏币！"

买的永远没有卖的精，抛出小利而已。可免费送的事情，不会有人当不占便宜的王八蛋，不过几分钟街上已经排起长龙，幸好洪喜早叫人等候在旁边维护秩序。

他冲我努努嘴。

"这并不代表你就能赚钱。"我依然嘴硬，"也不代表我的店就不如你。哼，你姐姐我，慢工出细活。"

"咱俩朋友这么多年，你看不出我所做的一切都是为了泡妹子吗？"

"泡妹子？"

"当然！"他单手撑在墙上做壁咚状，"这次，我要找个喜欢玩游戏的女生，志同道合懂不懂？到时小两口要么在家里，要么就在自家的游戏厅里打游戏。我们，哼哼哼，就是当代的郭靖与黄蓉。我们落霞与孤鹜齐飞，秋水共长天一色！"

"我问你，"我打断他美好的幻想，"你见过哪个妹子一个人来游戏厅的？人家不是陪男朋友来的，就是来这里找男朋友回去吃饭的。"

他目瞪口呆。

“真的假的？”

我非常非常非常郑重而严肃地点点头。

洪喜问我开店启动资金够不够，不够可以找他借。

能有这样一个免费的店面，已经太满足，我哪好意思再找他借钱。

两年的工作经验，小几万还是有的，开服装店而已，足够进货，又没有别的开销。这样想着，打开包翻纸笔时发现一个信封，里面有个存折和我爸手写的卡片——

“闺女，呈上我的私房钱，共十五万。别和你妈说。另：除此之外，我帮不了其他，唯有看牢你妈不给你捣乱。祝创业顺利。”

哇，果然还是亲爸好。

看住我妈不给我捣乱这一项，堪比给了我一百万。

逐个量了房间的尺寸，又收到如意微信：

“奉上十万块私房钱，已打到你账户。赔了算我的，赢了也算我的。不要假装推辞，没劲。”

不愧是父女，都有私房钱。

今天真是个好日子。

谁说的只生一个好？我强烈抗议。

约了好友别琼来涂鸦，她最擅长小清新的暖萌画风，最可贵的是每幅画里闹中取静，人物像是要从背景墙里跳出来。色调偏冷又不失闪亮夺目，我乐得把大权交给她。

不过两个小时的时间，整个店换新颜。

穿着红点长裙的女生凝望月亮，大耳朵长颈鹿伸长脖子踮脚张望相拥而坐情侣的背影，穿着滑雪服的男孩追赶空中飞翔的蓝鹦鹉……

我欢喜得不知道说什么，别琼早就习惯我的不善言谈：“赚钱了请吃饭呀，濮老板。”

不多时洪喜的朋友大户带着几个人送来一张床和一套桌椅，说是搬家不要的二手货。大户家早年靠养鸡发家，土豪得很，他因此而得名。小时候大户常带着一帮小混混、小太妹欺负人，自建“青龙帮”，坑蒙拐骗偷，没少干坏事。

我们上学时见着这批人，都躲着走。有次他们欺负到了如意头上，翻走如意口袋里一百八十块教材费，以及一枚我妈买给她的蝴蝶结发卡，镶了一堆玻璃钻，blingbling 闪个不停的那种。

还踹了如意一脚，踢在屁股上。我和洪喜回家时便看到一个哭得死去活来的鼻涕泡，还是一条被吓得尿了裤子的鼻涕泡。

那场景有点喜感，当然更让人愤怒。

洪喜气得一蹦三尺，当即找我当警察的二叔把大户抓了去。一起被抓走的，有大户的两个副帮主，一个叫呆逼恐龙，一个叫胖大海，都是女孩。

呆逼恐龙长得黑丑矮，脸上不是雀斑就是痘，偏偏嘴还贱。大户的外号是她揶揄大户起的，一来二去叫开了，根本没人记得大户的真实姓名。大户哪肯干，因她脖子长，于是天天叫她“呆逼恐龙”，倒也形象，自此彻底成了她老人家的终身印记。

胖大海，是另一个版本的“呆逼恐龙”。呆逼恐龙长得黑丑矮，她长得白丑胖，三个半同龄人绑在一起，才能凑成一个完整的胖大海。她整日里跟呆逼恐龙混吃混喝，小跟班一个。大户的名字，最初除了呆逼恐龙，唯独她叫得最起劲，大户便也不客气，赐她法号“胖大海”。

进了派出所仨人吓得够呛，仨人中，大户爸妈脾气最暴，教育方式也很简单粗暴，除了揍就是揍。胖大海和呆逼恐龙都是父母离异，一个有继母，一个有继父，俩人还都各自有一个同父异母、同母异父的弟弟。

继父继母的脾气同样都不好，俩人在家成了小保姆，看大人脸色的日子很不好过。

二叔在派出所关了仨人几个小时，连吓唬带呵斥，什么少管所最近人太少啦，每个房间的牢头都很寂寞啦，什么出来后没学校要，长大了也没单位要，找不到工作啦……说到通知学校叫家长时，大户先晕了过去。

出去后大户便解散了“青龙帮”，跟洪喜混，有一搭没一搭的，除了好色，倒没别的毛病。

这么多年过去，不知道呆逼恐龙和胖大海变成什么样了。

如意的另外一个外号“尿裤兜”便是这么来的。

这是如意人生中另外一个大耻辱，洪喜的撒手锏。不论何时洪喜说出这三个字，如意都脸色煞白转头就走。

此刻，洪喜叽叽喳喳地邀功：“原准备卖废品，结果收破烂的一件最多出五十，太气人了。我再三跟他保证，你绝对比收破烂的更需要这些，于是就都拉来了。”

看上去大概七成新，床是橡木的欧式简约款，配套的桌椅和茶几，放卧室刚刚好。

左边的落地窗前放榻榻米，另有一组长长的围成半圆的木沙发套装，我本就想将这里改成休闲茶水区。闲暇之余，冲杯咖啡，再在卧室旁的小厨房做点拿手好菜，或者烤个蛋糕，管它什么，反正我是这里的王。

“真的假的？我还是付你钱吧？”

白白占了人家的底商，又收家具，心中很是过意不去。

大户坚持不肯收。“骂我是吧？我跟洪喜什么关系，太打脸了。来来来，”他凑近我，歪着头，“这边的脸也打下。”

再坚持反倒显得我小气。

洪喜说：“你人缘好嘛。那句话怎么说的，哦哦哦，想起来了，一方有难，八方支援。”

我打他一记暴栗：“能说点好听的吗，放着‘雪中送炭’的词不说，非说我有难。”

别琼也笑。

大概洪喜多少是有点不放心的："你确定卖女装？其实你完全可以跟一些名牌店谈加盟或连锁啊，现在年轻人很拜金的，都好个名牌穿。如果你担心启动资金的话，我……"

大户和几个朋友也跟着附和。

"是啊，如心，小喜喜说得有道理。"

"他这个人平时吊儿郎当的，就今天说了句人话。"

"缺钱，哥们儿可以入股啊，还差多少？放心，利息都不用给，到时如心姐以身相许就行了。"

……

"不用不用，"我打断他们，"不是钱的问题。我生平最恨名牌，衣服而已啊，穿着舒服就行了，为什么非要做冤大头，有那么多的钱用在什么地方不好。"

我学洪喜朋友叫他名字时的语气："小喜喜，不用担心。等我赚翻了，就把你的店盘过来，看到时你有什么话说。"

"啊，"小喜喜表现得极为夸张，一点节操也无，直接双膝跪下抱紧我的裤腿，做哭天抹泪状，声泪俱下，"霸道女总裁，求求你放过我，不要赶尽杀绝……我好害怕，好恐慌，好难过……"

别琼笑得直捂肚子。

洪喜的朋友们早知他这么多年对如意的心，此刻却联合起来，趁乱起哄，以大户为首，阴阳怪调地叫着："嗷嗷嗷嗷嗷，在一起在一起！"

什么乱七八糟的，我也笑。

4 ///

各种证件齐全后，终于营业。

店名是早就想好的，就叫"不疑服装店"。

两个寓意：一，希望来店里的客人喜欢我们的衣服，对自己的品位“不疑”。

二呢，自然跟男人和爱情有关。

我希望这狗屎运持续得久一些，能够保佑我早日遇见自己的良人，对，特别浪漫特别爱我的男朋友——从此“结发为夫妻，恩爱两不疑”。

尤其是浪漫，必须得有。

简单来说，就是千万别像洪喜追如意那样，不会撩妹偏强撩，分分秒秒拉黑的节奏。

也不能像潘羿对如意那样百依百顺，完全没了自我。受虐狂和施虐狂的生活我并不想复制。

最好是情商高一些，成熟一些，性格开朗一些的男生。个头当然要比我高，相貌嘛，一般就好了。

如果他特别懂得浪漫，知道如何讨好女友，那么以上的条件都可以忽略。

我好像特别看重“浪漫”这个条件。不求他非要养家糊口，至少自给自足，我混得再不好，养活自己总是没问题的。经济条件我一向容易满足。

唯独浪漫这件事，不能让步。远古时代，女人们守在自己的洞穴里，期待着男人带猎物回来，以及有猛兽出没时可以保护自己的安全。那时对男人的要求也不过如此吧。

全面进入互联网信息时代的 21 世纪，对男人的要求自然是精神需求多一些。

热恋后，至少得过多少年平淡如水的婚姻生活，没有浪漫，哪撑得下去。

要过一辈子呢。

是吧。

当然——也可能是洪喜之前对如意明明不会撩偏要强撩的追求，连带我也有了阴影。也许是有次我妈逼着我和她舞友的儿子相亲造成的伤害——因话不投机，所以我的话很少。结果，我刚到家就收到相亲男微信发来的链接，“胖女孩不必自卑，你自有你的优点”……

你他妈才自卑，你胖，你全家都胖。

……

总之，我要找一个很浪漫很会撩的男朋友。

无浪漫，毋宁单。

店内的货源渠道有三：一是周边城市大的服装批发城；二是质量好但知名度低的网店；三是自己买一些独特的布料，请朋友介绍的服装设计师设计原创服装。所有料子，要么纯棉，要么棉麻，只在款式和颜色上推陈出新。

办公室改装成卧室，卫生间和厨房也进行了基本的装修。洪喜有个舅舅在林场，低价帮我收了一些长得歪七扭八无人要的原木，简单加工处理后直接做随形衣架，十分原生态。

茶水区新置了烤箱和微波炉各一台，又把我在家中时买的豆浆机、榨汁机、咖啡机……都搬来，反正我每天躲在家中厨房捯饬的东西，一件没落下。气得我妈说幸亏我不是嫁人，否则家里被搬个精光，还不如直接把他们老两口赶出去。

说来也奇怪，那些东西从不见她用，我真拿走，她火比谁都大。

我爸安慰我说：“你要知道，这世界上有三类父母：第一类子女干什么，她都觉得错错错；第二类是子女干什么都觉得对对对；第三类根本不知道也不在乎子女在干什么。你妈呢，属于第一类。”

“那您呢？”我问他。

“我？”他得意忘形，“我当然是第二类……”

我妈拿抱枕砸他：“滚滚滚！要我说，这世界上也有三类丈夫——第一类是老婆干啥他都觉得错错错，第二类是老婆干啥他都觉得对对对，第三类是老婆干啥他压根不知道也不在乎。”

于是他俩开掐。

成功地将母女矛盾转化成夫妻矛盾，我的功力绝不是一朝一夕练成的。

早上零零散散来过几个客人，东摸摸西翻翻。我好言好语地招呼着，端茶又倒水的，昧着良心把对方好一顿夸。也不知道什么原因，本来她们刚进来时，试衣服试得高高兴兴的，我夸了几句，当即变脸，马上换了自己的衣服黑面而去。

好像我把她们怎么着了似的。

我跟如意在微信里吐槽："你帮我分析分析，哪儿不对？"

顾客问："这件衣服我穿着，是不是显胖？"

我诚心实意地回复："其实，那件还真不是胖的问题，您的腿有点短，穿那个显得身材不匀称……哎，您别走啊！"

又有顾客问："我穿这个是不是不太合适，感觉是年轻小姑娘们穿的。"

我服务至上："是显得有点轻佻。这边有三十五岁以上女士的新款，我帮您挑几款适合您的……哎，您别走啊。"

有个大学生试穿裙子，摇摆不定要哪件："你说，男生一般喜欢女朋友穿什么款式？"

我当时刚看完一本杂志，好几版的丰胸广告，脑子里满是白白光洁的大胸，于是回复她："大胸、美貌且瘦。"

那小姑娘摸摸脸上还没退尽的青春痘，低头看看平坦的飞机场，哭着离开了。

有顾客喜欢新出的一款棉麻大衣，坚持要试XXXL的，可惜只有一个M码。我想把这件衣服赶紧甩出去，于是说："您先试试M码的看看感觉，回头我给您调货。"结果这位也转头走了。

……

如意回："我呸！这样下去，不到一周您就关店大吉。"

我不服："我又不是谎话精，难不成夸人家一点都不胖，一点都不老，一点都不丑。女人们到底是来听谁夸她们的，还是来买衣服的？"

"人家肯买下那件衣服，99% 是因为你夸人家长得美，穿啥都好看。"如意振振有词，"就像你给人打工，你收到的薪水，很大一部分是为了看老板的脸色。卖衣服更是这样，你指望人家买你的东西，还给人家不痛快受，把人家的自尊践踏得不要不要的。"

践踏自尊？我哪里有？

我服务热情得都快没了自尊好吗？

"你还觉得自己冤枉？就刚才，简直是客人哪里有缺点您就点哪里，人家自嘲说自己胖，你就跟着说胖。人家稍微上点年纪，就让人家买三十五岁的服装……你就不会说，哎呀，您这是富态，刚刚好，哪里胖？哎呀，您身材好皮肤白，穿什么都好看。看着您也就跟我同龄，正是年轻的好年纪，怎么会轻佻呢？你说这样的话会死吗？人家去你店里，是受气的，还是去花钱享受的？"

"那你说说看，我让那个顾客试小码的，她为什么也走？"

不提这事倒也罢了，一说这个，如意更气："人家本有自知之明，要试 XXXL 的，您非要让人家试小码，小码肯定穿不上。你想想看，非要金毛穿吉娃娃的衣服，这不是逼着人家出丑吗？买衣服的好心情彻底没了。你还不明白为啥？"

这样啊？

我自知理亏，却也不想就此认输，强词夺理道："我那是帮大家认清现实，如果去任何一家店，她们都不顾事实，被夸得云山雾罩的，太虚伪了……我这是……不走寻常路。总会……总会……"

我编不下去了。

如意说："总会臭了这条街，所有女性经过这里，都要绕着走，还要呸呸呸吐上几口。"

"真的假的？"

“你也别沮丧，”她安慰我，“反正都是要倒闭，早也是倒，晚也是倒，倒也不会有什么意外，心放踏实点儿。”

我：“……”

“你好好反思，身为股东之一的我，”如意终于不再讽刺我，“怎能眼睁睁看着这店关店大吉？放心。改天我过去，亲自指导。”

唉。

没想到做生意还有这么多说道。

我还以为只要开了，就有人送钱来。

算了算了，只能用阿Q精神安慰自己，反正也没租金，大不了赔个底儿掉，又恢复朝九晚五不断面试的生活。

从橱柜里掏出前几天酿的米酒，配了自制的小黄牛牛肉干，我自饮自酌起来。

喝得微醺，心中热乎乎的，不知怎么想唱歌。

于是放声大唱：

解放区的天是明朗的天

解放区的人民好喜欢

民主政府爱人民呀

共产党的恩情说不完

呀呼嗨嗨一个呀嗨

呀呼嗨呼嗨呀呼嗨嗨嗨

呀呼嗨嗨一个呀嗨

……

我唱得格外卖力，似全身毛孔都被打开，舒畅极了。唱至忘我的境界干脆站到了茶几上，想象着自己站在光芒万丈的舞台上，手握麦克风直面成千上万粉丝的荧光棒和激动的呐喊声，卖力地手舞足蹈，声嘶力竭——

呀呼嗨嗨！

一个呀嗨！

“嗨”音落下，我一个猛甩头，醉眼蒙眬中看到一个潮男站在店门口，一动不动，显然被吓坏了。

又不是明星，闲着没事戴什么墨镜！我还被吓坏了呢。

来不及多想，出于本能，我继续保持着原来的pose，闭上眼睛装蜡像，希望这个男人识相点，见到了不该见到的场面，赶紧自己主动消失。

等了一会儿不见动静，心中已经万马奔腾，快走快走，非要等我杀人灭口？

又过了十几秒，我沉不住气，看来对方是不想给我台阶下。

急中生智，我双腿慢慢并拢，双手合十，假装自己是在练某种神奇的武功，还煞有介事地闭着眼胡乱念了一通口诀。

这才轻咳两声，装作才看到他似的，问：“这位先生，请问，您要买点什么吗？”

他穿着简单的T恤和卡其裤，黑色的棒球帽帽檐压得极低，遮住大半边脸，全身散发着一股“敢惹我就杀你全家”的气场。路上遇见这样的人，我多半敬而远之，奈何开店总要迎客，不能完全置之不理。

他并未理会我，不急不缓地在店里走了一圈，像是大老板微服私访视察自己旗下的子公司，先扶起此前我不小心撞倒的板凳，又将墙上置物架上倒在一侧的小齐扶正，走到服装展示架前看到两件套裙的上衣和短裙搭错，皱着眉换好。

最后目光落在茶几上一半放在茶几上一半悬在半空的茶壶，带着“刀下留人”的紧迫感大跨步迈过去托在手中，再将散落在一旁的茶夹、品茗杯、茶漏、茶巾、盖碗……一一摆好放在茶托上后，将茶壶放在了正中央。

——传说中的处女座？

我默默盯着他。

终于，他在柜台收银处驻足，盯着墙壁看了几秒，抬了抬帽檐，一张饱经风霜略黑的脸赫然入目，十足的铮铮硬汉，风尘仆仆的，像是赶了很远的路。

——咦，原来是他。

之前有个不知道姓名的男人，人长得蛮帅，只是说话不太利索，说不了长句，只能三四个字、三四个字地断句。

我有一阵找不到工作，神经病发作一般，跑到网上应聘“陪吃陪喝，地陪吃货师”，然后那个选了我的神经病便是眼前这个男人。

原来说好的三天，说是临时有事，改成一天。事实上，连一天都不到，不过是晚上我带他去吃了本市最正宗最好吃的“庄记煎饼”。十分诡异，一个煎饼而已，他吃得哽咽，不知想起什么苦大仇深的故事。大男人家家的，我都不忍心看下去，好在他来了一个电话，说有事提前走了。

临走前往桌子上扔了一千块钱，正值一辆出租车停在门口，我追出去时早就不见了踪影。

此刻四目相对，我俩均是一愣。

“是你？”

异口同声。

他原本嫌弃的目光略微温和些：“原来，你在，这里工作。你们老板，在吗？”

切，瞧不起人。

我撇撇嘴，心说：老板远在天边近在眼前，睁大你的钛合金狗眼看清楚嘛。

刚想说出自己的身份镇他一镇，蓦地想起洪喜交代的话：“开店呢最关键的，说话做事要低调，要有所保留。笑脸迎客，和气生财，自得其乐。”

于是标准地露出六颗牙齿，笑容满面地：“不好意思，我们老板出去办事了，今天不在。”

“也是，”他仍然面无表情，“你刚才，的样子，老板在，才怪。”

这个表情好熟悉。

想起网友做的Noah的表情包，我终于知道为什么Noah看起来那么面熟了，于是直接问道：“啊，你是……Noah？那个，那个……导师。”

没错，根本就是同一个人。

节目中他化着精致的妆容，脸部的线条更为分明，头发是柔和的亚麻色，微弯的纹理烫，蓬蓬松松的，也许是因为那舞台，带着光芒万丈的酷炫感。

眼前的他显然是生活中最放松的样子，休闲装、人字拖，可以随时随地淹没在人海中，不留任何痕迹。

他耸耸肩，没否认，也没承认。

我第一次见到活的名人，十分兴奋，对他愈发热情：“请问您有什么事儿？”

而且，小喜喜也说啦，伸手不打笑脸人。

就在我以为他已经忘记刚才见到我时的窘状，可以进行友好对话时，却听到他说：“歌儿唱得，倒挺欢快。待客，不行。”

我的脸腾地红了，模仿着他说话的语气和节奏，当下反唇相讥道：“人长得，不错。说话，不行。”

他不气反笑，眼睛微眯着，撇撇嘴角，并不在意我取笑他的缺陷，似乎他并不认为自己那样说话断句有什么不好，带着些许赞叹我的语气，直视着我的眼睛，缓缓回道：“嘴巴，挺厉害。”

嗯，不错不错，我也在心里默默给他点了个赞，以为刚才我采取“哪儿疼戳哪儿”的策略，抓着他的弱点刺激下，他会跟我急呢，没想到心胸蛮宽广。

接着，他递给我一张名片：“麻烦，转交下，如果方便，希望，能见面，详聊。”

银色的磨砂卡纸上，只有姓名和手机号码，我直接念道：“甚辙。”

他皱着眉：“湛澈。”

哦，战车？

这名字真霸气。

什么样的父母会给孩子起这样的名字。

对哦，湛澈。湛蓝的湛，清澈的澈嘛。这俩字拆开，我是认识的。放到一起，倒成了白字先生念半边了。

“哦，湛澈，湛澈！当然。这是你的中文名么？放心，我一定转交！”我想起之前他给我的酬劳，“上次你给的一千块实在太多了，我还你五百块吧。哦，还有，我看你在节目中说话挺溜的，为什么跟我说话，每次都这样断句呢？”

他斜眼看我几秒，一副不屑于回答的样子，转身欲走。赶巧不巧，烤箱这时突然发出“叮”的提醒声。

不回答就算了，我学他耸耸肩，戴好手套，端出烤好的玉米放在圆桌上，香味迅速弥漫，整个店都飘着浓浓的玉米香。

一口酒，再啃上几口玉米，再来一口自制的牛肉干，哇！

我吃东西非常不斯文，喜欢吧唧嘴，想起我妈表扬我，说我吃饭像猪吃食，每次都让她这个做饭的特别有成就感。

唉，谁家的亲妈会说自己女儿吃饭像猪吃食？

Noah，不，湛澈（其实这个中文名字挺好听的）不知何时又回来了：“这位女士，请原谅，我的唐突，实在，不吐不快，您不觉得，这样做，很，有悖于，职业……很……不太合适，吗？”

不合适？

我愣住，哪里不合适？

我看看他，又看看玉米、牛肉干、酒，想起之前他满城寻找童年味道的煎饼店，恍然大悟：“哦哦哦，不好意思不好意思，这些是非卖品，只给老板……不不不，只给自己人，员工，对对对，就是只给员工吃的。”

他先是有点迟疑，继而惊讶道：“不会吧，你，居然以为……”

“等一分钟。”我不耐烦地站起来，拖过他按在椅子上，“坐。”

飞快地从消毒柜里拿出一套餐具，分了同样的一份，推到他面前，不就是多一双筷子么，我就当日行一善了。

“哪，吃吧。我从来都是吃独食的，谁让我今天心情好呢。”

我坐下来继续大快朵颐，嗯，喉咙里发出欢快的咕噜声，幸福感爆棚。

米酒是我从群山环绕的张家界买的糯米，用山泉水酿制而成的。牛肉呢，海南散养的小黄牛，只用臀部的肉晾制，没有任何添加。温水泡过后，煎时只放点生抽，就已经好吃到停不下来。玉米是朋友农场种的水果玉米，单是生吃已经可以打满分。

他仍干坐着没动。

我没理会，继续吧唧嘴。

不知过了多久，似乎做了很久的心理斗争，他皱着眉：“牛肉，是要，配，红酒的。”

我白他一眼：“少废话，吃还是不吃？”

吃饱了收走餐具自顾自地去清洗，余光中瞥见他咽了口唾沫。明明已经馋了，却假装不愿意，真矫情。

正要刺激他，却见他夹了片牛肉送进嘴里，小心翼翼的样子，像是随时准备慷慨赴死。

我转过身瞪着他：“要不要拿根银针试毒？”

他的表情由紧张转为难以置信，继而是惊喜，随之抿了一口米酒，刚才还紧绷的高高在上的表情，此刻跟饿死鬼投胎似的，开始狼吞虎咽。

吃完了用纸巾擦擦嘴，他说：“很抱歉，刚才……呃，虽然……我是想说，虽然你，请我，吃了顿饭，但毕竟，你在给，老板打工，不，好好工作，被他知道，不太好。”

这也太过河拆桥了。

我咬着牙：“所以，您有什么好的建议吗？”

“为了您的，前程考虑，建议，您收敛一些。很抱歉，”他朝我微微鞠了个躬，“说出这样，的话。以及，玉米，和牛肉，很好吃。酒也好。”末了从钱包里掏出一张纸币放在桌上，“谢谢款待。千万不要，忘记，叫你老板，联系我。”

“不用了，”我把钱重新塞给他，“刚才我说过了，上次陪吃你给我那么多，我还得还你……”说完我翻了收银台的抽屉，再算上我钱包里的钱，加一起三百都不到。

我只好改口：“呃，这样，反正我有你名片，下次给你哈。等老板回来，我会转告的。”

他略微欠欠身，忽而目光落在我的脸上，慢慢走近，拿着纸巾的手迅速在我脸上一抹，待我明白发生了什么时，他已经叠好纸巾扔进垃圾桶。

“刚刚下巴，”他解释，“有食物……残渣。”

呃！提醒我一声不就完了吗？

习惯了大家看到我脸上落了食物残渣而假装忽视不见，完全没防备他居然直接上手替我擦。

这人，真不见外。

我有点不淡定，脸略红，又想，他是 Noah 啊，如意知道会嫉妒死吧。

余光中看到他又巡视了一遍整间店，掩饰不住地遗憾：“唉，可惜，可惜。”

我假模假样地去库房送东西，回来时他已经离开，茶几桌上多了张纸币。

一张崭新的一百美元。

这个男人，似乎很喜欢用钱来解决问题。

找老板？

想加盟我们？

呃，应该不至于，我还没自恋到这种程度。

中午洪喜叫了外卖来我店里吃，我跟他讲起这件怪事。

他表扬我身份隐藏得好。

“这么做就对了，江湖险恶，稍有不慎，你就被卖到穷乡僻壤的乡村给二傻子当媳妇了。还要连累你哥们儿我，将印有你照片的寻人启事，同那些专治性病、酒店招高级公关小姐的小广告一起，贴满各大城市的电线杆。”

“……滚！我才没那么傻。我不是赚了一百美元？”

“你还有脸说，”洪喜啃着鸡腿，声音囫囵不清，“你开的是服装店，结果开业第一天，卖吃的赚了一百美元。好意思吗？”

是有点愧疚。

“呃，那你呢，今天生意怎么样？”脑海里蓦地闪过湛澈替我擦下巴的场景，心不禁一跳一跳的。

“赶上学生放假，仅一个上午，流水已过万。”

我羡慕得眼珠子都快掉下来了。

“不过，确实没什么好妹子。”他沮丧极了，“你说得没错，女生要么是跟男朋友来，要么是找自己的男朋友来的。早知道卖化妆品了，这样结识单身女生的概率会大很多吧？”

我拍他后脑勺：“能不能有点出息？赚钱这么美的事，你天天想着妹子，妹子！”

他嗷嗷叫着躲闪，又开始反攻。

吵吵闹闹的，一天也就这样过去了。

明天吧。

我暗暗握拳，一定比今天好。

5 ///

事实上，高考结束后，我从未像现在这样快活过。

有了自己的店，走在街上，去快餐店吃饭，出门倒垃圾……我变得非常有底气，像是无人养老送终的孤寡老人找到了失联多年的骨肉，连坐在墙根下晒太阳捉虱子都有了优越感。

我曾觉得高考就像金庸小说里的华山论剑。

日夜苦练，朝夕用功，点点滴滴，只为了在高考后拿到锋利的成绩之剑，扬名立万。随着大学录取通知书的发放，那把成绩之剑便开始有了翅膀，在但凡当年有参加高考的学生家中，在大街小巷里，穿行、炫耀，也剧烈厮杀。

后桌小鱼因发挥失常离家出走，几年没有音讯，可怜他爸妈卖了房子，一座座城市寻找。

大牛呢，成为黑马被 N 大录取，至今全家喜气洋洋跟谁说话声音都高八度，大家已经预见到他毕业后出人头地、光宗耀祖。

曼利本来去了民办大学，家人在街上遇到邻居只肯低着头走，某天找了个 B 大的男朋友，逢人炫耀。

……

我们这些说到校名别人听都没听过的人呢，天天被数落，俨然成了下等人。

高考当然是人生的分水岭啊，如意说，不怪人家这样讲。

我从不这样认为。

不过是证明你接受了几年优良正规的大学教育而已。

一生那么长，总有一天你会发现，比起考上什么牛逼大学、读了什么热门专业、找到什么让人艳羡不已的工作，决定你的人生方向和质量的，其实是你与他人沟通和控制情绪的能力。

未来的事情谁知道。

洪喜说：“不，最重要的是有钱。”

于是被我骂拜金，又被狠狠拍了后脑勺。

隔天如意来找我，看到我和一位年轻的女顾客说话，气个半死，训了我足足一个多小时。本来她每天在家宅得快要长出毛来了，之后便决定过来帮我看店。

我接受了她的批评，慢慢学着如何夸人夸得心花怒放。之前都是老板发工资，到了日子，准时打到卡里。可开店做买卖呢，是要忽悠陌生人心甘情愿地把钱送到我的口袋里，并不是你会夸人就行。本来也应该光明正大，可我内心总虚得慌，像做贼。

所有的衣服都算上，扣除物流费、进价、店里的水费、电费等杂七杂八的费用，卖价是进货价加了50%。

当时那位客人看中一条定价三百元的黑色连衣裙，我担心一天不开张，生意都做不成，人家还跟我讲价，我已慌得自降价格：“您如果诚心要，二百五十元。”

对方白了我一眼。

呃，难道她还是觉得高？

“您看，就赚您五十块钱。二百元进的货。”我索性从抽屉里拿进货单给她看。

她翻了翻，说：“买的不如卖的精，看这个有用么？谁不知道你们卖货的两个账本，一个忽悠顾客，一个真实记账？还二百五，你才二百五呢。”

说完她扬长而去。

呃，人家骂得有理。

如意也把我骂得要死。

她能说会道，从小就十分懂得穿衣服。从中学到大学，女生逛街最喜欢拉着她，眼光毒，会搭配，又擅讲价，女孩们穿上她挑选的衣服，像变了个人，气质非凡，桃花运噌噌噌地涨。

她头脑比我灵活，见人说人话，见鬼说鬼话，尤其是对消费能力偏高的顾客。仅仅是这一天便让我佩服得五体投地。

本来人家是要买 T 恤的，她搭配好不同风格和颜色的裤子、西服外套，不厌其烦地等着对方试穿。人靠衣装马靠鞍，明明是一个人，换了套衣服，却千差万别。顾客穿上后喜滋滋地舍不得脱下来，大包小包拎着走。

因为有她，我第一次流水过千。

我们约好她隔天来一次，帮我坐镇。

我爸对我妈来我店里捣乱早下了禁令，此刻借着给如意送汤的理由，得以对我指点一二，缠着我辟出一角用来销售“大家闲置不用的衣服”。

“肯定会大卖，”我妈志在必得，“人家都说每个女人衣橱里永远都少一件衣服。我告诉你，同样的，每个女人衣橱里都有一件以上从来不穿的衣服。你想想，这个城市有多少女人？如果把这些闲置不用昏了头买来的衣服，彼此交换或低价处理，得多受欢迎？”

头疼。

我妈买衣服的品位和审美，这么说吧，什么难看买什么，什么怪异买什么，什么爆炸搭什么……别人穿新衣服是试新装，我妈穿新衣服……

用我爸的话说，是“挑战大家心理承受底线”。

到底她是有着一种什么样的特异天赋，每次都能从那么多卖服装的商家买回让我们全家都吓得一跳一跳的衣服呢。

开始我不想搭理她，奈何她说个没完，只好耐着性子问：“既然自己从来不穿，为什么指望别人肯穿？”

她强词夺理：“因为每个人审美不一样，大家昏头症不定时发作，女人啊，很难坚守底线和原则。她们乱买衣服和出轨是一个道理，无所谓忠诚，只是诱惑不够。”

我只得把如意推给她。

如意真是吵架小能手，张口就把她秒杀。

“娘啊，您的主意真棒。不过我有一个更好的主意，看见广场东的夜市了吗？我给您找一编织袋，带上您所有闲置不用的衣服跟大家伙一起摆摊，肯定受欢迎。”

孕妇最大。

我妈转头就走。

潘羿呢，一下班就过来接如意。

他还是话不多，可如意每次使唤他，像是奴隶主呵斥奴隶。我几次看不下去，他却乐呵呵的。

我酿了很多酒，拐枣、地瓜、黄杏……低浓度又酸甜可口，每天喝得像匹兴奋的小马，别提有多开心。我还琢磨着从各地搜罗时鲜水果，实验哪里产的口感最佳：七月哈密杏，九月五味子，十月蒙自的沙地石榴……有时也会榨新鲜的汁和到面包里。豆沙、蜂蜜、蛋挞、肉松、布丁……如意每天被我和我妈养着，怀孕才四个半月已长了八斤。

潘羿破天荒地有了意见：“是不是需要注意点儿，我听说胎儿太大……”

如意瞪他：“是你生，还是我生？”

他赔笑：“你生你生，我是担心你。”

如意：“你担心我，山竹才买两斤？哪够我吃？”

“哎呀，祖宗，你等着我马上去买。”他飞快跑出去，到对面街拎了十斤山竹回来。五斤给如意，剩下的说是留给我。

这季节山竹正贵，一斤卖到三十五，他真舍得。

如意见了又大骂:“干吗买这么多，你疯了，钱是大风刮来的吗？”

“别生气别生气，回头我加班赚回来。”他赔着笑脸，语气是宠溺的。

“你加班我还心疼呢！你加了班谁陪我？不许去！”如意被惯得不像话，越发不讲理。

潘羿搂着她:“好，不去不去。听你的。”

车轱辘来回转——

如意骂:“你不去？谁赚钱！”

杀了我吧……我实在看不下去了。

我妈倒还满意，觉得如意的眼光也还好，没她以为的那么差。

我隐约觉得有什么不太对。

潘羿对如意的好，像条件反射，来不及，不，甚至是完全不用思考的那种。我看不出他的真实需求，他只和如意有交流，只对如意的话有反应，对我们点头已算是大热情。

我觉得恋人不应该是这样。

如意两口子一来，洪喜就来得少了。

即便来，也多在晚上，他们离开后。

我想，他嘴里说着不在意，其实心里终究难释怀。

6 ///

我们的店不及别家兴旺，但毕竟处在好位置，如意担心她不在时，我慌了手脚乱降价，干脆贴上“概不还价”的标签。在她的努力下（当然也有我的努力），有天销售额居然到了三千。虽不及洪喜店开业营业额的十分之一，我还是很兴奋。

晚上只剩我一人时，忍不住又多喝了点酒。我酒量一向不错，可之前洪喜送的两瓶冰酒被我喝光了，我又贪杯，混着喝了几种别的酒。

等发觉自己有点醉醺醺时，就想提早关店，睡个好觉。

挂上打烊的牌子，四处找防盗门的遥控按钮，店门口的自动发声猴子玩偶突然发出清脆的“欢迎光临”声。

酒嗝一个接着一个。

“我已经……呃！”响亮的酒嗝，我紧闭着嘴，想将它压下去，“要关店了……呃！”

又来了。

“明天请……请……早……”舌头也打结。我晃晃头，遥控器也不知道被扔到哪去了，于是沿着衣柜挨个翻找。

“你居然，还没被辞退？”

酒醒了，我转过头，真是他。

“甚……甚辙？”

“看来你不但，没有，职业道德，记性还，不大好。湛澈，湛蓝的湛，清澈的澈。”他看我时的表情，同上次一样忍无可忍。

“有什么事吗？”废这么多话，我还忍无可忍呢。

他盯着此刻一片狼藉的店，眯着眼睛只摇头，接着掏出手机，手指迅速地按键，一声“叮”的发送音后，问我：“你们老板，还是不在？”

哈哈哈，我在心中狂笑，他并没有像上次那样强迫症大爆发，帮我一一归置、整理。

这局，算我赢！

——呃，果然是喝多了吗？好像也没什么光彩的。

“对啊。”我说。

“名片……转交了吗？”

是不是长得帅的男人，说话都这么招人烦？

不不不，我忘记了，虽然我看上去醉醺醺的，心里可明白着呢，他是从舞台上下来才招人烦。

哈哈哈。

非得给他点教训不可。

“名片？哦，对对对，上次你来给过的，”我想起来，热情回答他，“没有。”

他瞪着我：“搞不懂，什么人，会愿意，找个酒鬼，当导购。你们老板，电话多少？”

“我又不认识你。”

“我像是，骗子？”

我摇摇头：“你像不像骗子跟这件事一点关系都没有，纯粹因为我不想给你我老板的电话。”

“你……”他刚要发作，不知瞥见了什么，表情愣了几秒，语气变得柔和，“你，住这儿？”

“对啊，”我可怜巴巴地回他，“老板可怜我没钱租房，免费的。”

他没说话，似乎在辨别这话的真假。

僵持几秒，他的手机铃声大作。

“是，我直接，过来了，”接通电话后他淡淡看我一眼，“行，带她过来。”

这、这、这，是要叫同伙过来吗？

“喂，我要关店了，有什么事明天再来好吗？”

他一怔，摇摇头，坚定地说：“不。”

我不安地搓手，报警是不是有点夸张？

洪喜连自己的店都有几天没去，而且我不能每次出了事情都找他。

手心开始冒汗，纠结无比，其间湛澈站起来又坐下，又站起来，反反复复。

“喂，你怎么了？”

这句话促使他下了决心，快步走到我面前，背在身后的手冷不防抽出来，以迅雷不及掩耳之势在我下巴周围抹了一圈。

“茼蒿叶，今天的，晚饭吗？”

像是怕我不明白，他挑眉从茶几上的抽纸盒里抽出一张面巾纸，将手指擦干净，把叠得方方正正的纸巾扔到垃圾桶。这才把目光锁在我脸上，满意地点头，重新坐回沙发上。

这位大哥，我们有这么熟吗？

处女座就有理了？

我白痴般杵在原地，想质问时已经错过时机，猴子的“欢迎光临”声再度响起。

咦？

门口站了个剪个锅盖头的小正太，看上去比洪喜小一些。他的身后还跟着一个穿着某某家政公司制服的中年女人。

也许自觉五官精致，那小正太才有自信驾驭这样有挑战性的发型，要是抛开偏见，锅盖头柔顺的碎发其实还有些时尚感。

见到湛澈，他毕恭毕敬地迎上来：“湛老师，可算找到您了。赵台都快把我骂死了，说我不称职，还威胁要开掉我。呜呜呜，好难过。您看您，有什么事打声招呼，我来不就行了，哪用得着您亲自出面。”

接着对身后的家政人员说，“就是这儿，你看着收拾吧。”

“好的。”于是那女人拿着自带的工具，开始收拾店里的每个角落。当然她干活倒是很麻利，也仔细。

只是，只是，不对吧？

什么情况这是？

——这、这、这是我的店啊！

我反应过来，大喊：“等下，你……我没有叫小时工。”

湛澈面无表情地看着我：“知道，你没叫。所以我，帮你叫了。”

“……你有没有搞错，这是我的……”不行，不能暴露身份，还好我及时收住，“我打工的店，你们凭什么叫人打扫？告诉你，我是不会付钱的。”

小正太拍拍我的肩膀：“放轻松，别紧张。不用你付钱，我付，我付。”

“你付……就算你付，我也……”

“好啦，”小正太拉我到角落，“我们老板有点洁癖，他无法忍受脏乱差的环境，否则哪儿待得住啊，还要跟您谈事呢。您就受累些，当成是家政公司免费送的清扫服务吧。”

“谁……谁要跟你谈事儿？”他无法忍受脏乱差的环境？老子这里，哪里脏乱差了？

气得我。

“小少，”湛澈突然喊了一声，“好了吗？开始吧。”

哦，小正太的名字是小少？

只见小少会意地点点头，突然退到湛澈身边，像变了一个人。

“啊，这位漂亮的姐姐，你今年有十九吗？哇，你的皮肤真好呀，平时用什么牌子的护肤品保养的？”

瞧瞧人家这张嘴。

我忘记刚才的不快，决定对他以礼相待：“哇，这个帅气的小正太，你高中毕业了吗？你的锅盖头好可爱呀，在哪儿剪的？”

噗！

原本板着脸的湛澈忍不住笑出声。

小正太也不介意，拉住我的胳膊摇晃：“哎呀，不要取笑人家了啊。好姐姐，就让你们家老板出来见一面呗？”

我把手挣脱出来，学他拉我的样子拉着他的胳膊，左右摇晃，“好弟弟，见一面也行，除非你告诉我，到底找他所为何事呀？”

这时洪喜走进来，看到我们，表情一呆。

“如心，就知道你又喝多了！”他打飞小正太的手，半扶半挟制地把走一步晃三晃的我按坐在榻榻米上。

他根本不看电视，并没有认出湛澈。

小正太以为我们是情侣，忙不迭道歉：“这位大哥，不好意思，您可能误会了，其实我……”

奇怪，洪喜跟小正太站在一起，倒是成熟多了。

“有什么事，你可以跟我讲。”洪喜眼睛盯着湛澈，话却是说给小正太听的。

“呀，那您一定是这家店的老板吧？”小正太开心地眯着眼睛，“是这样的，我们也不卖关子了，一直想找您，今天能联系上真是太好了。您看，我们呢，想转租你这家店，您看多少钱合适？”

我十分生气：“你凭什么认为我……我……我老板肯转租？”

湛澈一直没说话，小正太一来，他突然变得沉住了气，我们对话的过程中，不急不慢坐在沙发上喝小茶，像个局外人。

洪喜也说：“是啊，我们生意做得好好的，暂时没有转让的打算，你们请回吧。”

“这位大哥你说话真逗，”小正太在我们店里走来走去，耀武扬威地，“我听说这店的业主是只租不卖的，想来你们也是租户。就这地段，一年租金得多少钱？就你们卖的这些东西，那些姐姐阿姨奶奶们，得眼睛瞎成什么样才肯掏钱买！”

“你……”

“我正是为了让你们少赔钱，才提出这个建议的。没想到你们这么无情地拒绝我，真是好心当成驴肝肺，实在太伤心了。呜呜呜呜……”

哈，这位长相甜美的小正太说起话来倒是挺气人，比起洪喜来有过之而无不及。

“让你受伤害也非我的本意，”洪喜表情十分认真，“左边有药店，你可以多买几个创可贴贴上。店，是真的不转租呢。”

“你……”

他俩唇枪舌剑，看得我十分过瘾。

湛澈到底忍不住了，问：“这位先生，您贵姓？”

“免贵姓洪，洪喜。”

洪喜头也不抬，倒了杯茶水扶着我喝，好像有点生气。

“久仰久仰，原来是，洪先生。您是，老板？”

未等洪喜回应，湛澈又问：“我怎么，听说，老板姓濮？”

濮？

我？

他怎么知道的？

我疑惑地看着洪喜，他冲我点点头，我明白他的意思是让他来处理，便识趣地闭嘴。

“你可能听错了。房主去非洲旅行了，短期内可能不会回来。这家店老板签了长期合同，不转租。”

小正太到底年轻，沉不住气：“如果我们肯出你们两倍的租金呢？”

洪喜送上一个十分灿烂帅气的笑容：“那也不。”

湛澈的手指有一搭无一搭地敲着茶几的桌面，语气慢吞吞却十分犀利：“所以，洪先生，是以，什么身份，跟我们，对话呢？”他的食指点向我下午才挂在墙上的“个体工商户营业执照”，一字一顿地念着，“经——营——者——姓——名——濮——如——心。”

不懂浪漫的男朋友

第三章

这真是女人的悲哀。
是的，知道事情没那么严重，
还可以闹一闹。

一旦坐实了奸情，
只能自己独自舔舐伤口，
问都不敢，
怕自己没拿定主意便将事情挑明，
彻底没了退路。

1 ///

居然忘了营业执照。

不禁羡慕电视剧中微服私访的皇帝，总是能够深入贪污腐败的臣子家中，似剥洋葱般逐层剥出不为人知的黑暗真相，再“嗖”的一下换上龙袍，这时必然会响起铿锵有力的音乐——当！当！当当！！当当当当当！！！然后皇家侍卫两排站，惩恶锄奸，大快人心。

人家是怎么把住口风，成功掩饰身份的呢？

关键时刻，洪喜扮猪吃老虎，天真地抓着我的胳膊晃来晃去：“哎呀，人家差点忘记了，对哦，明明你是老板。”

小正太冲他翻白眼：“大叔，别演了好吗？”

洪喜最讨厌人家说他年纪大，偶尔路上遇见小朋友叫他“叔叔”，不管手头有什么紧急事，都会先放一放，连哄带骗，直到对方改口叫他“哥哥”。

“你叫谁大叔？你才大叔呢！”他边说边往小正太跟前凑，也不知道谁先动的手，俩人你戳我、我戳你，接着噼噼啪啪动起手来，怎么看都像是在调情。

我歪头看了会儿热闹，猛地意识到我是老板这件事儿，并没有必要遮掩。

“没错，我是老板，”我挺身而出，这次直截了当，“店面不转租。”

“原因呢？”湛澈匆匆看我一眼，没有戳穿真相后的胜利感，等着看我难堪，而是换了更真诚的语气，“实不相瞒，这地段，对我来说，非常重要，希望你能，割爱。不论提出，多少租金，我们都在，您提出的，基础上，加20%。”

小正太闻讯住手：“湛老师您疯啦？”

趁人家说话没防守，洪喜当胸一拳打得他直咧嘴，小碎步颠到我旁边，低声道：“划算。”

确实划算。

仅按照市面标准租金，已经可以让我至少过上一年醉生梦死的日子。

“啊啊啊啊，如心，别中了他的奸计，”洪喜想通什么似的大叫，“为什么他肯出这么多钱，一定有猫腻。该不会是……”目光在小正太和湛澈之间来回切换，“我知道了！你们是不是已经勘测到地底下有什么宝藏？有古墓，还是古墓群？黄金还是古董？”

正在喝茶的湛澈“噗”的一声把茶水全喷在小正太身上，可怜的小正太瞠目结舌，擦了不是，不擦也不是。

洪喜扬扬眉毛，一副果不其然的样子，斩钉截铁地：“如心，我们不转租给他们，我们自己挖！”

——自己挖！

到底是我喝多了，还是他喝多了。

猪一样的队友。

我别过脸遮住额头，假装没有听到这句话。

湛澈明显忍了又忍，“小兄弟，你想太多。我只是……只是……曾经……”他眉头紧锁，艰难地吐出这几个字后，“抱歉，我还没，准备好，不知道，怎么说。”

“哎呀，没事啦，湛老师，”小正太为他解围，“用不着跟他们费口舌。这么丰厚的条件，傻子才不同意！”

洪喜大骂：“你才傻子！”

“如果你，同意转租，”湛澈摆摆手，示意小正太不要再继续争论，“我可以，帮你们，租隔壁的，咖啡店。我出一年，租金。一周时间，考虑下？”

洪喜和我几乎在同一时间回应——

“成交。”

“不！”

洪喜把我拉到厨房开小会：“你傻吗？不过换个地段。一倒手，你梦想的醉生梦死的生活不是就可以实现了？”

我诧异地看着他，这小子，倒是真明白我。

他被我看得发毛，迟疑着补充道：“至少一年，总可以吧？”

“我当然知道啊。”我强咽了口唾沫，“只是洪喜，你帮我争取的这个店，我想靠真本事赚钱，而不是当个二房东赚点房租。否则，我挺看不起自己的。”

没说出口的是，尤其被你妈知道后，更没脸啊。

“管它什么，能赚钱不就得了？而且，是谁天天在店里喝得醉醺醺的？现在倒想靠真本事赚钱了？”

“呃……”我惭愧得很，“我不像你，脑子那么灵活。我还在学习和钻研，很多事情急不得的，要慢慢来。”

要慢慢来啊，老祖宗说的，欲速则不达。

他将信将疑。

“好吧，”这谎撒得我自己都脸红，只好豁出去说实话，“……是刚才小正太说的话刺激到我了。什么叫‘那些姐姐阿姨奶奶们，得眼睛瞎成什么样才肯掏钱买’，我有那么差劲吗！”

损友有时是非常讨厌的，我明明主动砍了自己一刀，原以为对方看到我自残后会退两步。万万没想到，他径直朝前走，以更大的力气，补了我两刀。

于是我看到他认真点头：“有啊，当然有。”

“以前我是随性了点，”我双手握拳，狠瞪着他，“这次！一定给你好看！”

他继续揶揄我：“从我认识你到现在，你只有在吃亏和倒霉后才认真过。”

“嘿嘿，”我心虚，“我这个人别的优点没有，心理素质是最好不过的。好事不能都占，占多了，就该倒霉了。”

“歪理邪说。”

从厨房出来，我走到湛澈身边，诚恳地说道：“湛先生，虽然您的条件很有诱惑，但真的很抱歉，我确实不转租。它对我来说，也很重要。”

小正太忍不住咂舌，“天哪，你比湛老师还疯。”

湛澈的表情有惊讶又有谅解，继而垂下眼皮安静地站着，不说话，也不看任何人，似在处理被拒绝后的失望情绪，连空气中都充满了尴尬的进退不得。

我有点不忍，拒绝别人时，看到对方失望的表情，便觉自己是罪人，每每对方黏着又哀求几次，不管我有多么不情愿，也就委屈自己老好人地退让了。

委屈别人，我下不去手。

委屈自己，就简单多了。

因为看不到自己的脸色。

等看到自己的内心，明白自己的真正需求时，大势已去。

但这次不同。

终于，他说：“尊重你的，决定。打扰了。生意兴隆。”

洪喜看着他往外走，“奇怪，这个人说话，为什么老停顿，跟给逗号代言似的。”

小正太经过他身边时回了他一拳，接着迅速跳到湛澈身后：“大叔，我这个人比较健忘，所以仇是当天必报的，你多担待啊。”

这俩活宝。

洪喜拔脚要追，人家迅速钻到车里，哪追得上。

2 ///

“孕妇姐”如意在家里舒服地当太后。潘羿除包办所有家务活外，连水果都是削好皮切成块摆在盘子里，叉好了送到她嘴边。

太后有什么要求，连嘴都不用动，小眼神一瞟，再微妙的情绪，他都能捕捉到，跳起来做选择题：

水果不好吃吗？

是不是沙发太软了？

肩疼？我给你揉揉。

啊，电视进广告了是吧？来来来，老公帮你换台。

……

惯得实在不像话。

在我这里哪有这待遇，一进门便被我当小时工使唤。

“眼里有点活儿，扫完地拖两遍。”

她自然不干：“姐，别闹，我是孕妇。”

“孕妇怎么了？”我不为所动，“生孩子很痛苦的，不运动搞不好会难产。”

“现在科技这么发达，”她傲娇地坐在沙发上，往后一靠，光着两只脚放在茶几上，“我可以无痛分娩，不行就剖。”

“我建议你没事的话，去看看孕妇论坛里的帖子。无痛分娩，可能吗？不过暂时不疼，生完了麻醉劲儿一过，孩子都不能抱，肚子那儿还得用镇痛泵压着。”

她有点慌：“真的假的？”

“废话，我骗你干吗？”然后吼她，“起来干活！”

吼是吼，可我并不指望她能移开她的“贵臀”，真帮我做点什么。不过是看不惯她作威作福的样子，发泄下出口气，摆摆当姐姐的威风。等我从后面一间充当库房的小屋拿衣架出来，看到她拿着扫帚在扫地，着实有点惊讶。

阳光透过落地窗注入柔和的光，连屋子里的微小灰尘都被照亮。她本来就瘦，怀孕后小腹微隆，不细看仍是平平。弯腰时耳旁的几缕长发垂下，最普通不过的将垃圾扫在簸箕里的动作，举手投足间依然带着她独有的妩媚。

唉，妖精就是妖精。

“说吧，”换我坐在沙发上跷起二郎腿，“什么事？”

她装傻：“什么事？哪有什么事。不是你说，这样有利于顺产？”

既然她装，我也装。

于是我说：“是是是。你继续。”

她假模假样地又扫了一会儿，才蹭到我旁边。

“姐，我明天去‘达人秀’，你陪我呗。我一个孕妇，没人照顾太不方便了。而且，你还认识 Noah，没准到时拉拉关系，说几句好话，还能帮我走走后门。”

这几句话听得我心惊肉跳，自从那天我把 Noah 来过店里的事情告诉她，她便兴奋得上蹿下跳的，逼着我反反复复讲，逮谁跟谁说我跟 Noah 很熟，连进店的客人都冲上去神侃一番，听得我恨不得打脸。拜托，并没有啊。

“你是他下了舞台后唯一一个让他肯开口讲话的陌生人，”如意说，“除了经纪人，不是躲，便是沉默。就算几个字地蹦，好歹说了。你说，他是不是待你跟别人不一样？”

她对人和人关系的界定，真是简单。

我暗笑，就算像如意所说“不一般”，有什么好处？尤其是他有那么多黑粉。明星艺人里，他跟谁有互动，谁不急于撇清关系？

“那个神经病？”“禽兽哥”听如意炫耀时嘲讽道，“人格分裂，舞台底下才是他真实面目吧？动不动黑着一张大驴脸，跟别人欠了他万八千似的。还男神，如意，你放弃我们家老板就已经够脑残的了，啧啧，真是。”

连他都知道洪喜追如意的事儿。

如意最听不得别人提她和洪喜，又侮辱她男神，追着“禽兽哥”便打，逼得对方进了男厕所才作罢。

“首先，”我诚恳地抓着她的手，“他只不过想租这个店，我没同意。别在外面胡说八道。其次，我陪你去，咱妈知道，不削死我？最后，我想问问你，都要当妈的人了，为什么不能消停会儿？”

她捏捏我的手：“姐，你如果去了，我可以跟咱妈保密。你如果不去，我就天天让咱妈来这儿给你指点江山，到时看你怎么做生意。”

果然是亲姐妹，要么救你于水火之中，要么推你入水火之中。

“好吧。”把我妈都搬出来了，我认㞞。

我对录制节目也有些好奇，去见识下也是好的，便学着电视里评委的语气，粗着嗓子问她：“说说看，你有什么梦想？”

气死老妈不偿命的梦想，倒是可以保她进决赛。

“切，保密。”她笑，势在必得，“告诉你就不好玩了。等着吓一跳吧。”

外面刮起大风，吹得百叶窗唰唰响。瞬间飞沙走石，路上的行人已经倒退着走，背过身子用衣服蒙住头，像是要起沙尘暴。

关好窗，如意目的已达到，哪还会干活，早优哉游哉躺到沙发上刷起了手机。

“如意，”我说，“你忙着追星报名参赛，育儿书看了没？除了生，还得养，知道怎么带孩子吗？谁给你伺候月子？你婆婆，还是咱妈？你更愿意，不不不，你能跟谁和平相处？再过一阵孩子出生了，待产包买了吗？”

“讨厌！”她瞪着我，“我让潘羿处理就是了。才不管这些。”

真的可以这样吗？女人生孩子，只管生——就可以了。

其他全部交给男人处理？

她一边往脸上喷着保湿水，用手不断拍打促进吸收，一边睁大双眼刺激我：“怎么着？不服？其实，只有一个秘诀——只要你长得美。”

哼。

长得美。

她有意无意地从我脸上扫过:“怕就怕，长得不美，只想得美。”

我忍无可忍冲过去掐她脖子:“孕妇了不起吗？来来来，同归于尽。”

她尖叫:“来人啊，谋杀啦！”

3 ///

我决定要奋发图强。

报了店铺经营的函授班，托人去本市服装旺铺取经，啃《消费者心理学》，买当季最新时尚杂志翻阅学习……学了才知道，这里面学问真大，那样好位置的店铺交给我，简直暴殄天物。

我制订了销售计划：每天销售额不低于三千。这样的数字对别家店来说实在小意思，可对于第一次做生意的我，并非易事。我不希望暴利，本意也是销售让普通白领也买得起的有品质的好衣服。可一没有品牌影响力，二没经验，只好摸着石头过河。

如意帮我做了“谢绝还价”的牌子，客人来店里，我不再慌得自降价格。

跟着如意有样学样，试衣服时，我尽量找优点说。

“还好啦。”

“没有您说的那么夸张。”

我开始明白，原来客人对自己的身材自嘲时，其实是等着我们强烈反对他们的说法。

“太瘦了像什么话，一把骨头，跟难民似的。有点肉才健康。您呀，刚刚好。”

“不黑，相信我，您只是皮肤有些暗，正是最近几年流行的健康色，多少人求都求不来。您没看到报纸上报道的，好多明星专门去海边晒？还有的美容医院专门推出快速美黑项目，让人躺在一个封闭的机器里，让紫外线均匀照射……”

……遇到实在下不去嘴夸的，昧不过良心，我就报以沉默的微笑。

虽然也会有人不爽地离去，但比之前哭着离开的，总是好一些。

晚上盘点时，想起供货商送了我一块印染的布头，昨晚缝了件衣服给小齐，只差最后一道工序。于是从抽屉里拿出来一边缝纽扣，一边同小齐聊天。

小齐安静地靠在沙发上一把袖珍的小木椅中，头上戴着一顶皇冠，金光闪闪。木椅下，新鲜上市的小小油桃站成两队，一个个贴上眼珠和嘴巴，排列整齐。

我尖着嗓子，一人分饰几角，很快入戏——

“有本出班早奏，无本卷帘退朝！”

“满朝文武官员，竟无一人敢言，要你们何用？”

“来人哪，全部推出去斩了！”

……

所有文武大臣进了肚儿，再将水果盘里圆滚滚的水晶葡萄按照油桃的位置顺序重新排了两列。

继续装太监尖细尖细的声音——

“启奏万岁，新提拔的官员已入朝。”

“有本出班早奏，无本卷帘退朝！”

这次是浑厚的叫人闻声丧胆的男中音：“满朝文武官员，竟无一人敢言，要你们何用？”

“来人哪，全部推出去斩了！”

……

直至肚子有点撑。

开始跟小齐交心。

“小齐啊，你说潘羿，真的能一辈子对如意好吗？过了这么久，我还是一点都不喜欢他。”

“算啦，如意高兴就好。”

“我妈的脾气什么时候才能改呢，前几天她跟我说，”我学我妈的语气叉着腰，“十几年前的邻居赵姨的儿子人不错，只是离过婚，你愿不愿意见见？我说可以啊，能直接结婚吗？我挺急的。我妈居然听不出我说的是反语，还欢天喜地地找算卦的看日子。她是觉得只要是个男人肯要我，就是万幸了吧？”

“唉，你说咱这店现在生意也还凑合，总算能养活自己，人生中两大愿望也算实现了第一个。第二个愿望啥时能实现呢？”

“什么，你问我第二个愿望是什么？呜呜呜，我太难过了，身为我这辈子最好的朋友，你居然不知道我的愿望。男人！男人！男人！还需要我重复吗？特别浪漫特别爱我的男人——看见咱家服装店的招牌了吗，我要男人，跟我‘结发为夫妻，恩爱两不疑’。”

……

说到我自己口干舌燥想去接水喝时，米色的风衣里裹了一个男人，不知在我面前站了多久，正强忍着笑意，憋得一颤一颤的。

也许是风大，我竟未听见猴子玩偶的“欢迎光临”声。他头上围着黑色的长款手工编织围巾，不知道缠了几圈，整个头包得只露出戴着的大墨镜。

“你……你……你要干什么？”变态狂还是打劫的？我努力控制不让自己的声音颤抖。

他捂着肚子：“我，再笑一会儿。”

哦，又是湛澈。

真不知道我这店到底有什么魔力，竟引得他一而再再而三地光顾。

“你听了多久？从哪时开始听的？”

“也没多久，从……油桃大臣，”他憋住笑，“被拉出去，斩首开始，到……你，不不不，到您想要，一个男人，又浪漫，又爱您……这里结束。”

呃……

我臊得说不出话来。

他熟练地摘了围巾和墨镜放在柜台上，指着我手里喝剩下的半碗粥，问:“咦，还有吗？”

“有的还有的。这就给你盛一碗……”我被他吩咐得愣愣的，也没觉得有什么不妥，端着碗筷回到厨房，从消毒柜重新拿了碗盛得满满的，蓦地站住。

“不对，我说过了店不转租的，你又来干吗？”

“难怪你，不肯转租，”他坏笑地说着，“原来是要，找男人，这是大事，现在理解了。”

我恼羞成怒:“到底吃不吃？”

“吃。”

修长的手指极自然地朝我伸出，我下意识倒退两步，抹了一圈下巴，果然有几粒米粘在那里。

他不以为意地缩手，接过碗，喝了一大口，喉咙里发出咕噜咕噜的满足声:“嗯，好喝。有菜吗？饿了一天。”

“只有中午的肉丸。”

“快端来，小命，指望它了。”三口两口整碗粥倒进肚去，端着空碗，豪迈得像个打虎归来的英雄，“再来一碗。”

“……真把我这里当小吃店了？”我气呼呼地把丸子汤从微波炉中端出来递给他，“这次准备给我多少钱？”

他为难地停下筷子，“二百够吗？找男人，很费钱的。女人要保养，现在的，化妆品，都很贵。”

我哼了一声，懒得理他，脸到底还是红的。

几分钟内一大碗肉丸子见底，眼见着他抹抹嘴巴，将餐巾纸叠得方方正正丢进垃圾桶，接着往沙发后背上一靠，意犹未尽地说:“要我说，如心，你倒不如，开个饭店，肯定比，开服装店，赚钱。”

如心，叫得还真是顺嘴。

“吃完了？可以走了吗？”

“你看看你，为什么，对我，这么敌意。”

“先生，就您这身打扮，在我这儿连吃带喝，还嫌我有敌意？我要对你有敌意，这工夫 110 都来了好吗？”

“没有敌意，最好。”

有一搭没一搭地扯了会儿闲篇，他的目光渐渐落在柜台上放的一盘散装大白兔奶糖上。因我爱吃，那糖天天摆着的，偶有客人来，也给他们打零嘴儿。

我扔给他一颗，“来，别客气。”

饭都吃了，我也不介意再赏他块糖。他也不客气，但打开包装纸时神情怪异，剥糖纸的手竟似止不住地抖。

“哦，”我解释，“大白兔奶糖在红糖里滚一圈，奶香和红糖混合，味道很特别。不是脏东西，试试看。”

他站起身，声音是颤的：“你小时候，也这么瘦？”

我被吓呆：“怎么可能，小时候胖得简直……不过你为什么问这个？”

他鸡啄米似的点头：“是的是的，那就对了。”

继而长舒了一口气，可眼睛仍盯着我，晶光闪闪的。

对了？为什么对？

我越发害怕，结结巴巴回应道：“谁？是什么？”

不知究竟发生了什么事情，竟让他那般异常，表情也变得极快，迟疑的、欣慰的、惊喜的……阴晴不定，继而凝视我，热烈且动情。眼中有泪光闪烁，隔了三五秒，又夸张大笑。

这……演得也太丰富了点儿。

难怪可以做艺人。

不知道犯了什么神经病。

我假装收拾东西逃难似的拐进厨房，打开水龙头把堆在水池里的碗碟洗干净。很是磨蹭了一会儿。

再出来时，适才那个有点失态的男人，已经恢复了初见他时淡漠的模样。只是嘴角向上弯了弯，带着股不易察觉的笑。

“呃……”我没话找话，指指那盘大白兔奶糖，“那个，小时候家里穷买不起太多，于是偷了红糖每颗都滚一圈，就能回味得久一些。”

“嗯，很特别的，吃法。”他再同我讲话，很是多了几分亲切和善意，还极其自来熟地眨眼，冲我微微一笑。

我已习惯他清清冷冷的样子，冷不丁露出这样接近宠溺的笑容，不禁一呆。

反应过来后不禁暗骂：濮如心啊濮如心，没看出来，你竟然也是个好色之徒。

“这味道，”他说，“让人……让人，终生铭记。”

说到最后四个字，一字一顿，似有所指。

我在心中打了个哈哈，“终生铭记”……这词太严重了，一颗糖而已，它哪里承担得起这四个字。

从扔给他那块大白兔奶糖开始，似乎有什么变得不一样了。

不知道他经历了怎样的一番心路历程，有着什么样的心事，时而神情恍惚，时而假装什么也没发生似的冲我微笑，几次站起来欲走，踟蹰着又坐下。

偶尔目光相遇，沉默对望一会儿，迅速移开目光的，始终是我。

他不说话，我也不。

我们都在等对方开口。

直到一个电话把他叫走，经过我在的位置时，破天荒冲我点点头，身体微弯，这这这……是在行告别礼？

我被他一系列的举动吓得不轻，等想起要不要也回个告别礼时，哪儿还有他的身影？

4 ///

这是一间可容纳五百多人的中型演播厅，半圆形建筑上《梦想达人秀》的栏目名随着舞台灯光的闪烁，不断变换颜色。两个圆柱体分列两旁，各站了几名神态衣着各异的男女老少公仔，中间铺满水钻的椭圆形长桌银光闪闪，正坐的四位导师里，抬眼便看到湛澈。

不，他在这里的名字，是 Noah。

如此陌生又如此熟悉。

白衬衫和西裤，明晃晃的腕表。脸上似打了粉，仍是黑。在拍摄现场灯光的照耀下，依然仿佛有着自动吸取所有人目光的能量。头发打了啫喱，两道剑眉下眼窝深陷。睫毛长而浓密，垂下目光时尤其明显。

沉默时自带气场，清冷倨傲，拒人于千里之外，看他时连呼吸都是停止的。笑时嘴角弯出极为好看的弧度，似阳光普照，说不出的舒适盎然。

虽然早在视频里看过舞台上的他，但身临其境，又是另外一回事。

他一说话，观众区尖叫声与喝倒彩声四起。

可这并未影响他的发挥。我看着他与旁边的国民女神周嘉嘉插科打诨，针对选手的表演给出诚挚点评，遭遇无厘头搞怪选手委婉且有分寸地拒绝，或被有着苦难故事的选手打动红了眼眶。他掌控着这档节目的节奏和基调。

是的，他是整档节目的魂。

周嘉嘉也是真的美，一袭露肩晚礼，耳后别了枚蝴蝶水钻发卡，声音干净柔和，眼皮一单一双，棕色的皮肤，带点婴儿肥。并不像娱乐圈中做了整形手术后一个模子出来的有着黄金比例的美女，笑的时候面孔灵动极了，感染性极强。同湛澈说话时侧身，眯着眼睛，像是随时都在准备笑，十分迷人。

我不禁暗暗赞叹，他俩，还挺般配的。

一个无法忽略的细节是：不论是同那位穿低胸装的女主持人，还是与周嘉嘉，抑或与女选手沟通，Noah 似乎都在刻意保持身体的距离，开口前，眼睛必会不自然地眨几下。

真奇怪。

第三位评委，是名震全球的“音乐之父”边杰，曾捧红无数当红歌手，性格温和，不喜与人争。总体来看，点评过于专业，甚至有点迂腐。

最后一位嘉宾，是个头发花白的老头，商人，大金主，主要负责撒钱。名字很有特点：水横流。六十多岁的年纪，精神矍铄，保养得很好，据说是美籍华人，却有着一张典型的欧美脸，像做了整形手术。或许在国外待久了，人的相貌也会变吧。

水横流这个中文名字，倒挺适合他。同任何一个精明的商人都不一样，说话时简洁直接，点评选手时犀利、刻薄，有时会让对方羞愧得下不来台。可你又必须承认，他有资格点评得一针见血。所有选手的创业基金都是拜他所赐，每每一掷千金，十分土豪。

听如意说，他英文名叫 Dave，无儿无女。常年居住在洛杉矶。坊间传闻他原本给一位意外丧子的神秘富豪、本来身体就不好的老头当管家，十几年后这老头去世，把所有的财产都留给了他。除存款、股票，更有豪车、名宅及洛杉矶大量的不动产。

不知道是不是多心，总觉得 Noah 和他关系微妙。两人在节目中经常互掐，老头发言完毕，Noah 看向老头的目光，多少带些敌意。这其实是比较客气的说法，严格一点说，像是起了杀心。

是的，杀心，恨不得一刀结果了对方的杀心，如果目光可以杀人的话，抛出去的刀，刀刀致命。

像节目组炒作，又不像。

选手们进进出出，终于，轮到如意。

我看着她从地下升降舞台缓缓而升，白衬衫，黑西裤，绑着马尾，像个能干的白骨精。昔日最擅长骚浪贱的狐狸精脱去惑人的外衣，镇定自若，侃侃而谈：

“我是如意。但偏偏我姓濮，大家叫得多了，便成了‘不如意’。大我两岁的姐姐如心，也没好到哪儿去，大家喊她‘不如心’。我有两个梦想：一是希望成为一名形象设计师，专为不懂化妆、不懂如何装扮自己的，老是被绿茶婊秒杀的傻白甜姑娘们塑造一个完全不一样的她们。二是希望我妈对我的爱的表达，可以少那么一些，控制少那么一些，唠叨少那么一些。但目前，这两个梦想，都没有实现。”

Noah 问：“所以今天，你是带着妈妈来的吗？”

我暗自腹诽着，哼，舞台上说话倒是溜儿，这时他怎么不结结巴巴断句了？

真有点儿不习惯。

观众席上一阵善意的笑。

“不，带着姐姐来的。”如意不慌不忙地回答，Noah 问的这话深得她心，“在这点上，她一向与我同甘共苦。”

大家都笑。

周嘉嘉也问：“姐姐在哪里？伸手示意下好吗？”

在后台的我只好小心翼翼往前站站，探出头，伸伸爪，感受了下全场的目光定在身上是什么感觉，再迅速退回。

她是故意的，希望 Noah 能够认出我，对她另眼相待。

隔得太远，依稀觉得他的目光在我身上停留了几秒，想起那晚在我的店里，他离开时微微弯身行礼告别的样子，我又分神了。

“当然，”如意挥挥她的小手回应我，“今天来到这里，主要任务是实现第一个梦想。”说完冲着舞台的另一侧拍拍手，便看到三个高矮不一、胖瘦不一、年龄不一的女生走上台。

最小的那个大概十五六岁，标准的学生头，齐刘海，清清瘦瘦灰头土脸的，整个人被一套墨绿色的肥大校服裹着，标准的四线城市四流中学的苦逼学生一枚。

大一些的似有二十四五岁，微胖，圆嘟嘟的倒也可爱，可惜脸上有着醒目的痣，大的小的十来颗。上身穿了件白色的紧身圆领娃娃服，勒得肚子上的肥肉一圈一圈的。下身穿条微喇牛仔裤，本来腿就不直，标准的罗圈腿真是够了。这样一个姑娘站在面前，目光放哪儿都不太合适。

最高的姑娘却也最胖，三十多岁，碎碎的短发，戴着大框黑眼镜，一身中性打扮，肥肥的休闲服和拖裆裤几乎上下一般粗，要不是她鼓鼓凸起的前胸，怕是旁人很难分清男女。她低着头，目光躲闪，十分难为情。

如意到底在搞什么鬼？

所有人都盯着她看，脸上写满了问号。

如意微笑："这三位，是我在非常偶然的情况下认识的，也是我第一次见到她们时的样子。现在，请给我三十分钟，我想请大家看看，经过我亲自设计打造后的她们。"

水横流皱着眉："姑娘，我们节目时间是有限的，你一个人占了三十分钟。且不说我们是否有兴趣和耐心看完，后面那么多选手，你不能耽误他们的时间。"

边杰点头表示附和："而且，三个人，你做得过来吗？"

"其实我，倒是很好奇，想看看她具体怎么做，"周嘉嘉托着腮，"但时间确实有点长。"

Noah 若有所思地看了周嘉嘉一眼，嘴角轻抿："不如意同学，看来你的团队应该增加几个相声演员，他们在台前讲相声，也不耽误你在旁边做造型。"

现场气氛十分欢乐，观众们笑得前仰后合。

如意吐吐舌头，无耻地卖萌。

"谢谢男神为我考虑得如此周到，"她说，"没那么麻烦，我可以带三位朋友去后台，这里请其他选手继续进行。三十分钟后，我带她们重新上台，两不耽误，刚刚好。”

主持人说：“哇，看来您是 Noah 老师的粉丝。导师们意下如何？”

四位导师交头接耳，周嘉嘉作为代表说出最终意见：“可以的。”

老天，她真是风情万种，嘴角永远含笑：“千万别让我失望哦，等你，好姑娘。”

如意带着三个姑娘回到后台，我当起她的临时助理。给姑娘们化妆打底，从笨重的行李箱中取出衣服，用挂烫机快速熨平。看如意弯腰低头为她们画眼线、刷眼影、戴假睫毛，或换着长短不一的假发，或用卷发棒卷头发……

这是我第一次见到与平日里完全不一样的如意，气定神闲，神采飞扬。

像变戏法似的，一番捯饬后，三人脱胎换骨。

苦逼学生身着白色收腰蕾丝短袖衬衫，配红黑相间的英伦风格子短裙，淡淡精致裸妆，青春逼人。

微胖带痣女的脸仿佛做了激光除痣，整张脸白皙自然，右眼左下角有颗醒目的痣没盖住，却也不难看，无端地添了几分俏皮。如意替她选了紫色的 V 领荷叶边及膝裙。她其实身材还好，赘肉主要集中在腰和大腿，腰部的荷叶边刚好弥补这个缺陷，露出膝盖以下细长的腿，该鼓的鼓，该翘的翘，性感得很。

眼镜肥肥女摘了眼镜，露出美丽的丹凤眼，戴着帅气十足的中碎假发。身着黑色及膝 A 字裙，外罩军绿挽袖开衫修身长袍，整个人看上去至少瘦了二十斤，目光扫向谁，都是霸道的女王范儿。

没有任何悬念地晋级。

周嘉嘉甚至给她颁了直送五十强的金牌，并获得了水横流奖励的十万元创业基金。

水横流拊掌大笑说：“过瘾过瘾。妙手一绝，无濮如意则钟无艳，有濮如意则夏迎春。经过咱们如意姑娘的打扮，世上哪有丑姑娘。”

Noah 突然斜瞟他一眼：“水总所说极是。难得您对她这么喜爱。我刚刚还在想，听说贵公子与如意姑娘同龄，有机会介绍二人相识，说不定倒能促成一段好姻缘。”

这话说得很突兀，且有点莫名其妙。

水横流不是无儿无女么？

媒体报道他每每在节目里一掷千金也是因为这个，包括捐款给公益机构，不外乎是希望可以帮助到更多需要帮助的人。

如意愣了几秒，随即笑得很开心，带着撒娇的语气：“让水总和 Noah 老师取笑了，我倒是想，可难道大家看不出来我是个孕妇么？”

水横流面色不悦，眯眼盯着 Noah，并没说话。

主持人极为聪明地岔开话题，节目很快结束。

参加节目录制的观众陆陆续续退场。如意想等 Noah 出来，拍张合影，或者要个签名。

我只得陪她在他的休息室等到晚上十点半。

远远看着黑脸的 Noah 在粉丝们的簇拥下越走越近，一个小正太焦头烂额地拦着激动不已的女粉丝们。

“谢谢大家的厚爱，这么晚了，Noah 老师已经很累了，请大家体谅下，拜托拜托。”

他叫什么来着，小少？

最后面一矮个戴鼻环的女生突然退开几步，身体呈俯冲状加速小跑，轻易将人群撞开，瞄准 Noah 来了一个迅雷不及掩耳的熊抱，直接亲在脸上，嘴里激动地叫着：“啊啊啊，我抱到 Noah 了，我抱到 Noah 了。”

这动作太突然，大家瞠目结舌之际，Noah 的身体非常奇怪地抖了几下，条件反射般右手出拳挡在脸前，像是嫌恶，又像是畏惧地哆嗦。从我所在的角度看去，他应该是下意识地挡住自己的脸进行防御，可赶巧不巧，那一拳，正好击在女生的颧骨上。

小少也吓了一跳，趁着大家还没反应过来，推着Noah进了休息室。原本还傻愣愣看着的粉丝们顿时炸开了锅——

“靠，牛逼什么，老子喜欢你是看得起你！”

“喂，说什么呢，也不照照镜子看你是个什么鸟样，你配喜欢Noah？拜托你懂得最起码的尊重吗？”

“不过是个戏子，拽什么拽。你有周杰伦红吗，你有胡歌、霍建华、王凯、靳东红吗？”

“你妈的，不许侮辱我偶像！”

……

保安们陆陆续续往这边赶时，粉丝已经打成一片，地上堆满了杂七杂八原本想要送给Noah的礼物，荧光灯、蛋糕、鲜花……现场惨不忍睹。我怕谁不小心撞到“孕妇姐”如意，迅速拉着她从后门撤退。

潘羿那天加夜班，我送如意回家时他还没回来。

走时如意神色阴晴不定，也许太兴奋，也许对没能如愿和男神合影而懊恼，太累了，我只想赶紧回家倒在床上休息，也没多想。

5 ///

这一夜我睡得断断续续，极不安稳。梦见如意在舞台上生子，我跑到商场去买雨伞，央求路人背对如意站立、一人撑开一把……中途醒来去了趟厕所，迷迷糊糊入梦，我依然奋力地挤在人群中撑伞。

昏昏沉沉，十点才醒。

换好橱窗模特身上的衣服，便见如意自十几米远的报刊亭走来，手中抓着十几份报纸，气冲冲的。

“姐，你看看，”她将所有的报纸摊在茶几上，“这帮记者都瞎写什么，有一点职业操守吗？”

暖气上的酸奶已经凝固，前天我调好牛奶和发酵菌，放在暖气上，可温度太低，今天才好。切了猕猴桃和苹果块，拌勺蜂蜜，试试酸奶冰不冰，这才递给她，慢悠悠捡起张报纸：“大小姐，谁又招你了？”

她努努嘴：“自己看。”

不过是昨天节目决出全国50强的报道，本市发行量最大的都市报中规中矩，还放了一张如意从周嘉嘉手中接过晋级牌时大笑的照片。比较重娱乐精神的早报做了一整版，但角度大有不同，放了几张Noah的面部表情特写，卖萌、大笑。但更强调突出的，是昨晚他被粉丝强吻强抱、黑面“嫌弃”的表情，头条标题“遭遇粉丝强吻Noah黑面离开，更对粉丝大打出手”，副标题是“人格分裂怎做节目导师，跪求Noah下台滚出达人秀”。

“好险，只拍到我下半身，”如意在我身后，完全没入镜。我拍拍胸口，“万一妈知道了，有咱俩好受的。”

“就看到这个？”她不满地嘬着酸奶，斜眼看我。

“哦，Noah是吧，嗨，你为这生气？”我一向后知后觉，“你要这样想，这说明你男神红，人红是非多嘛。”

“仅限于此，我也没啥说的，可报纸是舆论的喉舌，要如实、客观报道，不能带入记者、编辑个人的主观观点，否则会误导大众的。”她振振有词，“连我都知道的事情，为什么记者不知道？”

“那你生什么气，”我说，“他们做艺人的，要个个像你这么玻璃心，干脆宅在家里当宅男宅女好了，吃这碗饭，就得遭这碗饭的罪，别跟着瞎胡闹。还有，昨天陪你录节目，账本明细我还没录入，一会儿还得把夏天过季的衣服清理下，放在特价区。喝完酸奶赶紧过来帮忙。”

“哼，跟你讲不明白。”她不情不愿地放下酸奶罐子，磕在茶几上砰的一声，“你知不知道我们Noah给达人秀立下多少功劳？去年第一届，请的是本市几个暴发户，节目烂到渣。看看今年，台上坐的可是连女人见了都把持不住的周嘉嘉。”

是呀，她出席任何场合，穿的永远是国际著名设计师设计的性感晚礼服，颜值高、身材好、胸器赞，还生得一副好嗓子，电视、电影、唱歌三栖明星，一开口听众已沉迷，灵魂都跟着走。

“听说电视台接连请了几波说客请她出山，动员了某官员的关系，最后还不是Noah亲自邀请，才得以达成？跪求他滚出达人秀，要是没有他，你们看到的评委，还是去年那个暴发户穿貂的小三。”

竟有这样的内情？

怀孕的女人是不是都喜欢这么叨叨？

“我们家Noah，在舞台上是不是有着千军万马都无法抵挡的魅力？”情绪来得快，去得也快，如意叽叽喳喳的，“听说他祖籍便是本市。对了，他曾经在美国CBS电视台就职多年哦，是多档真人秀、脱口秀的幕后负责人之一。”

想起他那张僵尸脸，我暗暗腹诽：既然有着这样牛哄哄的资历，什么场面没见过，真是个谜。

“正因他一直做幕后，国内鲜有人知。听说制片人曾亲自飞到纽约邀请，他本执意拒绝，没想到看了项目资料后，态度大变，欣然加入。你也亲眼瞧见了，”如意眉飞色舞，“我们家Noah十足的欧美大叔范儿，老少通吃对不对？广电大楼每天都围满了全国各地赶来捧着鲜花、玩偶、横幅、荧光棒、糖果……各种礼物来见他录节目的粉丝。”

如意说，他的点评一针见血又幽默，明明是普通的人很普通的表演，他一句话说出来，全场爆笑，就是有着这种化腐朽为神奇的力量。

是是是，我心说，我看到了。

什么Noah是处女座，虽很挑剔却事事追求圆满。

这我更知道，他还有强迫症，每次来了店里简直跟环境质检员似的……

什么Noah思维高度敏捷，从不做没把握的事，他说话时你甚至能听到他大脑的高速运转声。

什么 Noah 是 AB 型血，喜欢幻想，还是个浪漫主义者。

……

终于，我忍不住插嘴：“这么好？那他老婆一定很好看吧？”

她没听出我语气里的嘲讽：“你这个人真是不解风情！他没老婆，单身！否则你以为那些少女们凭什么爱他爱得死去活来？”

“这么好的人，怎么会没有老婆？”我问，“还有，为什么他一到了台下就……”怕她发火不肯讲，我说的时候小心翼翼的，“为什么两种嘴脸呢？”

“你能不能不要遗传咱妈一句话噎死人的本事？”她气哼哼的，像被我踩到尾巴。没忍几秒，带着死忠粉事无巨细都知道的骄傲向我炫耀：“有个亲妈粉，整理了他在国外为数不多的几个采访，我昨晚找来看，对他所表现出来的那么大的差异，立马释然了。”

“什么意思？”

“他有自闭症，而且很害怕接触女生。”

“哦，”我点点头，“原来是个 gay。难怪昨天那个强抱他的女生……”

“……才不是！”如意跺脚，“他只是被伤害过，有阴影罢了。”

反正没什么事，我倒是愿意听她胡扯。

“哦，又不是 gay，又讨厌女生，到底发生了什么事？”

她耐着性子，继续跟我分享：“据说，初中时他还在本市一中就读。”她和我念的都是二中，因考不上市重点一中嘛。此刻提起来，语气依然愤愤的。

“因为家庭发生了变故，一夜间成了孤儿，仅有的一个亲戚在国外，在等对方回国接他的那段岁月里，十分凄惨。”

我不以为意：“这么惨，真的假的？该不会跟他们节目中，说自己如何惨靠眼泪赚取同情心的选手一样，都是编的吧？”

“但凡是个正常人，”如意说，“谁愿意拿自己的至亲编瞎话？给你一百万，让你上电视说你是孤儿，无父无母，你愿意吗？”

我想了一会儿，果断摇头。

“对嘛。据说那时Noah整天被一群小流氓、小太妹欺负，没多久他被亲戚接走，但自那时起就曾有过自闭症，尤其无法同女生相处，也不肯开口讲话，甚至哪怕只是看一眼，说话都十分焦虑，眼睛无法控制眨个不停。”

“原来如此。”脑中不断浮现舞台上他跟周嘉嘉讲话，被粉丝强吻……以及昨晚他身体无法自控的哆嗦。

我说：“但他在台上表现很好哎。”

“那是因为这么多年他一直看心理医生，好转很多，但到了台下还是不行。你见过这么全才的人吗？能歌善舞，能腹黑擅卖萌，冷笑话不断，当得了霸道总裁又演得了点头哈腰的店小二。”

我说：“只是电视台毕竟是媒体，上了舞台便成了公众人物，言谈举止都被无限放大。谁会这么有耐心挖掘公众人物背后那些不为人知的故事，上台不要求你做到最好，最起码你要表现得像个正常人吧。”

“我们怎么不正常了？我们好着呢。就你好，”如意被惹急了，开始对我进行人身攻击，“你下巴神经迟钝我说什么了？不是也照样希望别人能理解，把你当正常人，怎么，到了别人身上，你就不这么想了？”

“对不起，”我表情平静，从厨房拿出一把水果刀，“千言万语也道不尽我心中的愧意，臣妾……臣妾……”做痛不欲生声嘶力竭状，“臣妾只求以死谢罪。”

如意无奈地看着我：“滚啦。哀家原谅你了。”

好了伤疤忘了疼，不出几秒，她又碎碎念：“话说，正因为这个，无法跟女生相处，所以，他从来没谈过恋爱。好多他的粉，因此特别疼惜他，简直激发了各个年龄段女性的母性，大家就差摩拳擦掌直接贴上去了，以证明自己有魅力。”

“呃……”

“我要为我们家 Noah 正名，”越说越激动，眼见着她小手握拳，咬牙切齿地，“想黑我们家 Noah，没那么容易。”

原以为好事不出门，坏事传千里，早报报道湛澈的新闻会迅速在网上引起轩然大波。结果上午倒是有几个热帖讨论，下午阳城县突发 7.1 级地震，此后余震不断，造成大量人员伤亡和房屋倒塌。网上一片祈祷和寻人启事，Noah 的事情很快被淹没。

如意还是很紧迫地做了个洗白的视频，走悲情路线，将她跟我说过的湛澈的故事剪辑好，什么童年阴影啦，什么专家分析啦，什么视频采访啦，什么路边有学生妹丢手机，借路人手机打电话联系家长，末了发现是没有任何架子的湛澈（这事倒是真的，那妹子微博没啥粉丝，发出来一直无人理睬）……又找了个大侠精心做了字幕，但凡有人看了，绝对哭得一把鼻涕一把泪的。她甚至算好了时间，已经联系了几个后援会的会长，预告会选择合适的时间放上网。

哪知完全不用她出手。

费了那么大力气做出的东西，完全没用上，她丝毫不沮丧，还自我安慰着：“一定有用得着的时候，我先存着。”

年轻真好。

6 ///

洪喜的游戏店晚上六点时来了一帮小痞子，跟人玩游戏时言语不和动了手，彼时洪喜和大户都在。他俩本来是过去拉架的，没说几句发现道理讲不通，大户气得直骂：“我就说，对于有些人，能动手尽量不要动口。”

架不住对方人多，洪喜被揍了几拳，禽兽哥虽及时报警，仍打得店里一片狼藉。

我跟着他去做笔录，回店里已经十点多。

洪喜的嘴角和额头一上一下贴了两片创可贴，十分滑稽。他一边摸着嘴角，疼得龇牙咧嘴的，一面调侃道："跟我一起坐过警车的女人，只有你一个。"他挑挑眉毛，"怎么样，有没有一种做了陈浩南女人的幸福感？"

"靠，神经病啊，"我骂，"谁要做陈浩南的女人，天天担惊受怕的。我宁可嫁农民，想吃什么就种什么，不打农药的蔬菜水果，吃着也放心。"

"真的假的？"他噘着嘴，像是真的生气了，"难怪大家都说你身上有一种柴火妞的独特气质。行，你要想嫁给农民，那我就去当农民。以后请 call me 农民喜。"

"……滚！"

"哎呀，不要打头，真的很疼。"

闹到十一点多，总算把祖宗请走。

也就是前后脚的事，Noah，不，湛澈（离开了演播大厅，我更喜欢叫他的中文名字湛澈）像是算准了我店里没有旁人，即将关店门时，不差一分一秒地赶到。

"今天真是没吃的，晚上有点事，什么都没做，要不你改天……"

为什么那么多人说，要想得到男人的心，得先抓住男人的胃，说得好像女人就应该成为保姆，天天待在家中伺候男人吃饭就行了。

因此十分不满，看他时不自觉地有点嫌恶。

他当然感觉到了，仍不管不顾没皮没脸地闯进来，直接躺在沙发上："没吃的，来点喝的，也行。"

正攒着胆子，想把他拎出去，想起白天如意讲起他的经历，竟生了恻隐之心。

罢罢罢，那就赏点酒给他。

冰箱里存货很多，我正要拿，手机发出"叮"的一声，是如意的微信。

如意：睡了吗？

我：没，咋了？

如意：电话说。

“孕妇姐，你怎么还不睡？我跟你讲，你男神……”说到一半我陡然停下，电话那端的如意，似乎在哭。哭声低而压抑，抽抽搭搭的。

自我有记忆，便没见过她哭。奶奶去世时她也只是咬紧牙一声不吭，闷在被子里谁都不理。

她表达悲伤的方式一向如此。

“如意，怎么了？潘羿呢？”我担心胎儿出了什么问题，“是肚子疼吗？你别急。哦哦哦，对，先打 120，你等着，我马上过去，别怕。”

湛澈也愣住，紧张地看着我。

“……胎儿，没……事。”

“哦，”还好，我绷紧的神经松弛下来，“不是胎儿，难道是……潘羿？他怎么着你了？”

被我猜到，那哭声更委屈，接着一连串窸窸窣窣的声音，像是在换鞋，然后“嗒”的一声，如意说：“等我下。”

大概过了两分钟，电话中传来如意撕心裂肺的哭声：“呜呜呜呜呜……”

莫非刚才低声哭，是因为在卫生间关着门？

她不想让潘羿知道？

现在的声音很空阔，像是到了室外。

这么晚，她要去哪？

我急得转圈：“如意，到底怎么了，快点告诉我！”

过了很久很久。

如意说：“姐，潘羿，潘羿他……居然出去找……”隔着电话，也能听出她咬牙挤出的两个字，“……小姐。”

呵呵。

听到坏消息，人的防御本能，是否认。

可是此刻，我叹息一声，在心里说，这一天终于来了。

嘴不对心地，我问：“如意，你确定吗？也许……也许是误会呢。”

“刚才我用他手机查购物链接，看到两人的聊天记录，那个小姐还发了他熟睡的……裸照。”

这个王八蛋。

“他知道你知道了吗？”我当机立断，“你在哪儿，我去接你。”

“在我家楼下……你不用来。”她说，“我不想走，只是，只是，心里难受。”

“我知道，如意，你想哭就哭出来，我在。”

电话那端的她放声大哭，在这夜深人静的时刻即便我没有开着扬声器，音量仍是大，顾不得湛澈狐疑的神色，心中某个位置阵阵抽痛。

“……他睡了，还不知道我已经知道。姐，”嘶哑的声音在寒冷的夜空里越发让我觉得悲凉，“如果只找到一些蛛丝马迹，我还可以跟他哭一哭，闹一闹。可事情已经这样确凿，看照片我就知道是真的，连问我都不敢问。”

这真是女人的悲哀。

是的，知道事情没那么严重，还可以闹一闹。

一旦事情坐实了，只能自己独自舔舐伤口，问都不敢，怕自己还没拿定主意，将事情挑明，彻底没了退路。

我不知怎么劝她，连叹气都不敢。

如意又抽搭了一会儿，“没事，别担心，等他醒了我和他谈谈，我会处理好。明天晚些到。”

我当然知道她是在安慰我。“好吧，任何时候需要我过去，记得给我打电话，”我叮嘱，怕她想不开，又说，“如意，不论发生什么，总有办法可以解决。别……别做傻事。”

她沉默几秒，“好，我知道。”

挂了电话，一刀捅死潘羿的心都有。

湛澈同情地看着我，“抱歉，那个，我不是故意偷听……你，还好吧？”

这个时间又很难打到车，最后一班公交车也早就停了。

我不安地抓着头发，犹豫不决。

他喝着小酒，不紧不慢地问：“刚才是如意，参加比赛的，你妹妹？”

我点点头。

“哦，”他略一沉吟，“我的车就停在地下三层，要送你吗？”

“呃……”

“跟你跑个腿儿，回头赏我瓶酒，这总行吧？”

“成交。”

到了停车场，跟他钻进一辆大切诺基越野车内，那车有着红色的珊瑚光泽，隐没在宁静的夜色中，倒是很适合他。我默默坐好，系上安全带。

十几分钟，便开到如意家所在的小区。远远的，在距离她家几栋楼位置小凉亭的木椅上，同我推测的差不多，她果然躲到了外面。

双手抱膝，像个离家出走的少女，背影孤凄至极。

湛澈早已按照我的示意远远熄火，我不知该走上去给她一个拥抱，还是交给她自己处理，默默陪着就好。

在车里坐了十分钟，看她并没有回去的意思，只好给她发微信，同时迅速将手机调成振动。

我：如意，事情解决了吗？真的不需要我过去吗？我想告诉你，不论你做什么决定，我都陪着你。

看着她抬起头，从口袋里掏出手机，手指迅速输入着。

如意：我想我已经知道要怎么解决了。明天见。

像是给我吃定心丸一样，又发过来一条：

明天还要去产检，估计要中午到店里了。别忘了给我榨石榴汁。

我：好，等你。

过了五分钟，她站起来往回走，我和湛澈小心翼翼地跟在她后面，注视着她走进单元楼，进了电梯。

在她家防盗门外站了一小会儿，并没有等来我想象中的惊天动地的战争，一切似乎都很平静。

最后，如意也许是想让我彻底放心，发了张躺在床上的自拍照。

如意：放心，晚安。

送我回去的路上，一直沉默的湛澈突然说："你们姐妹，感情真好。"

"嗯，"我说，"那当然，那是我同父同母的亲妹妹。"

"真好。"他又重复了一遍。

7 ///

如意所谓的会处理好，能怎么处理？

嘴里那么说着，不过是想让我放心吧。

孩子这么大了，要引产吗？

原谅潘羿，谁能做到说原谅就原谅？谁能保证事后不掴前账？

鬼使神差，到家时我突然问湛澈："要不要进去喝一杯？"

"当然。"他没有一丝犹豫，像是我早该发出这样的邀请，痛快进店，锁好门。

"快把，你的好酒，都拿出来。"

我真的把我的那些宝贝们挨个抱出来，五光十色的玻璃瓶，装满了我四季酿的各种水果酒——

草莓酒、梅子酒、桑葚酒、杨梅酒是春天必酿；

夏季当然要有杏酒、樱桃酒、荔枝酒、蜜桃酒、芒果酒、百香果酒；

至于金黄的秋季，石榴酒、山楂酒、柿子酒、苹果酒绝不能错过；冬季呢，我最爱凤梨酒、柠檬酒、奇异果酒、柳橙酒、金橘酒。

湛澈眼睛都看直了。

“天啊，这些都是，你酿的？”

我得意地笑，拿出六个杯子，逐一倒满。

忍不住轻轻唱：“正月梅花香又香，二月兰花盆里装，三月桃花红十里，四月蔷薇靠短墙，五月石榴红似火，六月荷花满池塘，七月栀子头上戴，八月丹桂满枝黄，九月菊花初开放，十月芙蓉正上妆，十一月水仙供上案，十二月蜡梅雪里香。”

想到如意的事情，又放声哭。

他不说话，看着我又哭又笑，偶尔扯一张纸巾递给我。我边哭边倒酒，给自己倒一杯，又给他满上。杯子里的酒像拿瓢泼水般扔进肚内，我挑了几样自己最喜欢的喝了十几杯，隐约觉得头有些晕，酒劲儿上来了。

“我告诉你一个秘密，你可别告诉别人。”我弯弯手指，示意他凑过来。

他很配合地坐在我边上，把耳朵贴近。

“那就是，我……我酿的水果酒虽然度数很低，但是不能……不能混着喝，你知道吧？混着喝，那就完……完……完了。”

他郑重点头：“放……放心，我绝……绝……不告诉，告诉……别人。”

早上醒来时头痛欲裂，只怪自己喝断片，回忆停留在湛澈向我郑重表示绝不把秘密告诉别人的场景。

翻身时心脏骤停，湛澈居然背对着我，睡在另一侧……

我一个激灵从床上跳起来。

还好还好，身上的衣服倒是都在的。

想来并未发生什么事。

他似醒来，翻了个身，吓得我赶紧重新卧倒，闭眼装睡。

一阵窸窸窣窣的声音，显然他也吓得不轻。

很快，我听到穿外套和走路的动静，虽然很轻。

再睁开眼时，湛澈已经离去，内心十分感激他的体贴。

大家都是成年人嘛，自己喝的酒，要自己负责。

发了十五分钟的呆。

爬起来穿好衣服，整理房间时发现地板上多了一本巴掌大的真皮笔记本，里面的纸张像是被摩挲过很多遍，有几页卷了边，早就泛黄。第一页上写了几行字，碳素笔，工工整整：

最大的善意——1。

最大的恶意——HYX、ZY、LR、MFL。

那字母似乎被人描了无数遍，一道又一道，红色的碳素笔，触目惊心。

封皮的里侧，夹了张大白兔奶糖的糖纸，蓝白红相间一只调皮的小白兔，薄薄的有些泛黄。

湛澈昨晚掉的？

那糖纸，似乎有些历史，被什么东西压得平平的，我随手放在梳妆台的抽屉里。

接着给如意打电话，听上去她的声音很平静，心安一些。

吃完早餐清点库存，再把昨晚到的新货用电熨斗熨好，挂在陈列衣架上。接到设计师打来的电话，说之前的设计图有问题，让我过去聊。

挂上“今日休息”的牌子，匆匆锁好门。

8 ///

解决完问题已经中午，饭也顾不得吃就往回赶，却见店门开着，已开始营业。

没想到如意这么快。

“如意，产检怎么样？”我担心着如意，却见店内有几个四五十岁的中年大妈，正在我妈的殷勤游说下，踊跃试穿新衣。

"哎呀，这个长袍美得嘞，简直就是为你量身定做的。你看，这质感，穿在身上多舒服！这高腰身，设计得巧妙，不显胖。"

那是一件亚麻绿色巫婆长袍，没有一米七的个子，是撑不起来的。

店里的主要消费群体，是二十二至三十五岁的白领一族。

那长袍穿在大妈身上，要气质没气质，要身材没身材，从我所在的位置看去，只见圆滚滚一个桶，个子又矮，直垂到地上。

对，像是一个往外溢水的圆滚滚的桶。

那人还有点自知之明，不确定地说："是不是有点太长了？"

我妈摆摆手："长是长了点，没事。三楼就有扦裤脚改衣服的，长点剪下去，扦边不就完了。要是你穿不好看，我都不说这句话。咱们女人，都到这岁数了，碰上合适的衣服容易吗？可别屈着自己。"

那人还是有点犹豫。

"确实好看。"看来我妈无论如何都要做成这单生意，"咱们年轻的时候吧，没有这条件，哪有这么多五颜六色各种款式的衣服？现在条件好了，手头也有俩钱，人也老了、胖了，满大街找能穿进去的衣服。可悲不？我是想通了，只要我喜欢，买买买！怕人家笑话？谁敢？为什么？凭什么？我花你钱了？回头老得满头白发，还能穿啥？有钱就买个我高兴。我不惯着点自己，谁惯着自己？指着老头？做梦去吧，他能有这个心？"

另外一位烫了长发的阿姨这时跟着附和："可不是吗，你说得在理。"

"什么，指着闺女、儿子？"

我妈看到我，突然冷笑一声："闺女、儿子那点事他们自己还没整明白呢，你就说我闺女吧，到现在都没谈过恋爱，哪怕被人甩过一次也行，是吧？好歹还能说道说道，至少清楚她的性取向。"

——我心说，异性，我只喜欢异性，我妈真抬举我。

"知道了分手原因，咱就知道下次该如何避免，总结经验教训对吧？一次都没有！别说养老送终了，就连口热乎饭也指望不上呀。"

"我们家闺女也这德行。"穿红色毛衣的阿姨跟着抱怨，"唉，提起这事就生气。"

我妈哪来的店钥匙，真是一分钟都没法待。

"你说得有道理，行，那我就买一件。"

"我也来一件。"

"我要那个褐色的。"

我妈得意地冲我挤眼睛："好嘞。"

我不慌不忙地冲了杯咖啡，这才问她："哪来的钥匙？"

"偷你爸那里的备用钥匙。"她忙着数钱，"怎么样，我算不算得上天才推销员？"

我没搭理她。

直接拎过她的包翻找，果然摸出把钥匙，"没收了。妈，没有我的同意，您不能这么干。"

"你这么说可太伤人了，我一大早的图什么，还不是想帮你赚钱？赚到钱了你还这德行，要是赔钱还了得。"

几个大妈拎着购物袋心满意足地离开，如意这时进来，意外地瞥了她们几眼，脸色很差。

看到我俩吵架，自去洗手间敷了张面膜，躺在沙发上。

"唉，怀孕怎么尽长奇奇怪怪的东西？脖子好像变黑了，跟多久没洗似的。还长了好几个小肉球。额头上，使劲蹿痘痘，烦死了。"

我妈又叨叨："等生下来你就知道，你还会胖上至少二十斤，肚皮松垮垮再也回不去。这也不算啥，最关键是伺候二十几年，终于长大成人，她还会偷了户口本跟不相干的人结婚。"

又来了。

我想起昨晚的事情，胎儿已经六个多月，不要的话，只能引产。

还是说，她决定原谅潘羿。但一次嫖娼出轨，终身出轨啊……

我妈在这里，我不好问她怎么解决，怕我妈激怒她，只好主动使出攻击技能，转移矛盾。

“妈，以后别这么做。表面上您觉得帮我赚钱了，其实不是。这一吧，我这衣服是卖给年轻女人的，结果一堆老太太们天天穿，根本惨不忍睹。还有谁肯买？这二，您经营没有诚信。忽悠着那几个大妈买了，想都不用想，个个穿着跟妖怪似的，那能看吗？回头穿回家去，亲朋好友一顿损，好家伙，您这是坏我口碑，以后没人肯再来。”

我妈瞠目结舌，没料到我会如此不留情面地攻击她。

是，我一向让她让惯了。

终于，她反应过来，指着我的鼻子正要大骂。如意冷冷开口：“妈，真是谢谢您刚才的一番肺腑之言。不过也恰恰提醒我，千万别成了第二个您。”她侧头想了想，“其实也不会，您多虑了。有您每天出现在我面前，亲身示范，给我进行如此真实残酷的提醒，我一定会保持好身材。”

我妈秒杀我，如意秒杀我妈。

“我，二十年后，不不不，任何时候，多少年过去，也绝不要成为第二个你。”

唉，冤冤相报何时了。

何苦呢。

9 ///

“请问濮小姐在吗？”

我们娘仨正闹得不可开交，几个穿着工作服的搬家小哥抬着大大小小的家用电器进来。

电冰箱、电视、消毒柜、冰柜，还有我觊觎了很久的日本产声控电煲汤锅……但凡如意婚房里值钱的东西，都在这儿了。

“这是今天她叮嘱搬来的东西，麻烦哪位签收下。”

我突然有种不好的预感。

我妈也愣了。

“如意，”她大声叫着，“你和潘羿是要搬家吗？怎么没听你说。这些电器都给你姐？”

不，不是这样的。

如意依然躺在沙发上，一手慢悠悠地摸着自己隆起的肚子，另一手按着吸干水分的面膜，似乎并未听到我妈说什么，当然也没有准备回答。

我妈开始指挥搬家小哥搬东西。

手心不住冒汗，后脑勺不知道血管还是神经隐隐作痛。这就是她所谓的“会处理好”？

等到搬家小哥搬进如意那两米五的床垫，如意腰不太好，那是她怀孕两个多月时，潘羿特意找厂家定做的硬硬的却很舒适的大棕垫，我妈终于发现有什么不对了。

她走到沙发边，蹲下来：“如意，怎么回事？”

“啊，妈，”我抢着说，“我新到了一批衣服，有点拿捏不太准，您给我指点指点呗？”

我妈斜睨我一眼，“滚一边去。我问你了吗？如意，说话，怎么回事？”

“哦，”如意依然轻轻抚摸着肚子，仿佛在说别人的事，云淡风轻地：“没什么，我慎重考虑了下，觉得还是单身比较好。”

我叹口气，挡在我妈和如意中间，“妈，您别生气，那什么，大家有话好好说，别动了胎气。”

“你还知道别动了胎气？”我妈突然伸手拧我耳朵，我没防备，钻心地疼，只好顺势往她的方向靠过去，“哎呀，哎呀，疼疼疼。”

她大吼：“当初谁赖死赖活非要结婚？我豁出去老命不要了，拿刀顶着你让你当时离，你怎么做的？哦，接着你怀孕，我跟你爸再不情愿也只得承认你们。现在要生了，你告诉我，单身比较好？我要不是看你怀着孕，十个巴掌我都打完了，信吗？”

不是我干的呀，拧我干吗？

找了个空，逃出我妈的魔掌，小心翼翼站到如意旁边，“妈，您冷静点儿。”

“今天你不给我一个合理的解释，这些东西，你从哪儿搬来的再搬回哪儿去！”我妈转身冲着搬家小哥嚷嚷：“都别搬了。”

搬家小哥面面相觑，搬也不是，放下也不是，十分尴尬。

我赔着笑脸，请他们先去外面休息。

赶紧打电话让我爸过来，挂上“休息”的牌子，反锁了门，店里只剩下我们仨。

我捅捅如意，“如意，虽然咱妈有时处理方式过于简单粗暴，但是吧，但是吧……她其实是为你好。你别跟咱妈置气，你要不是她女儿，她才懒得搭理你。”

“总算听你说了句人话，”我妈瞪着我，“说吧，祖宗，到底为什么？”

“也没什么。”如意去洗手间摘了面膜回来，手里多了一管润肤霜，倒了一团在手心，脸上、脖子上、手背上，均匀涂抹着。

我紧紧握住她的手。

“妈，是这样……”如意说得很慢，“潘羿他……找小姐，被我发……”

“这个人渣！”

我妈坐在沙发上，气得发抖：“我去剁了他！这个王八蛋，我早就跟你说过，他不靠谱，你非要……我可怜的二闺女，以后可怎么办啊！”

我也忍不住悲从中来，眼泪直打转儿。

我妈哭得泪水涟涟的：“你想怎么办，真要跟他离？”

她蹲下来看着如意：“是不是你想多了？你捉奸在床了，还是自己胡思乱想？我怀你的时候，有一段时间也总是疑神疑鬼的……”

“妈，我看……我确认过了。你想骂的话，能不能晚点再骂？孩子我想生下来自己带，您要是愿意帮忙更好。家里值钱的东西都在这了，银行卡我也带上了。他还不知道我已经知道了。我下午就跟他摊牌。”

如意心意已决，但我妈和她完全不在一个频道，此刻听到她的这句话，突然有了精神。

“他不知道你知道？太好了。”我妈止住泪，“闺女……人这一辈子，说短不短，说长，也够长了。你会经历很多事。经历得越多，之前让你痛不欲生的事情，回头想想，就那么回事。”

如意难以置信地抬起头。

“你不为自己考虑，也要为你还没出世的孩子考虑是不？单身妈妈哪那么好做？不说这世俗的眼光，别人怎么看你？吃喝拉撒，哪样不得要钱？一个单身离异妇女独自拉扯着孩子，根本嫁不出去。你又没正经工作。唉，我说，是不是你怀孕后一直没满足他啊，人家电视里头说了，头三个月要比较小心，后面还是可以进行夫妻生活的……”

唉，这没把门的嘴。

这与自己女儿没任何界限的妈。

“所以，您的意思呢？”如意厌恶地打断她。

我妈语重心长：“这次你听妈一句话，把东西全拉回去，装作什么也不知道。以后对他严加管教。你忍忍得了，夫妻没有隔夜仇，一辈子也就过去了。”

我爸到了。

我妈把他拉到厨房，两人开了个小会。

吵归吵，闹归闹，“大敌当前”，他俩还是一条心的。

没多久俩人一起出来。

我爸很为难：“如意，虽然你妈有时瞎胡闹，可这次她的分析，我觉得，也许是对的。为了孩子，也为了你自己，要不然就听她一次？至少听听潘羿怎么解释？”

“爸，你真这么想？”如意站起来，“姐，你呢？”

“我……”

我刚吐了一个字，我妈已经失去耐心，她扬起手中的电话，“你是愿意主动回去，还是愿意我打电话，请潘羿把你送回去？”

如意身体晃动了下像是没站稳，我扶住她：“妈，你别逼她！”

“姐，我没事。”如意挣脱我的手，“虽然……你们是这个意思，但这是我的事情，你们……别管了。”

“如心，你要真决定了，跟姐一起，有我一口吃的，就有你……”话没说完，我妈从后面狠狠踹了一脚，我一个踉跄，差点跪在地上。

“你真以为是在为她好？滚！别添乱。”我妈剜了我一眼，对如意的话置若罔闻，“老濮，咱们陪着如意回去。”

她指挥那些搬家小哥，“不好意思了，各位小兄弟，你们再搬回去好吗，闺女跟女婿闹着玩，麻烦你们了。”

说是陪，其实是押。

我妈像押犯人似的推着如意往外走，我爸拉也不是，不拉也不是，思想斗争了一会儿，整个人呈“大”字状堵住门口：“她妈，你先别来硬的，跟如意好好说。”

我妈这时哪听得进别人劝，“老濮，少废话，还不快点帮忙？”仗着自己身强体壮往外拖如意。可怜如意愤怒得像头狮子，即便怀孕也架不住我妈的蛮力，踉跄着走了几步。她知道无法说服我妈，只得从我爸那里下手，“爸，我求你了！”

我冲过去拉着如意，鸡飞狗跳之际，洪喜叼着根棒棒糖出现在门口。

“好热闹，谁要搬家？”他的目光迅速扫过如意，“阿姨，叔叔，你们也在啊。”他一步步走向我，“如心，还是你又添置了新家具？”

不懂浪漫的男朋友

第四章

湛澈拉我进店的照片已成为各大门户网站的娱乐头条。

更有几个做了弹出，新闻标题不一：

“Noah 新女友竟是服装店老板，

谁料水桶腰雀斑脸大象腿！”

“男神 Noah 搂女友过街，

因品位低俗遭粉丝围攻！”

“Noah 深夜不归为大象女友街头斗殴，

警察出动调解纠纷！”

“Noah 绯闻女友周嘉嘉黯然伤神，

回应记者无可奉告……”

……

这些记者同学，你有种给我站出来！

你才水桶腰雀斑脸大象腿！

你全家都品位低俗身材臃肿！

1 ///

有人生喜事，你希望自己是璀璨的月亮，当有群星环绕。

反之，狼狈到极点，痛苦倒霉，却只希望——

洪喜抢过我的话茬：“你希望所有人，全瞎且聋。”

……还真是这么回事。

我哭笑不得，“所以，你懂了吧，为什么如意见了你，反而改变主意，同我爸妈回去了？”

“是啊，”他捶胸顿足，“都怪我出现的不是时候，现在自抠眼珠、捅聋耳朵也来不及了。”

我俩关系太好，又被他撞个正着，如意的事情，想瞒也瞒不住。

“她拒绝你那么多回，只有过得很幸福，才能不后悔。哪能让你撞见那么尴尬的场面。”

依着如意的脾气，少说也要同我爸妈撕个天昏地暗。

“也是。”他嘟囔着，“有种大仇得报的快感，可为什么我一点都不开心？”

这话一出，我倒是十分安慰，觉得没看错他。

心里暗自思忖着，如意离婚的话，她和洪喜还有可能吗？唉，怕是不可能了，她……毕竟连孩子都有了。

比起那个混蛋潘羿，我当然更喜欢洪喜啊。

可惜。

我正叹气，不经意间同洪喜的目光相撞，像是做贼被抓个现行，慌不择路快步走到厨房，操作台上刚好放着早起洗好的咖啡机，顺手磨起咖啡豆。

他默默跟进来，在我身后突然大吼一声，吓得我一激灵。

“行了，别多想。”他抢过咖啡杯喝了一口，嘴唇上沾着泡沫，十分滑稽，“早跟你说过，以后我就当她是我妹，谁要不长眼欺负她，我第一个跳出去打。如心，我这么说，你懂吧？”

“哦，懂的懂的，”我嘿嘿笑着，“就像你把我看成姐姐一样，是不是？”

他歪了歪头：“并不一样。”

“有什么不一样？”

“你要我怎么说才……”他突然闭嘴，面红耳赤地扭过脸，气呼呼的。

“说什么？”我很困惑。

“没……没什么。”

最讨厌欲言又止。

正要抓他把话说清楚，有通电话打进来。

“如心？那个，有件事，想麻烦你。”

是湛澈。

我吓得差点扔掉手机，说话也结结巴巴的，他从哪儿知道我手机号？

“什、什、什么事？”

“我昨天，在你那里，落了一样，东西，麻烦，帮我找下。”

洪喜狐疑地看着我，我越发心慌：“哦，好，是……是什么？”

他的语气很急：“就是一个小本子，里面，还夹了一张，大白兔奶糖，糖纸，你有没有，看到过？麻烦你，在房间，各个角落，都找找，我刚才，在家中翻遍，都没……”

“哦。对的对的。原来是你的。是不是写着什么最大的恶意和善意，还有奇怪字母的那个？”

昨夜喝酒的场景在脑海一闪而过，心怦怦加速跳动，周围像是响起了鼓点，声声敲在心门正中央。

“没有主人的允许，你……”

我翻着白眼：“拜托，掉在我家，如果不好好看下，怎么帮它找到主人？”

他沉默几秒，似乎有点不高兴："晚点，我过去拿。"

"不、不、不要！你在哪儿，我给你快递。"

"咦？"我以为他已经挂断电话，却听到刻意放慢的极其暧昧的笑，"呵呵，好像，你很紧张？"

接连用两个语气助词，你到底什么意思！

我死撑："没，我只是……只是比较忙。对，比较忙。你给我个地址，我让朋友送一趟。"

"你，该不会以为，昨晚我们……"

洪喜蹑手蹑脚凑过来，吓得我心惊肉跳。

伸出拳头做出击状，他不以为意地白我一眼。

躲到洗手间，我强自镇定："……昨晚怎样？难道不是你更应该担心吗？我一个普通人，有什么……"

"担心就没有……懊悔，倒是很多。至少下次，我会，提醒自己，少喝一点……以保持清醒，或……"压低的笑声，"保存体力。"

"……你！无耻！"我气结。

"不逗你。"他说，"晚上十点，我找你拿。"

"喂，不行，我……"我大喊大叫的同时，他挂了电话。

再拨过去，提示对方已关机。

这人！

我大吼："搞什么嘛！"

冷不防洪喜鬼魂似的在门外大喝一声："谁？"

"啊啊啊！"

我完全忘记他的存在，"你你你，怎么还没走？"

他眯着眼睛盯住我："到底是谁？什么事？找你做什么？你为什么那么紧张？"

"没，没什么。"我拍着胸脯，安抚自己受惊吓的小心脏，"一个朋友的朋友，你不认识的。"

他越发狐疑：“你，有什么朋友，是我，不、认、识的？”

我被他盯得极其别扭，拿起咖啡猛灌。

“谈恋爱了？”

围着我转了一圈，他问：“该不会是一夜情吧？”

“噗”的一声，咖啡喷了他一身。

“你神经病啊！你才一夜情呢，你天天跟别人一夜情！滚！别影响我做生意！”

2 ///

前脚把洪喜骂走，后脚我爸妈送完如意回来。我妈气呼呼的，似乎回来的路上俩人还打了一架，不肯搭理我爸。

据说老两口在如意的家中指挥着搬家小哥重新把家具放回原位，正干得热火朝天时，与回家取手机的潘羿撞了个正着。

大家面面相觑，现场气氛十分微妙。

“还好我足够机智，”我妈说，“装作什么都不知道，骗他说家具太旧了，想给你们一个惊喜，打算换全套新的，结果如意这孩子心疼钱，死活要我搬回来。”

“对，所以潘羿将了你一军，直接问——妈的钱，就是我们的钱，有啥心疼的。妈，你不如把钱给我吧！”我爸喝了口茶，嘲讽地说，“多懂事的女婿。”

我冷笑：“他倒是终于开了金口。妈，你真舍得给？”

“话都说到这份上了，”我妈倒在沙发上，捂着脸，懊悔不迭地，“五万块啊！我只好把钱包里一张五万块的银联卡给他了。”她哭丧着脸，“谁想到，他居然真的接了。”

“更没想到的是，”我爸没好气地说，“如意也没拦着他。”

我哭笑不得。

“她正跟我怄气呢，拦什么拦，还不是冷眼等着看我笑话。”

“活该！你的笑话本来就多，让你作！”我爸隔岸观火，“这下满意了？”

“爸，”我说，“你也真是，妈都气成这样了。”

“气成这样，也没觉得她要吸取教训，好好反思下自己的言谈举止。”

“我反思？”我妈一跃而起，“凭什么不是你反思？你女儿现在这处境，你还有心思笑话我？”

眼看又要吵，我赶紧做和事佬：“妈，这件事，您做得不太妥当。如意这么大了，你应该尊重她的选择，不要每次都强迫她按照你的意愿行事。”

“滚滚滚！她要听我的，能有今天？我就是太惯着你们，才导致今天这局面，还尊重？！真要由她去，不把天捅了？我想要知道你们的近况，不用见面，更不用打电话，直接打开电视看法制频道，《今日说法》《道德观察》一定有你们靓丽的身影。”

每每和我妈无法沟通时，我都在想一位心理学家说的话：父母对孩子最好的贡献，是无条件地爱，让他成为他国土上的王，过自己想要的生活。

并不是事无巨细全盘控制，成为父母的奴隶，过上你想让他过的生活啊！

我暗暗握拳，将来我有了孩子，绝不会这样。

我爸还是很乐观，虽然这乐观有点盲目。

“我倒不觉得是坏事。如意就是被你管得太多，才事事反着来。要是最开始让她自己处理，也许还能理智些。她本来就结婚早，二十多和三十多岁爱上的人不可能一样。顺其自然，来什么便是什么吧，大不了孩子我们养。”说完他大手一挥，“走，回家。”

我妈哪肯干，扯着他的袖子：“我说老濮，你什么意思？孩子你养？你是千年老王八，能活一千岁？扯着一个拖油瓶你知道再婚多难吗？哦，你的意思是如意能有今天，全都是我害的？今天说什么你都得把话说清楚了。我把她俩拉扯这么大我容易吗，你就会说风凉话。”

我妈的眼圈发红，情绪一上来，眼泪说掉就掉。

“这天底下，男人就没一个好东西。自私、懒惰又心胸狭窄。生你的时候，大冬天的，你爸端刺骨的凉水给我洗手……到现在我这手天阴就疼……”

“得了，”我爸拉着她，“都是我不对，我给你赔礼道歉，跪下行不？当着孩子的面，别扯老历史。”

俩人拉拉扯扯，总算走了。

常觉得我爸很像《傲慢与偏见》里的班纳特先生，个性十足偶尔又风趣幽默，时不时捉弄、讽刺人。不同的是，他比班纳特更有耐心，偶尔大智慧闪现，愿意拿出些时间哄哄自己那可气可恨又可爱的蠢老婆。

赶上心情好，他还擅长在跟女人吵架时，在火山爆发前及时、主动地包揽所有错误，第一时间灭火，哪怕自己一点错也无。

“很简单！”十六岁那年夏天，对我爸动辄包揽所有责任的“男子汉大丈夫”行为忍无可忍，我和如意合伙把他堵在书房，他曾经用了一个很形象的比喻：“一截燃着的烟头扔在森林里，在它燃着的刹那，轻轻一脚就能踩灭。而如果迟迟没有下脚，整个森林燃起熊熊烈火，要启动多少火警和消防车才能扑灭呢？最重要的是，劳民伤财、伤及无辜就十分不好了。”

他得意地扇着扇子：“跟女人置气，错，在不在你，都没好果子吃。有这个时间，干点啥不好。”

所以从小到大，任何时候他在我妈面前“错错错，都是我的错”，我俩都面不改色。

可惜很多男人并不懂得这个道理。

更可惜的是，如果我妈知道她今天所做的一切，让如意和她付出了那样惨重的代价，她一定不会如此选择吧。

很可惜，世界上最悲伤的词语，正是……“很可惜”。

3 ///

挂了“休息”牌，将小本子放在信封里，搁在柜台抽屉里，如果湛澈过来拿的话，直接从门缝里递，省得尴尬。

拧开冰好的自制黄桃罐头，再找部韩剧，总算治愈一些。

吃完再去看如意吧。

没嚼几口，忽听有人砸门。

力度很大，像是要把店拆了。

透过橱窗玻璃，一个三十多岁的男人正双手拍打着店门，气急败坏地。旁边站了一位满头银发、身材微胖的老太太，拉着他的胳膊，似在苦苦哀求。

我一向胆小，每每看到电视剧中遇到类似情况，主人公总是会打开门探个究竟，每每遭遇恶意，想报警为时已晚。

我才不。

果断迅速打了110，对方承诺会在五分钟内出警，这才小心翼翼走过去，隔着紧锁的铁门，大声喝道：“你要干什么？”

他被我吓了一跳，愣了几秒，大喊：“开门！”

我故意摆出一副安闲自在的表情，不紧不慢地回他：“就不。你有什么事就在这儿说。”

旁边的老太太说：“姑娘你别怕，我们不是坏人。”

哈，都这样砸我的门了，还说自己不是坏人。

你要是坏人，还不得用导弹轰我啊。

姜真是老的辣，我笑笑：“是吗，阿姨，你们到底有什么事？是不是找错人了？婆媳矛盾？我们这没聘请员工，您媳妇肯定没在这里。还是怀疑媳妇有外遇？我们这儿也没男员工啊。”

“你这姑娘，嘴巴也忒毒了。儿子，听妈的，赶紧回去。也不怪人家，我说了是我没经住忽悠……”

“你 ×××……”男人被我激怒，脏话跟工厂排出的污水，滔滔而急促。

要是刚工作的小丫头，一准被骂得泪流满面，不想吃饭。

我只当他自己在哼歌，重新坐回沙发上，等警察来。

可是突然我听到如意的声音。

“你们……有什么事吗？”

“你是谁，老板吗？”

“算是吧……”

啊啊啊，如意。我赶紧跑过去开门，可为时已晚，那男人迅速扬起巴掌举到空中，冲着如意的脸上掴去。

可怜如意拖着笨重的身体，又不明白状况，连躲闪都没来得及，被打了个正着。后脑勺突突地跳，如意脸上清晰的五指印让我发狂，随手抢起收银台旁的高脚凳，“敢打如意！你敢打如意？”

那男人被我的样子吓坏了，慢慢往后退着，结结巴巴地说：“你你你，你把板凳放下！说你呢，赶紧放下……否则……否，否则，我向消费者协会投……投诉你！你们不但忽悠老年人买不适合她们的衣服穿，居然……居然还行凶打人！”

衣服？

目光一瞥，才发现那男人手上正托着一件绿色的长袍，今年早春的最新款，巫婆系列。

之前见他砸门砸得厉害，没细看。

正是我妈之前卖给老太太的巫婆装。

这货猜测我不敢动手，此刻把长袍展开，强行套在老太太身上，一个圆滚滚的桶霎时出现。

惨不忍睹。

他站在圆桶旁边，嫌看热闹的人少，张大嗓门喊着：“哎，走过路过不要错过啊，看无良商家强卖乱七八糟的衣服给老太太，赚黑心钱，乱忽悠！大家都来看看啊！”

陆续有人停下围观。

看样子，老太太买的新衣遭到了儿子的强烈反对，他甚至不惜亲自拉着老人找我们强硬解决。

我惭愧的表情被他捕捉到，更觉占了上风，吼道：“你他妈的还不把凳子放下？”

这话提醒了我。

如意也被吓坏，走过来拉着我，“姐，快放下，没事，我没事。”

瞄准那男人的脑袋，使出全身的力气使劲抡过去，只可惜对方往后退了两步，高脚凳砸中他的肩膀，反弹后斜着滚下。

警笛大作，110 来了。

我护着如意进店，锁好门，叮嘱她，不论发生什么都别出来。

往回走时，男人冲上来举手便打，嘴里仍然不干不净的：“不要脸的……”被老太太拉住。洪喜店的几个店员也发现情况不对，怎么可能让我吃亏？“禽兽哥”早就带着他们跑过来假装拉架，实则控制住男人的身体，一步也靠近不得。

剑拔弩张之际，警车里下来一个四十多岁的民警，十分和蔼。

“濮如心是哪位？”

“您好您好，是我。”

我正欲上前，那男人突然“哎哟哎哟”大叫：“警察同志，您可得好好管管这个疯婊子，您要是晚来几步，我怎么死的都不知道。您看看这凳子，她提起来就往我身上砸啊……这是要当街杀人，必须到派出所说道说道去。”

哪用得着我说话，自有“禽兽哥”和其他店员争先恐后，抢着为我辩护。

“是他先砸门想抢劫如心姐的服装店，接着又打孕妇！”

“如心姐手无缚鸡之力，哪里提得起高脚凳，纯粹胡说八道。”

“他恶人先告状，看他就是个小流氓。”

“你骂谁婊子？你才是婊子生的婊子养的，所以干出这么婊子的事。”

……

老太太看着大家全站我们这一边，本就急得团团转，此时又听到这么一句，几乎背过气去。

“好了好了，都安静。”民警听得也不耐烦了，“你们想怎么解决？”

男人使劲拨拉着领口，露出里面被我砸得红红的肩膀：“第一，赔偿我一万块钱医疗费。第二，我妈买的衣服原价退回。第三，在店门挂上横幅，向我道歉。全都做到了，这事就算过去了。否则我带一帮兄弟来你店里闹，消费者协会、工商、居委会，别怪我天天找你麻烦。”

民警面不改色，问我：“你呢？”

“我没有什么要解决的，”我想了想说，“只希望他现在就滚。”

“禽兽哥”走到我旁边，耳语道：“洪喜哥有事情没处理完，会晚点过来。但你放心，已经跟市局打好招呼了，别怕。”

心中有底，我更不急。

老太太似察觉到什么，突然身体打了个趔趄，半靠在我身上，接着蹭着我慢慢蹲下，身体跟慢镜头回放似的一点点往后倒，两手反撑着地，找了个很好的位置和角度，面朝天，还扭头看看，确认身体已经贴近地面，确保不会磕到哪里的老骨头，这才四肢一软，“晕”了过去。

……唉，表演得还能再差一点吗？

男人配合着扑到老太太旁边，声嘶力竭：“妈，妈！”

完了，这是要讹上了。

我只知道开车的时候遇到老人要躲开，哪知道吵架时也要躲开呢。

血淋淋的祥林嫂的教训。

正一片混乱，赫然看到湛澈从胡同口出现，鸭舌帽帽檐压得低低的，看到这场景呆了一呆，突然加快步伐走过来。

“咦，你们这是在做什么？”

——我原本想的是从门缝里把东西递给他。

不论如何，至少不是在这样的场合下遇见啊。

我快哭出来，有个一旁围观的女生却走近了几步，声音尖细尖细的，“啊啊啊啊啊啊，Noah，你是Noah。”

“天哪，真是，Noah，我居然看到活的了。”

“Noah，你看上去挺好的，为啥下舞台老黑着脸，现在这样多可爱！”

“电视上说的都是假的，我就说，Noah人一定很好，他一向平易近人。”

除了“禽兽哥”，洪喜店里其他几个店员也冲了上去。

晕倒的老太太也腾地坐起来：“Noah？在哪儿？”

待她看了几眼湛澈后，嗖的一下爬起来：“Noah，天啊，我见到真人了，哎呀，你比电视上帅多了。”

民警也愣了几秒，大声嚷着叫同来的同事维护秩序：“大家别挤，注意安全。”

余光中感觉湛澈瞥了我一眼，心说不妙，没想好怎么应对，只听他说：“大家，围在，我女朋友，店里，做什么？虽然她，有点凶，但开店，很不容易，你们，可不能，欺负她哦！”

这语气，有点宠溺，有点撒娇，又带着命令和控制。

所有人的目光齐刷刷钉在我身上。

女！朋！友！谁是你女朋友！

“不，不，”我结结巴巴不知道如何解释，“那个，我……”

然而只是几秒，人如潮涌，尖叫声、呐喊声响彻在这座城市的上空，现场彻底失控。湛澈身上像是涂了胶水，不知道黏了多少只手，掏出本子要求签名的，身体贴上去拿着相机自拍的，也有用衣服往他身上使劲甩，嘴里骂骂咧咧的……失去理智的脑残粉和黑粉们似潮水般涌来，双重夹击之下，我勉强站稳，好在有更多警察赶来维持秩序，湛澈在警察的护送下，终于拉着我闪进店里。

4 ///

拉好窗帘，湛澈已自来熟地跑到小厨房，水果酒、红烧鸡翅、香煎马鲛鱼、黑米粥……一股脑端出来，大快朵颐。

这人，还真是心宽。仿佛刚才那场骚动完全与他无关，此刻一心一意做个投胎的饿死鬼。

把我这儿当成什么了？

如意则坐在沙发上，惊魂未定，开始审我。

"什么时候的事？我怎么不知道？你俩什么时候确定的关系？你太不够意思了，姐。赶紧从实招来。"

湛澈喝着粥，嘴里囫囵不清："没几天，不如意选手。"

"谁跟你没几天的事？当我妹的面，能不乱说吗？"

如意却娇羞地看着他："姐夫，原来你还记得我啊。"

姐……姐夫？

我差点跪在地上。

"当然，何止记得，而且，印象深刻。"他虽然也被那一声"姐夫"叫得失神，但很快镇定地笑笑，还冲如意扬扬眉毛。

"如意，"我怒吼一声，"闭嘴！"

湛澈抹着嘴："跟妹妹，干吗，这样讲话，多伤她心。"

这两人配合得相当好，听他这么一说，如意马上摸着胸口做哭泣状："就是，姐夫，你不知道，我就是被姐姐欺负着长大的，不知道心里有多苦……"

够了！

这神演技，怎么不去当演员啊。

她又说："姐夫，你能不能内定我为总冠军啊？"

……

谁也不要拦着我，就让臣妾长跪不起好了。

有句老话怎么说，没皮没脸，掉在地上没人捡。

"濮如意，闭嘴！你有完没完？"

湛澈比我镇定得多，抿起嘴角，很受用的样子："总冠军，困难些。不过，凭你的，真本事，前十，没问题。"

"谢谢姐夫！你真好，姐夫！你比电视上帅多了，姐夫！姐夫，咱俩合个影呗？姐夫，你能给我签几张签名照吗？我老多朋友喜欢你啊。姐夫……"

我一把抓起她拎到卧室，关上门。

"够了。"我压低声音，"你还真是心宽。还是管管你自己吧。说说看，你跟潘羿……打算怎么办？"

她终于老实了。

"没。"

"没，是什么意思？"

"你可以往尽可能坏的方向去想的意思。"

果然。

我沉住气，问："到底有多坏？离……离婚吗？"

"不止。"

不止的意思，是还要去引产？

常常见到恋爱中的女人满世界炫耀恋人对自己多宠溺。

我则比较排斥。

倒不是晒恩爱，死得快。

而是我坚信，那个人，曾经爱你有多宠溺，不爱分手时就会有多绝情。

潘羿是最典型的代表。

在我以为这个话题已经结束时，如意说:“那天爸妈送我回去后，我俩心知肚明发生了什么。当时很矛盾，也没想好怎么做，于是谎称要去超市买东西，躲了出去。晚上想跟他谈谈，回去时……”

“啊，那五万块……”我想起钱的事情。

“放心，”似是想起了我妈的糗状，她憋住笑，“我要回来了，怎么能便宜那王八蛋。”

“你还有心情笑？真是皇帝不急太监急。快说，你回去时咋了，该不会捉奸……”

“哈，那样倒好了，”她冷笑，“我回去时家里钥匙都换了，按了半天门铃，他爸妈开的。进屋时防小偷似的盯住我，抽屉里的首饰、银行卡早都没影了。”

我豁地站起来。奇怪得很，常被说老实，别人惹我时，总忍气吞声。

可若谁招了如意，拼了命，都要跟对方没完。

这一点，我跟洪喜倒是像。

“如意，走，姐跟你回去，凭什么，我还就不信了，这么恶心的事也做得出来，太欺负人了。”

“你不知道他爸妈是什么样的人，去了也没用。我想好了，今天在你这儿睡一晚，明天去找个律师，怕是要打持久战了。”

“如意，要不要通知爸妈……”

“不用，我现在只想睡一觉，先别通知他们。他们越掺和越乱。”

她说的是实情，我不得不承认。

“可是……”

“姐，”她躺在床上，盖好被子，“我不想聊这件事，我想睡一会儿。”

“闭上眼，是不是就可以关闭掉眼前世界所有的烦恼和无助？”十四岁时，如意被洪喜折磨得每天都哭哭啼啼，曾无数次这样问我。

那时我回答她，是的，是这样的，睡醒一觉，明天就好了。

她很听话，乖乖躺到被窝里，睡到天亮。

可她和我都清楚得很。

这个想法，不过是自欺欺人罢了。

只是这次的自欺欺人，来得比我们当中任何人想象的，都要更大，更猛烈一些。

5 ///

出来时，湛澈正坐在沙发上，冲我摊开手:“笔记本呢？”

我没好气地扔给他:“拿完东西赶紧走！还有，谁是你女朋友？你这样，我怎么做生意？”

“也是，”他一本正经，“抱歉，当时只想，让老太太，别讹上你。给你，添麻烦了。我这就，发微博，”他掏出手机，对着我的店门一顿乱拍，“告诉大家，这家店，老板，并不是，我女朋友。”

“……不用，不用了，”我吓得摆手，万一欲盖弥彰，不知道又会掀起什么腥风血雨。

只是，这人什么毛病，多少艺人害怕绯闻缠身，就算炒作，为了曝光率，也要找个同等名气的明星嘛。算了算了，他也是好心，如果不是他出来解围，还真不知那件事如何收场。

他慢吞吞打开信封看看，小心翼翼地放到上衣内侧的口袋中。

“那些奇怪的字母，”我实在好奇，问，“到底……”

他白我一眼。

我吓得赶紧闭嘴。

这人。

真是没趣。

可他也没有要离开的意思，突然问我:“你，真的，不记得我？”

大脑飞速运转，这么说来，他三番五次来我的店里，并不是真的对这里感兴趣，而是因为我？

我拼命把自己二十几年可怜巴巴的交际生活翻了个底朝天，很可惜，确实不认识他。

而且不是说，他在国外长大？

到现在为止我还没踏出过国门，除非穿越。

店外有人影在晃动，以为是比较执着的粉丝，我冲他努努嘴。

他拉开窗帘，夜已深，人群早已退去，哪有什么人，不过是他的助理，那个小正太。

“湛老师，还好吧？急死我了，”小少闪进来，“下次别这么任性了，要不是我找了朋友穿上你的衣服，从后门走，把大家引开，您可怎么脱身？就这，我都不知道明天会出来什么新闻。”

湛澈耸耸肩，似乎并不介意。

我冲他打招呼：“你好，小少是吧？今天这背带裤不错，就是看上去你好像长个儿了，穿着有点短。”

他也笑嘻嘻的：“姐姐自己缝的长裙也好看，针脚比上次见的齐整多了，有进步。”

湛澈歪头看我俩斗嘴，心情大好，目光扫到收银台上盛在盘里的大白兔奶糖上，打开一颗扔进嘴里，“再给你次机会，想想我是谁？”

小少意外地看着我俩，眼睛腾地亮起来。

“不用啦，哈哈，你一定是认错人了。”我打断他，“喜欢我们家奶糖？”一手抓起一把，不由分说塞在他两边的上衣口袋里，“我也没别的表示感谢，谢谢你今天帮我解围，这点奶糖，不成敬意。多吃点。”

他的口袋被我塞得满满的。

人家助理也挺不容易的，不能区别对待，这样想着，又从抽屉里掏出两把奶糖，塞到小少的裤兜里。

一心想尽快打发他俩走：“要不，你再好好想想？”

他俩面面相觑，哭笑不得。

最后还是湛澈问："为什么，我感觉，你在打发，穷小子？"

确实有点。

"没……哪有，怎么可能，"我绞尽脑汁，"我这明显是在巴结你！"

他本已打算往外走，听到这句话，身形一顿，继而回过身来，似笑非笑地："说说看，你为什么，要巴结我？"

小少说："谁不想巴结您呀。"

"是呀是呀，你是大明星，请你当个模特、代言，或在微博什么的发上一条，店里顾客一定爆满，赚钱赚到手软啊！"

"所以，这奶糖，是我的，代言费？"

难怪他面色不悦。

"我们湛老师的代言费，"小少打量着我们的店，"啧啧，把店和你卖了，都不够。怎么，你给我们几颗糖，就想请他代言，哄小孩玩呢吧？"小少拉着他的胳膊，"太晚了，湛老师，咱们走吧，被狗仔拍到指不定胡写什么呢。"

我语无伦次，无论如何不能得罪人："不不不，你给别人当然是上千万代言费嘛！我……我我我跟你关系不一样的说。"

他走近几步，面有不解："哦？愿闻其详，到底，怎么个，不一样。"

我担心"禽兽哥"同洪喜说了这边的情况，他会赶过来，撞见湛澈，再惹出什么是非来。

很奇怪，我似乎并不愿意这俩人见面。

尤其是小少也在，到时俩人非得掐起来不可。

越是着急，湛澈越咄咄逼人。

情急之下，语速快过脑速，口不择言："毕竟我们曾经同床共枕过嘛。"

……这话一出，我直接蹲在地上，恨不得狂扇自己耳光，濮如心啊濮如心，让你嘴快。

小少已经跳起来，像狗闻到了骨头味，八卦而警觉地："啊，你们，你们……什么时候？在哪里？有没有被人拍到？有没有采取措施？"

即便自海外归来见过各种大世面的湛澈，每天在电视节目里，与参加达人秀节目的各色人等打交道，不知道见识过多少奇葩，听到这话也不禁呆住。

我用外套裹住脸，冲着他俩不停地挥手，示意他赶快走。

“哈哈哈哈哈哈哈！”

这笑声让我越发无地自容。

“没想到，你这么快，就公开承认，我们的关系，”他拍拍我的肩，蹲在我旁边，“只是我，离你的要求，还远点儿。”

小少急得上蹿下跳，“啊啊啊，我到底错过了什么，什么时候的事儿？什么要求我们湛老师会达不到？”

“咱们如心哪，”湛澈说，“一向想，找个浪漫，男人。可我……偏偏这点，不擅长，愁不愁？”

小少乐不可支地大包大揽：“我擅长啊，我擅长。湛老师，我最擅长浪漫了。您放心，我教您……”

一肚子火没地儿撒，我只好冲小少吼：“滚！”

偏偏他撒娇似的蹲在另一边：“不嘛，我不。快跟我好好讲讲。湛老师，这可是您第一次……哎，如心姐，咱俩加个微信呗？”

湛澈终于站起来，走到门外：“小少，可以了。”

“不嘛，”小少一扭一扭的，“我要听如心姐亲自讲给我听。”

“这月工资，想不想要？”

“哼！”小少终于放弃，“回头有时间再交流。”

他快步追上湛澈：“不要扣我工资啦，人家已经山穷水尽了，求你了，湛老师你最好了。”

……

送走他俩，倒在沙发里翻手机，心力交瘁。

记得之前有两个同事跳槽去了律师事务所。

看到洪喜的微信，询问今天的事情，说确实赶不过来，得知我没事就好。

我爸发消息说让我去趟如意家，说姐妹俩有事多商量。

慢慢睡着。

直到第二天被一阵呐喊声惊醒。

6 ///

窗外是黑压压的人群，比昨天有过之而无不及。

有脸上抹着荧光粉的青葱少女，有拎着蔬菜似乎刚从市场买菜回来的家庭主妇，也有花白头发穿着大红舞蹈裙刚跳完广场舞的大妈，还有扛着摄像机的记者……除记者外，基本都是女性，乱哄哄地拍着门。

“开门！开门！”

“就是她吗？也太挫了。”

“开门！”

“Noah 什么眼光？果然奇葩怪男找怪女。”

“那个巫婆袍，还在吗？”

“周嘉嘉能看中 Noah 他应该全家烧高香，还敢劈腿，不要脸！”

“你有本事当小三，你倒是有本事开门啊。”

……

我傻眼。

跑到卧室叫如意起床：“如意，你醒了吗？你不知道，唉，咱们店外……”可床上空无一人。

厕所门是开着的，厨房也无人。

夫家归不得，娘家估计打死也不会去吧。

我有种不祥的预感。

找遍所有房间没有任何字条，收银台里的抽屉被打开过，现金连个钢镚儿都不剩。

要打电话时，发现手机里有十几条她的微信——

姐，怎么都睡不着，翻来覆去。

闹成这样，我本该谁都不怪，一切都是我咎由自取。可我发了神经，总觉得冥冥之中有一把大手，把我推到现在的处境。

不该迁怒于咱妈，可思来想去似乎一切都是因为她。

如果不是她，我不会那么想离开家，不会那么想尽快找一个人嫁。

如果不是她，我不会选择整日里对我无条件示好的潘羿。

如果不是她，我也不会几乎被潘家人赶出家门，身无分文。

我要说我想跟她脱离母女关系，你会笑我幼稚吗？

我想这样做，已经很久了。

很抱歉拿了你的钱。

要打持久战，没有钱不行呢。

宝宝会生下来的，既然来了，就是缘分，我不会赶他（她）走。

之前借你的十万块钱，已经重新转到我账户。

我有个大学朋友是律师，他愿意当我的代理律师。

不用找我，等我安顿下来，会主动联系你。

不告诉你，主要是不希望咱妈通过你找到我。

我甚至不愿意同咱妈说一句话，至少此刻这么想。

所以，就请你代为向他们转达吧。

姐，多保重。

我很坚决。

从今天起，不再受任何人控制、影响、干涉，我所做的每一个决定，都只是因为，我内心有这样的需求。

我很清楚我想要什么，不想要什么。

我很清楚我在做什么。

我只是我，我自己。

为我的新开始加油加油加油！

很抱歉不能再去店里帮忙。

你只要继续按照我之前的方案打理就行。

绝不还价，不慌，不要老说实话。

实在忍不住就闭嘴微笑。

实在有急事，就找洪喜。

这么多年，他对你，倒是真心。

以及，对我的 Noah 好一点。

围在店外的人越聚越多，似乎并无恶意，但还是没敢开店门。

微信早已爆炸。

同学、前同事、前前前前前同事……当然也包括洪喜，都发来“热情洋溢”的问候。

每个问候都自带新闻链接。

湛澈拉我进店的照片已成为各大门户网站的娱乐头条。更有几个做了弹出，新闻标题不一，极尽嘲讽之能事：

“Noah 新女友竟是服装店老板，谁料水桶腰雀斑脸大象腿！”

“男神 Noah 搂女友过街，因品位低俗遭粉丝围攻！”

“Noah 深夜不归为大象女友街头斗殴，警察出动调解纠纷！”

“Noah 绯闻女友周嘉嘉黯然伤神，回应记者无可奉告……”

……

周嘉嘉……

哦，那个国民女神，果然他俩有一腿么？

天，这新闻也太搞了。

我庆幸如意没被拍到，否则还不知出来什么八卦。

可是，这些记者同学，你有种给我站出来！

你才水桶腰雀斑脸大象腿！

你全家都品位低俗身材臃肿！

算了算了，随他去，这个不是重点。

如意的手机关机，得及时通知我爸妈。

店里装修时，洪喜跟我把两家店的墙壁打通做了一个小侧门，可以任由我俩自由出入。平时挂幅画遮着，钥匙我俩一人一把。当时就是图好玩，没想到现在有了用场。

门推开时没有任何意外地看到在一旁等候的洪喜。

“怎么才开门？我等了一个小时了。”他抛着车钥匙，“走，送你。”

我有些哽咽。

洪喜，洪喜，还好有你。

一路无话开到我家的小区，快下车时，我把如意发的微信给他看。

他快速看了一遍，似乎并不惊讶，这是我第一次见到他那么认真而执着的样子。

他说：“我在车里等你。”

7 ///

家里早乱成一团。

早上我妈出去买菜，被一堆街坊追着问。

回到家发现晨报的娱乐头条正是湛澈拉我胳膊进店的照片。

打我俩手机，我没接，如意又关机。

连心爱的广场舞都罢跳了。我妈当时就要去店里找我，出门前和我爸吵了一架，耽搁了点时间。

因此我进门时，正听到我妈数落我爸。

“好端端一个抹布不见了，明明昨晚放在灶台上，家里就咱俩，不是你扔的，难道是如意如心半夜回来过拿的？”

“到底要我说多少遍不是我，你才信？不就是一个抹布吗，你换别的用不行吗？多大点事，真是没事找事。”

“不、就、是、一个抹布？”我妈被激怒，“这个抹布，又软又吸水，又耐脏又去污又好洗，都多少年了，我都没碰到过这么懂事的抹布。比你懂事一百倍。你就是看我喜欢这个抹布，成心不想让我高兴，趁我睡着给扔了。”

实在受不了。

我说：“妈，我给你钱，不就是条抹布吗，买十条够不够？”

“买？去哪买？这是去年买热水器时，人家商场送的，根本不单卖。我用着跟宝贝似的，转眼就被你爸扔了。买，你有多少钱，买买买？先来十个热水器，你买得起吗？”

我爸插嘴：“我说了，不是我扔的，懒得搭理你。”

“哼，你有本事做，怎么没本事承认？”

“好了好了，妈，别吵了。”

“如心，”我爸把报纸放在茶几上，“怎么回事？”

我妈暂时抛下夫妻矛盾，决定和我爸统一战线，“我都被你爸气糊涂了，差点忘记这事儿。你怎么解释？”

“妈，还不是你，胡乱卖衣服给老太太，人家儿子昨天到我店里闹事。幸亏朋友帮忙解围，不然事儿就闹大了。”

我耐着性子把昨天的事情讲了一遍，只说曾帮过湛澈一个小忙，别的并没多说。

我妈依然嘴硬，“我哪知道那老太太儿子脾气那么大，还不是为了帮你，想让你多赚点钱。”

“瞎胡闹，”我爸骂她，“早就告诉过你别添乱，你要再敢去，就是想彻底坑死女儿。”

我爸平时不发脾气则已，偶尔一发……我妈也是有点怕的。

“……以后不去捣乱就是，”她自知理亏，为自己占据有利语境而拼命把话题重新引到抹布上去，“现在能告诉我了吧，你到底把我最心爱的抹布扔哪里了？”

唉。

“爸妈，你俩坐好，我有事要说，你们最好有个心理准备。”

我爸听出我语气的凝重，冲我妈使个眼色，她老人家终于识趣地闭上了嘴。

待我讲完，我妈腾地站起来，差点掀桌。

“老娘和潘家没完！走，老濮，抄家伙，让你二弟还有我哥叫上几个人，都过去，这是欺负我们娘家没人！”

说完跑到电话旁打电话。

后知后觉地想起什么，又放下电话。

“如意，她说要和我断绝母女关系？真这么说？”

我没说话。

“哈，”一股悲凉的笑浮现在她满是皱纹的脸上，“可以，自己做出来的事情，迁怒到我头上，我认了，断就断。但你得转告她，我要先把潘家这个缺德事平了。此后我们正式断绝母女关系，我不用她报答养育之恩，也不再关心她的任何糟心事。从今以后我们俩两不相欠，再没瓜葛。”

“许一芬，”我爸直接叫她的名字，“别说狠话。你一向刀子嘴豆腐心，闺女不懂事，咱别跟着不懂事，”我爸安抚着她坐下，“这孩子苦啊，现在大着肚子被婆家这样欺负，你再断绝关系，谁管她？别干这些亲者痛仇者快的傻事。”

“是啊，妈，您消消气。不过您也得反省下，事情闹成这样，您确实有责任。”我为如意打抱不平，“那些财产和家具，要不是您逼着拉回去，她能有今天？”

我妈二话不说，反手在我后背扇了一巴掌，力气大得惊人，似乎把所有怒火都集中在一掌上了，疼得我直咧嘴。

她打人果然很疼，如意每次在她动手之前跑，是对的。

想忍着疼抗衡，指望她停手，几乎不可能，我想。

“你要想跟我断绝关系也可以，”我妈依然扬着手，想要继续来第二掌，被我爸拉住，“反正你俩都是一条心，合起伙来气我。趁着现在凑个双，一起断绝了关系，省得我操心。”

“好了，你闹够了没有！给我老老实实坐下！”

我爸吼了一声，把我妈摁在沙发上。

“这事，不是仗着人多力量大就能解决得了的。这样吧，我把小潘叫出来，我俩单独聊聊。我相信人心本善，小潘应该没有那么坏。”

“老濮，咱俩各有各的解决之道，谁也别拦着谁。又嫖娼又把老婆赶出家门，如果这样都不算坏，是不是杀人放火灭全家，你也觉得情有可原？”我妈已经歇斯底里，“大不了，我拼着这把老骨头，跟他全家同归于尽！如意不是觉得都怪我吗，好，我都还给她！”

不懂浪漫的男朋友

第五章

我想起来，适才洪喜的目光，

同这个小女孩，

以及那位女士见到那件连衣裙时眼睛里闪着的光是一样的。

亮晶晶且灼热。

那是见到喜欢的人或东西时，

不可抑制的自然流露。

——原来是恋爱了。

1 ///

湛澈在我俩绯闻报道后的第二天，更新了一条微博。

让已经足够乱翻天的娱乐新闻记者们，又兴奋而忙碌地持续追踪了几天。

此前的八卦新闻虽然很夸张很过分，但在嘲笑我的身材方面，难得的统一。

水桶腰？大象腿？臃肿？

我妈十分鄙夷地说，就这文字功底，还当记者呢？

她一向称我是——“万吨巨轮”。

糯香糯香的小米粥加金黄的油条，当然要趁热吃，我的喉咙里不可自抑地发出咕噜咕噜的满足感，我妈看到后说：“万吨巨轮，你今天的胃口不错呀。”

我身着上周刚进的日式亚麻斜裁下摆中长款套衫，自带女王范气场，美得不要不要的。我妈说：“又买衣服？胖妹店上了新货？还是万吨巨轮团的团服？”

……每天被她“万吨巨轮万吨巨轮”地叫着，导致我在海边看到一艘游轮从海平面出现，居然无比地亲切和激动。

唉，一言难尽。

湛澈更新的微博内容如下：

“大象性情温和、诚实忠厚，能负重远行，是兽中之德者。太平有象、吉祥（象）如意、万象更新，都是吉祥富贵的象征。大家不要歧视大象哦！”

他还发了一张自己在泰国旅行时，同大象的合影。合影中的他脖子上戴了款K金的大象吊坠项链，一手摸着大象的耳朵，脑袋贴脑袋，十分亲密。

淘宝上很快推出了Noah同款大象项链。

他没有针对绯闻否认我俩的关系，虽然也未承认，但比起承认的态度来，更有不可控制的传播效果。

“Noah 发文力挺肥胖女友：不许歧视大象！”

“Noah 默认女友身份，称臃肿身材更吉祥富贵！”

“Noah 只爱温和忠厚女生，称并不介意女友身材！”

“周嘉嘉与友人逛街狂扫大牌，神情憔悴无人识……”

我对周嘉嘉十分抱歉，又害她躺枪。

大家看到报道后，以洪喜为首，一致叫我“大象”。

店外持续有大批的粉丝、记者驻守，帐篷、地铺、盒饭随处可见，整日里围得水泄不通。

不得已，只好暂时关店。

真不知道湛澈到底是敌是友。

其间我致电，问他到底什么意思。

他低声笑着，态度友好：“你不是说，让我在，微博发一条，店里顾客会爆满，赚钱赚到，手软吗？惊喜吗？是不是，很浪漫？”

我气得跺脚：“滚！”

那一周我有店不能回，有家不敢回，只得住在洪喜朋友一个空着的小两居里。

家里正硝烟四起，炮火连天。

2 ///

如果要为“家丑不能外扬”找个反义词，那么正确答案应该是我妈的名字“许一芬”。

她把如意的悲惨遭遇讲给一起跳广场舞的舞友，得到了众人的集体同情。都是些退休的老太太，除了周末伺候带着孙子孙女前来蹭吃蹭喝的儿女，平时且没什么事，一个个义愤填膺地表示要拔刀相助，绞尽脑汁帮我妈出主意。

经过讨论和分析，她们制订了十分严密的声讨计划，开始有组织有步骤有分工地逐一实施：首先，每天派出八个老太太，大家轮班制，去潘羿公司门口闹，拉着横幅，上写“负心男人潘羿嫖娼抛弃怀孕老婆，霸占家产天理难容”，搞得何止潘羿的公司，整栋大厦都人尽皆知。更有好事者拍了照片和视频传到网上，转发过万。

激起群愤后，潘羿的个人资料很快被人肉出，详细到身份证号码、婚纱照、公司所在人事部电话、老总手机……

如意参加《梦想达人秀》的节目刚好在那周播出，周嘉嘉直给五十强晋级金牌本就让她大出风头，加上这个世界从来不缺好事者，他们将婚纱照进行了详细的图片对比、分析，一时间《梦想达人秀》孕妇姐参赛，老公出轨侵吞财产的新闻铺天盖地……

我妈揶揄我说，你们姐妹俩真是青出于蓝而胜于蓝，比起你当年“癞蛤蟆想吃天鹅肉”跟小哥告白的视频，显然如意这个传播度更广。

另一方面，不知道是出于压力潘羿被开除，还是他个人无法忍受压力辞职，他再没在那家公司出现过。

我妈和她的队伍认为这是取得了阶段性的胜利，她们欢呼雀跃，比赢了其他广场的跳舞团还要开心。于是，以我妈为首的老太太帮，很快实施了第二步：同样的阵容，同样的横幅，开始每天在潘羿家楼下静坐，再视潘羿家态度而定要不要每天逐个倒下跟潘羿玩“碰瓷”。

方圆十里内的好事者听到消息后，都赶来看热闹，一时间，小区内人满为患。潘羿的爸妈可不是善茬，直接报警，两个年轻的民警看到这阵势后打了一通电话，开来四辆警车，仅驱散围观的人群，就用了半个多小时。

这时潘羿的父母才肯从紧闭的房门里出来，与我妈当面对质。

“我儿子才没嫖娼，你少血口喷人！”

“别仗着人多力量大就想欺负我儿子，告诉你，中国是讲法律的。”

“凭什么不拿钱？我们不拿，就都被你闺女拿走了。先下手为强，后下手遭殃。”

舞友们本来还担心我妈说话夸张，应该不会真那么缺德，因此态度还有些疑虑。听到这些话，当下个个气得七窍生烟，脾气好的还想讲理，脾气不好的，直接上手抡……现场混乱不堪。

都是些老胳膊老腿，开始民警们态度还比较好，但劝了这个，那个围过去；那个刚哄好，这个又冲上去。眼看形势越来越危急，有个年纪较大的民警比较有经验，看出我妈和潘羿的父母才是当事人，指挥着其他人把这三人往警车上架。眼看着要失去人多力量大的优势，由原来舞友组成的8：2阵容，变成自己孤军奋战的1：2，我妈当即捂着胸口蹲下来，嘴里叫着：“快，速效救心丸……”

——原来不只别人家的老太太会玩这一出，我妈也会。

派出所自然没去成，警车开道直奔医院。

我和我爸赶到医院时，我妈已做完全身检查，民警拿着“一切正常”的检查报告，跟躺在病床上一会儿捂着头说头晕，一会儿捂着胸口说胸闷的我妈，小心翼翼对话。

见我们赶来，民警同志如蒙大赦，当着我们的面，深深吁了一口气。

我第一次同情起警察这个职业。

据说潘羿的妈本来也打算演这么一出的，被我妈抢了先，只得作罢，乖乖跟着警察去了派出所，做了笔录。

他们的说法是：如意怀孕后得了抑郁症，天天臆想丈夫出轨，还想把一切财产拿到娘家。

他们这样做，是“正当防卫”。

潘羿随后赶过去，不知道他是良心不安，还是觉得如意有什么把柄，倒是主动坦承了嫖娼的事实。

本来民事纠纷只能调解，潘羿的主动交代，让忙乎了一整天的民警总算有些收获，最后做了拘留十天、罚款五千元的行政处罚。

潘羿的父母得知后当时就在派出所破口大骂，骂潘羿为什么非要实话实说，给家人丢脸。

我妈也被口头教育。

“不要再拉着老太太们去闹事了，”民警同志苦口婆心，“我知道这事你们在理，但解决问题要理智。您天天带着这么一大帮子老太太，往大了说，这是聚众闹事，破坏社会安定团结，我们可以行政拘留。从另一个层面来说，阿姨，都是些老人家，这个高血压，那个冠心病，真要出点事，您说家属是不是要找您？”

我妈不说话了。

送走民警，我爸坐在床头，不过一天的时间看上去像老了十岁。

“是不是想问我为啥不拦着她？你妈是我能拦住的人吗？”

是，谁能拦得住她。

“我打了好几次电话给潘羿，根本不接。去单位找，明显躲着我。去家里呢，他爸妈根本不开门，上来就骂……我想，不然就试试你妈的办法，没想闹成这样。”

我妈哭得声泪俱下：“我上辈子造了什么孽，要这样惩罚我，呜呜呜……”

“好了，好了，”我拍拍她的肩膀，“让如意自己处理吧，她请了律师，潘羿又招了嫖娼的事情，属于过错方，就算如意那里没什么证据，将来法院判了，对她也都是有利的。再说，”我咬着牙，“实在不行，放弃所有财产，只要人平平安安，开开心心的，就当被狗咬了，钱被贼偷了。”

“她联系你了？”我爸笑了，带着惊喜和释然，“我就知道她不会那么绝情。她住哪里？谁照顾她？还有一个多月就预产期，在哪家医院生？”

我妈也忘了哀号，苦凄凄地看着我。

“只发了一条微信，说一切都好。”我不忍心看他们的表情，别过头，“说是请了月嫂，很有经验，让你们别担心。”

“哦，哪能不担心，这孩子，”我妈抹着眼泪，“告诉她，脱离母女关系这件事，我已经原谅她了，她可以回家了。”

原谅如意?!

嫖娼丈夫让怀孕妻子净身出户的新闻满天飞，无人不知无人不晓，如意还能不能继续参加节目都是个未知数。在如意还想维护最后的尊严，只想通过法律武器来追讨自己的财产时；在如意想依靠特长开拓属于自己的一片小天地时……我妈用这种方式将她的尊严践踏得支离破碎，退无可退。

可怕的是，我妈以为自己依然牢牢掌控着母女关系的主动权。

唉。

她仍然没有搞清楚状况。

3 ///

什么都耗不过时间，风波渐渐平息下来，晚上回店时，门前只余两三个记者，地上杂七杂八地堆着几个方便面餐盒，居然自带厚厚的毯子，看样子是想打持久战。我坐在二楼咖啡厅玻璃窗旁的位子上，同他们一直耗到晚上九点。

开了店门，我想，实在不行，明天营业吧。

难不成他们还能把我吃了?

前一阵有了如意的帮忙，店里小有盈利，但不知道还能维持多久。再关下去，恐怕要彻底关店大吉了。

孩子马上就要出生，奶粉、纸尿裤，开销是很大的。

而且，正值换季，天气一天冷过一天，每每这时女人们都蠢蠢欲动，出门时所有人都觉得自己少一件新衣服。

我不能眼睁睁地看着她们昏头昏脑地把钱包里的钱全送到别家去。

虽然也无法保证她们会昏头昏脑把钱送到我这里来，可总要试试。

有个网红说，每个女人看柜子里的衣服，“件件扔了可惜，可穿上又像傻逼”。

我得趁着这个时机赚姑娘们的钱。

管它可惜，还是像傻逼。

必须赚钱。

陆续订了几十样秋冬新款，设计师那里刚到几批好料子，我们约了明天见面。给小齐洗好澡，脱干水吹干抱在怀里，睡得很踏实，一夜无梦。

隔天我大大方方开门，并没有记者。

想来他们耐心已耗尽。

有湛澈的几个十四五岁的小粉丝跑来凑热闹，我热情邀请她们喝茶。也许我过于主动，她们反倒有些不好意思，进店转了一圈什么也没买，嘀嘀咕咕议论几句，笑着跑开了。

临近中午，小少抱一大束怒放的黄色郁金香出现，用粗糙的牛皮纸包着，外面扎了根简简单单的草绳。

舒服、简单又刺眼的美。

他把花递给我：“大象姐，恭喜发财，大吉大利。”

“……”

别人生气我不气。

“送给我的？”我问，没用五颜六色的塑料包装纸包裹，我十分喜欢，忍不住双手接过，“没想到你还有这心。”

“你想的是对的，咱俩哪是送花的交情，”他直咂嘴，“老板的吩咐。”

“湛澈？”我恨得牙根痒痒，关了一周的店，不知道耽误我多少生意。

想把花还回去，可这牛皮纸的包装太合我的心意，十分舍不得，“哼，是他的话，只送花，未免太没诚意了。”

“我会转告他的。”他一副“果不其然”的表情，“咳，那什么，虽然我老板一再叮嘱让我把花送到就行了，别的少说。但为了前途着想，还是想问一句，你俩那个……同床共枕，是哪天的事？我咋不知道。”

难道事后湛澈并没有跟他解释？

只怪那天我头脑不清说蠢话。

“我现在都不知道用什么语气跟你说话，我是叫你老板娘啊，还是叫你如心姐？”

他就是想看我急，看我慌，想看我的热闹。

我淡定了。

“只要你张得开嘴，”我也笑嘻嘻的，“都行，叫哪个我都答应。”

不就是个称呼么。

他要叫我一声老妖怪，我就真的成精了？

谁怕谁？

换他不淡定。

他惊愕地张着嘴，结结巴巴，“那，老板娘，我还担心是玩笑，没想到是真的。既然你们都已经……”他两个大拇指弯着，又戳又点的，“只送一束花确实不够诚意。你想要啥，回去我跟他一字不差地转达。”

我白他一眼，懒得继续跟他胡扯，自去做我的事情。

更何况，我今天可是穿了件改良的棉麻料长款复古长袍，右侧系带，仙飘飘的，不能被他坏了心情。又收到花，不禁得意地哼起歌。

“天涯呀，海角，觅呀觅知音，小妹妹唱歌，郎奏琴……”

冷不丁一旁的小少嘟囔道：“姐！别人穿衣服都是穿衣服，为什么每次你穿衣服，都是出来吓唬人的？”

“你说什么？信不信我掐死你！”

难不成我继承了我妈的衣钵？

我扑过去，真卡住他脖子，“你有种再说一遍？”

“不是不是，”他弓着身子想要摆脱我，未果，这才求饶地说，“姐，有话好好说，别动手啊。其实我今天来，主要是想把我一个做形象设计的朋友介绍给你认识。”

我继续瞪他，“别告诉我这人叫如意，长发飘飘。”

“如意？你妹妹？别逗了，”他说，“那天录节目我去办事，只在楼道里处理粉丝纠纷时，匆匆见过她一面。但我绝对不会看错好吗！首先，人家叫童奇奇，在上海待了很多年，最近才来这边定居的，上海话不知道多标准，甜甜糯糯的。今朝侬开心伐啦？呀，侬勿要太漂亮啊，侬晓得伐，吾老欢喜侬咯？”

他一口一句我似懂非懂的上海话，“再说人家是紫色的毛寸头，不知道多酷。我可没长发情结……”

上海？

是我太敏感了么？一听到形象设计，就自动联想到如意。

互联网时代，应运而生各种新职业，人才辈出呀。

“哼，不管。下次再这么造谣诬蔑我，看我怎么收拾你。”

松开他的脖子，我有点动心：“收费高不高？大牌不？”

他摸着脖子“哎呀哎呀”地叫唤了一阵，“跟谁大牌也不能跟我大牌啊。本来我只是湛老师的生活助理，因为出类拔萃，表现优异，”说到这里，他自己有点难为情，但语气明显带着股炫耀的味道，“现如今兄弟我已经被提拔为经纪人。要不是我开始跟电视台对接，把资源介绍给她，她怎么可能这么快就活儿多得应付不过来呢。”

生意这么好？

我在经济独立后才有了买衣服的自由，可至今依然没有躲过母后大人对我穿着的限制与攻击，这直接导致我不论穿什么衣服都不自信。

想来有类似经历的大有人在，所以这一行才如此受欢迎？

“……好吧，那你们，很熟么？”

“何止熟啊。她是我新邻居，原来只在网上接订单，根据买家提供的照片，直接提供品牌、发型在内的形象设计方案，一来二去大家聊得就比较多了。我这人，热心肠嘛！开始介绍电视台的嘉宾给她，口碑不要太好哦。”

上海？现代化东方时尚大都市，品位肯定与国际接轨，要是能来店里给我参谋参谋就好了。

小少又说："唉，说起来奇奇也挺不容易的，没亲没故的，一个女人大着肚……"

一个清脆的女声突然打断我们的对话："如心姐，我要的码到了吗？"

小少的后半句话我并没有听到，赶紧过去招呼，直到对方付款满意地离开。我记挂着设计师的事情，问小少："能不能请她过来，给我的店指点指点？"

他正玩游戏，有一搭没一搭地回："不行啊，奇奇不提供上门服务，多少钱都不行。而且只针对个人。"

我失望极了，"叫齐齐？还是琪琪？"

"奇怪的奇。童奇奇。"

"好吧，那算了。"还说不大牌，我暗自嘀咕，不行就拉倒，谁没了谁不能活？

玩完一局，把手机扔进口袋，他搬个板凳在我旁边坐下，语气严肃："如心姐，其实我今天来，是想告诉你一件事。那个，你妹妹恐怕要退出大赛了。"

我心一沉，"节目组的决定？"

他点点头，又摇头，"算也不算。这几天负面新闻太多，老实说，我们倒是希望新闻越闹越大，对我们收视率有利嘛。但上面找我们谈话，说负面信息量过大，要我们多收敛。不得已打通她电话……"

"打通了？"我问。

"她直接发微信给导演，说要退出。我们劝了几句，也就同意了。"

哦，退了好。

安安分分地把孩子生下来，比什么都重要。

"这几天决出了十强名单。我老板担心你听到这个消息不开心，他今天有事走不开，让我过来跟你解释下。超贴心的，有没有？超浪漫的，是不是？还特意叮嘱我，一定要亲自来一趟。还非要我把他亲手写的卡片夹在……”

卡片？有卡片？

我低头在花束里翻找，有只手抢在我前头，飞快地插入花束中，没几秒，果然夹出一张卡片。

“咦，洪喜，你来了，吃过早饭了吗？我厨房里……”我的话音还未落，小少已经冲过去要抢洪喜手中的卡片。

“那是给你看的吗？真不拿自己当外人。隐私懂不懂？”

奈何小少比洪喜矮一头，洪喜本就防着他，此刻更站在板凳上，胳膊高高举起，另一只手飞快地在小少的后背拧了一把。在小少疼得嗷嗷叫着躲闪时，洪喜手指夹着卡片，一字一顿地念着——

“天天开心——湛澈。”

洪喜意外地瞥了我一眼，“湛澈？号召大家不要歧视大象那个？他倒是挺关心你。”

连他都来讽刺我。

小少看准了洪喜没防备，对准洪喜踩着的板凳斜踢一脚，板凳倒下的同时，洪喜整个人飞出去直接扑倒在前边的沙发里。

我看得目瞪口呆，洪喜站起来，气急败坏地：“我跟你多大仇啊，用这么大的劲儿？”

“你不是没受伤吗？沙发那么软。哪有你刚才掐我疼？”小少不以为意，“赶紧把卡片还给我。”

“小子，我跟你没完……”洪喜撸起袖子，“来，今天不把你收拾得服服帖帖……”

“你们俩够了！俩大男人在我店里打架，我还要做生意呢！”我抢过洪喜手中的卡片，“你店里今天不是有事吗？走走走！”

一面不断冲小少使眼色：“走，别添乱。”

这俩人，一定是八字不合，见面就打。

4 ///

送走小少后，洪喜坐在沙发上，漫不经心地咬指甲。

我知道他想问卡片的事情，“别多想，那个卡片，没什么的。应该是他认错人了，我解释好几次，他都不太信。”

他淡淡地看我一眼，只说了一个“哦”字。

我越发着急，“你想，他是美籍华人，我去哪里能认识他？我那些可怜巴巴的朋友圈，别人不清楚，你还不清楚么？”

“我总觉得，”不经意的语气，“他似乎在追求你？”

“追求？”我打断他，笑得肚子疼，“怎么可能？人家是明星，主动献身的粉丝能从二环排到郊区，他有毛病啊，喜欢我？谢谢啊，你真瞧得起我。是想说那几天的绯闻？都是记者们瞎写的啊。他不过喜欢娱乐大众，拿我耍着玩吧。”

我没有别的优点，自知之明是一直有的。

洪喜沉默，偶尔看我几眼，若有所思。

我怕解释不清楚，却也担心说多了口不择言。

冷静了一会儿，又笑出声。差点被他阴沉的脸误导，我为什么要解释，他又生的哪门子气？就因为那张卡片？

只好出绝招，哼，我伸出手，对准他的头，正要瞄准，冷不防手腕被他抓住，僵在半空，吃惊的同时发现他正迎着我的目光，眼神里有着我并不熟悉的决绝、愤恨、不满……

或者是……

我心倏地一跳。

“欢迎光临！”

有个三十多岁的女人此时提着装满蔬菜的袋子进来，目光牢牢盯着橱窗模特身上的那套湖水蓝高腰连衣裙。那正是早上我刚刚换上的，腰部有着遮挡赘肉的荷花边，十分显身材。

她并未留意到我和洪喜之间的微妙气氛，径直走到模特旁边，问：“这个有 M 号吗？”

“有有有，”我如蒙大赦，手腕自洪喜手中挣脱，“稍等我找下，您要试试吗？”

“好的呀好的呀。”她放下蔬菜袋子，看向裙子的眼睛里有着我十分熟悉的光。

——这目光，似乎在哪里见过。

刷卡后送客人出门，洪喜已经坐在沙发上，偶尔抬头看我几眼，若有所思。

这是我和洪喜之间从不曾有过的尴尬，我并不擅长处理。一边装模作样给小齐换衣服，一边暗自思考着今天到底哪里不对。

“还是每天抱着小齐睡？”冷不防他这么问我。

“嗯，”我说，莫名地有点伤感，“估计这辈子，也就它能陪我终老吧。”

“这是什么话？”他笑，“你不想谈恋爱吗？你想……将来你想找个什么样的人？”

“当然是要浪漫体贴一些，你不知道，我啊，每当看到新闻报道男生追求女生时的各种浪漫大招，什么夜光玫瑰花啦，二维码情书扫一扫就能看到啊，还有在刚播放完电影大片的屏幕上打上字幕求婚，在商场墙体大屏幕上表白什么的……我都花痴得不行，想着，要是有人这样追求我就好了。不过，”想到我的脸，语气很是伤感，“也就是想想，”换好小齐的衣服，抱在怀里紧紧搂着，心里舒服些，“从少女时代就幻想过无数次，可我的情况你又不是不知道。我啊，随缘吧，且听天命。大不了，单身一辈子。”

一想到跟对方吃饭喝茶时我的脸上粘着东西，所有的美梦灰飞烟灭。

如果对方是我这样的情况，吃点东西脸上就粘着食物，我也会嫌弃的吧。

原来我自己都嫌弃自己。

“好端端的，怎么问起这个？”

他低着头，目光躲闪，说话也支支吾吾的：“没什么，就……就是好奇。其实你不用这样妄自菲薄，你性格这么好，总会有人真正喜欢你的。浪漫……浪漫，那还不容易。要么花钱，要么走心。”

“性格好？谁会在乎。”

我想起网络流传的一张男人看女人的视力表，超特大号的字，看脸看胸看腿看腰看臀；内在美、学历、性格，字号小得不能再小，几乎可以忽略。

“我就……”

“嗯？”我漫不经心地抬起头，发现他的眼睛亮晶晶的，双手握拳，似乎有些激动。

“我是说，我就……”他吞吞吐吐地，“知道有很多人是不在意这个的。”

“安慰我是吧？谢谢你哈。”

这时他的朋友大户过来接他。

大户一直剃光头，远远看到一个灯泡过来，我笑：“大户，你到底是不长头发，还是天天刮？”

他笑嘻嘻的：“你猜？”

“你要是承认不长，多伤自尊。肯定要说天天刮吧。”

“倒不是为了怕别人说我伤自尊，”大户摸着锃亮的头皮，“我一向都说自己聪明绝顶，其实真是天天刮。可他们又该嘲笑了，你家大户，还天天自己刮，没完没了玩这个梗。”

洪喜蔫蔫的，并不想参与我们的话题。

大户又说：“你们看‘梦想达人秀’没？”

我意外地看他一眼，看来这个节目是真的火了，连他都在看。

只听洪喜说："什么打不打的？是不是皮痒了？喜爷爷给你修理修理。"

俩人又开掐。

大户处于下风，毫无还手之力："好了好了，听我说听我说，我有八卦。"

八卦？我迅速竖起耳朵："什么八卦，快说。"

洪喜也说："有话说，有屁放。"

"呆逼恐龙和胖大海你们还记得不？"大户期待地看着我俩，"就是以前经常跟我一块儿欺负人的那俩黄毛丫头。"

她俩？她俩怎么了？

"你跟她俩还有联系？"洪喜猛扇了大户一巴掌，他倒把我这一掌扇的绝世武功学得一丝不差，把大户扇得鬼叫个不停，"你果然皮痒了，嗯？是不是还想进去？"

"哎呀，喜爷，我都多大了，还拿这个吓唬我？"

洪喜哼了一声："那无缘无故的提她俩干啥？"

大户委屈地："不说了是电视节目吗，这俩人，居然进了'梦想达人秀'的全国十强。主要是大象姐男朋友 Noah 的功劳。听说这俩人同其他选手比较，根本没优势。你想想，一个说自己厨艺好，烤点面包、饼干也就造型独特点儿；另一个说想当谐星，一说话跟尿裤子的小学生背课文一样，能晋级？可大象姐男朋友跟他的原配周嘉嘉愣是力排众议，行使了评委直给的特权，生生保她俩进了十强。"

我照着洪喜刚才扇他后脑勺的地方来了个三连扇，"第一个，是因为你叫我大象姐。第二个，是因为你说 Noah 是我男朋友。第三个，原配周嘉嘉，你的意思是我是小三呗？再满嘴喷粪，我保证你今天爬着出店门。"

"哎，我说你俩是不是太欺负人了，"大户气极，他自然不好意思跟我急，也不能跟女人动手，只好跟洪喜掐，"打个没完。"

洪喜一扫刚才的不快，突然间喜气洋洋的，迅速跟我统一战线：

“就是，再胡说八道，我们俩揍得你爸都不认识你。”

我想起那天陪如意录节目，并不记得有这俩人：“她们的真实姓名叫什么？”

“哈哈哈哈，”大户傻笑，“当然不叫呆逼恐龙和胖大海。我给你们找视频，这个引起很大争议的。本来大家就对大象姐的男朋友……”

这下不用我打，洪喜直接代劳。

大户“嗷嗷”叫着：“我错了我错了。都说了不要再打了，这个，那那那，你们自己看。这个，是呆逼恐龙李蕊，这个是胖大海张怡。”

原来是叫这个名字。

我想起来了。

女大十八变，昔日黑丑矮的李蕊，倒是蛮上镜。她一直清瘦，皮肤白皙红润，也许做了激光祛斑吧，现在科技这么发达，整容、吸脂，女人想变什么样便能整成什么样，方便得很。她穿湖蓝色仔裤外搭森女系斗篷，白色毛绒衣领、袖口、下摆，领口处吊着两个白色绒毛球，这样的一个小可爱端着盘造型各异的面包和小饼干，如果不知道她之前欺负人的斑斑劣迹，确实不招人厌。

她的梦想是追到喜欢的男生，因此苦练厨艺，还去上了烘焙课，每天都会做一份爱心糕点送给对方。如果追男生成功的话，就开一家爱情蛋糕店，为那些心中有爱的人，献上有爱的糕点。

胖大海张怡瘦了一些，可还是胖。她在节目里坦诚，本是陪李蕊来，到了现场后跟编导聊了一会儿，架不住编导的热情相邀，也参加了节目。她的梦想如大户所说，是想当一名家喻户晓的谐星。

“胖子怎么了？为什么所有的影视剧里，但凡胖子出现，就永远是好吃懒做的形象？就永远是陪衬他人的绿叶？我要代表所有的胖子大声说——不！”她在节目里大声呼吁，“拒绝歧视胖子，请尊重我们的梦想！”

大户的评价一点也没夸张，回答评委的提问时，她从走上舞台到走下去，全场都像是在背课文，带着刻板、拘谨的慌张和颤抖。

偏偏Noah力排众议，甚至不惜和边杰、水横流两人在节目里吵翻，周嘉嘉却选择了支持湛澈。

她说："梦想达人秀，说白了，并不是为那些专门参加各种赛事的专业户准备的，我们不想热火炒冷饭。恰恰相反，我们更尊重小人物的小小梦想，普通得不能再普通的，渺小而卑微的，曾埋在内心深处不敢为人知的……李蕊、张怡，你们的梦想让我很感动，让我想起我并未出名时，暗恋一个人的心情。希望你们可以走得更远。"

夫唱妇随，她这么一拔高，很多人买账。

按照节目组赛制，每名导师有一票直给权——即不论其他导师有什么反对意见，只要这位导师直给，便可直接晋级十强。湛澈给了李蕊一票，周嘉嘉投了张怡。

水横流气得当场拍案离去。

我也很生气。

她俩从当年不知道干过多少坏事的小太妹变成了节目里为了梦想勇敢向前冲的热血女性。

我不知道多少次看到她们堵在去学校的路上搜别人钱包，扇嘴巴、吐口水，甚至骑在人家身上狂殴。

现在倒摇身一变，人模狗样地在公众面前讲述梦想。

真是侮辱了"梦想"这个词。

洪喜跟我的意见一致。

我问大户："你最近在忙什么？"

他家早就不再养鸡，他爸几年前弃商从政，人脉广、野路子多，现在身居本市副市长，但据说前程似锦，提升在望。

洪喜说："他能忙什么，办公室里喝喝茶，下了班哄哄大奶，再哄哄二奶，再哄哄三奶，哪还有时间干别的。"

大户吓得捂洪喜的嘴，"在如心姐面前，能不能别乱喷粪。如心姐，别听他胡说八道，哪来的三奶，只有两个。"他不好意思地挠着头皮，嘴里重复着，“两个，两个而已。”

大户当年没考上大学，他爸找关系，伪造了他一个同学的户口迁移证、考生登记表，通过熟人运作，让某公安大学录取了他。而档案被占用的他的同学则没有收到录取通知书，不得不复读一年。

洪喜告诉我时气得我七窍生烟。

有点臭权，就无法无天了？

他好色，我也烦。

“你老婆不知道？”他们结婚也五六年了吧，居然一直没有察觉？

“让她知道还得了，人家有七奶八奶的，保密工作做得照样好。再说了，我可不是吃干饭的。”

我鄙夷地看着他，懒得讲话。

哼。

洪喜看出我不高兴，忙不迭地拉着大户走了。

晚些时候，有个路过我们橱窗的小女生站在外面，盯着店里的衣服看，一动不动地，十分执着。

我突然想起，洪喜之前那柔情的目光，同这个小女孩，以及那位女士见到那件连衣裙时眼睛里闪着的光是一样的。

亮晶晶且灼热。

那是见到喜欢的人或东西时，不可抑制的自然流露。

——原来是恋爱了。

这倒是少有的事。自如意之后，不知道他又看上了谁家的姑娘？

我摇摇头，这小子，跟我还扭扭捏捏的。

5 ///

我在微信和微博同步上新，有几个熟客约好下班直接来店里试穿。

不能免俗地问起那天的八卦。

“当然是没影的事，不过是他刚好路过，不忍心我被人讹诈，帮了我一个小忙而已。”

我耐着性子，一遍又一遍地解释。

“哦，其实我倒希望是真的。”在广告公司做文案的萝莉女说，“如果你都能找到像 Noah 这样的人，那我岂不是……”她吃吃笑着，挤眉弄眼的。

来的都是客，打脸也没关系，我这样的，我这样的……我仍笑着说：“你条件那么好，总要认真挑一挑。”

影楼的摄影师，是个打扮和穿着都很 Man 的中性女，她一边试穿那件米色的阔腿裤，一边问我：“Noah 真人怎么样，他帅不帅？”

“先回答我的问题，”在超市做出纳的辫子女问，“上期节目你看没看？周嘉嘉的小礼服太漂亮了，你能不能帮我按照同样款式，找块好料子做一件？”

“最近有点忙，没怎么看……你有没有照片？”

萝莉女跳起来：“上期那么火，你居然没看？”

中性女说：“你是服装店老板，你妹妹还参加过，更要多看这样的节目，要跟紧现在的潮流、时尚嘛。”

辫子女翻出周嘉嘉那天的照片给我看，哈哈笑着：“报上不是说你是第三者，Noah 为了你，居然抛弃了女神。”

怎么可能，我也笑。

女人们叽叽喳喳地讨论了很久，直到十点多才离开。忙了一整天，我滴水未进，喉咙里痒痒的，连打了几个喷嚏后，开始流清鼻涕。

这场感冒来势凶猛，源源不断连绵不绝的清鼻涕，五分钟不到，擦鼻涕的纸巾扔了满满一垃圾桶。

饥肠辘辘懒得做饭，拿出冰箱里只剩的一罐酸奶，切了点水果进去，用勺子挖来吃。

湛澈这时打来电话。

“什么事？”我极不耐烦。

“狼吞虎咽，吃那么多，还心情，不好？不是说，吃东西，最治愈？”

“你怎么知道我……”我飞快地巡视一遍窗外，并没有人。

“你不知道，我会算卦么？”

“呵，恕我眼拙，您真是多才多艺，难怪那么——红。”我故意拉长声调。

他干笑两声：“有事找你，能，来一趟吗？”

我想都没想直接拒绝：“没空。”

“也好，既然没空，那我过去。只是，不知道，这次，会不会被，记者看到……”

“你！”我语塞，简直欺人太甚，“喂，我完全不是你想找的那个人好吗。真的，我从小到大，连这个城市都没出去过。除非我穿越。要我说多少遍你才相信？花很漂亮，谢谢你！但见面什么的，就没必要了。”

这人也太轴了。

“我在，你对面，怡馨大厦后，‘行云流水’，会所等你。”

“如果我说我不去呢？”

“五分钟，”他说，“你不来，我就去，砸门。”

“喂，你这个人……”

“就这样，”他打断我，“如果你能，带点吃的，就更好。”

我生了一会儿闷气，还是决定走一趟。服装店经不起折腾，再被媒体追着报道，几天不开业，还怎么赚钱养如意。

过了地下通道，十几米开外便是怡馨大厦，我从不知道它后面居然有着这样一座四合院，闹中取静。古色古香的木门上挂着“私人会所，非请勿入”的牌子。我犹豫要不要敲门，门突然打开，一个穿着制服的男服务生说：“濮小姐是吧？请跟我来。”

门里别有洞天。

鹅卵石地面被弯弯细细的人工河一分为二，环绕着几间雕花的木屋，沿着木头小桥穿过一个月亮门便到了走廊尽头，正中一张石桌旁，湛澈正坐在那里喝茶。

见我双手空空，他很失望，“怎么，什么吃的，都没带？”

我诚恳地道歉：“真不好意思，因为我开的不是饭店，而是服装店。您如果让我带件适合您穿的连衣裙来，倒是有的。”

“也行啊，总比空手好。”他笑，抬手指指对面的椅子，“坐！”

“还是不要了，”我坚持，“有什么话，你就说吧，我赶时间。”

“好吧。”

他走到距离我几步的位置，“咦，你的鼻子，好红。外面，很冷吗？”

完全没提防，鼻子被他突然伸出的手捏住，“很像，圣诞，老人的，驯鹿，鲁道夫，你知道吧，鲁道夫，就是……”话说到一半他惊得愣住。

我耗费所有心神，忍了又忍还是没能忍住的一大摊鼻涕，就那样喷涌而出，其中一部分蹿到他的拇指、食指上，湿嗒嗒地在那里落户安家，更大的一摊垂直落地。

出门前，我应该看下皇历的。

6 ///

“起来说话，我保证，不笑。”湛澈蹲在我旁边，嘴上这么说，依然能听得出他压抑的笑声。

我把外套脱下来罩住头，蹲在走廊的一根柱子旁，衣服蒙住了这头，也蒙住了这天。

今天跟他彻底说清楚，以后永不永不永不再见面，我发誓。

他善解人意地“哦”了一声，还自问自答：“我懂了，你是不是，想挖个洞，钻进去？那得挖个，宽敞点的，才行。”

我：“……”

接着听到拍照的咔嚓声。

“蒙头女子，蹲着，抱石柱，为哪般啊，为哪般！”

我：“……”

又是一阵咔嚓声。

“今晚，十点半，经人民，群众举报，警方，紧急出动，将偷窃的，濮姓女子，抓获……人赃并获，该嫌犯，对罪行，供认不讳。”

够了！

我站起来，双手将衣服围得严严的只露出眼睛：“你玩够了？我可以回去了吗？”

“别别别，正事，还没谈呢。来来来，这边坐。”他夸张地捂着肚子，“不行不行，我能再，笑一会儿吗？哈哈哈！”

遭遇十分尴尬的局面，如何破？

我定定心神，抱着头，将一切杂念置诸脑外，默念着“一定要管好身体里的情绪小怪兽啊”，重复几遍后，终于想出破解之法——

不论发生什么糗事，不必理会他人任何反应，自己装作什么事情也没发生，处之泰然……即可。

我拿下外套，露出面无表情的脸，也不看他，气定神闲地在庭院里走了几步，最后，坐在石桌旁。

他被我的样子吓了一跳，慢慢收了笑容愣在原地。见我淡然地坐下，像个陌生人般盯着他看，大吃一惊。

又嘲弄了我几句，见我仍没反应，他终于觉得没意思，嘴里喃喃着：“女人，真可怕。”

我反唇相讥：“说话结结巴巴，却等着看女人笑话的男人才更可怕。”

他不气反笑，捂着肚子，“也就你，敢这么说。”

我继续装不悲不喜的圣人，觉得口渴，还倒了杯小茶给自己喝。从包里掏出一整盒纸巾（是的，我塞了一整盒到包里），我不要再压抑、委屈自己了，旁若无人地擤着鼻涕，桌上很快堆成一座鼻涕纸山。

反正他见也见过了，干脆豁出去。

再说，有本事你感冒不流鼻涕，笑话谁啊。

他讪讪笑着，挨我坐下。

“其实找你，就是，想问，你有没有，兴趣，把服装店，改成，茶餐厅？你看，卖衣服，没优势，能赚多少？不如改成，茶餐厅。跟你兴趣，相结合，我帮你，找几个，国际有名，的糕点师、厨师，价格可以，高一些。材质方面，精挑细选，最好做成，全有机的，保你赚翻。”

没想到他找我是为了这个，倒不失为一个好路子。

我想了几秒，问：“如果我不愿意呢？”

“你的意思，是，你完全，不懂，餐厅的，经营？”

他很聪明，听出我的顾虑，又说：“我可以，入股。我招团队，帮你管理，如何？店还是，你的店，只是换成，我们俩经营，也不耽误，你找男人。”

哦，原来他打的是这个算盘。

想租我的店不成，开始曲线救国了。

又提男人的事。

这个梗不知道他要玩多久。

“你什么钱，都不用出。装修费、员工工资……都不用管，我可以请，有经验的，店长管理。你，提供秘方，研究开发新菜品，任名誉，店长。五五分红！”

我看他一眼。

他说：“四六也行！”

我不为所动。

他有点儿慌，“三七，三七总行吧？”

“湛澈，”我决定开门见山，直来直去，“你是艺人，虽然名声不太好，但赚钱方面总比普通人强。哪会把我这样的小店放在眼里？我也不傻，你一而再再而三地惦记我的店，到底图什么？我像你的故人？哈，咱今天别打哑谜了，有什么话说清楚。我今天来，也就为了这件事，否则你真的以为我吃饱了撑的，闲着没事过来哄你开心？”

我喝口茶：“你要坚持不想说，也行。就当今天你我没见过面。但是，也请你以后有点自知之明，不要来骚扰我，不要再给我打电话，更不要进我的店，我只想过平静的生活，不想招惹是非。”

说完这些，也不看他，认认真真打量这座庭院。

长廊两旁的石阶外，渐次有几个人工石堆成的假山，水面上漂浮的荷叶极大，进来时以为是假的，此时再看，青青荷叶边上枯了一角，茎脉自然舒展，不禁暗暗称赞，是真的无疑。

余光瞥见他的手指敲着石桌，面无表情。

一下，两下，三下……

假山里巧妙地安置了微型扬声器，潺潺流水声和悠扬的古筝声混在一起，声音大小恰到好处，不留神甚至察觉不到它的存在。可是若凝神细听，放的正是《渔舟唱晚》。

前面平稳流畅，二段速度加快乘风破浪，尾声缓缓紧缩，我有足够的耐心等。

终于。

敲打石桌的声音戛然而止，他双手遮面，声音极低，“本觉得，是家事，不便，对他人讲。今天既然，话说到，这个程度，我也无法，再，刻意保留。”

谜底终要揭晓，我竟有几秒愣神。

他正襟危坐，声音冷清——

“实不相瞒，你的店，拆迁前，正是我家，老宅。十二岁前，我每天，居住的，地方。也是……”他咬着嘴唇，“也是，先父先母……仙逝之处。”

第六章

不懂浪漫的男朋友

听到他低沉的极富磁性的声音——
“如心，你知道吗，
刚才那故事里，没有讲出口的是，
你出现的那一刻，
对我来说，你是世上光。”

你是世上光，他说。

1 ///

想起如意讲湛澈的身世，说他“一夜间成了孤儿，仅有的一个亲戚在国外，在等亲戚回国接他的那段岁月里，十分凄惨”。

对于他三番五次惦记我的店，我也曾暗自揣测他如此执着的原因：独到的商业眼光看中地段想赚更多钱啦；或者女朋友喜欢，想买下来讨对方欢心啦。

——童年的故居，父母意外过世的老宅。

只知道这片商业街本是二街拆迁后新建。

却从未想到背后有着如此沉重的，不到万不得已绝不会同任何外人讲起的隐情。

特别有压力的同时甚至觉得此前对他的态度过于恶劣。

咄咄逼人拿把刀架在别人脖子上表现出来的强势，同撩起衣服露出惨不忍睹的伤疤示弱比较，果然后者更有着让人不得不后退的力量。

“实在抱歉，”我紧张得掰着手指，“我……我不知道……”

“没事。”他狭长眼眸中的伤感已全然退去，“有些事情，的确，不能强求。”

“没有没有，”我越发觉得自己是个罪人，“……当时我只是有点生气，觉得你摆出一副‘老子有钱什么都可以摆平’的态度，绝不能让你得逞。现在想想，有点孩子气。”

我们变得格外客气。

他也说：“抱歉，没想到，居然给你，留下这样，的印象。”

我找不到继续拒绝的理由。

“谢谢你今天同我聊了这么多，虽然我是店老板，但我也只是租了人家的房子。我需要同房主沟通下，如果他没什么意见，你只要支付同等市价的租金就好。”

没有被他的身世冲昏头脑，该收的租金自然要收，我又不是土豪。

他长舒一口气，因为过于激动声音都是颤抖的："真的吗？确定？不骗我？"

我更加愧疚，讪讪点头。

"太好了，太好了。谢谢你，如心，谢谢你。"

如牛饮般连喝两杯茶，情绪终于稳定一些，他问："房主是，你亲戚吗？此前曾经，找房管局，帮忙打听，记得房主，姓濮？"

亲戚？濮？我吗？

"不是亲戚，其实你见过的，是我朋友洪喜。你一定搞错了，"我倒想自己是房主，"反正呢，你先别急，我问完后，尽快给你回复。"

"哦，跟小少，老打架那个？"

"……"

不是我的问题，一定是洪喜的原因，我心里默念：洪喜，你就不能争点气吗？身为你最好的朋友，为什么我听到别人对你的印象和评价不是"啊，就是拯救地球的那个"？

那样我的脸上多有光。

他依然沉浸在能够租到房子的兴奋中："关于，开茶餐厅，我的提议，是诚恳的。也请你，仔细考虑。"

"好，"我点头，"会的。"

店铺的事情解决了，我要问第二个问题。

"那么，现在可以回答我，你把我错认成谁了吗？老实说我不知道这个人对你是什么样的存在，但应该比较重要。我跟她……很像吗？"

像是突然陷入很多年前的往事，他的头微微扬起，眼神也有些放空。我不自觉地顺着他的目光望去，夜空有雾，见不到月亮，只依稀见到两三颗孤独的星星，若有若无地闪着光。

慢慢浓雾加重，湿气也重，我又打起喷嚏来。

"不只是……像。"

"嗯？"我不明所以，等着他的下文。

“你有没有，耐心，听我讲，一个故事？”

心中有无数个草泥马呼啸而过，全身热血都似听到召唤，扛着八卦的大旗急促循环流动着，我这么热爱八卦的人，怎么会不乐意。早知道带点牛肉干、花生米什么的。

比“你愿意嫁给我吗”更容易得到“我愿意我愿意我愿意”回答的，是问女人：“你愿意听一个八卦吗？”

我毫不犹豫回答：“当然，我愿意。”

他背靠雕花石柱，缓缓开口。

去掉他所有的停顿和结巴，他的故事，大致是这样的——

那是在十五年前，我还在读初一。

放学回家，发现妈妈并没有像往常一样，在路口张望等候。我家门口围满了人，除了一辆120急救车，还有几个警察来回走动，维护秩序。因隔离带被阻拦在外的、踮脚张望的人们，看到我，突然一个个交头接耳，指指点点。更有人同情地看着我，一边摇头，一边叹气说着：唉，可怜，才这么大。

不祥的预感笼罩全身，还没来得及做出反应，就见几个人抬着两副盖了白布的担架出来，慢慢放进打开的救护车的后门。

“这么小就没了爹妈，唉，造孽啊。”

“谁说不是呢，也该为孩子想想。”

“天可怜见，孩子可咋整。”

……

我吓得站在原地，不敢动，也不敢哭，更不敢走向救护车去看一看，最不敢的是穿过人群回到每天居住的家。

不知道过了多久，终于有个警察冲我走过来，他说小朋友，你是不是袁家强的儿子袁小飞？

我倔强地抿着嘴，强自镇定，说是的，你找我有什么事吗？

他突然把我搂在怀里，摸着我的头说，发生了一件事，叔叔怕你承受不住，却又不得不告诉你。你现在做好准备听了吗？

我说可以，你说吧。

他仍紧紧搂着我，说你爸爸妈妈因为做生意被人骗了两百多万，无法承受，服毒自杀了……

别的同龄人听到这样的消息，应该会失控地号啕大哭对吧？

可我没有，那一刻我突然失聪，什么声音也听不见，我甚至都没有挣扎或哭泣。

警察原来搂着我，是怕我过于悲痛，大哭大闹，见我久久没有动静终于松开。

我说我知道了，谢谢你叔叔，接下来需要我做什么？如果没什么事的话，我想回家睡一会儿。

我上学有点累，我想睡个觉。

多年以后看周星驰的电影《长江七号》，小狄爸爸死后，张雨绮小心地斟酌着措辞，说："有很多事情是没法控制的……"他一边哭一边说："老师你别说了，你回去吧，我要睡觉了。"边哭边把张雨绮往外推，关上门躺在破烂的床上，任凭一直平等对待他的老师敲着门，却只闭眼哭着说："对不起袁老师，我很累了，我真的要睡觉了……爸爸他不会不理我的，等我睡醒了，他就会回来了……"

那一刻我好羡慕他可以哭出来。

更羡慕他有七仔，能让人死而复生。

所以你看，电影就是电影，永远不会在现实生活中发生。

我家没什么亲戚，外公外婆爷爷奶奶很早就去世了。倒是我妈有个妹妹从小被一对老外夫妻收养，邻居帮忙办完丧事，警方费尽周折联系上她，出乎我的意料，她愿意收养我，决定回国接我。

这一等，就是几个月。

那几个月对我来说，终生难忘。

双亲去世，却一声不哭，我被大家视为怪物、不孝子、冷血杂种。原本同情的目光，被大逆不道的指责所替代，人人见我指手画脚，更被同龄人谩骂侮辱。邻居开始还出面管管，后来也就见怪不怪。

谩骂侮辱得不到期待中的反应后，有帮小流氓不再满足于动嘴，拳打脚踢开始成为我的家常便饭。老实说，那时我倒希望他们下手重些，真把我打死了，就可以同家人团聚了。

后来我才知道，我爸妈本来打算等我放学后一起服毒，也准备好了给我的农药剂量，奈何我爸不愿意多等，只求速死，于是……我妈受不了，也……给我的遗嘱中就是这么写的。遗嘱给我了，农药也被警察收走。怕我自杀，警察还看了我几天。

浑浑噩噩地不知过了多少天，只有每天新添的伤口提醒我，我还活着。

直到有一天，有个警察找我说，你姨妈过两天就来接你，日子总算有盼头了。

这事被一个路过的小混混听见，知道我很快要走，他们决定好好“欢送”我。于是他们召集了一帮人，男的女的都有，手脚并用揍得我半死，扒光我的衣服挨个在我身上撒尿。有个小太妹不知道抽了什么疯还嫌不够，两个人按着我，拿着沾满血的卫生巾抹得我满脸都是，还逼我吃……

万念俱灰，像我父母一样只求速死时，听到一个清脆的声音：“不许欺负人！二叔，叫你们派出所的战友把这几个坏蛋拷走，这有流氓欺负人！”

我被揍的地方在一个被一片竹林遮着的深坑，虽然大家只看到土坡上高高站着一个八九岁的小女孩，但是她说的话把大家吓坏了，有大人，听上去还有警察。不知道谁打了个口哨，这帮人马上作鸟兽散。

其实只有女孩一个人。

可我已经不想活了，只恨父母为什么不多等我一会儿，更因为光着全身的狼狈样，于是闭眼装死。只想等她走了，或跳河或撞墙，就近结果自己的性命算了。

然后我听到了这辈子只要想起来就会微笑的声音，它曾支撑着我度过无数个痛苦无助的日日夜夜，更让我无数次放弃自杀的念头。

“大哥哥，我把他们都骗走了，你没事吧？我妈让我把她买给二叔的衣服拿过去。哪，给你穿。”

她把衣服放在地上，转过身站着，像是等我穿衣服，又像是在放风保护我，怕那帮小流氓折回来。

我犹豫了几秒钟后挣扎着站起来穿好，心想死的时候有衣服穿也是好的，总比死了还要被人羞辱强。穿完蹲在深坑里不发一言，只等她离开后结束自己的生命。没想到，她干脆跳下来坐在我旁边，扬着胖嘟嘟的脸天真地冲我笑，伸出一只握着的手慢慢展开，一颗大白兔奶糖正静静地躺在上面。

她说很好吃的，这可是我的独家秘方。

那糖的味道我永生难忘，一颗滚了一圈红糖碎渣渣的大白兔奶糖。

她说，在红糖里滚一圈，就可以回味得久一些。

……

在红糖里滚一圈，就可以回味得久一些。

前尘往事如飞机轰鸣，呼啦啦时光倒退十几年，仿若看见自己自客舱内座位倒退，下了客梯，站在年少无知、天真烂漫的九岁那年的方格中：我妈把爸爸的衣服买大了，让我拿去送二叔。路上见到一个被人欺负得衣服都没了的少年，便把衣服转赠给他，那衣服肥肥大大滑稽极了。回家时我只谎称在河边玩了一会儿，衣服丢了。我妈为此至少唠叨了我两年半。

我甚至记得当年站在小土坡上指挥的三个少年：两女一男，女的是呆逼恐龙和胖大海，男的是大户。

我记得这么多，却唯独不记得当年那个被欺负的少年的脸。

2 ///

换成任何人，都很难把当年趴在深坑被人欺辱的光屁股少年，同眼前红得发紫、无人不知无人不晓的Noah联系起来。那少年的模样早就忘记，更不曾知晓彼时的他竟有着那般屈辱、悲痛的经历。自闭症，无法同女生相处……便是自那时起落下的阴影吧。

我不是很会安慰人，斟酌着要用什么样的语句才不会显得失礼，而又不至于让讲述了整个故事的湛澈后悔对我的坦诚。

思考不止，喷嚏亦然。内心尴尬到翻江倒海，却故作镇定地抓着抽纸擦鼻涕。

得让气氛活跃起来——

这好像是我一贯的通病，人多时如果出现片刻沉默，我会很紧张，没有任何理由地认为这是我的原因，是我的任务和使命。

我理应负责。

负责让大家不尴尬，负责场面不沉默。

“这么说，”我想到了一点，语速快过脑速嚷道，“我是见过大明星Noah裸体的人了？哈哈哈……”

他看着我。

“呃……不太合适是吧？”我尴尬地收起笑容。

算了，果然还是沉默比较好。

阿嚏！

阿嚏！

阿嚏嚏嚏嚏……

鼻子跟我上辈子有仇。

“稍等我，一分钟，”他站起身，“很快回来。在这里，等。”

事实上也并没有一分钟，他从走廊最外侧的一个房间中出来，手里多了一件黑色及膝的长风衣，等我意识到是拿给我时，他已经将我严实地裹在里面。

“我自己可以……”想要后退几步和他保持一定的距离，却被他抓着风衣的两只手固定在原地，那双大手很快松开风衣，只是轻轻一送，我便撞进他坚实的胸膛里。

听到他低沉的极富磁性的声音——

“如心，你知道吗，刚才，那故事里，没有，讲出口的，是你出现，那一刻，对我来说，你是世上光。”

你是世上光，他说。

那胸膛有着我从不敢想象的温暖和宽广，仿佛寂寞的灵魂找到值得依托的力量，远航的渔船终于照见家乡灯塔的光芒……又或者，是我孤独太久了，一个人太久了，没有被人这样热切对待过太久了。

况且，它的主人那么有魅力那么帅。

况且，今晚的故事这样悲切凄凉。

他需要我。

我想。

从出生到现在，从未有人像他这般需要我。

原来在别人的心目中我也可以有着不可撼动的地位，就像学生时代走进喧闹的教室，因为被人深深喜欢着，迈步时几乎觉得头上顶着光环。

我并不想挣脱他的怀抱，甚至……像个贪婪的孩子把头埋在他的胸口，双手只是犹豫了一下，鬼使神差，无法自控地环住他的腰，甚至不安分地期待更多。

记不清一切是怎样发生的，迷迷蒙蒙陷入一个意乱情迷的世界，被人点中穴道般静默站立，一颗骚动的心却自行调整好节奏，全心全意地追随着他有力的心跳声，笃定而行。

温热的吻顺着额头、脸颊，慢慢印上我的唇，脑袋“嗡”的一声掉进万丈深潭，无法控制地深陷坠落。也许见我没有挣脱或反抗，他似得到鼓励，那吻突然肆虐且急，完全没提防地被叩开牙齿，像出来觅食的小动物观察是否有天敌出没，待察觉到没有危险后长驱直入宣告主权。

全线溃败之际，依稀听到他的低喃，如心，如心你是世上光。

我推开他，不顾他热切的目光和诧异的眼神。“奇怪咧，”我说，“你不是最多只能断四个字吗？刚才那句话，”我掰着手指，挨个数：“你、是、世、上、光……哈哈哈，恭喜你，你已经可以说七个字不断字了！”

我发誓我欢呼雀跃的样子不是装的，发自肺腑地为他高兴。他并不领情，面色铁青：“如心，闭嘴。”

“不要，破坏气氛。”他说。

那唇又贴上来。

你是世上光。

他说一句，唇再覆上来。

你是世上光。

再覆上。

因着这一句，我在心里长叹一声，它似一张贴了“请随便处置我”的咒语，贴在额头最显眼处。

聪明如湛澈，自然是感应到了。

很久很久之后，我都无法说清，那一晚究竟是缘于我对湛澈的喜欢，还是因为……我羞耻地想，还是因为我无法抗拒身体的召唤，无法抗拒他的肉体对我的吸引。

又或者，两者都是有的？

隔天早上醒来，一个硕大的圆形双人床映入眼帘，房间是很典型的中式风格，有大气的实木转角沙发，扇形牡丹陈列柜上，简单地陈列了一些木质雕件：寿桃、貔貅、笑佛、观音、大象（居然有大象 orz）、马、灵芝……

房间里也多半是木质家具，酸枝木的茶几、鸡翅木的屏风、胡桃木的置物架……脑袋一个激灵，想起多年前，洪喜家被那个合伙人吴招娣骗钱时，爸爸讲的事情始末——

“吴招娣卷了很多人的钱，洪喜家不过是其中之一。最惨的是‘袁记家具厂’，被骗了两百多万，那对夫妻受不了双双服毒自尽，留下一个比你们大不了几岁的孩子……”

袁记家具厂——这么说，那个孩子，袁小飞？便是湛澈？

我被这个发现震惊不已，冷不丁瞧见旁边的红木床头柜上有一张湛澈手写的便笺：“我去录节目，再联系。我确实，不是个，很懂浪漫的人，但，也许我会试着，学一学。Ps：你的小齐我拿走了，明天还你。”

写字又不需要用嘴说，干吗还这样断字？

昨晚的事情一幕幕浮上脑海，心中一阵阵悸动。

拿着纸条反复摩挲，想要分析出更多情意。

我去录节目了——是解释不在床上的原因，这是在给我一个他离开的交代。

至于“再联系”——也许真的会这么做，但通常人们说这三个字时，基本在敷衍。有类似用法的还有：“回头请你吃饭”“改天聚”“下次聊”……口头上的客套，当不得真的。

我确实，不是个，很懂浪漫的人，但，也许我会试着，学一学——呃，这是在揶揄我？还是说，经过昨晚的一夜，他……

小齐，他拿走小齐做什么？

我没有失去理智，以为一夜激情后便定了情侣关系。都是成人，尤其，我们之间的悬殊那么多，像我这样的人……我摸着自己的嘴角，内心深处涌起的自卑像涨潮的海水，翻滚着拍打着我建立的为数不多的自信之船，沉沉浮浮。

脑袋乱乱的，赫然想起呆逼恐龙和胖大海当年都参与欺负湛澈，而赶巧不巧，她俩同时参加了节目，又被湛澈保送晋级，这是巧合吗？

还是说，会……

哼，还有大户，我可忘记，他居然曾经对湛澈……

脑袋一个激灵，不久前湛澈落在我店里的笔记本——

NO1. 最大的善意——1。

NO2. 最大的恶意——HYX、ZY、LR、MFL。

如果我是这个“1”，那么 ZY、LR 是张怡和李蕊，HYX 和 MFL 当中有一个是大户吧，该死，我完全不知道他大名叫什么。

除了大户，剩下一个人是谁?

算了，不管它。

不知羞地回想昨天的一幕，一个似笑非笑的男声突然自门外传来——

“如心姐，老板娘，起了吗？”

小少?

我一个哆嗦直接趴在地上，做贼般被抓个现形，不敢吱声。

“……”

那厮又喊:“我们老板要我给你送早餐来。呃……也不知道你喜欢什么，就每样都买了一点，是不是很体贴很浪漫呢? 人家都感动得不要不要的。知道你昨晚劳累……必须好好补补呀。如果你没起的话，我晚点再来。”

这个王八蛋，故意叫我难堪。

恨不得出去掐死他，却只能闷在房间不出声，如心，淡定，冷静。

五分钟后，终于没了动静，怕他要什么阴谋诡计，我又停留了十几分钟才出去，发现日头已升得老高，思绪有点乱，索性打车回家。

3 ///

我当然不会忘记，今天距离如意的预产期，还有 23 天。

我妈在家闲着没事，已经缝了三套婴儿棉袄棉裤，外加长的、短的、薄的、厚的共四套被褥。

“用的可是今年的新棉花，”她拉着我的手，“你摸摸，多软。”

我随意摸摸：“嗯，软。”

“比起你的胸，手感好多了吧？”

我沉住气：“等我有了男朋友，他一定不这么认为。”

“首先，你要有……一个男朋友！等他来了，我给你也做一套，到底哪个手感好，让他自己发表意见。”

我：“……”

“男朋友是吧，行，咱就聊这个。最近有什么桃花运吗？你打算追哪个男生？”

“妈，……你为什么不能问问，有没有人追我？”

“明知道不可能的事情，为什么还要问？”

脑子里全部是湛澈，他的眼睛他的吻，我不甘心地说：“你认为不可能，万一可能呢。”

她停下手里的活计，说：“这么说，有人追你？从小到大上的男子学校？还是个矮眼瞎脾气差，家穷且懒离过婚啊？”

才没有，昨晚的一幕在脑海里不断闪回，我在心里没皮没脸地说，哼，在我心目中他堪比国民男神，人帅活儿好。

如心，你真是恬不知耻。

全身酥酥痒痒的，又出神。

冷不丁听到我妈大着嗓门问：“如心哪，你想不想生个混血儿？”

“啊？”我呆呆看她，这这这……从何谈起啊？

“我听说，小区新搬进一单身的老外，眼珠都是蓝色的，要不要我去打探打探？”

我转身欲走。

“你站住！好了好了，不愿意就算了。”见我真的生气了，她笑，

“我问你，如意到底哪天回来？都快生了，还出差？万一途中要生怎么办？你得赶紧劝劝她。”她敲着床头，突然想到似的：“该不是想在美国生孩子吧？除了有个美国国籍，有什么好？饭吃得习惯吗？月子咋做？钱够不够？”

我无法说出如意“暂不回家”的态度，她问起时，只胡乱编了个理由，说临时找到份不错的工作，跟老板去美国出差了。

这个理由编得还不赖，我骗她说在美国郊区，没法用微信，也不能上网，什么开销都贵。打电话吧，我妈也心疼钱。

“你的店怎么样，一天能赚十万不？赚钱了就买点好的化妆品，你这年纪，该抹眼霜了。我听说民生街新开了一家整容医院，都是从韩国和日本请的医生，有什么青春永驻皮肤提拉术，有时间你也去转转。”

十万！

我躁狂得想在屋子里转圈。

“还有，本来不想说的，说了怕伤你的自尊心。”

难道这件事，不是一直在进行中吗？

“在伤害我自尊这件事上，每次见面到我离开，您每次都是超常发挥……这恰恰是您最擅长的事情呀，母后。”

她白我一眼，手中的红布头转个圈，露出规则有序的针脚。我们当地有这个习俗，婴儿出生要戴五毒肚兜，绣上蝎子、蛇、壁虎、蜈蚣、蟾蜍，辟邪保平安的。

“我已经尽力控制了，”走了几针，她忍无可忍地说，“再不说我要憋死了。你能不能下次来的时候，不要绑马尾？你本来就脸大，在怎么难看怎么打扮上，你为什么这么有天赋？”

我：“……”

挤对完我，她问我爸：“老濮，我是不是……忘记点啥？”

在一边悠闲看报纸的我爸终于抬头：“什么？”

我妈从客厅走到卧室，又从卫生间绕到厨房：“就是……就是之前跟你说的那事。”

“不知道。”

老太太又开始满屋子转。

送我出门时，我爸问：“如意还是不肯原谅你妈？”

我说是的。

“我也不见？”

“连我都不见，何况您？她就是觉得我们知道后，总会有一个人成为我妈的突破口。她说等她想清楚了再说。”

“她现在是关键时期，你劝劝她，闹一阵得了。知道她定在哪家医院生吗？”

“我问了几次，不说。市内几家医院我都跑遍了，开始说要为患者保密，后来找了人，系统里查了又查，说查无此人。”

“那就怪了，”我爸眉头紧锁，“难道去了外地？我托法院的人问，她请的那个律师倒是已经正式起诉了，开过一次庭，她和潘羿都没到场，听说下周宣判。我追着律师问了几次，人家压根不松口。”

“应该不会吧！去外地更人生地不熟了。”

“你再劝劝她，你们姐妹俩从小感情好，这节骨眼上就指望你了。”

我爸千叮万嘱的，比我妈明事理多了：“你妈最近，好像特别容易忘事，脾气又暴。她要是说你，你别往心里去。”

“放心，我没事。要不要去医院看看？更年期到了？”

“老毛病，实在不行看看中医调理调理。”

走时我想，我爸真不容易，我们不在，我妈的炮火只会更密集更集中地对准他。

“没事，”他看出我的心思，“我就当玩游戏等我一关关闯呢。无攻略，只能靠自己一关关摸索，不断积攒经验，总有一日打通关。”

4 ///

洪喜家在我家后面的那栋楼。

敲了半天门，倒把隔壁的王大爷敲出来。

“打麻将去了！”他双手在空中比画着，“有事给她打电话。”

一面谢着，一面往楼梯走，我当然知道洪姨老出去打麻将才来的，不过没想到洪喜居然也不在家。

这样想着，电梯门一开，出来的正是洪姨。

“洪姨，我……是来找……”

不过几个月没见，她格外热情。

“来来来，大象！不不不，如心。”

所以，连她也知道这个外号了吗？我欲哭无泪。

“快家里坐。”她拉住我的手，“找洪喜是不是？他给我打电话了，一会就到。快进来等。”

虽然觉得哪里有点不太对，可是盛情难却，也找不出拒绝的理由。

房子是复式，小区顶层最好的户型，连着客厅都朝阳。是洪姨发家后买的，做了欧式精装修，并不奢华，也许是来的次数多，样样看着都舒服。

近几年洪喜住这边多一些。顶层赠了两百多平方米的露台。他找人拉了几车土，支起几个葡萄架，绿色藤蔓越爬越高。夏天时，我们常躲在阴凉、挂满葡萄的葡萄架下，喝酒聊天，好不惬意。

土地也没浪费，种了一些蔬菜，却不是自己拔来吃，不知道他跟什么人学的技术，硬是养了一群从长白山引进的野生林蛙。林蛙，顾名思义，森林里的蛙，因为冬天即便在雪地下也能冬眠 100 多天，故又称“雪蛤”。我们聊天时，这帮林蛙叫得且欢。

洪姨开了罐可乐递给我，在我旁边坐下，眉开眼笑的。

“你今天能来，真是把我高兴坏了。”

高兴坏了？为什么？

她拍着我的手，嗔怪地说："你这孩子，还跟我见外啊？洪喜都跟我说了，我就等着这一天呢。早看出洪喜喜欢的是……"

开门的咔嚓声，洪喜来了。

见到我，他一怔："咦，你怎么在这儿？"

"哦，没什么，"我说，"刚从家里出来，想着也许你在家，就过来碰碰运气。没想到阿姨也在，正聊天呢。"我想起刚才洪姨说到一半的话，于是转向她："洪姨，您刚才说等着这一天？哪一天？早看出洪喜怎么了？"

洪喜腾地跳起来，脸憋得通红，声音都是尖的："妈，你跟如心说什么了？"

"什么也没说，"洪姨站起来，娘俩频繁使眼色，两人什么时候学会唇语的？

"有什么事是必须要瞒着我才能进行的吗？"

洪姨干净利落站起身："你俩聊，我得走了。三缺一，李叔还等着我呢。今晚我通宵，晚上就不回来了，不妨碍你们。如心哪，你今晚就住这儿呗。"

我妈都没对我这么热情过。

等等。

妨碍？

住这里？

她该不会是误会了我和洪喜的关系吧？

我一巴掌拍在他后脑勺上："你都跟你妈胡说什么了？为什么今天她这么奇怪？"

"哎哟！疼疼疼！"

洪姨突然打开门探出头，目光正落在我扇她儿子的手上。

我："……"

洪姨："忘带钱包了。"

她飞快地从鞋柜上捡起钱包，暧昧地笑着："你们继续。"

我大口喝着饮料，不满地："小喜喜，你是不是应该带阿姨去医院看看眼睛？"

洪喜红着脸，不自在地摆弄手机，头也没抬："什么？"

"她今天对我说话，好像有所指似的。该不会是眼花，把我看成如意了吧？"

"没有没有，甭搭理她。整天神经兮兮的，你又不是不知道。见个女的来找我就觉得是男女关系。"

洪姨是有这毛病，高中时就恨不得抱孙子，只差绑个女的跟洪喜直接成亲，任何时候见到女生跟洪喜在一起，就满眼桃心。

我想起以前给他打电话，没聊几句就听到洪姨在电话分机另一端喘气的声音，班里女同学几乎都有过这待遇，也就释然。

我慢慢将湛澈的故事讲给洪喜听，当然省略了……后面我和他的事情。

不是对洪喜刻意隐瞒，而是……我也说不清我和湛澈的关系，现在到底是什么情况，一夜情？炮友？有待进一步确定的男女关系？他岂不是要笑死我？姑且略过吧。

我并没有无聊到跟洪喜交流自己的风流史。

我问："你怎么想？"

他也有点唏嘘，神情萎靡，看得我十分不忍。

怕是想起了洪叔叔。

这么多年，活不见人，死不见尸。

"你想过找洪叔叔吗？"

"偶尔也想的。"他低着头，"可是又想，如果他不在这个世上，找也没用。如果还在，总有办法和我们联系，这么多年，我们家的座机都是直接迁过来的，从来没改。没联系，说明……也许他并不想找我们？这样的话，我倒宁愿他已经死了。"

“不会啦，”我把手搭在他的肩上，明显感觉到他不自在地抖动，“也许，也许……”

“我比他幸运。至少我妈还在。算了，不提这个。”他说，“店是你的，租金也是你的，你决定就好，但合作开茶餐厅我表示强烈反对！”

他故作夸张地做痛心疾首状，还冲我斜飞媚眼：“我会为你吃醋而死的。”

我知他不想让我看到刚才难过的样子，只好配合地说：“神经病！”

“转给他的话，你怎么办？”

这个问题比较关键，我想了一会儿，说：“不然，我用他给的租金，把你隔壁的那家咖啡厅租下来？”

洪喜拍手：“咖啡厅也是我家的，我多赔付他们一个月的租金就好。咱直接接手，员工呢，乐意的就留下，不乐意的我重新帮你找。你还记得阿盘吗？”

“你该不会告诉我说，这里整条街都是你家的吧？”

“有钱真好……”

我又找到了傍大款的感觉。

“也不是，哪有那么夸张。”他谦虚地笑，“半条街而已啦，到那边冰激凌店为止。”

……这个地主暴发户房二代！

造化弄人，同样是当年被那个寡妇吴招娣卷款逃跑的受害者，洪喜和湛澈的命运，却有着天壤之别。

还好，我默默地想，至少从物质条件上来说，他俩都还不错。

想到阿盘，我问：“阿盘吗，怎么会忘，在星级酒店做大厨的那个？”

“对，她本来在台湾就是开茶餐厅的，为了男朋友变卖了所有家产追到这里，没想到对方劈腿。不得已做了大厨……我可以拉她给你做店长啊，没必要跟那个 Noah 合作，自己就能来。”

他坚持认为湛澈是危险人物，离远点对我更安全。

我心一动。

"哎，我还有个好主意，如果服装店你还想继续开下去，我就把我的游戏厅搬了。你直接挪过来就行。"

"我哪能那么贪心。再说，你不是做得很开心，游戏厅很赚钱啊，我听禽兽哥说，天天客满，有时还要等位。"

他摇头："赚钱，总招来一些不三不四的人，我早就想做点别的什么生意。书店？现在是拇指时代，人人抓着手机玩，谁还看书？包店？鞋店？我又不喜欢……"

"那还是留给你自己，等你想清楚了，再调整。我算想开了，我不是搞服装的料，倒不如发挥特长做点跟吃的沾边的事情。"

"是啊，你这个超级吃货，不开吃货店，太可惜了。"

跟着我混，他口福大着呢。

送我回去的路上，依稀发现有辆车一直跟在我们身后，跟洪喜讲，他大大咧咧说我多心："侦探小说看多了吧？没准人家开车散心，开得慢怎么了？开得慢就是跟踪你呀？"

到了店里，他着急上洗手间，我疑心刚才的车，在门外多站了一会儿。

是的，并不是我多心。

那辆我叫不出牌子的越野车，正停在店外马路对过。

一不做二不休，不知哪里来的胆子，我假装弯腰系鞋带，然后突然站起身往外冲。那辆车的司机被我吓到，犹豫了那么几秒，迅速发动引擎，逃难似的蹿出去，可那个坐在副驾驶上的人还是被我认出来了。

居然是那个有着花白头发的老头，《梦想达人秀》的嘉宾。

水横流。

司机戴着宽大的墨镜，对我视若无睹。从我身边经过时，坐在副驾驶的水横流一只手捂着眼睛，似乎刻意遮住不想被我看到。我还是从他发抖的手指缝隙里，看到那双湿润的眼睛。

《动物世界》曾播过一期主题为"狮子王"的节目，逐渐长大的雄性幼狮被迫离开狮群，迎接它的，要么是独自进行流浪生活，要么是通过战斗推翻其他某个狮群的狮王，成为领头雄狮。

镜头对准站在遥远的一角的母狮子，面对被迫离开自己的孩子，目光里的不舍和决绝曾让我深深震撼。

不知怎的，水横流的目光让我想起那头母狮。

5 ///

我下意识的反应是，老头确实和湛澈有过节，估计真以为我是他的恋人，所以过来勘查敌情的？

天啦，该不是要对我下手吧！我脑洞大开，已经想象着自己被他雇用的人绑架，被关在废弃不用的仓库里哀号哭泣的场景……

总不会奔着洪喜来吧。

我是十分惜命的人。

给湛澈发微信，请他等一个月，等我清理完库存，新店手续办好了，就正式转租给他。

他直接打过来，声音懒洋洋的：“有没有想我？”

等了几秒，挑逗地笑：“呵呵，我就当，你想了，不好意思，说出口。怎么，只转给我？也不需要，和我一起开店？”

就知道他邀请我开店，不过是无奈之举。我懒得点破：“是，只是转给你，具体做什么，你自己定。”

“谢谢谢谢！马上，要录节目，晚上，我去找你。”

“不用……”我打断他，“晚上，我不在的。”

“……你，不会是，害羞了，故意，躲我吧？”

“哈哈哈，怎么会？”

我打起哈哈，笑得很夸张：“为什么要害羞？干吗要躲你？有理由吗？是真的忙。哦哦哦，还有另外一件事，你和那个什么水横流，是不是有过节？”

也许是我话题跳跃得太快，电话那一端突然没了声音。我以为信号不好，走到店外，大着嗓门嚷："喂，你听得到吗？"

良久，他回："你怎么知道？"

果然。

我讲了刚才发生的事情，他冷笑："哼，这个，老狐狸，终于，露出尾巴。"

露出尾巴？

"你什么意思？喂喂喂，湛澈，我说你俩有什么仇恨，能不能不伤及旁人？"终于能正常跟他对话了，我的语气变得轻松，"你看人家孙悟空是吧，给唐僧找吃的，怕有妖怪趁他不在害了师父，用金箍棒画个圈保护。你肯定没这本事，不能把我拉上垫背。你能不能自己画个圈，在圈内你俩把恩怨解决完了，不要牵连我？"

沉默半晌，他说："你想太多，不是冲你。"

"那……"

"是你，那个朋友，什么喜。"

"你说洪喜？"我不屑地笑出声，"他俩明明八竿子打不着。"

"那就看看，后面他要，如何做，这个竿子，才打得着？而且，你也不是，旁人……"声音迟疑了下，他轻笑，一字一顿，"毕竟你我，是，同床共枕过，的人啊。"

"……"我窘得连说话的勇气都没有。

幸亏只是通电话，若当着面，这话不亚于机枪扫射。

我咬着牙，口不对心地说："你也说了，只是'过'吗，说明已经成为曾经。你知道的呀，国内早不像之前那么保守和落伍的。现代社会那么开放，你该不会觉得此后我要对你这辈子负责吧？"

说这句话时，我嘴上在笑，却恨不得打脸。

我一直没有安全感，小时候夜里睡觉，妈妈总趁我睡着溜到邻家打牌。我半夜醒来房中空无一人，总要哭上好久。怕她离开，知道开口挽留也是白搭，索性直接赶她走，然后蒙上被子搂着小齐假装她一直都在。

怕湛澈否认昨晚的关系，担心他只是一时冲动而又不知如何拒绝，猜想着他致电是担心租不到店，分析他也许是怕我尴尬再慢慢疏远我比较好……

那么，如同小时候赶走妈妈一样，越是想要，越表现冷漠。

自己先退一步，其实是希望对方可以加紧步伐追上来。

我承认我是个懦夫。

爱情里懦夫中的最懦夫。

这些年跟如意学了很多作得不能再作的臭毛病。

嘴上说着拒绝，实则期待对方听到自己内心说“是”的声音。

就像绝大多数口是心非的女生跟男友吵架说的气话——

我们分手吧——是想说“过来哄我，我就原谅你”。

你在做什么——是想说“我很想你快来找我”。

你走吧——是希望听到“我不走我不走我不走！赖死赖活都要黏着你”。

我不会对你负责的——是希望听到毋庸置疑的“可是我会对你负责”这样的话。

仿佛过了一个世纪那么长。

长到我几乎以为他挂了电话，贴在耳边的手机变得温热，洪喜已经从卫生间出来，冲我做了回家的手势离开。

“哦，”电话那头的他声音淡淡的，听不出悲喜，“你说的，没错，是，都什么，时代了。”

心一点一点往下沉。

“大家都是，成年人，自是，十分开放的。谢天谢地，昨天的事，你和我，有着同样的默契，和遵守同样的，成人规则。倒省得我，”他的声音突然变得缥缈，我紧紧攥着手机，像是有人拿着搅拌器插入心脏里，疯狂旋转着，一波更比一波猛烈地痛。

“倒省得我，”声音顿了顿，他说，刻意加重的语气，“费口舌，向你解释了。”

作死啊作死啊作死啊。

我恨不得狂扇自己嘴巴。

心如死灰时，听筒里突然传来几声轻笑，“濮如心，如果我正年少，听到你这话，一定就此，与你一刀两断。再喜欢你，也分分分，老死不相往来。”

什么？

“还好我是成熟的成年人，否则怎么会理解女人的口是心非？你给我听好了，濮如心，从你救了我的命那天起，就注定你要对我负责一辈子……”

奇怪，他又能连着说这么多话了，也许情绪过于激动时会恢复如在舞台上的表达能力？

马东创办的辩论节目《奇葩说》，里面有个辩手，颜如晶同学就是这样的。

因为过度自闭，平时根本无法正常与人沟通。

可一旦上了辩论赛场，直接启动另外一个人生模式，论点逻辑严密、观点新颖，连珠炮似咄咄逼人，直接KO“对方辩友”。

——我正出神，听到电话那头的湛澈喊：“濮如心？濮如心？你在听吗？”

我的心是不是太大了，如此紧要时刻，居然还在想别的。

赶紧定了定神，“哦，在听，你说。”

“我，湛澈，袁小飞，Noah，从今天开始，会对你负全责。而你，敢不对我负责试试看?!”

不懂浪漫的男朋友

第七章

年少时，喜欢一个人，没少做蠢事。
想要的心情越迫切，越是刻意表现冷漠：
渴望拥有礼物却不屑一顾，
对梦寐以求的机会偏装作不感兴趣拱手相让……
那些只要看到或想起就会热血沸腾的人和事，
甚至无人知晓。

若时光可以倒流，
我一定不会让那个懵懂内向的少女
因过于担心被拒绝、不允许、有风险，
而表现出与自己真实情感完全相反的看法和行为啊。

1 ///

终于我也有机会虐狗。

吃了这么多年的狗粮，突然翻身农奴把歌唱，轮到我洒遍狗粮去喂单身狗，必须要说的是——

一边喂一边吆喝：来来来，吃狗粮啦。

还是喂狗粮的感觉好。

嘻嘻。

晚上湛澈过来竟然带了个男版的小齐。

才知道他拿走我小齐的用意，原来是按照同比例大小，包了个与其同等大小的内芯。他对年少时我送他的大白糖奶糖有着我意想不到的情结，男版小齐的内心便是用染了与大白兔奶糖同样花色的布料，扎着与湛澈同样发型、颜色的头发，画着醒目的五官，挂在耳朵上的大布料黑框眼镜显得很是俏皮。外面套上他平时最喜欢的休闲裤和 T 恤，活脱脱一个小号湛澈。

他强行把“男版小齐”塞在我怀里的同时，还有一个大袋子，里面装满了各色款式、材质和颜色的衣服，显然，这些都是为它量身定制。

幼稚，我想。

“他是……小澈。以后就拜托你照顾了。”

“啊？那我的小齐？”

“哪有你的小齐？”他装糊涂。

“你昨天明明……”

“哦，她改名了。从今天起，她的名字叫小如。放心，她是我的人，我会好好照顾她的。”他一本正经地盯着我，“就像，你会好好照顾好我的小澈一样。”

一艘小得肉眼看不到的无法测算速度的小飞船，在全身的血液里飞行，淘气地停停这里，停停那里，察觉到酥痒难耐时，又倏地腾空而起。

我的脸烧得滚烫，恨不得找个冰袋贴在脸上降温。

“小如今天的文武大臣有薯片、西瓜汁、杨梅和番荔枝。”他掏出手机播放之前录好的视频给我看。

打扮得花枝招展的小齐坐拥一个独立的粉色公主房，湛澈像个老来得子的父爱泛滥的爸爸，在房间添置了大量的玩具，芭比娃娃、公主裙、皇冠、水晶项链、桃心抱枕……

我看得直流口水，恨不得他赶紧生个孩子，我好投胎……喂，濮如心，你脑子进水了吗？

这是什么鬼念头。

他收走手机，敲敲我的头，“要好好对待我的小湛哦。”

我被他敲得再度出神，原来恋爱是这样的感觉。

可以把藏在内心深处的小孩放出来，让他自由自在地呈现最原始、放松、天真、本我的一面，不需要戴任何面具，更无须耗尽心神为他打扮得花枝招展。

最最最自然的无拘无束的小孩，嗨，我见到你了。

渴望异性像宠爱孩子们宠爱自己，热切地，没有任何保留地。

做了什么说了什么，都不必担心对方责怪、鄙视、轻视……在见识了你所有的神经质和怪癖，所有日常生活中所不为人知的一面，也绝不会瞬间变脸，一副“没想到你是这样的一个人，我果然看错你了”的错愕样。

这份稳定的深沉的毫无保留的爱。

抚摸着……怀中的小湛，我问：“小湛一直很小心地保留着那张糖纸吗？这么多年都没有丢，好厉害呢。”

他歪了歪头，低低“嗯”了一声。

察觉到他眼神中一闪而过的哀伤，我忍不住问：“你姨妈，对你，好不好？她没有与你一起回来吗？”

其实最想问的是，异国他乡的日子，难挨么。

“姨妈……”他还没有习惯我跳脱的思维，略微迟疑，回道：“还不赖。她身体不太好，但姨夫很会照顾人，对我也不错。”

“哦。”

仿佛看穿我的心思，他说：“其实，过了那天的一劫，对我来说，生命中不可能还存在更差更坏的一天，之后的每一天……都比那天好。”

我抓紧他的手，默默地在心里念叨了几遍，终于有勇气说出来：“是的，经历了那一天，之后我们在一起的每一天，小澈都会很开心。”

一旦开了头，我的脸皮再厚起来速度就快得多了：“我会对小澈负责的，”说到动情处，我大手一挥，手托着小澈在空中飞舞，颇有指点江山的豪放劲儿，“绝不会辜负他。”

我们俩在地板上席地而坐，我为他烤好的小羊腿正滋滋冒着油，他也顾不上什么偶像形象，连一次性手套都没戴，两手抓着大快朵颐。此刻听到我如此动人的情话，人家头也没抬，只淡淡说了句：“嗯，你要是做不到，我就虐待小如。反正你的小如在我手上。”

我：“……”

2 ///

《梦想达人秀》的十强晋级赛，即选手和导师们一起进行的户外障碍赛，在月初播出。

“梦想之所以是梦想，因总需要跨越一道道无法预知的艰难，仍持初心。”

“坚持未必能成功，但失败一定是你选择了放弃。”

电视里的水横流说道。

穿黑西装的他面色凝肃，湛澈、边杰和周嘉嘉与他比肩站立，逐次说道——

"——说出你的梦想。"

"——在这里，步履坚定。"

"——在这里，披荆斩棘。"

"——在这里，决不放弃。"

最后，湛澈向前迈出一步，伟岸俊逸、风度翩翩，朗声道："我们，在这里……"

四人和声："等你来——"

他瘦了一些，面容清瘦，但谈了恋爱的我的小湛，整个人时刻散发着一股喜气洋洋的味道，自有无法压抑的别样的风采。周嘉嘉貌似是懂的，常嘲笑地冲他挤挤眼以揶揄恋爱的小男生。这俩人的关系果然不一般，湛澈似乎对她百分百信任。连水横流都有些失神，不懂为什么湛澈突然就对他温柔一些。

心底某处涩涩地疼。

节目录制地在某市半开放的原始森林。全国十强选手需将手机上缴，只带一部相机，在指定区域和时间内，穿越一条没有桥的河流、攀越海拔 700 多米的该市近岸最高峰，勇闯一道荆棘遍布的羊肠小道，按提示挖出代表自己梦想的图腾石，每完成一项，需要拿相机以任务完成地点为背景自拍为证，解救困在怪石林中五位导师中的任意一位才算最终成功。

周嘉嘉请了她的好朋友，因主演某电视剧火得一塌糊涂的男演员居尘客串嘉宾，成为这期节目很大的看点。选手们可以合作，也可以单枪匹马独自作战，条件是必须在晚上 6 点之前完成。否则便直接淘汰。

这倒方便了湛澈。原本还担心离开了舞台，纵然他和我说话也逐渐正常，与常人无二。但谁能保证他和选手沟通时仍然可以如此自控呢。万一断字和拒人于千里之外的问题被哪家媒体放大，不知又会引起怎样的风波。没想到只需躲在一片石头林里，镜头里的他偶尔喝喝小茶，看看风景，跟"看押"他的全副武装的将士，磕磕巴巴、断断续续聊小天。

害我白白担心。

所有选手全副武装，男人在这样的赛制里占绝对便宜，体力好速度快，没多久便有一名男选手率先完成任务，成功解救出边杰。

一个其貌不扬的中年大妈解救出周嘉嘉。

呆逼恐龙说服了一名男选手与她合作，在5点45分迅速解救出居尘、水横流。

胖大海和另一名选手在6点整同时抵达湛澈的藏身点。

节目组做好了各种准备，连救护车都在外面随时待命，没想到出现同时到达的情况。只得临时开会讨论，最终达成一致：由导师本人行使一票否决权。所有人都以为湛澈会淘汰胖大海张怡。因与她同时到达的，是冠军呼声最高的范小晨。

他是编导去大学海选时被学校重点推荐的选手。初见一个小白脸，长得略算周正，编导根本没放在眼里。交谈不到五分钟，佩服得五体投地。那家伙博览群书，如果他说自己是同龄人中看书数量排名第二，无人敢称第一。

最大特长是——诡辩。不论什么新潮、前沿的辩题，不论他选择正方还是反方，总能四两拨千斤，独辟角度，娱乐圈、历史事件、地质、考古……思路清晰，逻辑严密，观点新颖，娓娓道来。

他的身体语言也丰富，颇具人格魅力。喜欢穿格子衬衫，戴副金色近视镜，干干净净的邻家大男孩形象，演讲跟玩似的，极为放得开，忽而如师如友，看似温文尔雅，忽而大喝一声似携剑而袭，凶狠、犀利，正中要害。最牛之处更在于，每每上台展示才艺，他随意从台下台上选对手，现场出题，根本没有事前准备的时间，全靠个人积累。观众们被他彻底迷住，跟吃了迷魂汤似的，他说哪边，便没有任何立场地集体倒向哪边。

在年轻一代普遍欠缺独立思想，还在用歌词来表达观点、心情的时代，每每比赛，此人还没出场，“范小晨，范小晨，范小晨……”的欢呼声已四起，粉丝高举写有他名字的横幅，时而哭得哽咽，时而忘情冲到台上被保安强行拉回来，他是所有选手中人气最火的一位，直逼台上明星导师。

我曾看过粉丝为他做的视频剪辑，能把有理的说成歪理邪说，把无理的说得冠冕堂皇，令人叹服，实在是鬼才中的鬼才。彼时还曾想，如果换作是我给他出辩题，要想些什么样的题目才会难倒他。

可湛澈完全无视群众的呼声，甚至想都没想，直接按了范小晨的淘汰键，于是随着他的按键，电视机前的观众眼睁睁看着这位冠军呼声最高的范小晨脚下站立的圆形站盘张开嘴巴，整个人直摔到下面一人多高的梯形软斜坡面上。

晋级选手接受录制后期采访时，胖大海张怡哭得泣不成声，说谢谢 Noah 老师的鼓励，我会一直记得他夸我的眼睛好看，会记得他对我所有的鼓励，我会努力的，决不让他失望。

陪在她旁边的呆逼恐龙李蕊也情绪激动：“我也十分感激 Noah 老师，昨天在后台遇到，他还说我的包包很漂亮，很适合我。”

两人抱在一起又哭又笑。

范小晨表现平和，面对镜头从容微笑，只说了四个字：“愿赌服输。”

视频播放的弹幕里，不知多少人在骂娘。

“Noah 是不是眼睛瞎啊？”

“说 Noah 老师眼睛瞎的那个，你再说一遍试试看，那明明是他亲生闺女，他要瞎了，怎么保亲闺女晋级？”

“有黑幕，有黑幕，有黑幕！重要的事情说三遍。”

“天真的群众，都散了吧。人家张怡后台大，没准和 Noah 有一腿，他什么奇葩事干不出来。”

“什么梦想秀，分明就是贿赂秀，丑人秀！”

……

最后，所有人都在刷同一句话，满屏幕甚至看不到任何画面，密密麻麻排列的只有——

“Noah 滚出梦想秀！”

“Noah 滚出梦想秀！”

“Noah 滚出梦想秀！”

“Noah 滚出梦想秀！”

“Noah 滚出梦想秀！”

——他冒着犯众怒的危险，只为了保张怡？

多年前曾给予他最大耻辱的小太妹？

还夸呆逼恐龙李蕊的包漂亮？

她的包是挺漂亮，某国际大品牌嘛。

她全身上下最贵的地方，也唯有那个包包。衣服、鞋子均略有寒酸，拿不出手的。

我有点困惑，可似乎又明白点儿什么。

3 ///

小少出面，帮湛澈办理了转租手续。

他按照市场价付了我一年的租金。

他哪会做什么生意，直接撤下服装店的招牌，挂上灰色的厚重帆布窗帘，整日锁着门。避去人来人往的喧嚣，在后面重新开了道防盗门，靠指纹才能进入。

有天我从设计师家里出来得晚些，夜里十二点多，除了路口闪烁变幻的红绿灯，整座城市均陷入任谁也叫不起的沉睡中。出租车一路疾驰，路过店里时，赫然发现在后门鹅卵石铺就的碎石子路上，正在散步的湛澈。

被风吹着的枯黄的落叶起起落落，有两片飘到台阶上湛澈脱掉的马丁靴上，像是给那靴子盖了床被子。他穿墨蓝色的毛呢立领大衣，长及膝盖。半遮着脸，露着冻得通红的鼻头，光脚低头，步伐沉重而缓慢，像慢镜头回放，从路的这一头，走到另一头。再走回来。

如此反复。

像进行某种黑暗巡礼，用刀，一下、一下割开早就长好的伤疤，看着重新涌出的鲜血，以提醒自己不要忘记何日何时因何受伤。

我想起他讲述的关于父母去世的往事。

想起他环住我，头抵在我的肩膀上，他说，如心，你是世上光。

想起被困在铁笼中等待取胆的黑熊。

很多年前，我曾跟朋友参观一个制作熊胆的地下工厂。所有黑熊的胆囊，都被永久插入一个金属管，一端在胆囊里，一端留在外，随用随取。

我亲眼见到那工作人员用裸露在腹部外的金属管从黑熊体内抽取胆汁，向来宾们得意扬扬地介绍为什么要在早晚进食前抽取，因那时浓度最高，又骄傲地解释给大家听，如何给熊穿上铁马甲，便可以成功避免黑熊因取胆时疼得惨嚎自杀，或把腹部抓得血肉模糊影响胆汁质量。

可怜的黑熊，全部被单独关在狭小的铁笼中，双脚用铁链锁住，无法转身，无法移动。每天等待的，除了吃，便是被抽取胆汁。

仇恨。

绝望。

不甘。

永不痊愈。

我在远处，请司机停车，借着报刊亭的遮挡，默默看着他。他的身影，孤单且悲伤。

孤立无援而脆弱。

心中翻江倒海。

掏出背包中的小湛紧紧搂在怀中，在这样一个漆黑的夜晚。湛澈，请原谅我并没有走过去与你并肩。

不想贸然过去打扰你，而又羞于表达的女人，只在心中默念，小湛，我会好好爱你。

相信站在不远处的你，会感觉到的吧。

一定会。

次日白天再路过时，完全是另外一番模样。昨夜清冷的街道熙熙攘攘，有几个孩童在附近玩耍，热闹极了。男孩们开着电动车，嘴里“滴滴嘟嘟”地喊，差点压到我的脚。跟在身后的年轻女人忙不迭道歉，又一阵风地朝前追赶着。

小时候，我、如意和洪喜的童年生活，虽然没有这些高档的电子、电动产品，却每天都玩得很快乐。

我们常从家中找来被单、丝袜、蚊帐、窗帘、雨衣、高跟鞋……无所不尽其用，模仿电视剧里小伙伴们最为津津乐道的片段，自己动手装扮，乐此不疲。我和如意最喜欢《新白娘子传奇》《封神榜》《宰相刘罗锅》，洪喜最爱《西游记》《小兵张嘎》《董存瑞》……

我当然要演白素贞，只需将鞋盒剪成大桃心状用发卡别在头发上，两边粘上长长的卫生纸直垂到地面，再披上件蚊帐，便飘飘欲仙。给如意扮演的小青蛇梳几个小辫子，该翘的翘，该垂的垂，找件我妈的绿色连衣裙套上即可。洪喜头上缠上白塑料袋压低头发扮秃头，手握木头棍做禅杖，上身斜披红白条纹的窗帘，双手合十。

“孽畜，”他拿着破木棍指着我俩，“你们发动妖孽，水漫金山，害死了多少无辜的百姓，真是罪恶滔天！”

我甩着发髻两边的卫生纸，觉得自己妩媚极了，大喝一声：“哼，你这个老秃驴，都是你逼我的！”

小青如意左右手食指、中指并拢，悬在半空作随时出击状：“就是，你……这个老光棍找不到媳妇，就看不得别人家庭幸福！”

“废话少说，我们跟你拼了！”

于是对着洪喜一顿海揍……

我们打爽了，洪喜要演董存瑞。不知道他从哪里找来一套绿军装，裤子太大老掉，就用麻袋绳在腰上缠几圈。搬把板凳站在床上，手里一个破布包紧紧顶着房顶，作大义凛然状，声嘶力竭地喊着：

“同志们，为了新中国！向我开炮！”

我和如意则卧倒在地，望着他的义举，伸手进行徒劳的阻拦：“英雄，不……不要……”

然后眼睁睁看着他倒地身亡，我俩则悲痛欲绝，哭得晕死过去。

最后一次玩这种游戏，是在一个渐冷的夏末黄昏。我们演《宰相刘罗锅》，我为了体验不同角色，当然主要是因为能借着演贪官的机会吃独食，便主动演了和珅。哪想到刚吃完堆在桌上的苹果、汽水糖、饼干……就遭到了洪喜扮演的皇帝和如意扮演的纪晓岚合伙殴打，十分生气。

如意还好，下手比较轻，毕竟是亲妹妹。洪喜翻身农奴把歌唱，第一次有打人机会十分兴奋，捶得我半死。生平第一次被人打哭，就是他下的狠手。他拼死拼活拦住要找大人告状的如意，就差跪下求原谅。我逼着他答应帮我做一个月的值日、家务……又报复性地提出了最后一个要求：我演医生，如意演护士，他演即将生宝宝的孕妇。

洪喜忍辱负重地同意了。

于是我用白纸剪了个护士帽戴上，围了外婆绣着花的白门帘做大褂，让洪喜躺在客厅的一把贵妃椅中，右手像煞有介事地吊了一瓶大人用过的输液瓶，用橡皮膏把输液针粘上，输液瓶灌满了水被拴在落地衣帽架上。如意还很贴心地在他身上盖了条床单。

然后我和如意便守在他脚边，分开双腿，时不时鼓励着他：

“使劲，使劲，深呼吸！好，使劲！继续！”

——电视剧里都是这样生孩子的。

如意也有样学样，“继续用力，”一边掰着他的双腿朝里看，“我已经看见孩子的头了……”

“我马上去烧热水，再拿把剪刀过来！”我边说边往外走去拿剪刀，抬眼便看到了站在我家门外盯着看的洪喜爸，一脸的匪夷所思。

不知道他看了多久。

吓得我差点尿裤子。

如意转头催我时看到这情形，也怔住。

洪喜见我俩一直没动静，挣扎着支撑起上半身，不耐烦地催着：“孩子出来了吗？是男孩还是女孩？”

……

这么多年过去我仍记得当年的所有细节，洪喜爸拎着一个编织袋，一手扶着门，错愕地盯着一动不敢动的我们仨，末了叹口气，离开了。

那是我们最后一次见到洪喜爸。

也许那天他是准备在远行前找洪喜说话，也许只是单纯地经过。

从那以后，我们再没玩过这游戏。

4 ///

搬到咖啡厅，我的卧室通风比服装店的要好一些，睡眠一直不错。

早上洪喜来时，我从网上找到花白老头水总的照片，拿给他看。

“好像确实在哪儿见过，”他端详半天，“有点眼熟。不过我每天见那么多人，哪能都记住。”

从小到大，我许下的美好愿望从未实现过，我也没埋怨过谁。

可是那些不好的预感，不愿意、不敢想、骨子里排斥、内心拒绝相信的事情，后来却发现，绝大多数，真的都发生了。

我有点不安。

“别多想，”他说，“我有事情，要去外地一周。等阿盘来，有什么事你俩商量着来，人是绝对信得过的。”

“咦，去做什么？”

“上海。有个朋友介绍了一个项目，我挺感兴趣的，过去和他聊聊。你，”他咬着指甲，压低了声音，“……乖乖等我。”

我想起上次他来找我时这闪亮且灼热的目光，伸手扇他的后脑勺：“滚啦，敢和我说‘乖’，吃错药了？”

他摸着头，委屈地：“每次都这样，能不能不打了，我又不是小孩。”

“……是不是恋爱啦？”我突然袭击，故作神神秘秘的，因怕他害羞。

他被吓到，豁地跳开，支支吾吾的：“你……你怎么知道？”

这么说，是真的了？果然瞒不过我的慧眼。

我十分得意：“我是谁啊。你这次去上海，是不是去见她的？网友？摇一摇？还是漂流瓶认识的？”

不知这话哪里说错，他亮晶晶的眼睛像熄了灯，整个人泄气般垂着头。

“怎么了？跟小孩似的，脸说变就变。哦，我知道了，是不是怕你妈觉得网络认识的不靠谱，怕她不同意？你放心，”我拍胸脯打包票，“只要是好姑娘，说服你妈的事，包在我身上。”

他看看我，别扭地转过头：“没有。都说了是谈项目的。走了，有事电话我。”

都说恋爱的人十分情绪化，果然如此。

我不以为意地摇摇头，给如意发短信，这周赚的钱，打了五千。

她回复：“短期内不用打钱了，我找了一份工作，薪水还不错。”

“都快生了，找什么工作？”我手指飞快地按键，“胡闹。”

“放心，不需要出门的，在家就可以，以后再跟你细说。”

她给我发胎儿的四维彩超视频，那小小生命在母体中也极为调皮，啃着脚丫嘟嘟嘴，心脏怦怦跳着，像是火车驶过。

趁着她心情好，我小心翼翼地问：“发动了，让我陪在你身边，好不好？”我发了个可怜巴巴的表情，又故作轻松：“有什么特殊情况的话，我可以给你献血呀。亲姐妹，这时不用，更待何时。”

我以为她会像之前直截了当地拒绝，或者选择忽视，被拒绝十几次之后，我早就不抱任何希望。

十分钟后我从卫生间洗完澡出来，看到她的回复——

“好。”

后面又补了一条：“只你一个人，不许告诉妈。否则，我带着孩子永远消失。”

跟自己的亲妹妹重新建立信任，居然需要这么久。我倒在沙发上傻笑，至少她希望我陪着，这么多天只要想到她孤身一人，就辗转难眠。

十点半，阿盘来了。

没想到开一家茶餐厅那么麻烦，去工商所登记并不能直接领营业执照，还需要先到辖区内的环保部门和卫生监督所申请排污许可证、卫生许可证。又开证明又填表格的，终于拿到营业执照，又要去消防部门、税务局分别申请消防审批、地税税务登记……

真是做什么都不容易。她抱怨不停。

我安慰她：“是呀是呀，就知道你一定行，真是帮了我的大忙。”

此前洪喜介绍我们见了一面，严格来说，她算不上美女，可越看越顺眼，眉清目秀的，一提到吃的，黑亮的眼珠越发明亮。穿衣风格倾向混搭，我想都不敢想的颜色和款式，配在她身上，叫人过目难忘。比如今天，她就穿了件彩色V线条圆领长款T恤，外罩波西米亚的混色开衫，随意地在胸前打个结，老天，真是惊艳。

留着率性的短发，做事靠谱，干练得很。说话声音甜腻腻，又不做作。顶佩服她讲话的技巧，我猜她学过心理学，他人憋在心里未说出口的话她也猜得到，因此见招拆招，同样是一件事，经她嘴巴说出来，完全有不一样的效果。

不像我，说话常词不达意，表达不清晰，话越多，问题越多，就是有着把事情谈崩的天赋。

我全心全意聘请她为店长，以她为主，打理店内的一切。我只管做幕后，研究开发新菜品啦，招聘时给些意见啦……更多时间搜寻国内各地的时鲜水果，她对我的酿酒技术赞不绝口，鼓励我专心研究。

餐厅名字就叫“吃货来茶餐厅”，走怀旧动漫风：将国内外不同年代的经典动漫作品汇聚成一个火车站台，隔板做成的火车上，绘着哆啦A梦、黑猫警长、海贼王、蜡笔小新、巴巴爸爸和巴巴妈妈等影响了几代人动画片的人设，地面也铺上了对应的铁轨。客人来了，就在火车内用餐，服务员个个身穿铁路制服，佩戴路徽的盖帽……动画片的主题曲循环播放，人人分得一颗不老的童心。

阿盘选了台湾最有特色的小吃，猪油拌饭、地瓜饭、白切鸡，卤味、蚵仔煎、鸡排、面线……我最爱她做的酒酿桂圆面包和草莓冰激凌松饼。尤其是酒酿桂圆面包，面包发酵的微醺酒香，咬上第一口便知有没有，更别提桂圆和脆生生的核桃下，撒的少许葡萄干，简直像垒了一座面包墙，层层见惊喜。

我哪里还敢卖弄手艺，踏实酿起水果酒来。

5 ///

茶餐厅开业那天客人爆满，生意出奇地好，等待就餐的客人排队排到街外几百米，我从来不是为了口吃的会耐心等待的人。饭店那么多，要排队？要等？东西有多好吃，人有多馋，要到非吃不可的地步？

等到自己做了老板，就不这么想了。巴不得排队的人越来越多，就像虚荣的女生希望石榴裙下男生越多越好一样，均是实力的体现，更是炫耀的资本。

本是晚上九点打烊，直到十一点才送走最后几位客人。打扫清理完毕，累得腰酸腿疼，可大家都很兴奋。尤其是阿盘，笑得合不拢嘴。

“开上一年，”她搂着我说，“咱俩嫁妆都有了，大家也都辛苦了，赶紧回家休息。明天继续加油。月底给大家包红包！”

所有人都笑。

店里只剩我和阿盘时，小少带着两个花篮赶来，一边说着抱歉，一边自来熟地进店蹭吃蹭喝，时不时冲我挤眉弄眼。

我知他是代表湛澈而来，不禁心中一喜。

那晚节目播出没几天，所有评委被集体封闭在郊区外一个独栋别墅改造的“达人秀”学院中，因范小晨被淘汰事件，当晚收视率一跃成为全国第一，打破了历年娱乐节目的记录，网上更是吵翻天，各种黑段子层出不穷。

湛澈惹了众怒，据说连某位高级官员也关注了这档节目，还曾进行行政干预，但后来不知道节目组如何公关，发了一则“绝对没有黑幕，尊重评委选择”的通告后，彻底拒绝所有媒体的采访，把评委和晋级的选手们彻底隔离，更阻断一切通信工具。湛澈偶尔可以打电话过来，匆匆聊不了几句又挂断，十分扫兴。

可怜我一个刚刚陷入热恋女，体内狂热的爱，似滚滚洪水想要冲出去，高喊着“我要决堤，我要决堤！”却被这破节目生生阻隔得密封在一个怎么啄也啄不开的蛋中。

无聊时，看节目重播，望着节目里微笑的、从容的、漠然的、镇定的、发表观点时神采飞扬的、沉默时垂下眼帘看到长长睫毛的他……不论哪个角度都会让我心跳停止半拍。

异样的感觉笼罩全身，竟隐隐有些期待，往外张望了一会儿，以为他会来。张望的次数太多，被小少察觉，冲我坏笑：“看什么呢？”

我打死不承认，张嘴胡说八道：“没什么，天气太热，不知道会不会下雨。”

“希望不要，”他说，“如果下雨的话，我们老板的飞机估计要延误了。”

飞机，他，不在本市录节目吗？

“逗你玩的。我嘴里哪有真话啊。”

“……”我实在没法接。

“晚餐吃过了吗？到现在我都不知道你喜欢吃什么，真是失职。”他紧挨着我，话里有话。

想起那天早上被小少堵在房里，连看他的勇气都没有。

我说出心中的疑问：“你们老板为什么非要保张怡？这几天没被大家骂死吗？看看报纸、微博、微信，聊天软件甚至做了骂他的弹出窗口，没淹死他？我一直以为你们老板会凭借自己的美色火起来，没想到是凭骂声。”

是的，经历了上次的节目，他彻彻底底地红透全国。

最直接的代表是，他的名字直接成为骂人的代名词。

“做人不能太 Noah。”

“你才 Noah 呢，你全家都 Noah。”

“你想让我 Noah 一下是吧，行啊，直说嘛。”

……

“Noah”这个名字，已经被评为本年度被用次数最多、最能引起集体狂欢的网络流行语。

小少“啧啧”个不停，“老板娘，我们老板压根不在乎这些。他什么时候看过粉丝的脸色行事？不过，估计他要是知道你现在的反应，会失望的吧。”

失望？

他接着说：“老板说，也许别人不懂他为什么保张怡，但很肯定地说，你会懂。”

我会懂？

心跳又漏了半拍。

“对啊。哎，”叮的一声，小少掏出手机，“说曹操曹操到。张怡的微信。”

我撇嘴：“怎么，你跟她有联系？”

“当然有，进入全国十强的跟我们签了经纪约，哪个都得管好啊。她和李蕊，都分给我了，有点顾不过来，迅速招兵买马中。”

“我们？指的是……”

“当然是我们老板开的传媒公司。”

“哦，”我不动声色，继续套话，“哦，那……她找你什么事？”

“嗨，我偷偷跟你八卦，你可别跟别人说，”他凑在我耳边，“上次吃饭，我跟张怡闲聊，说我们老板除了夸你眼睛好看，其实还说，觉得你的脸有点方，要是尖一些会更好看。我介绍了一家艺人常去的整形医院，她刚磨骨瘦脸，这两天消肿了，特别满意。刚才还在微信上问我认不认识熟人，她还想隆胸、吸脂、开眼角……”

“这……整容，有那么好？”

“对啊，现在的明星艺人，哪个不整？不过是大整和微整的区别。往大了整，有瘦面部V雕、完美曲线、无瑕皮肤……就单个项目说，隆鼻、激光除皱、矫正眼神、美唇、面部提升……”

我正要继续问，阿盘见到小少，眯眼睛问：“恋爱了？还是暗恋未遂？”突如其来的提问吓了他一跳，他臊得脸红：“你怎么知道？”

“怕了吧？”阿盘笑笑，故作神秘地围着小少转了一圈，说：“哎，太坎坷了，可怜。”说完往后厨走，小少哪里肯，拉着她的袖子不松手，点头哈腰的：“大师，都被你说中了，求赐教。”

我起哄：“阿盘，别告诉她。”

“好姐姐，好姐姐，别捣乱，”小少讨好地说，语气很急，“关系人家的终身大事呢。”

“没什么，过程比较曲折，好在，还有个好的结果。”阿盘说完挣脱他的手，径直进了厨房。

小少狂笑不止，转而问我："真的吗，真的吗？她算得准不准？"

阿盘偶尔玩塔罗牌，我倒不知道她还懂看相，看小少的样子，似乎说中了。

"你爱上谁了？不会是洪喜吧？"

我想起早上洪喜的样子，笑得肚子疼，终于占了上风，腐女当道嘛。

他啐了我一口："你真傻还是假傻？是个人都知道他喜欢你。我们老板天天提心吊胆的……"他反应过来："你不会以为，我是弯的吧？"

湛澈天天提心吊胆的？担心我和洪喜在一起？他这么喜欢吃醋？

这倒是没想到。

不对，这不是重点。洪喜喜欢我？

小少居然是直男？

什么乱七八糟的。

我刻意忽略掉他前面的话，挑剔的目光扫射着他全身上下，我说："不言自明，你长着一张小受脸，穿着一身小受风格的衣服，还怀疑我的审美？"

"要不就说咱俩谈得来。"他甜甜地笑着，露出洁白的牙齿，不以为耻反以为荣，"知道为什么我们老板那么喜欢我吗？因为我，"他拉长声调，"能屈——能伸——爱埋单，可直——可弯——能加班。不过，话说回来，要说洪喜，挺好玩的。没准是个男朋友的好人选。要是我没认识童奇奇，倒是真的可以考虑下。"

童奇奇？那位个人形象设计师？难不成，她还真的考虑过洪喜？

"能屈——能伸——爱埋单，可直——可弯——能加班"是什么鬼？

信息量好大。

"我好喜欢她哦，"他抱着我的胳膊，脑袋贴上来，像只等待主人宠爱自己的小狗撒着娇，"怎么办怎么办，她都拒绝我十六次了。"

"活该！"我大笑，"我好喜欢有人虐你哦！怎么办怎么办，我就喜欢这样起伏跌宕曲折离奇的爱情故事呢。"

他似没听到我的话，目光柔柔的："她最近好受欢迎，连周嘉嘉那么大牌的人都跟我打听她。我呢，也就顺水推舟，让她给周嘉嘉做了一份方案，包括发型、妆容、着装风格，有很大突破哦，周嘉嘉本人也很喜欢。听说决赛时她会帮周嘉嘉量身打造，你可以看看。"

这么厉害。

"她自己不卖商品的，只做方案？"

"形象设计师嘛，就是这样的。现在的人不差钱，差的是品位和搭配。你没看影视明星，走红毯时哪怕穿错一双鞋，都会被媒体说得死去活来的。"

这么一说，倒真的要看看，将来有机会介绍如意和她认识，没准还可以拜师学艺，将来生完孩子也好学门手艺。

我暗自思忖着，他偷偷拽下我胳膊："想不想我们家老板？"

吓得我捂住他的嘴，冲阿盘在的厨房方向努努嘴："小点声。"

这件事，我还不想被阿盘知道，总觉得，时候似乎没到，尤其怕人多眼杂，给湛澈带来什么不利的影响。

他吐吐舌头。

"哎，我之前就知道你俩都太闷骚了，没想到你们上床后居然也这么……"

我狠掐他的胳膊："你再说上床两字，看我不掐死你。"

"哎哎哎哎……"他鬼叫，"不敢了不敢了，姐姐饶命。"

阿盘出来："床？什么床？"

"没，没。"我吓得摆手，"小少说看到家居城出了一款新床品，约我去买。"

她不以为意，点点头，看着小少："嗯，可直可弯可加班，拜拜。如心，明天见。"

6 ///

待不见了她的身影，小少翻出阿盘给我留作明天早餐的酒酿桂圆面包往嘴里塞着，惊呼："哇，好吃。怎么做的？"

我白他一眼："喜欢吃打包带走吧，我要睡了。"

他拿出手机，像回复了谁的信息，然后左右晃着身体，撒娇似的："不嘛，人家觉得在你这里吃才有情调嘛。"

"……"

"好吧，"我困得不停打哈欠，"要不然你先吃着，我实在太累，想睡一会。你走时叫我。"

"呃，不要不要……"他站起来，"五分钟，五分钟就好。你再坚持会儿。要不然，我帮你揉揉肩？"

我瞥他一眼，说话的力气都没有。

他干脆搀着我，半拖半拉地把我按在长条座椅上，面包也不吃，两只手抓着我的肩膀，揉、捏、按、推……熟练地变着手法。还真有两下子，劳累了一天的肩膀在他的按摩下，舒服得我昏昏欲睡。

一边按一边叨叨，他的嘴也不闲着。

"我们老板怕你无聊，专门派我来陪你的。"

"可我不想跟你陪啊，"我实话实说，"开店累得要死，我只想睡觉。他到底什么时候可以出来？"

"别这样嘛，"他摇我的肩膀，"估计还要几天。他不在，还有我啊。我们聊聊嘛。不如我们就聊聊他？他人挺好的，就是不善于表达自己，太闷骚，你千万对他好，主动点知道吗？"

我心说，他还闷骚，他要闷骚我们能发展那么快？

也懒得反驳他，眯着眼继续听他碎嘴。

他嘿嘿笑，"说老实话，他可喜欢你啦。没事时天天盯着手机里你的照片，那叫一个痴情。"

“他手机里，怎么会有我的照片？”

我并不记得他在哪里拍过。

没防备小少突然走到我前面，灯光一闪，接着低头调出微信，按了发送键。

“就像刚才这样，我偷拍后发给他呀，你知道的嘛，做属下的，最要紧是讨老板的欢心。”

“你……”

我皱眉，不无讽刺地说道：“你说的没错，没什么本事和能力的人，是得懂点这个。”

小少看上去天真可爱、憨头憨脑，其实很难对付。至少我跟他对话就从未占过便宜。不论我怎么挤对，人家心理能量大得很，才不介意他人评价。

“谢谢老板娘夸奖。其实……”他学蜡笔小新羞涩样扭扭捏捏个不停，“也没有你说的那么好了。”

“呸！”

他又突袭：“说真的，你是不是老早就喜欢他了，却玩欲擒故纵？”

“谁？”

“坏蛋！”他知道我明知故问，夸张地翘着兰花指，戳我的胳膊，“当然是你了。你故意不肯租给我们房子，为的就是让我们老板一次次来，哼！濮如心，我原本以为你是这个世界上最单纯的人，没想到啊没想到，竟然看走眼……你这个……”

我扬起头，我瞪着他：“我这个什么？”

吓得他生生把“心机婊”三个字咽到肚子里，转转眼珠，十分谄媚地，“如心姐，别生气别生气，都怪我这张破嘴。你知道的，咱俩虽然接触不多，但在你和周嘉嘉之间，我还是喜欢你的。”

周嘉嘉？身体僵住，他们之间，难道，也不是空穴来风吗？

难怪上次她义无反顾地支持他，保张怡晋级，可见交情不浅。

“我偷偷告诉你，周嘉嘉私下里约了他好多次，他都回绝了。但两人老在一起做节目不是，关系也要维持嘛。最近周嘉嘉跟疯了似的，突然加强了追求的力度，天天爱心便当啊，什么面膜、衣服啊……啧啧，送个没完。现在的女人，咋这么猛呢。可我们老板呢，真是好样的，却丝毫不为所动……”

谈恋爱的女人是不是智商都是零？

醋瓶子被打翻，一点睡意也无，心情降到冰点。

不为所动就应该打满分吗？

回想着镜头里这俩人的默契劲儿，我直接下逐客令：“他喜欢谁是他的事情，跟我无关。你走吧。”抓着他的胳膊往外拖，他大呼小叫地挣扎着，身体往相反的方向较着劲，“不嘛，不嘛，我不走。男女授受不亲，非礼啦，哎，有人管没人管啊？”

好不容易拽到门口，却见湛澈默默靠在门柱上，望着我。我吓一跳，又惊又喜，松开小少的胳膊。小少弯着身体，还在吃力地往后较劲儿，一时没防备，摔了个仰面朝天。

他哀号着站起来，看到湛澈，哭丧着脸小跑过去，手挽着他的胳膊晃个不停：“湛老师，你终于来了，为了拖住如心姐，我都快以身相许了。”

——能换个词吗？

你真要以身相许，我还不见得要呢，我又没有恋童癖。

所以，其实小少拖延时间，是在耗到他来。

我哭笑不得。

“好了，总算不辱使命。你们聊，我走了哈。”小少边说边往外走，还把食指、中指放在额头上斜飞上扬，向我做了个致敬礼，“如心姐，刚才我在满嘴喷粪，除了湛老师非常爱你想念你之外，其他都是假的，你可别当真啊。”

这个人！

我的表情讪讪的。

没料到湛澈会来，掩饰不住的欢喜，可想起刚才小少说周嘉嘉的话，又恼。

下次敢让我捉住来着，看我怎么收拾，生生被他耍猴般耍了半天。

“还……好吗？”余光中感觉他慢慢朝里走，坐在我对面。

机械地回答：“还好。”

“听说……生意很好？”

“嗯。”

“哦。”

“想我吗？”

熟悉的味道扑面而来，整个人都在说着“想”。

是的，很想，很想。

我气咻咻地抠着手指，想到周嘉嘉，挂在嘴边的情话消失得无影无踪，“你今天倒是有空找我来，怎么不去找你的周嘉嘉？”

他一愣，片刻明白我是在吃醋，不气反笑，“是不是小少刚才乱嚼舌头？我只是跟他说不论用什么方式，不要关店，直到我来。没想到居然……再说，他临走前不是走了都在乱讲。”

我想了想，“真的？”

“当然，要是你对我，连这点信任都没有，那显然我看错人了。”

“他说周嘉嘉疯狂追求你，还……”

似乎在听天底下最好笑的笑话，他终于止住笑，“我和她，是患难之交。别多想。这么多天没见，这样怀疑我，太煞风景了。”边说边撇着嘴角，像个受了委屈的孩子，“不如，我给你讲个笑话？”

湛澈？讲笑话？

我还没来得及回应，他已经自己讲起来，“一个叫‘我丢你个西瓜皮’的网友亲身经历。特别搞笑，”他强压住笑意，“说有个人，平时沉默寡言，却因为一件事，全校闻名。”

——“我丢你个西瓜皮”，这名字，还真是……颇有江湖气！

他这么努力，我也不能掉链子，故作虔诚地看着他：“学习成绩很好？”

他有几秒钟的失神，见我望着他，摇摇头，“有天，在宽阔的操场上，开全校师生大会，突然有个女生昏倒。乱哄哄的人群中，他振臂高呼，全场大乱，却也因此一夜成名。”

“高呼什么？快抢救？”

他仍摇头，憋笑憋得似乎极为痛苦：“危险，有狙击手，快，集体卧倒！”

我：“……”

“好像并不好笑。”他有点沮丧，“我就说不行，可小少说，女孩子喜欢让她们笑的人。”

“没有没有，”我夸张地大笑，“很好笑。”

“可你刚才……”

“我反射弧有点长，才反应过来嘛。”

他狐疑地盯着我看：“真的假的？”

“吃饭了吗？”

“……没有。”

虽然笑话很冷，可浪漫从来不在于对方付出了什么样的行动，而在于他是不是有心人。

比起冷得让我出鸡皮疙瘩的笑话，我更喜欢他讲这个笑话时眯着眼睛，强压住笑意讲给我听时的可爱模样。

“你不是一向把我的店当餐厅，来了只管往厨房里找吃的？我终于开了餐厅，你倒是不找了。该不会一会儿问我——有没有合适你穿的衣服？”

他听出我的冷嘲热讽，只是笑：“所以，有吃的吗？”

从厨房里端出一杯五谷豆浆，小少还算有良心，酒酿桂圆面包剩下一多半，我切了两刀放在盘子里，一并递给他。

目光撞到他两道剑眉下深陷的眼窝，漆黑的眸子晶光流转，如月光般柔和。

心忽地一跳。

湛澈与别人进行目光交流时，不，应该说，他看人时，眼睛像是聚光灯，锁定谁，谁便如站在舞台正中央，全身长了毛似的不自在。他却浑然不觉，单纯地看着，不带有任何目的，没有任何躲闪的、直接的、全神贯注的，也不说话，却已胜过千言万语。

一番风卷残云，盘子里连蛋糕屑都被舔光。做个艺人真可怜，连饭都吃不饱。不对不对，这明明是小少的责任，工作没做好，累着自家老板。哼！没错，就是他，天天不干正事，就知道哗众取宠。

我正默默腹诽，他敲桌面的手指突然停下，温暖潮湿的手掌神不知鬼不觉伸过来，包住我的手，我假意挣脱，没能成功，便红脸不看他。

“如心，”他依然看着我，目光灼灼，手却暗暗加了劲儿，抓得我甚至有些疼，“小少总说，女孩子的话，常常口是心非的。他说女生说讨厌，其实是打心里喜欢。赶对方走其实是期待对方，死皮赖脸留下来。我没谈过恋爱，不知道他说的对不对。”

叹口气，他说：“希望我们之间能够始终以诚相待。我根本没期望还能再遇见你，你可能无法体会当我知道你是谁后的兴奋和激动。像找到唯一的家人。无法自控地，想走近你，近一些，再近一些。真是好奇怪，”他苦笑道，“你明明就在我面前，可是还是很想你。所以，不论发生什么事不论任何时候，都请不要怀疑我的心意，好吗？”

手心冒汗，想偷偷伸缩手指活动下，却被他误以为要挣脱，一使劲，便被突发而来的力量重新带入怀中。

我贴着坚实的胸膛，将下巴抵在他的肩膀上，没有被美色冲昏头脑，手指轻轻挠着他的后背。

一下，两下，三下。

我轻声问：“所以，我对你而言，更像是……家人？”

他搂着我腰部的双手一僵，继而脸颊被托住，熟悉的气味扑面而来，我紧张地闭上眼。

温软的吻，蜻蜓点水般落在脸、鼻尖、额头、眼睛上，末了贴在唇上吮吸着，他的鼻子本就大，接吻时两个鼻孔均被他的鼻翼堵住无法呼吸，只得奋力挣脱开。

我听到他压低的笑声：“你的家人，会每天，行使这样，的礼节吗？”

“你……”心脏像是被关了一天的小狗看到主人归家，知道自己即将被主人带出家门四处遛遛，撒着欢地跳，恨不得飞出家门。我摸着滚烫的脸，仍是不敢抬眼直视他，佯装生气的样子：“到底懂不懂接吻的？哪有堵着人家鼻子不让呼吸的，简直……简直是在谋杀。”

说完转身欲逃。

他愣了一会儿，终于从后面追上来，双手环住我，紧贴着我的脸：“并没有真的生气，对不对？”

我沉默半晌，终于红着脸承认：“嗯。”

年少时，喜欢一个人，没少做蠢事。

想要的心情越迫切，越是刻意表现冷漠，渴望拥有礼物却不屑一顾，对梦寐以求的机会偏装作不感兴趣拱手相让……那些只要看到或想起就会热血沸腾的人和事，甚至无人知晓。

若时光可以倒流，我一定不会让那个懵懂内向的少女因过于担心被拒绝、不允许、有风险，而表现出与自己真实情感完全相反的看法和行为啊。

中学时曾暗恋隔壁班校草，怕人说轻浮，只敢偷偷打量。小说常用眉目传情写男女间传达柔情蜜意，可现实中害羞胆小的女生遇见心上人，只会垂下眼帘，戴冷漠面具掩饰。

那时男生哪里会懂女生表面越漠视爱得越热烈的小心思。

真真是闷骚极了，明明内心惊如雷，偏偏故作表面平如水。

眼下的我，不希望自己再犯当年的错误。

是的，有能力可以大胆热烈地爱一个人时，我想抓紧那个人的手。

“不过，”想起某件事，我举起一只手，“有件事情，我……想提前交代下。”

他皱皱眉：“濮如心，我对你的，过往情史，不感兴趣，如果你是，想说这个，我想你，未免低估我。”

“我倒是想有啊，不过还没编好，下次编好了再讲给你听。”我白他一眼，“其实我想说的是……我，这里，”指指左嘴角，“之前我们第一次见面时，你就曾帮我擦过嘴角上的食物残渣，还记得吧？”

“记得，”他不明所以地点点头，“所以？”

“所以，那个，我是想说，并不是我吃相难看，而是……而是我的脸有点残疾，面部左半边神经曾经受损。虽说不影响生活，可不论吃什么，食物碎屑就会粘在嘴角而不自知……”

这种感觉真不好，像嫌疑犯老老实实跟法官交代罪行，一面又存着侥幸心理，希望自己可以免予处罚。

他还是迷惑不解：“所以，你希望，我怎么做呢？”

这个人，到底有没有听我说话？

“所以，”我继续结结巴巴地解释，“很抱歉之前没有告知。现在你知道了，如果……如果你比较在意这个的话，其实，呃，我们两个，呃……可以当作什么都没发生。”

一秒。

二秒。

三秒。

空气仿佛凝结，我低着头。

余光中看到他拍着胸脯，一副严重受惊的样子：“吓死我了，以为你想，门当户对，要把我，搞成跟你一样，才肯跟我交往。那样的话，真是为难。你也知道，我是，靠脸吃饭的。”

“神经病啊你，”我真是哭笑不得，“所以……”

他忍住笑，一本正经地说：“你先回答我的问题，我就回答你。”

“好，你说。”

“现在我，名声这么臭，你，不怕被牵连吗？”

我没想到他问的是这个，愣了一会儿。

“很难回答？”

“不是，”我歪着头，认真地想了几秒，“我爱上你，是因为知道你是什么人。而不是在别人的眼里和嘴里，你是什么人。”

“够义气，”他捏住我的脸，一个大力的拉扯，疼得我直咧嘴，这才满意地松开，大义凛然道，“我当然也不能，掉链子。要知道，你男朋友我，从不，歧视残疾人。”

末了双手向上挥舞，从桌角沾了点面包碎屑，学我的样子贴在下巴处，龇牙咧嘴地说：“传递社会，正能量，关爱残疾人，从我做起。”

我：“……”

7 ///

我们俩都不想公开，他怕自己的坏名声拖累我，继而影响店里的生意：“你要养如意，我知道。”

真善解人意。

我解嘲道：“我倒没什么。大象事件也不是没被黑过，反正你的名气也够臭，只有更臭、更坏的区别。不过，不公开，是对的。否则店里……”

不只要养如意，将来还得养我爸妈啊。

不过，既然说了对彼此要坦诚，那么有些事，还是要摊开了说。

“你……保张怡和李蕊晋级……是想让她们期待更高，失望更大？是想报复当年对你……我倒不是不支持报复，换作我，估计……只是，呃，为了她们，真的不惜自毁前程？不惜激起群愤？会不会代价太大了些？”我斟酌着用词，“会不会对范小晨不公平？”

他的身体明显一震，修长的手指抓着咖啡杯，看我一眼：“这个世界上，哪里来的，绝对公平？不过，范小晨，他会回来……”他欲言又止：“算了，以后你会知道的。”

会什么，难不成还有复活赛？

“在法律，允许范围内，多大的代价，都不算大。更何况，成为艺人？从来不是，我所考虑的，前程。”

我想到大户：“这么说，大户，你也要报复？”

“大户？”他不解。

“就是当年，那个，那个……男生。”

“孟凡亮？”

原来大户的全名叫孟凡亮，我居然是从他这里听来：“应该是吧，大家都叫他大户。他没有参赛，你打算……”

HYX、ZY、LR、MFL——是的，MFL，正是孟凡亮的缩写。

现在只剩下 HYX 不知道是谁了。

“没参赛才好办。”他冷哼一声，“我怎么会，忘记他呢？”

他说这话时，目光暗淡，整个房间死气沉沉。白天充满童趣和怀旧经典的餐厅，不知道多么喧哗热闹。此刻，窗帘、桌椅、板凳、公仔、工艺品摆件……似被寒霜覆盖，他看向哪里，哪里的寒霜便多上一层。

不需要触碰便能感知到刺骨的冷。

想劝他适合而止，又觉得自己没有身份和资格。

如果换作是我呢？

——换作是我，只想叫所有人，死无葬身之地。

是的，死无葬身之地。

挫骨扬灰都不解恨。

千刀万剐仍不解气。

我不要装圣人劝他谅解和释然。

这点说通后，我继续问："那么，既然说到坦诚，"我托着腮，"你可以告诉我，你和水总之间，到底发生过什么吗？为什么总觉得你俩时时刻刻都在针锋相对？你不是说他，冲洪喜来的？到底什么事情，能冲洪喜来？"

"在洛杉矶，我和他，有一些过节。"他对我的提问并不意外，似乎有备而来，"他和洪喜之间，不该由我来说。过几天，你便会知晓。"

"你跟他的过节，"我问，"比大户他们，更严重一些，还是……更轻一些？"

他喝了口茶，像是在回味茶的味道，又像是并未听到。

时间长到我以为他关闭了心门，砍断了我们之间好不容易建立起来的沟通桥梁。

"两者……两者……没有可比性。"

"你不愿意说？也不愿意随便编点谎言，欺骗我，是吗？"

他松一口气，点点头。

我"怜香惜玉"地想，哎，何必问呢？

"好吧，我理解，"我拉拉他的手，发现他的掌心汗津津的，想是因为我突如其来的提问使他紧张。

"什么时候你愿意说了，再说给我听。"

这次长聊后，张怡和李蕊晋级的那晚，我特意查了资料。

不查不知道，原来这么多年，媒体报道的校园暴力事件，一直有增无减，以 2015 年简单举例：

1 月，江门市新会区一名 9 岁小学生疑因踢倒几名中学生的自行车，被逼吞下 5 厘米长的自行车钥匙。

2月，“初二女生被扇57记耳光，因初三男友疑其劈腿”的视频骇人听闻。

4月，新浪视频上传“初中女生被围殴逼迫吃避孕套，同学嘲笑录像”的VCR。

5月，连云港某校园一女生被同学扒光衣服殴打，全身伤痕累累，头发被撕剪，多处隐私部位暴露。

……

更叫人气愤的是，照片、视频里的参与者，全程有说有笑，对同龄人殴打、拍裸照、扇耳光、头被踩进粪坑、扒光衣服集体掌掴录像……道德沦丧，侮辱手段之残忍，令人发指。

而跟踪后续，有的教育机构表示会处理，之后音信全无。有的说家庭内部在协调，最严重的一个，只是被行政拘留，没几天便放出来。

而比较3月份洛杉矶中国留学生绑架案，“两名年满18岁的中国留学生翟云姚、张兴磊因涉嫌绑架、关押、利用残忍手段折磨另外两名中国留学生，而被警方逮捕面临终身监禁”的新闻，炸翻国内外所有媒体。

……

如此鲜明的对比。

要么以其人之道还治其人之身，以暴制暴，要么忍气吞声，不了了之。

这是国内校园暴力事件的残酷现实。

除了人人所能看到的肉体伤害，更不能忽略的，是精神伤害的严重程度和持续时间，以及，因为这暴力事件，受害者所被改变的人生。

想起湛澈所失去和经历的种种，我忍不住握他的手，果然冰极了。我默默搓了一会儿，双手渐渐回暖。

他突然没头没脑地问：“如心，如果在，报复的过程中，我不小心伤害你朋友，会怪我吗？”

我愣住，他指的是大户？

我虽然因为洪喜的原因，承了大户的一些情，但严格来说，我跟大户，算不上朋友。

于是我回他："为什么会伤害到我？你不会以为他是我朋友吧？才不是。"

他不确定地看着我："不是朋友？"

我给他猛灌迷魂汤："就算有，我一向都重色轻友，有冲突，当然你在第一位。这个不用怀疑。"

还是聊些别的吧，我想。

我故意花痴地盯着他看，以前没觉得他帅，谈了恋爱后，真是应了那句话，情人眼里出西施。

越看越好看。

他不满地瞪我一眼。

连瞪眼都这么帅，怎么办才好？

凭什么"秀色可餐"只用来形容女人或风景秀美，男人同样可以啊。

我问："你与人说话时，会很吃亏吧？"

"为什么？"

"因为长得太帅，跟人讲话当然要直视对方的眼睛。可是我这么做时，只觉心神荡漾，再集中心神也是徒劳，根本不想听你讲话。脑海里只有一个念头，天哪，怎么可以这么帅。谁还会在乎你说些什么？"

哎，我真是放荡，连"心神荡漾"这个词都说得出来。

我搬把凳子让他坐在上面，哪怕一动不动，我也可以看上几个小时的啊。

"……呃，没想到，谈恋爱后会让一个女人，发生这样翻天覆地的变化，"他终于无奈地笑，摇着头，"比起厚脸皮的你，我倒怀念从前不敢直视我的你了。"

脑子清醒一些，我说："当然有声誉问题，你们艺人不是都喜欢找圈内的吗？越有名气越好，就像商业结盟，而且，谁知道你和周嘉嘉到底……”

他眯起眼睛：“醋味好重。别听小少胡说八道，他故意激你。周嘉嘉早就结婚了，她先生是圈内人，我们是很好的朋友。而且就算她单身，我也不喜欢女明星。”

这个小少，见到他我一定剥了他的皮。

我夸张地跳起来：“天哪，你的意思是……你……你……你居然喜欢男明星？我是脑子进水了，居然相信你的鬼话，说我是你的什么世上光……没想到我居然……”

他终于忍无可忍，拖过我，吻得我飘忽忽的全身发软才松开：“居然拿这话，揶揄我。那就别怪我，不客气。我的意思是，我喜欢，平常女孩，不想找同行。”

“噢噢噢。”我了然地点头。

啊啊啊，谈恋爱真好。

安静一小下下，换他开始作。

他臭屁地凑过来，问：“喏，说说看，为什么喜欢我？是，因为我的才华吗？”

伸手托着他的下巴，我调戏道：“当然是因为你颜值高演技又棒，不摆架子人品又好。简直德艺双馨。”

接着我抱着小湛问：“是不是啊，小湛？”

右手摆弄着小湛的头，频频点个不停，我又开始一人分饰两角：“是哒是哒。小湛我颜值高又演技棒，德艺双馨。”

湛澈：“……”

事后拿起手机找如意在微信里吐槽。

“难道我要告诉他仅凭那两道剑眉我已经小鹿乱跳吗？只好说德艺双馨了。”

我俩的事情，只告诉了如意。

奇怪，她似乎一点也不意外，笑得连发几个“哈哈”。

大户等人的事情，我也和盘托出，她比我还生气，“当然要报复。居然敢这样伤害我的男神，哼，我倒要等好戏看。怎么报复都是轻的。还有，你放心，他不会一直被人这么黑的。”她喜气洋洋的，“我们粉丝群里有个富二代和官二代，家里又有钱有权，我们已经在商量怎么反攻和洗白了，就差一个好的时机，把我之前做的洗白视频发上去。再找目前最火的营销账号和大 V 发微博，你就瞧好吧。”

我将信将疑。

其实我也想把我恋爱的喜悦分享给洪喜，但更想当面讲给他听。

发了微信，说我有很开心的事情同他说。

他回复：心有灵犀，我也有事情对你说。晚点去找你。

因《梦想达人秀》选出全国五强选手后，新一期节目录制定在了洛杉矶。湛澈晚上会与节目组同事聚餐，之后便直奔机场，一周后才能回来，在门口送他时恋恋不舍。

“表现乖一点哦。不许招蜂引蝶，”他说，“否则，当心我发微博，贴你茶餐厅地址，说女朋友，店里的面包，真好吃啊。到时黑粉们，且找不到我，只好来你店里泄愤，看你……”

“你……”我气得说不出话，但想到他刚才脱口而出的“女朋友”三个字，心底闪过一丝甜蜜，整个人晕乎乎的似踩在云朵上。

8 ///

晚上洪喜来接我，罕见地穿了黑色西装，一改往日休闲装打扮，还打了浅蓝色领带。新剪了斜刘海儿的蓬松短发，倚在一辆棕色的宝马车旁，捧着一束白玫瑰，十分绅士。

阿盘带着店员们起哄吹口哨，我逃也似的上了车，“干吗这么隆重？”

去了一趟上海，说话倒油腔滑调的，他深情地望着我：“见喜欢的人，自然要隆重些。”

……

“你确定你是去谈合作，不是找人给你的嘴巴抹蜜？”

“我就说嘛，”他解开领带，有点泄气，“确实别扭。不过秦老师说，女孩子都吃这一套。”

“秦老师？秦老师是谁？”

“本来确实是去谈合作的，看到隔壁‘恋爱心理课’正开课，于是兴冲冲报了名。”

“‘恋爱心理课’？讲什么？”

“呃，就是给一些不知道怎么谈恋爱的人上课，如何同喜欢的人打交道，如何追求喜欢的异性，如何浪漫地收复女生的心……总之就是大大提高人们恋爱质量的课程。这个老师全国有名的，平时很难请。”

“哦？看不出……”

太阳从西边出来了？他居然对这个感兴趣。

“你跟如意不是总说我不懂浪漫吗？哼，现在的我，一百个一万个不服，我跟你讲，我要是浪漫起来，连我自己都害怕。”

“好，那你说说看，都学到了什么？”我故意逗他。

“比如说我记得有次我们一帮人去看电影，突然打雷，你吓得捂着耳朵躲在座位下，我应该直接把你搂在怀里说别怕我在，不应该嘲笑你个子矮，说就算是雷神连劈几斧子，也绝不会劈到你。”

“呃……”

“比如说有次我们去看樱花，风吹过，站在树下的你，身上落下一片樱花雨，你觉得不过瘾，你背过身对我说——哎，踹一下！我应该是一脚踹在树上看樱花落在你身上，而不是直接踹你！”

“呵呵……”我笑得十分勉强，看来他确实学有所得。

想起他追求如意时做的蠢事，想想我们在一起时他耍的活宝，笑得摇头，他的确应该去上这个“恋爱心理课”。

“洪喜，花很香，谢谢。”我捧着花，深深吸了一口，“不过为什么是玫瑰？我们又不是那种关系。”

“现在说谢，还有点早。”他神神秘秘地说，“等到了餐厅再告诉你，到时可不是一个‘谢’字就可以了。”

我歪着头，还有什么新花样？

他订了一家日本料理榻榻米包间，进去时桌上已摆好了色香味俱全的料理，五颜六色的，好有食欲。

脱掉鞋子后相对而坐，绅士洪喜耐心地帮我调芥末：“微辣，不冲的，味道刚刚好。”

忙了一天肚子早就饿得咕咕叫，我顾不上装淑女，况且，在他面前装什么淑女？鲜嫩的海鲜拼盘，烤牛舌温软且香，清酒淡甜微辣，“我们吃自助还是单点？再来三盘吧？超好吃！”美食在嘴巴里咀嚼的快感让我满足得想哭。

缺点是这几间榻榻米包间隔音效果不太好，听得到隔壁间的聊天声，那边想必是公司聚会，吵吵闹闹的，十分欢乐。

洪喜开始看着我吃，见东西越来越少，哭笑不得地叫来服务生，又多点了几份。

嘴里都是东西，说话也含混不清：“你也吃。”

“我今天见了潘羿。”他说。

“潘羿？”我放下筷子，“见他做什么？”

“他打电话说要见我，说不想闹得那么僵，如意结婚后你爸妈给的二十万，还有他给如意的十万块，都在这里。”他推过一张银联卡。

我想了想推回去：“洪喜，他找你？你当我是三岁小孩？还是哄傻子？这钱，是你自己出的吧？你想用这种方式帮如意的话，心意我领了。”

“你说的这法子我倒是想试来着，怕你不接受，才没实施。就知道你不信，”他从黑色手提包掏出一小型木制首饰盒，“这是如意的首饰，你点点看，对不对？真要我自己买的，可买不了这么全。”

我将信将疑打开首饰盒，金项链、翡翠戒指，还有一个剔透的白玉手镯……确实是如意最爱。

想扬起手对着他的后脑勺扇一巴掌，鼻子酸酸的，停在半空无力落下来：“别卖关子，潘羿怎么可能……到底怎么回事？”

他将我的动作看在眼里：“舍不得打了吧？”

“滚，到底说不说，你不说我可走了？”我佯装生气，站起欲走。

他按住我：“好了好了姑奶奶，我说还不行吗。”

原来不久前洪喜把潘羿堵在他家附近的咖啡厅，动之以情，晓之以理，两人进行了一次长谈。一来问他为什么那么做，二来问他家人为什么那么做。

潘羿解释说他爸和他妈的相处模式类似他和如意，一个受虐狂，一个施虐狂，老婆说什么都是是是。受他爸妈的影响，原本以为他和如意此后“幸福地生活在一起”。可日子久了，难免烦闷。某次跟客户喝酒，对方叫了两个小姐，醒来后虽然也懊悔，可如意怀孕已经几个月不让他碰，吃到点甜头就上了瘾，一发不可收拾。

“我是觉得潘羿就算是坏，也不至于坏到那种程度。果然后面换锁、抢如意银行卡等一系列的事情，都是他妈一个人的主意。”

往事一幕幕浮上心头，我的眼圈渐湿。

“潘羿有愧疚之心，早就想把财产什么的给如意，奈何被你妈那么一闹，工作也丢了，被人肉后天天有人打电话辱骂。他爸妈气个够呛，越发藏得紧，根本无法下手。我俩合伙演了一场戏，找人雇用四个东北大汉，每天穿着黑西服、戴着大墨镜跟着潘羿，不说话，也不动手，报警也没用。跟了十天后，他妈受不了，就把东西全交出来了。”

哈！好讽刺。

拿到如意该得的东西，我应该开心，可耗了这么久，闹得这么大……想到她和我妈，眼泪无法控制地往下掉，一边擦，一边语无伦次地说："洪喜，谢谢你。"

他慌得站起来："按照……按、按照秦老师教的，女孩子哭时，我不应该嘲笑她涂了眼线脸上一团黑，应该……应、应该走过去抱住她，说、说肩膀借，借你借你靠靠……"

我哭得更难过，哽咽着问他："为什么秦老师不教你，这样的情况不用问，只管过来抱就行？"

这个傻子，终于小心翼翼走过来蹲下，高举双手像吓着我般轻轻搂我在怀。

然而也只是短短的几秒，榻榻米的包间门突然打开，湛澈黑脸站在外面，凝视着我："如心，有什么，难过的事情，你哭成这样？"

冲着洪喜，语气自然是不客气的："你这样，乘人之危，不太好吧？"

洪喜愣了几秒，显然他没认出这是谁。

我俩都没有反应过来，湛澈已经一把拖起我拉至最外沿，自己则横在我和洪喜中间，一字一顿地说："请你对我女朋友放尊重一些！"

洪喜站起来，看看我，又看看他，不太确定："你是……Noah？"

"那个，"眼看要打起来，我急得不知如何是好，"洪喜，你去外边等我，一会儿我跟你解释。湛澈，你不要冲动，你误会了，根本不是你想的……"

可是太迟。

洪喜一记左勾拳击在湛澈的右腮上，那时湛澈还想拉我至身后，完全没提防，半侧的身体直接飞出，撞到外面一对正在吃料理的情侣就座的餐桌上，盘子碟子碗撒了一地。

我吓得动弹不得，大脑放空几秒，双手拦住洪喜："洪喜，算我求你，这里面有误会……"

他绝望地看着我，表情是我从未见过的悲伤："如心，你和他……是……是真的吗？"

"洪喜，你听我说。"我看着他，点点头，想起他今天所有异样的举动，终有所察觉，又懊悔不迭地摇头。

湛澈看在眼里，凌空飞起一脚踹中洪喜的肚子，他踉跄着倒退了几步，直直跌坐在地。

湛澈并未看我，只说："这里太窄，不痛快。不如去外面，那里宽敞。"

到处是女人们的尖叫声，正在吃饭的客人们放下碗筷往外跑时的碰撞声，小孩的号啕大哭声……有几个胆大的靠角落的客人迟疑着掏出手机，正在犹豫逃跑还是拍照。

眨眼间，料理店跑得只剩下一个被吓得没有任何血色的男服务生："你们……你、你们打完了吗？我我我，要报警了……"

"啪！啪！啪！"

突然响起三声清脆的拍手声，隔壁榻榻米的门被打开，一个花白老头从里面走出来，居然……是在节目中同湛澈撕架的水总。

"一点小事报什么警？咱们Noah钱多得很，也没撞坏多少东西，客人们逃掉的单，他当然是赔得起的。"

这声音铿锵有力，十足的吩咐口吻，加上他一副成功人士的标配嘴脸，男服务生直接当成命令执行，得了圣旨一般，点头哈腰地退到收银台后面。

除了湛澈轻蔑地瞥了他几眼，所有人面面相觑，不知道他葫芦里卖的什么药。

"Noah，我竟不知你还擅长打架，真是艺多不压身。相信赵台若是知道了，一定会促成你和体育频道的合作，比如散打，比如拳击。"

水总径直走到洪喜面前，神情极其慈祥和蔼，眼睛里满是赞许，甚至还伸出手拍拍洪喜的肩膀："年轻人，可不能这样沉不住气。否则，咱们可怎么合作？"

什么情况？

洪喜不是说，不认识的吗？

大家面面相觑之际，有个服务生推着一个餐车从厨房里出来，显然他并不清楚外面发生了什么，瞠目结舌地看着洪喜。

那车身插满了像钻石般闪耀着梦幻光泽的夜玫瑰，最上面放了一盘所有我爱吃的，舍得买、不舍得买的水果做成的心形大拼盘：山竹、释迦果、黑樱桃、龙眼、芒果……

然而，最醒目的，是水果拼盘旁边的粉色翻糖蛋糕，身着湖水蓝礼服的王子和穿着粉色婚纱的公主相拥坐在粉色城堡前，城堡顶上粉色的小桃心，一颗又一颗："如心，爱你那么久"印在最大的那颗粉色桃心上。

落款是"喜"。

以及"喜"字旁边的湖水蓝微信二维码。

我的脑袋"轰"的一声。

我想起洪喜曾问我——

你不想谈恋爱吗？你想……将来你想找个什么样的人？

当然是要浪漫体贴一些啊。

你不知道，我啊，每当看到新闻报道男生追求女生时的各种浪漫大招，夜光玫瑰花啦，二维码情书扫一扫就能看到啊，还有在上映的电影大片后面字幕求婚什么的，商场墙体大屏幕表白……

店里的人群已经有人惊呼，明亮的玻璃窗外，对面商业大楼的墙体大屏幕上，适才还播着汽车广告，此刻却变成了银色的让整座城市所有人都可以看到的绝对可以满足每个少女最大虚荣心的五个最璀璨的大字——

如心，我爱你。

第八章 不懂浪漫的男朋友

我们每天跟那么多人擦肩而过，
街道、地铁、公交车、高楼大厦里，
甚至洗手间……
有更多交集且还彼此喜欢的，有多不容易。

我喜欢她，是因为她是她自己本来的样子，
而不是大家认为她和我在一起，
她配得上我，应该是什么样子。

1 ///

小少从停车场挪车出来，到料理店门口接湛澈时，战争已进入尾声。

水总拉着洪喜上了他的座驾，直到离开，都没看我一眼。

这是从小到大从未有过的事情。

他和如意向来见面就掐，我俩一直和睦相处。

印象最深是有年暑假，我们仨在家边吃零食边看电视。

如意吃东西速度快，没多久吃完我俩的那份，朝洪喜伸手，说："哎，你的，分我点儿。"

洪喜盯着电视目不转睛，干净利落地给出答案："不。"

真是打脸。

谁让她不长记性。

她与同桌去小卖部买东西，看到洪喜，说："给我买根雪糕呗。"

她想象中洪喜会屁颠屁颠买来塞到她手里。

事实上，洪喜只是买了一包口香糖，撕开包装纸夹出一片扔到嘴里咀嚼着，旁若无人往外走。

如意张开双臂拦着他："说你呢，给我买根雪糕。"

洪喜嚼着口香糖，到底挤出一句话："滚！我还没钱买呢。"

……

往事不堪回首，不堪回首。

也许，喜欢是一回事，但喜不喜欢给她花钱，是另外一回事？

也许洪喜当时年纪小，不懂讨女生的欢心。

也许他是一个彻头彻尾的吃货，同《老友记》里的乔伊一样，从不分享食物？

……

如意后来回忆说，只是觉得，彼时所有的人都觉得洪喜在追求自己——纵然他的追求方式还需探讨，纵然她从未给予回应，但一直追求的女生跟你要零食，不是应该表现出受宠若惊的样子才对吗？

这次在家里吃零食，居然仍被拒绝，她气哼哼回道："再也不理你了。"

这句话，热恋的情侣吵架时，女生常这么说，半威胁半撒娇。它通常包含两层意思：第一，快点满足我的要求；第二，快点哄我并道歉。

智力稍微正常的男生，一般回复如下：

"好啦好啦，逗你玩的。"殷勤地递过去，"给！都给你吃。"

"不要生气嘛，我的就是你的，来来来拿去。"

"我最怕你不理我，千万不要。"

……

但也许洪喜从来不是正常人吧。

当时他停下嘴里的动作，打量了如意几秒，重新盯着电视看，在如意歇斯底里快要爆发时，淡淡说了句：

"你以为你是如心啊。"

——呃，这个呆子。

我平时仗着比他俩大两岁，相对会严厉些，尤其对洪喜。因他淘气，我常用"再也不理你"这句话威胁他，绝对的撒手锏，每每扔出，效果显著。

上学时，如意一向跟同桌结伴回家，那可爱的小雀斑女就住在我家前面一条街，和她形影不离。

我妈则觉得男孩子淘气，又因为洪家把洪喜托付给我们，不能有一点闪失，天天命令我等他一起走。是以那么多年，洪喜明明在追如意，我和他相处的时间，倒是更多。

常常是我妈叫我找洪喜回家吃饭，我在球场边大喊："洪喜，回家了，我妈叫你。"

他同小伙伴踢足球，置若罔闻。

我跺脚："再不回去，我不理你了。"

这才跟小伙伴低声说再见，嬉皮笑脸地跑来找我：生什么气嘛。

小升初考完试，一整天不见人，我给他所有的同学打了电话后终于在游戏厅找到他："再不走，不理你了。"

在朋友阴阳怪气的起哄声中他站起身，跟我回家。

高中他和隔壁班男生打架，被教导处主任训斥一下午后在楼道里罚站，放学踢着石子不想回家。

"我爸妈都急坏了，快回去。否则不理你了。"

他沉默着拍拍身上的土，跟在我身后。

……

"我不理你了"一向是我的撒手锏。

如意见得多了，以为自己也可以，哪知洪喜用"你以为你是如心"来秒杀她。

有一阵她神神道道非说洪喜喜欢的其实是我，老围着她转、戏弄她，不过是为了吸引我的注意。

往事一幕幕回荡在脑海，被我忽略了很多年的问题喷薄而出，如行走在悬崖峭壁下被从天而降的巨石击中，炸得人血肉横飞。

适才湛澈称我是"女朋友"时，他伤心欲绝，想起他从上海回来奇怪的举止，再往前洪姨突然对我无比热情的态度……

为什么我会如此后知后觉，我，我，早就应该发现的啊。

2 ///

我战战兢兢跟着湛澈到了机场。

路上他紧握我的手，谁都没有交谈的兴致，偶尔小少没话找话，察觉到空气中的异常，也识趣地闭了嘴。

我不肯下车，因怕被拍到。

湛澈更不高兴，开始犯浑："怕别人知道，你不是单身？"

是谁贴心地说怕影响我开店，暂且不对外公布来着。

现在倒是忘精光。

我讨好地凑过脸，早计划好，临下车前，要在他帅气的脸上啄一下：“等你回来。”

半开的车门被重新关上，他看着我，面色仍是不悦：“少来美人计。说，是不是你一直怕那个家伙，知道我们在恋爱？”

哦，洪喜。

我努力挤出一丝笑容：“没有，你想多了。”

“他到今天，才知道我们在交往？”

“本来想今天告诉他，”我想了想，“结果还没说，你就……”

“如果没我，你俩早在一起了，是不是？”

第一次见他这么紧张我。

“不是你想的那样啦，”很快就要分别，我不想吵着架分开，“如意的事情你是知道的，好不容易有了这样的结果，太开心了所以……”

小少轻声提醒：“湛老师，快要登机了。”

“小少，你可不可以回避下？两分钟，”我说，“两分钟就好。”

“当然，抱歉，是我的疏忽。”他笑嘻嘻下车。

我将湛澈的手贴在脸上，那宽大的手掌厚实温热，独属于他的清香味入鼻，不禁闭上眼，还没分开便已想念，原来说的是这种心情。

“好啦好啦，”我尽量做到语气柔和，像哄小孩子，“我会找他谈。我俩一起长大，我视他为兄弟，别多想。”

他嘴唇动了动，仍沉默。

“就像你说的，让我不要怀疑你的诚意，那么，你也不要怀疑我的心意，好不好？你一周后才回来，难道要这样冷战和我分开吗？”

“不要。”他不再板着脸，侧转身体拥我入怀，手指轻轻梳理着我的头发。

一下。

两下。

三下。

听不出他在置气还是开玩笑："除非你和我，一起下车，不顾忌，任何人的目光，送我安检。否则就是骗我。"

"你……确定？"

抬头瞥见他的眼中荧光闪烁，有那么一刻，我怀疑他是演的。

"我其实，"他可怜巴巴地垂下眼眸，"期待这一天很久了，以前同异性说话的勇气，不，是说话的能力都没有。看心理医生看了这么久，又遇见你，勉强成为正常人。对我来说，最奢侈的事情，是像所有人一样，找普通女孩，恋爱，逛街、看电影、买杯冰激凌，你一勺我一勺，互相喂来吃……"他摇着我的胳膊撒娇，"好不好嘛，你陪我。"

我被迷得颠三倒四的，别说陪他过安检，陪他下油锅都行。

想起廖一梅《恋爱的犀牛》里，角色之一红红有句台词，说"想我红红在演艺圈的腥风血雨中摸爬滚打数十年，从未有一人抵得过我一骚、二媚、三纯洁"。

我把这句台词背给他听。

他皮笑肉不笑地说："什么意思？"

"就是你此刻想的那个意思，"我大笑，"把红红换成你，一个意思。"

"你的意思是，以后咱俩吵架，我就用这招，一骚、二媚、三纯洁？这个好，我擅长。"

我高举双手妥协："好，走吧。"

他端详着我，却没动："为什么我觉得，你说这话时，带着视死如归的，悲壮感？"

……经历了淘汰范小晨一战，你被骂得那么惨，我当然悲壮。

"在周星驰的电影里，像你这样淘汰范小晨的坏人，"我一本正经地说，"会被人民群众集体扔臭鸡蛋、烂白菜、西红柿……遭万人唾弃的。而且，我的店……"

他直接掐我脖子："好啊，果然被我看出来，你怕被连累。"忽而话题一转，“既然我女朋友，那么喜欢范小晨，那么，为了讨好她，让范小晨回来好了。”

“真的假的？”我吓一跳，仅仅是为了讨好我，他就可以回来？这也太太……儿戏了吧？

太太太黑了。转念一想，我未免太傻，显然是开玩笑。

“故意哄我开心？哼。”

“店里不用担心，东西好吃，不怕恶意报道。媒体真要报道，只会生意更火。你少露面，让阿盘在前。过个几天，风头也就过去。”

我点点头。

和他一起推行李车，拉手上二楼，偶有几名路人指指点点，拿出相机拍照，或半遮半掩，或冲上来一阵闪，他不躲避，甚至心情好地拉我的手摆拍。有记者闻讯赶来时，我已送他进了安检。

返程时小少开车送我回市区。刚好收到湛澈的微信。

“洪喜今天的表白，让我十分紧张，很有危机感。更反复想着，如果没有我，其实你们早就在一起了吧。很抱歉，做出那么多浪漫举动的不是我。你曾说，你的愿望是想要特别浪漫特别爱你的男人——结发为夫妻，恩爱两不疑。如心，我会加油，等我回来。”

我嘿嘿笑的样子被小少取笑：“啧啧。甜蜜得嘞！”

我瞪他一眼。

他又说：“没想到洪喜那么喜欢你。”

我问：“为什么不陪你老板一起去？”

“他希望我留下来照顾你呀。”

“滚！”

“好啦，我招。”他吐吐舌头，“他在洛杉矶有助理接机的，我去了，人生地不熟的，倒不知道谁照顾谁了。再说，这边也有很多事情需要我打理。于私来说，童奇奇很快就要生了，这种关键时刻，我怎么能离开。”

童奇奇？

要生了？

她也怀孕了？

好像哪里有点不对。

正欲细问，手机铃声大作，如意带着哭腔：“姐，姐，你快来，我，我要生了。”

啊啊啊！

她飞快地报出地址：“我以为会先见红，到时就可以不紧不慢拿上待产包。没想到先破水……我有点怕。”

“如意，我五分钟后就到，你先平躺。”

挂了电话，语无伦次地，我紧紧抓着小少的手：“快快快，我妹要生了，赶紧开到君悦海棠小区，几号楼来着，哦哦哦，7 号楼。”

“君悦海棠？”他猛地刹车，“我就住在那儿。几单元几室？”

我大叫：“5 单元 902！快！”

眼前豁地一亮。

“童奇奇，是不是？”

他呆住。

“快开车，她羊水破了，赶紧接她去医院。”

我真是笨，换个发型，说几句上海话，就猜不到她是童奇奇？

难怪我和湛澈的事情她一点都不惊讶，显然小少没少八卦。

小少重新打着火，恨不得飞起来。

“所以，奇奇就是如意？”

3 ///

如意是在一家成立没多久的私立妇产医院建的档，难怪我们一直查不到。

“可直可弯可加班”的小少果然全才，他甚至懂得在内裤里铺好加长卫生巾，嘱我替如意换好。如意在后座躺平，头靠着我的膝盖，从拿上待产包到接抱她进车直达医院，总共没用上十分钟。

我完全没经验，手忙脚乱的。

她做了各项检查，戴上氧气罩，检查开了两指，在待产室等到天渐明，十指开全后终于送进分娩室。

交200块钱后，可以允许一个家属陪伴。小少被阻在门外，因不让带手机等电子产品进去，我把拎包交给他保管，嘱他勤看着点我的手机，有什么急事随时叫我。他不情不愿地答应了。

待产室里的孕妇们惨叫连连，死去活来的。如意是真争气，躺在产床上没哼一声，不肯打麻醉，坚持顺产。我站在她头部的一侧，看到她因疼痛湿透的全身，更加手足无措。

我将洪喜圆满解决潘羿的事情转述给她听，东西和钱改天拿给她。

也许是宫缩过于疼痛，过了很久，才听到她轻轻“嗯”了一声。

我问：“要不要来点吃的？”

原来电视剧里演孕妇生孩子并不夸张，看她绝望的表情，只觉现实更痛一些。

“红牛？面包？稀粥？求你了，随便吃点什么。”

待产室四五个医护人员对待我们温暖如春，一边检查，一边声援我。

“对呀，可以吃点儿，一会儿好有力气生。”

“宫缩来时，我们会配合你一起使劲。没来，你就深呼吸，保持体力。”

“是的，一定要听我们指挥，否则不但消耗体力，容易疲劳，还会导致子宫收缩乏力，延长产程。”

“对对对，”我小鸡啄米似的点着头，“听医生的。”

如意咬着牙，瞥我一眼：“姐，闭嘴。”

倒像是我妨碍到她，罢罢罢，天大地大，产妇最大。

有个护士急匆匆进来，走到我旁边，问:“你是濮如心吗？”

“是，怎么？”我问，“需要办理什么手续？”

她把我拉到一旁，压低声音:“外边有位先生急得乱跳，说你家里有急事。”

家里？

“哦，好的好的。”我忙不迭往外走，又退回来，“如意，我出去接个电话，很快回来。”

她疼得正厉害，根本没空搭理我，眼睛眨了下算是回答。

出了分娩室，小少满头大汗，见到我时差点哭出来:“如心姐，你爸的电话。”

我接过手机，手有点抖:“我爸？我爸怎么了？”

“你手机响个不停，我见是你爸打来的，就先替你接了。他说你妈突然呕吐，嚷嚷一会儿头疼后晕倒。120接了他们在医院的路上，让你赶紧过去。哦，对了，市第一医院。”

我妈？突然晕倒？

天啊，要逼死人！这对母女，真是冤家，为什么连去医院都要同一天？

我靠在墙上，全身瘫软得像团棉花，勉强撑着一口气，叮嘱自己要镇定，别慌别慌。

“不然你先过去看看，如意这里有我。我保证照顾好她。”小少当机立断，“阿姨年纪大了，医生什么的都得打点……”

这个节骨眼上，我不可能离开如意。

“不是我不相信你，”熬了一晚上没睡，腿有点发软，“万一如意有个什么紧急情况，得家属签字。你在这儿，算什么呢？”

“你说得对，呃，那，要不，我去……市医院？我还真认识个熟人是那里的外科医生……”

“小少，你先过去，帮我打点。等孩子出生，你来换我。”

“好好好。”他把手里东西交给我，小跑着离开。

打我爸电话没接，也许医院闹哄哄的，没听到吧。

不安地在待产室外走来走去，鼓起勇气打给洪喜。

被按了三次拒接。

这个王八蛋，吃了豹子胆，敢挂我电话。

再打，这下接了。

“什么事？”

隔着冰冷的电话，我仍察觉出他语气中的不耐烦。

听到这句话时我的眼泪决堤。

我像顽劣的幼童，被小伙伴揍了没吭声，被老师误解了不解释，被伸长脖子的大白鹅追着跑了一路没掉泪……在家里亲人的身影突然出现时，纵然疼痛和恐惧感早已消失，却委屈地“哇哇”哭出来。

因内心深知，见到自己哭，不论此前受了多大的委屈，遭受了多么不公平的待遇，承受了多么粗暴的对待……亲人会以最快的速度站到自己身边，以抚慰、以踏实、以公正、以安全、以宠溺，以信任、以温暖。

那一刻，听到洪喜的声音，便有这样的感受。

知道不论发生什么事，只要有他在，就会给我这么多。

是的，一样都不会差，只会更多，不会少。

我哭得哽咽，只是叫：“洪喜，洪喜……”

他被我吓坏，顾不上怄气，焦急地问：“如心，你哭了？怎么了？发生什么事？是不是湛澈那王八蛋欺负你？信不信我……”

“洪喜，市医院，”我抹掉眼泪蹲下来，“刚才我爸打电话说我妈晕倒了。”

“好好好，你别慌，阿姨平时身体那么好不会有事的。别多想，我马上过去跟你会合。”

原本止住的泪水因他这话失控，将小齐紧紧拥在怀里，我哭得更大声："我在妇产医院，如意，如意在分娩室，快生了。"

他沉默几秒："我知道了。如心，别慌。"

他说："别慌，如心。"

4 ///

上午十点二十五分，如意顺产，是个男孩，重七斤三两，她不顾我和小少的反对，起乳名为"大圣"。

大圣肉嘟嘟，面部水肿，几乎看不到眼睛，像足了潘羿。

小少没到医院就被洪喜赶出来跟我会合。我才知道，湛澈的大学同学是这里的海归院长，他之前存着私心早早跟湛澈要了联系方式，为"童奇奇"打点好一切。房间是位置最好的 VIP 产房，住院加月子中心一条龙服务，环境宜人，居然还带露台。冰箱、婴儿床、婴儿游泳池、厨房……应有尽有，配了一名护士，一名育儿嫂，二十四小时服务。

价格自然贵得令人咋舌。

有没有家属在，都能被照顾得舒舒服服的，更何况还有个看一眼如意就神魂颠倒的小少在。

以往看电视剧，每每有单身小哥放着身边的万紫千红不追，一门心思往单身妈妈的火坑里跳时，我都会破口大骂编剧傻，真把观众当傻子啊。那得多缺心眼的人，会做出那样的选择？

即便他要追的那个人是我妹，我依然坚持这样的看法。

追你妹啊。

可小少振振有词："我们每天跟那么多人擦肩而过，街道、地铁、公交车、高楼大厦里，甚至洗手间……有更多交集且还彼此喜欢的，有多不容易。我喜欢她，是因为她是她自己本来的样子，而不是大家认为她和我在一起，她配得上我，应该是什么样子。也许你看到的是，她哪里配不上我，因此为什么我们不适合在一起。而我想的却是，为什么她可以那么好，我要怎样才配得上她。”

我哑口无言。

“她很聪明，脑子极灵活，很独立，不小鸟依人却同样有别人无法具有的女人味。虽然有时说话有些呛人，其实是相对的，别人对她客气，她懂得礼尚往来。如果仅仅因为她是单身妈妈，我就彻底放弃了我对她的喜欢，那我得多傻？”

这说的是如意？

我找了个借口说要回家，如意产后虚弱得开口都费劲，却没忘记叫住我：“姐，不许告诉咱妈，我不想让她知道。”

她一直念着这事。

不想见到我妈。

时时刻刻。

往外走的步子顿住，我握着拳，等的就是这话，原以为要过几天她才说，没想到这么急。

小少强行把我拉出去。

“如心姐，等几天再说行不？她刚生完，不是生气的时候，算我求你。”

谁规定生气还分时候？

真要冷静、克制到懂得发泄生气要分时候，那还生个屁气，只能说明那件事不重要。

嘴里愤愤骂着，却也知道他说得对，压抑着怒火出了医院门口，看到接我的洪喜，走过去时脚一软，并没有像偶像剧里女主扑到男主怀抱，而是整个人直接栽在地上，刚好趴在他脚下。

他不忘揶揄我：“行这么大的礼，咱俩谁跟谁。”

一点也不好笑。

我正在生如意的气。

她说不想见到我妈。

不想让我妈知道，她已经是外婆，有了一个肥嘟嘟的小外孙。

我不该迁怒如意，可她说出那句话时，只想扇她几巴掌。是，你满意了，看，你的心愿，已经达成。

做了很多可怕设想，心脏病、脑出血、糖尿病、阿尔茨海默病……分娩室里，医生用油布擦完新生儿身上的血称重，隔着玻璃窗，洪喜打电话向我转述医生的诊断书：病毒性脑膜炎。

这是一种由多种病毒引起的中枢神经系统感染性疾病，患者多为老人和儿童，会引发神经精神症状，如心脏骤停、意识障碍、癫痫、幻听。最可怕的，是病毒会造成全身性疾病，病毒不同，症状表现亦不同。

“医生说恢复比较缓慢，”洪喜说，“多数人能恢复，但少部分有后遗症，比如听力、瘫痪。及时治疗成功率为 90％。”

“那我妈……”

“放心，阿姨已经在重症监护室，应该没有生命危险。只是高烧未退昏迷中，刚刚做了骨刺、脑电图、核磁共振，肺部有些感染。呃，有点尿血。还在找病灶，看是什么引起的。”

赶到医院时，我爸站在 ICU 的外面，手扒着玻璃，正踮脚朝里张望。病床上躺着的，正是一听见她说话我就心烦的许一芬，此刻戴着沉重的呼吸机，没有意识。

鼻子一酸，我踉跄着扑到他怀里。

从如意跟他要钱说买卫生巾、BRA、内裤开始，我们便几乎没有这样亲密地拥抱过。我只想哭，躲在他的怀里，大声地放纵地哭出声，他轻拍我后背：“如心，别哭，你妈过两天就能醒。她已经在医院里了，咱们好好听医生的话，肯定能治好。”

他把病情说得这么简单，是想让我放心。

也许我没来时，他已经躲进洗手间哭过了吧。

“嗯，一定能治好。”

一定。

洪喜不敢看我，叫了大户送我爸回去休息。

但我爸执意要见如意，说着“毕竟是生孩子的大事”之类的话，我连威胁带恐吓，怕他见到后无法掩饰我妈的病，等出院再过去，总算说服他。

匆忙赶来的大户神情憔悴，脸上有伤，斜着颧骨至右眼，大半张脸乌青。脖子上还被挠了几道，长长粗粗细细，已经结痂。

我爸吓一跳：“怎么搞的？”

“没事，嗨，没事。”他搀我爸上汽车，又把洪喜叫过去小声叮嘱一番。

我努力保持着以往跟洪喜说话时的语气，故作轻松地问道：“嚼什么碎舌头，还不让我听？”

“能有什么，”洪喜低着头，“怕我跟你说，被笑话呗。”

“到底怎么了？”

“我像出卖兄弟的人吗？”

我弹他头：“不像，你是。”

“他那点事，你还不知道。说也奇怪，”他也尽力维持着以往和我沟通时的样子，“不知道哪个吃饱了撑着的人，分别给原配和二奶快递了照片。据说二奶之前一直以为他单身。得，两头都在闹。尤其原配，还跑到他单位大哭大闹，更在二奶公司与二奶大打出手……他现在是有家没法回，又是公务员，碍着他爸的面子，单位领导只建议他把私人事情处理完了再来上班。”

我愤愤骂了句“该”，突然想到湛澈说起的报复大户的事情，倏地闭嘴。

很是心虚。

是……他做的？

“别人的事情你少管，”洪喜意味深长地看我一眼，见我看着他，匆匆别过脸，“阿姨的病，你不要太担心。我已经给北京的医生朋友打了电话，他说目前的医治方案基本是对的，去了北京也差不多。所以先等等看，效果不明显，再考虑转院。”

从早晨到深夜，时时刻刻陪伴我的，还有忠心耿耿的小湛。

在ICU外面走来走去，盯着床头挂着的“许一芬”名字的病号牌，无数次期待着她能从床上坐起来，想象着她把我全身上下数落千百遍，而我，只想宠溺地看着她，说真好呀，妈妈，再多说一些，我想听你讲话。

再多说一些呀。

5 ///

飞机落地后湛澈打来的电话我没有接到，随后收到他的很多条微信。

——很抱歉我没有陪在你身边，如心，很抱歉。

——需要来洛杉矶治疗吗？我可以找最好的医生。

——阿姨福大命大，绝不会有事。

——等我，我会尽量早点回去。

——马上要谈事情，如心，不忙了回我。

——还是不要回了，照顾阿姨更重要一些。

——如心，你在做什么？我很想你。

……

按键上的字删了又按，按了又改，是假装坚强告诉他我没事，事情一定会朝着好的方向发展？还是直接告诉他此刻我的悲观和无助更好一些？

我犹豫再犹豫，不想骗他，又没有心情编上几句连自己都无法相信的措辞。

所以有什么痛苦、沮丧、悲观的事情发生，我最怕有人在一旁安慰。

因做不到彻底展露悲伤和绝望（从小到大，家长总是告诉我们要坚强嘛），心中已经过于悲痛，当事人还要压抑着崩溃的神经反过去安慰本来安慰自己的人，着实更为难。

果然不论是通过什么社交软件发来的视频、语音、文字留言……关怀备至的千言万语，也抵不过一个哪怕沉默无言的唾手可得的拥抱。

接下来的日子，度日如年。

许一芬同学几次癫痫发作，常常是我站在外面，看着匆匆冲进去的医生们围着病床，束手无策。

除了等，也只是等。

医生说，因这病发作时并发症多，还无法确定发病原因，只能根据她的检测结果不断调整诊断方案。

我爸偷偷去看了如意和大圣，没露一丝破绽，临走前还再三保证绝不会告诉我妈，省得她来捣乱。不知道他从哪里听说产妇如果过度愤怒或悲伤，会导致回奶，缺少母乳。回来后他主动提议等出了月子再说，反正她也帮不上什么忙。

我长吁短叹了一阵，末了决定随他去。

他不在时，家属签字便落到了我头上。洪喜不可能天天陪我，但早晚各来一次，每次来都拎着一堆吃的，可谁也没有胃口。

茶餐厅有阿盘这个强大的后盾在，我是不担心的。

有天快到夜里 12 点洪喜才赶过来，我们坐在医院走廊外的步行台阶上聊天。

他说去了上海之后，在某会所的洗手间遇见倒地的几乎昏迷的水总，是他从水总的口袋里翻出速效救心丸，救了对方一命。那时水总在上海出差，他又打了 120，送水总去医院。回荔城后，两人又深聊几次，慢慢有了合作。

“开始我是拒绝的，总担心他是为了报我对他的救命之恩，可他后来说服了我，说一个商人不会犯这样的低级错误。再说，退一万步讲，就算是报恩，同样是投资，投给信得过的人，又有何不可？他见多识广，为我出谋划策、分析利弊，我们的理念很相符。说来也奇怪，我对他有种说不出来的信任。我慢慢被说服，开始了逐步的合作。”

我知道他在解释之前说不认识水总的事情。我曾想，如果他不说，我便不问。

有些事情，我不能越界。

他已经对我足够好，我不能再贪求更多。

没想到他主动说起，心里一块石头落了地，觉得我们并没有疏离，还以为要渐行渐远，老死不相往来，白白浪费了不少眼泪。

想到那老奸巨猾的水总曾跟踪他，又觉得事情并没有那么简单。

湛澈也说，他是奔着洪喜来的。

“还能有什么复杂的？”他大大咧咧地说，“总不会是过来骗我钱的吧？人家比我有钱多了好吗，完全不是一个档次的。再说，就那档节目，老头砸了多少钱？”

“说的也是。”

“总不会想让我当干儿子吧？虽然他好像对我有着一股说不出的热情劲儿，”他挠头，嘿嘿笑着，“不止一次说我特别像他多年前走失的儿子。”

我心中一惊。

我想起那次陪如意录节目，湛澈没头没脑说过一句“听说贵公子与如意姑娘同龄，有机会介绍二人相识，说不定倒会促成一段好姻缘”。

莫非，他真的有个走失的儿子？

“那多好，”我说，“那你认他当干爹得了呗。老头有别的子女吗？家属之类的？”

“孤家寡人一个，老婆几年前意外去世了。”

“赶紧认，此时不认更待何时？”我拍他的头，“千万记得鞍前马后地伺候着，将来……老头的财产还不都是你的。”

我真是个俗人。

“行，你说得有道理，明天我就去他家，按了铃，门一开，我就跪卜喊——爹！”

他说“爹”字时，故意拉长音调，表情也极其夸张，极为卖力地表演着，更直接跪在地上。

我被逗得笑得前仰后合。

“你终于笑了，”他说，语速缓慢，“好多天没看到你笑。如心，你笑了，真好。”

我止住笑：“你们打算怎么合作？”

“两个方案，”说起这些，他像变了个人，“第一，我们想建本城最大的健身会所，直接引进国外最先进的健身器材，为各个年龄段的人设计健身方案，并设幼儿区、儿童区和上班族区，以及中老年区，倡导全民健身的核心理念。”

“听上去不错哎。”

“那当然，本身，中国人的健身意识太差，年轻时不注意保养和健身，到了中老年得了一身毛病，才想起锻炼。是不是有点晚？医院的各种病患，也是越来越趋向于年轻化。拿腰椎间盘突出症来说，得这病的青年人居多，甚至很多是学生。他们这些人，哪会拿出时间锻炼，每天最大的剧烈运动不过是上台阶、下台阶。”

这比他的游戏厅靠谱多了。

“天啊，洪喜，太高大上了，”我真心实意地说，“这个想法好棒，你怎么想到的？”

“你也觉得不错？”

我的肯定让他越发激动，不自觉流露出得意的神情，颇具孩子气。

“当然，往小里说，是你终于找到你渴求的事业方向，往大里说，利国利民。”

“游戏厅我已经全都清理完毕，你要想用，就租给你。”

“真不用，洪喜。现在的已经够我折腾了。”

“好吧，”他挠头，“我的第二个方案就更牛了，源自我妈的牢骚。

她老抱怨市场买的蔬菜、水果没味道。哪像之前，现在的黄瓜不甜，葡萄抹避孕药啊……有机呢，又贵……她其实有钱，就是舍不得买，每次从菜市场回来都憋一肚子气。”

这小子，真是有心。

“我心说，这事我可以啊。于是跟水总一合计，我们打算做本城最大的有机蔬果超市，采用新技术严格控制成本，让普通老百姓都吃得起、吃得上健康的有机蔬果。这样的话，我们可以分两步走，第一提供最新鲜的有机蔬果供给全城百姓，第二做成有机食盒……”

士别三日，当刮目相看。

我挺直了腰身，非常正式地向他行了90度的鞠躬礼：“如果我有资格，小喜喜，简直想代表全城的人向你致敬，不知道多少人因你们受益。”

他不再是跟在我和如意后面疯跑的洪喜了。

他害羞地抿嘴笑。

“我们之间，没事了吧？很抱歉，那天……”

“当然。”他打断我的话，也站起来，张开双臂抱住我。

我大抵是明白一些的，他不想让我看到他的眼睛，像是这样做了，心里话就不会遇到阻碍，得以顺利说出口。

“如心，你很喜欢他，是不是？”

洪喜的肩膀和湛澈的完全不一样，后者引发我无数疯狂的幻想总是想期待更多。

而前者的此刻，可以让我心无旁骛地依靠，不带一丝邪念。

我将下巴抵在他肩，说：“嗯，很喜欢。虽然我从没谈过恋爱，但每天……”

他打断我，艰难地说：“不要，不要再说下去。”

“嗯？”

“这里，”他摸着心口，“再说下去，这里，要崩裂了。”

我只能继续倚着他的肩膀，偷偷捂紧嘴巴，拼命睁大眼睛，希望眼泪能够在流下来之前全部蒸发掉。

“不要哭，如心，只怪我明白得有些晚，行动得有些慢。”帮我抹掉脸上的泪，他苦笑着，“这样挺好，至少将来咱俩不会感情破裂，更不用去民政局扯什么离婚证，是不是？”

我被他惹得又哭又笑，不知道要说是，还是摇头否认。

消除了这些天的芥蒂，我俩重新坐回台阶上，洪喜递过一袋烤地瓜。

一天没吃饭，肚子着实有点饿，于是一人分了一半剥来吃。

吃完拍拍手：“回吧？”

他起身欲走，却在转头看我的脸时，重新坐下来。

“怎么？”

“下巴，”他指着我的脸，“呃，擦一下。”

这便是他和湛澈的不同。他每次看到我下巴沾了东西，比我还要难为情。湛澈则不管，第一次见面便忍无可忍，上手直接擦。

“哦，”我胡乱抹着下巴，“好了？”

“嗯。”

“走吧？”

“呃……那个，”他支支吾吾地说，“如心，这么多年，本来想一直瞒着你。可又觉得，对你不公平。”

“什么事？瞒着我很多年？快讲，别婆婆妈妈的。”连洪喜都有事情瞒着我，这个世道，我撇撇嘴。

他使劲跺脚，摆出一副豁出去的架势：“……如果我说，其实小时候，你嘴角，是我……是我睡觉时不老实，把你踢下床才摔着的。你会信吗？”

他长叹一口气，带着终于说出来的释然和放松。

我愣住：“你在开玩笑？”

他双手抱头，不看我。

“终于说出来了，如心，”声音是低的，“没开玩笑。我睡觉不踏实，老乱踢乱踹，那年你被踢下床时其实你妈在的，我吓得面如死灰，一动不敢动。她都知道，却一直替我瞒着。也许她当时觉得能治好吧……没想到却……”

老实说，这么多年，我早就看开。到底是我掉下床，抑或洪喜踢我下床，倒不重要了。只是，突然听说并不是自己的原因，有些吃惊。

更何况，这个人是洪喜，他所给予我的友情，远远比这个伤害，要多得多。

这样一想，越发释然。

“小喜喜，我说怎么老觉得你看我时，有种悲天悯人的目光呢？原来是因为这个。”这个玩笑开得我十分满意，“所以你这么多年一直对我特好，是因为有愧于我？刚才跟我告白，是担心我嫁不出去，所以要以身相许的吗？好伤心，我还以为，你喜欢我，单纯是因为我的美貌……呜呜呜呜……”

原本很悲凉的气氛，被我搞得很有喜感。

他哭笑不得，宠溺地看着我。

于是我继续捂脸装哭，假装没有看到他湿润的眼角。

6 ///

周末播出了《梦想达人秀》五强选手在洛杉矶录制的强化培训生活。

针对五名选手各自不同的梦想和自身特点，节目组在洛杉矶找到在该行业内叱咤风云的大成者进行亲密接触和拜师培训。制作之精良，内容之华丽，阵容之强大，并不是该期节目收视率再度排名国内真人秀 No.1 的真正原因。

一切，只源于节外生枝。

根据赛制，此环节本来只为让五名选手多出镜，混脸熟提升名气，用来吸粉的，并没有淘汰环节。但湛澈意外发现李蕊在上周的十进五淘汰赛中作弊，联合男选手张斌偷带被禁止携带的手机，两人更私下里配合着，分别完成不同的任务拍照后，再 PS 成各自的照片，节省时间骗过节目组，冒充自己独立完成任务，引起轩然大波。

电视中的湛澈义正词严：“如果不是跟拍的摄影师腹泻没拍到全程，调来路口的摄像头补充资料，可能到现在所有人都蒙在鼓里。我以导师的名义，建议取消李蕊和张斌的比赛资格。我认为，真诚，是实现一切梦想道路的根本。梦想当然可贵，但同金钱一样，必须取之有道。否则，便是对‘梦想’的最大玷污。”

在电视机前和台下的观众都没有反应过来时，他又抛下第二颗炸弹：“教不严，师之惰。我身为二人的导师，为出现这样的事情，向大家致以深深的深深的歉意。为示惩罚，我愿同他们一起退出节目。”

周嘉嘉与他并肩站立。

边杰发表了一堆专业又啰唆的感言后，也投了支持票。

水横流认为作弊确实可恶，但被取消资格，则过于残忍，应再给二人一次机会。但反对无效，观众投票一边倒地选择淘汰李蕊和张斌。

之前被淘汰的范小晨和另外一名男选手黄维佳被宣布补了空缺。

于是，一个在五分钟可以把任何事情用四格漫画画出来的神画手危思贤、想要当家喻户晓谐星的张怡、“鬼辩”范小晨和“魔术大王”黄维佳，以及一个跟英国苏珊大妈一样有着天籁之音的发福大妈周爱华成为最新的全国五强。

在这样万众瞩目的时刻，湛澈此举无异于掀起惊涛骇浪，当天的节目视频几乎以某服装店试衣间性爱视频外泄的速度，同时在网页、微信、微博在内的手机终端和电脑终端引爆，两个小时便已破亿。

隔日上午再看，话锋由之前的真人秀选手作弊，围绕此话题展开的对诚信的探讨，对主持人现场完全脱离台本，机智应变的赞扬……变成了湛澈粉丝的反扑。

这么好的导师当然不能走。

明明是选手的错，为什么要以此惩罚导师？

犹记得整个节目中他所带来的欢笑，没有他，谁来卖萌、腹黑、毒舌和耍宝？

或者说，大家骨子里都有同情弱者的本能，湛澈后退了一步，于是海阔天空。

路人、此前骂过他的人均转粉。

如意之前剪辑的洗白视频，此时被“恰到好处”地放到网上。微博里很多营销大号，动辄转发评论十几万的，纷纷转发。

我想起如意说，粉丝群里有富二代和官二代，家里又有钱有权，“我们已经在商量怎么反攻和洗白，就差一个好时机，把我之前做的洗白视频发上去。再找目前最火的营销账号和大 V 发微博，你就瞧好吧。”

原来此刻，便是好时机。

那视频做得相当精彩：有湛澈悲惨的童年阴影故事，不知道多少大妈、少女被深深触动，对着视频流下了同情的泪水，发誓要此后一辈子都去守护他；有他在美国打工奋斗历尽坎坷终于成为 CBS 电视台制片人的励志故事，看得多少求职人、创业人热血沸腾，全身都在燃烧；还有一个初中女生出来旅游迷路，钱包、手机被偷，借路人打电话联系家长，挂了电话才发现路人是没有任何架子的湛澈……

舆论发生了 180 度大转弯。

“难怪他私下待人那么冷漠，原来曾经经历那么残忍的事情，好心疼他。”

“老公别怕，有我，我会一直爱你守着你，么么哒。”

“我懂你的苦衷，爱你，么么哒。”

“当然要坚持原则，否则人人都去作弊，整个社会哪有诚信可言？支持老公！”

“看了今天的节目，绝对黑转粉，很抱歉之前误解了你，如果你愿意原谅我，老公，我愿意以后用一辈子的时间去呵护你。”

“老公也是被人欺骗的呀，都怪他太善良。”

“朱雀桥边野草花，我只想睡湛 Noah！”

“烟笼寒水月笼沙，我也想睡湛 Noah！”

“远上寒山石径斜，我还想睡湛 Noah！”

“该走的是李蕊和张斌，老公是正义的使者，必须留下来留下来留下来！”

……

一夜之间，他成了国民老公。

漆黑的夜里看着视频，看着评论和弹幕，整颗心起起伏伏，又胆战心惊。

范小晨果然重新回归。

不知道哪些是事实，哪些是策划。

哪些，出自他手。

在我面前，他有几许真。

或者，从来不曾深入了解，又谈何变得陌生？

从前我从未曾有一丝怀疑的信任之墙，开始簌簌落下大量的灰尘。

凌晨两点左右，仍重度昏迷的许一芬同学心脏骤停，ICU 里冲进去十几个医生。我拿着单子签字、缴费，楼上楼下地不知跑了多少趟，已经麻木到看也不看打印出来的白纸黑字，只是单纯地签字，再签字。

正赶上隔壁 ICU 的 70 多岁的阿伯抢救无效去世，医务人员推着盖了白布的车出来，死亡就在一线之隔，我震惊得一动不敢动时，突然有医生叫：“许一芬家属！”

叫得我心惊肉跳仿若被宣判死刑，一个站立不稳坐在地上，明白过来不过是叫我签字时，忍不住号啕大哭。刚好有个好心的主治医生经过，在我身边默默站了一会儿，问："有兄弟姐妹吗？"

这下更说中我的心事，我点点头，想到如意又摇头，哭得更加崩溃。

也只是几秒的时间，突然有人慢慢把我扶起来，再慢慢将我抱到怀里。

麻木如我，像个牵线木偶般几乎怀疑自己看到了幻象。

那人的声音铿锵有力："她虽然没有兄弟，男朋友还是有的。"

男朋友？

我推开那人后退一步。

湛澈？

他冲着我笑，包容的、宠溺的、心疼的、目光深邃的："如心，我回来了。"

像巨石下被压弯的野草迎来雨后的第一道彩虹，我听到他一字一顿的声音："剩下的，交给我。"

第九章 不懂浪漫的男朋友

热恋中的女生最大的痛苦在于，
她期待男朋友最应该表现浪漫时，
对方却表现得像个二货。

1 ///

以前单身时，很羡慕那些陷入热恋的女孩子跟男友晒恩爱。

就像女生常抱怨男朋友不懂浪漫，绝大多数男生抱怨的，是女生太作。尤其是绝大多数喜欢浪漫的女生，都很作。

她们最喜欢问各种莫名其妙的问题，让那些不懂浪漫为何物的男生百爪挠心，求生不得、求死不能。真是恋爱不息，折腾不止。

而在交往中无数个本该甜蜜的小细节里，一旦男友的表现与期待大相径庭，还可以用社交软件发泄，围观者众，进而引发新一轮狂欢吐槽。

时而脑洞大开，古灵精怪玩角色扮演，玄幻的、灵异的、穿越的……接着再一边晒恩爱，一边身在福中不知福地挑剔着对方的笨拙。

作家苏小懒说过，婚前，当女人觉得不幸福，基本上，是因为男友没有听懂她的话，没有主动认错和哄她开心；婚后，当女人觉得不幸福，基本上，是……男人不肯做家务——这就是婚前和婚后的区别。

她又说，情侣吵架的规律是：男人认为，所有战争都是女人主动发起的，原因——莫名其妙无理取闹；而女人认为，所有战争都是男人主动发起的，原因——我那么爱他那么信任他对他那么好……但这件事，我不提醒、不暗示，他！居然!!没有做!!!

——这件事，泛指女人希望男人能积极主动做的任何事。

我越发羡慕，她出版的讲述情侣爆笑生活的《全世爱》，简直虐死单身狗。

曾无数次落寞地想着，至少你们有男朋友。

所以等我真谈了恋爱，也想作一作，吵一吵。

机会来了。

我爸一向只看体育频道，之前狗仔队的报道照片不是很清晰，见到湛澈时并没有认出他的身份。在我娇羞又得意地将湛澈以男朋友的身份介绍给他时，他抖抖报纸，头都没抬："我懂我懂，雇来的是吧？丫头，找不到男朋友没关系，大不了我养你。我又没催你，去网上租什么男朋友？花了多少钱？"

他老人家真是高估我。

有个眼尖的护士看到湛澈，"嗷"一嗓子惹得整层楼的人倾巢出动。医生、护士、患者、家属……明星效应嘛。

听说过没听说过的，一股脑冲上来，我爸目瞪口呆，被要求合影、索要签名的人群冲散至楼道拐角，吓得大气都不敢出。我从未带过男生回家，更何况这人刚刚咸鱼翻身，从遗臭万年变成"国民老公"。

等到病房只剩我们仨，我爸选择了相信。只是事发突然，他一时无法适应，面对湛澈拘谨且紧张，让我觉得好笑又丢脸。

湛澈谦逊有加、温文尔雅，一口一个"伯父"，越发让他不安。上次看到他如此局促的表情，还是在2008年奥运会。他从黄牛党手中高价买了一张乒乓球女单决赛的票，偷偷摸摸藏来藏去，生怕被我妈收缴。

湛澈从纽约请来国际享有盛名的Michael医生，重新会诊。又配上最好的进口抗生素，一周后，许一芬的癫痫和高烧基本控制住，虽然身体里炎症指数比正常值还是偏高。

最直接的好消息是下周可搬入普通病房。

ICU里一天一万多的开销，再住下去，我们得卖房了。比起并不知道下一秒还会有什么更糟的情况发生，又觉得钱是小事。

我爸很开心，坚持放我两天假，撵我们出去约会。往外大力推我的样子，好像晚走一步，便有清风拂面吹醒湛澈的理智，导致我们秒分。

我懂他的心情，以我的智商、身材和姿色，能稳妥地长大活到老，对他们来说，已经是惊喜。没想到还能和正常女孩一样谈恋爱……不可思议，着实惶恐。那就出去走走。

神经绷得太紧，我又何尝是铁打的人？

恰好湛澈没通告，我们开车奔郊区。清晨跑步，在林子里摘苹果，躺在小船上在湖里漂上一整天，懒洋洋哪儿都不想去。

冬天的夜里格外寒冷，我们裹着笨重的羽绒服，依偎在篝火旁。木材燃烧时发出噼噼啪啪的响声，温热自他宽厚有力的手掌传来，像是穿透皮肤的表层渗入两人的血液里，滴答滴答，缓缓汇集又交错流动。火光映在他轮廓清晰的侧脸，浓眉下漆黑的眸子闪亮，我知道他独处时总是面孔冷峻高不可攀，看向我时却有着独有的温情。

这个人，喜欢我。除却睡眠和工作外他把绝大多数空闲的时间，只给了我。

曾经盘踞在大脑深处的种种疑虑，在痴痴看他的分分秒秒中，土崩瓦解。演的，还是真的，为什么要计较？哪怕他纯粹为了报恩而来，笑话，有此美色，享受了再说。

我果然是个色女……

不知过了多久，他说："如果看我，要收费的话，你已经破产了。"

这话提醒了我。

我决定就在此时，享受下有男友宠爱的感觉，作上一作。

以前无聊，总结了女生作时，向男友提出的五个最常见问题的类型（排列分先后，由易到难）——

1. 是非型，一定要回答"是"

举例：亲爱的，你会一直爱我吗？

题解：千万不要自我发挥，不要动你的蠢脑子，痛快回答"是"。

错误答案：说不准啊，未来变数那么多，谁能一直不变呢，尽量吧。

标准答案：亲爱的，我爱你一万年。

2. 是非型，必须回答"不"

举例 1：亲爱的，你将来会出轨吗？

题解：务必斩钉截铁地说"不"。

错误答案：别担心亲爱的，我即便出轨也会继续爱你的。

标准答案：不，亲爱的，我今生今世只爱你一人。

3. 陷阱型

举例：亲爱的，你嫌我丑 / 胖吗？

题解：请三思后，本题不论回答“是”或“否”，都会被女票 pia pia 打脸。

错误答案 1：不嫌弃啊，我不在意外表的，我喜欢就好。

错误答案 2：嫌。

标准答案：怎么可能，亲爱的，你在我心中是最美（唱起来）每一个微笑都让我沉醉；你的坏，你的好，你发脾气时噘起的嘴……哎哎哎哎……

4. 口是心非型

举例：亲爱的，实在对不起，我老跟你聊天，影响你打游戏了吧？我先走了，你好好玩。

题解：某个时刻女友的善解人意，实则在强压她火山即将喷发般的怒火，以说反话的方式希望你能自动觉悟听懂她的抱怨，改正你当时正在犯的种种错误。

错误答案：好的，拜拜！回见！

标准答案：小心肝别走，游戏哪有你重要，我不玩了，全心全意只陪你！

5. 话外有话型

举例：还要走多久啊？我脚都走疼了。

题解：她的意思是——我想让你那样做，但我偏不说，我希望没说之前你能主动那样做。

错误答案：你也太娇气了，坚持下，马上就到了。我还疼呢，我说什么了？

标准答案：啊，好心疼，我背你吧？要不然咱们叫辆出租车？

……

——大家看到这里，有没有觉得很熟悉呢？有没有摩拳擦掌想要亲自试一试呢？

我现在就要这么玩上一玩。

打定主意后，边吃烤肉边转眼珠思考着先问哪个。

湛澈递给我鸡翅时正好瞥到我意味深长的笑，狐疑地问："憋什么坏水呢？"

"……呃……那个，那个……"

我稍微纠结了一小下，便错过最佳时机。

因灰蒙蒙的天，突然下起雪，晶莹的雪花落在鼻尖，凉丝丝的。

他放下烤肉，抬头望着天，激动地说："如心，这是我回国后，见到的，第一场雪。"

漫天的雪花，随风飘扬，下得大且急，地上很快白茫茫一片。静幽的林子里，神经病才会在大冬天跑到树屋度假吧，于是此刻果然也就只有我们两个神经病在。

整个世界喧嚣无声，银装素裹的，雪花落在我们的头发上、衣领里，再多一些，再大一些，几乎可以彻底融进这大自然中，就像画外人突然踏进画框一动不动，从此成为密不可分的整体，没有一丝违和感。

湛澈睫毛上沾满雪，眨眼时那些雪花扑簌抖动，像冰雪王国迷路的王子，煞是好看。我一时有些激动，牵过他的手："我们在雪地里走走吧。"

他没问为什么，默不作声地陪着我，在雪地里踩下一个又一个脚印。

好韩剧范儿啊，我想。当然要来点韩剧似的对白。

当下我语调温婉，脉脉含情地说：“这样踩着雪走下去，像是要和你携手走完这一生似的。”

网上不是有段流传很广的话，也不知原创者是谁，大意是要和心爱的人在雪地里走一走，因为一不小心，便到了白头。

哇，好浪漫有没有！很感动对不对！我红着脸，等他回应。

除了没当场求婚，我几乎把所有浪漫的回应方式都想过了。

只是，呃，他似乎并没有 get 到我的点，牵着我的手又走了几步，眉头紧皱：“可是如心，这雪，很快就化了啊。”

大哥，你这台词不对啊。你咋不按剧本来呢？说句“那我们就一辈子这样走下去共白头”会死吗？好消息是，可以去微博、朋友圈吐槽了。

我嘟着嘴，很不高兴的样子。

“我冷。”这个你总该懂了吧？

快脱下你的外套，然后揽我入怀！让我感受你宽厚肩膀的温度！

他似乎听到我的心声，慢慢将手放到领口处，却不是解开扣子，而是竖起领子防止风雪的进入，淡淡开口道：“胖妞都怕冷。以后少吃点。”

纳尼？

——胖妞都胖冷？

我听错了吗？

说好的浪漫呢！

说好的努力和加油呢！

失望、生气又不甘之际，他却背对着我蹲下身不知做什么，然后突然一步步贴近，脑袋也凑过来，沉重的呼吸声使我不由得闭上眼，算你识相，憋说话，吻我。

哪曾想一个激灵，脖子里一阵寒彻骨的凉意把所有的浪漫破坏掉，一整个雪球被他掀开衣领贴着肉扔进了后背，他大笑着跑开，边跑边叫：“哈哈哈，送你个雪球，爽不爽？”

爽你个头啊。

热恋中的女生最大的痛苦在于，她期待男朋友最应该表现浪漫时，对方却表现得像个二货。

我自然不肯示弱，做了一个又一个雪球正式宣战，只管砸，管他什么部位，头、脖子、脸、屁股……他奋起反击："砸中了，就要被我吻一下。"

"砸不中呢？"

"砸不中，你就过来吻我下。"

"滚，反正都是你占便宜。"

"咦，我不惜出卖色相让你占尽便宜，你倒口是心非，太心寒了。"

"你……"

我想起洪喜的诸多糗事，该不会不懂浪漫——是所有刚恋爱的男生专有属性吧？书上说男人天生语言表达能力弱，有着与女人完全相反的逆天脑回路，要多让着点儿。

我安慰自己，没关系，没关系。毕竟我们刚谈恋爱，小事先不要计较，性子不能耍得太多，本性不能露得太早。等大家的基本属性被了解得彻底些，再露出本来面目慢慢收拾、调教就好。

站久了有点冷，湛澈提议去木屋吃火锅，我热烈响应，欢呼雀跃着灭了火，拿起地上的袋子，把东西一股脑地装好提上便走。

他的目光落在我拎袋子的右手上，体贴地问："累吗？"

心一动，哼，还算有点良心。

手被袋子勒出一道深红的印，放在平时，太正常不过。单身时，区区这点儿东西这点儿路，哪儿到哪儿，再多拎四五个袋子，腿上绑几个沙袋，就算是后面有几条狗在追，跑上千米也完全不在话下。但现在人家是有男朋友的人了呀，当然要示弱，要撒娇，给对方表现、疼爱自己的机会。

我嗔怪地说："累死人家了啦。"

完蛋完蛋，要被自己酥死了。

忍住啊，如心，你可以的。

“哦，”他若有所思地看着我，缓缓而行，“累了你就，换一只手。”

“……”

这跟我心中的理想答案完全不一样！

我忍无可忍不能再忍：“……你是故意的，对吧？”

“我也是，第一次谈恋爱，”他说，“以前就想，如果有了女朋友，一定要，好好欺负欺负。原来这么有趣，”他意犹未尽地说，“真好玩！”

我：“……”

——改造腹黑、木讷男友，使其成为浪漫体贴的好男人，刻不容缓。

2 ///

许一芬在入院后的第八天早晨苏醒，那时我正在店里和阿盘开会，我爸说，她挤出来四个字，虽然有点结巴，但吐字是清楚的。

“我，要，喝水。”

她意识恢复了，并不记得自己是谁，也不识得家人。

说话断断续续，有点结巴（这点跟湛澈很像），句子一长，尤其明显。听力极弱，总要大声嚷才有回应。清醒时常睁大眼睛，看看我，又看看我爸，神情迷茫，又流露出恐惧。

医生说，听力问题，一种情况是大脑还在逐步恢复中，指令传达迟钝，使用不够自如，慢慢调养有可能恢复；另外一种情况是听力彻底受损，如果是这样，则需要安装人工耳蜗。

我发现她的左半边身体有偏瘫倾向，几乎没有知觉。

还有一定程度的幻听。

明明没人讲话，她反反复复问：“什么？你说什么？”

时而慌张往被子里钻：“不去，别抓我，我不是坏人。”

又大声嚷："把孩子还给我！"

她平静时，会专注地看着我："你是我女儿？真的？都这么大了？"

间或眯眼睛，"如心吃饭了没？不能挑食，"接着只叨叨一句话，"挑食不长个儿。"

"挑食不长个儿，"像自言自语，又像是跟我们看不到的人聊天，"长大了面黄肌瘦的，嫁不出去。"

……

我本就做了最坏的打算，此刻听到医生交代病情，细化持久战中每一战的重点和注意事项，忧喜参半。

忧的是，不知道持久到什么程度，胜算几何。

喜的是，还好她给了我们机会，可以重新开始。

转到普通病房后，我们请了专业护工日夜照顾。医生说许一芬恢复速度惊人，半个月后再做一次腰穿，问题不大的话便可以准备出院，回家慢慢复健。

"要像对待几岁的小朋友那样，"他说，"给出足够的耐心，慢慢教、引导，脑损伤的恢复，需要全家人的共同努力。"

幸运的是，每天都有好消息。

许一芬拔了导尿管。

能够下地行走。

开始练习独立吃饭。

听力慢慢恢复。

……

生命真是神奇。五十多岁的她，经历了这场大病，每个神情、每个动作，却像是出生八九个月的婴儿。

走路时站立不稳歪歪斜斜，吃饭时手抖个不停掉食物渣渣，说话时难为情又害羞满足……曾经说一不二的强势和控制消失殆尽，像是宇宙的时针被人拨乱，我们之间突然颠倒变换了位置，由我领着她，重新开始人生的新旅程。

出院那天，好巧不巧，正赶上如意出院。她为了方便照顾大圣，高薪聘请了育儿嫂，小少亲自接送服务。我爸在她回到出租屋后，告诉了她我妈生病的消息。没有想象中的愤怒或者悲伤，更没有眼泪。

我爸说，当时如意只是愣愣坐了一会儿，看着熟睡中的大圣久久没有说话。直到我爸离开，她低低回了一句："我知道了。"

3 ///

周四，为了庆祝许一芬出院，湛澈请大家吃火锅。

一半牛油麻辣汤，一半大骨浓汤，虾滑、鸭肠、鱿鱼、手切羊肉、肥牛卷、牛蛙、墨鱼仔……热气腾腾翻滚着捞上来，豆豉酱、海鲜酱、沙茶、酱油蒜泥、麻酱任君选择。

我带了几瓶黄酒，暖着放几颗梅子，酸酸甜甜当饮料喝，酒至半酣，如意抱着大圣和小少到了。

许一芬瞧见大圣，露出孩童般好奇的眼神："谁家的？"

见如意裹着的披肩流苏甩来甩去，她直盯着看，渴望又羡慕："小姐，你的披肩真好看。"

如意怔了很久，外套也顾不上脱，蹲在她旁边，用勺子喂虾滑，一面拿湿纸巾擦嘴。

"妈，我是如意，如意呀，老二。"她的声音很大，但放慢了语速，是跟婴幼儿在一起时独有的软声细语。

"哦，"许一芬笑吟吟看着她，"你哪口子的？"

"妈……您家的呀，您家的。您看看这个，"她红着眼圈，哆嗦着从包里翻了又翻，竟翻出根擀面杖，"我小时候，您不是最喜欢拿这个揍我？对，擀面杖——除了打人，它还可以用来擀饺子皮。我请了个阿姨，明天咱们包饺子吃，好不好？"

医生叮嘱我们多帮老太太回忆陈年旧事，慢慢觉醒，恢复记忆。倒是个好办法。擀面杖对于如意和我妈来说，有特殊的意义。

“咬子？咬子是谁家的？”

呃……

许一芬连说了几次“咬子”后，突然失声尖叫：“老二！老二！老二被抱走了！找。”她拉着如意的手双膝直往下跪，泪眼婆娑地说：“崩爆米花的，追，赶紧追。”

如意全身都在打战，“哇”的一声抱住我妈大哭：“妈，我在这儿呢，找回来了。妈！”

我记得这事。

小时候我和如意嘴馋，听说前街来了崩爆米花的小贩，缠着我妈从米袋子里盛了碗干玉米粒，往我裤兜塞两块钱，叮嘱我俩一起去。

我拿着玉米粒和装爆米花的塑料袋，腋下夹个小板凳，如意拽着我的后衣襟，两人屁颠屁颠去前街排队。

是那种传统的工艺，需要把干玉米粒放进一口黑乎乎的圆葫芦状的压力崩锅里，外面烧着煤炉。小贩一手拉着木风箱，一手不断旋转着压力崩锅，使其均匀受热。等火候到了，胶皮麻布口袋里“砰”的一声巨响，白茫茫一片，爆米花早滚进放好的布袋子里。

新出锅的爆米花脆甜浓香，那时小孩子们只要听到这声巨响，比现在电视、网络、广播发布的任何宣传广告都好使，一个个缠着父母闻声而出，排多久的队都肯等。

我们去得晚，排在最后一个，又赶上吃午饭，崩好爆米花后只剩下我们姐妹俩。手忙脚乱地将爆米花装到塑料袋里，我给自己和如意各抓了一大把，急匆匆夹着板凳边走边吃。

走了几步我发现如意没跟上来，回头时看到那小贩抱着她，崩爆米花的工具也扔了，只一味拼命地往我相反的方向跑。至今仍记得吓得几乎尿裤子的我，边追边声嘶力竭地喊：“崩爆米花的抢小孩！快来人啊，妈，快来啊！人贩子抢如意……”

找喊得越大声，那男人跑得越快，万幸的是我妈见我们没回去，刚好出来找，看到这情景疯了似的追上去。我则哭着找附近的邻居，一喊十，十喊百，几乎半个小区的人出动，撵了那小贩几分钟，好在对方见人多势众，扔下如意钻进路边的玉米地，邻居们赶过去时早没了踪影。

我妈在跑到距离如意不到五六米时，摔了个跟头，嘴唇磕在一块石头上满脸是血，也顾不上擦，将吓得脸色煞白的如意紧紧搂在怀里，母女俩哭至失声。

那年我五岁。如意三岁。

没想到我妈脑损伤后想不起家里的任何人，却记得幼时的如意差点被人抱走。

“不哭不哭，老二找着了，找着了。”我轻拍她后背，如同哄几岁的幼童，柔声细语。

老太太迷迷糊糊哭了一会儿，在特制的轮椅中睡着。

“姐，”如意环住我的腰，双肩止不住地抽动，“怎么会这样呢！姐，妈不认得我，妈不认得我！”

我也哭。

何止不认得你。她谁都不认得了。

怕吵醒我妈和大圣，如意哭得压抑，眼泪、鼻涕蹭了我一身，抽抽噎噎：“我不敢回来，是以为不回来，觉得咱妈就像我离开时那样，健健康康的。我气她了，她随时能抄起什么东西追着我打。”

我摸着她的头，表示理解地轻轻拍了两下。那样的场面，我也很久未见，十分怀念。

24 小时营业的火锅店，出出进进，座无虚席。

喝完最后一杯酒，我爸忙着取商店代收的快递，先行一步回家。小少抱着大圣紧跟在推轮椅的如意身后。哭哭啼啼抹着泪的她，看得我悲愤交加。我和湛澈垫后，一行人正往外走，却瞧见洪喜拎着几个纸袋，和水横流有说有笑进了店。

如意最先看到洪喜，垂头假装没看到，她当然不想打招呼。

一向绵里藏针的小少哪肯放弃掐架的机会，阴阳怪调地说："哎哎哟，我得仔细瞅瞅，这是 Who 啊。难不成房二代要进军娱乐圈？水总，您这是从哪儿发现的好苗子？"

如意伸手拽住他的袖子："小少，少说两句，走吧。"

小少对二人的前尘往事知道得七七八八，有心继续再多揶揄两句，却怕拿捏不好分寸得罪如意，"嘿嘿"干笑了两声。

洪喜的目光淡淡落在轮椅中睡着的我妈满是皱纹的脸，发出一声长长的叹息声。

"如心，好巧。"

我抿着嘴，"是啊，洪喜，我们都吃完了，"我想缓和气氛，"都几点了，怎么才吃晚饭？"

他身边的水横流早收敛了笑容，目光在我、洪喜和湛澈三个人中来回切换，露出意味深长的笑。

那笑容，像黑帮大哥见到总是做蠢事的刚刚入会的小弟，嘲笑有之，愤怒有之，想要把这个不配入会不配站在自己面前的人撕烂了嚼碎了扔出去，亦有之。

"嗨，跟水叔叔谈点事，一时忘了时间。"洪喜语调平静，看不出悲喜。

小少又挑衅道："水……叔叔，叫得很亲切嘛。"

他说这话时，我明显察觉到身边戴着长长鸭舌帽的湛澈垂在两端的双手握紧拳，松开，又攥紧，身体微微晃动，几乎站立不稳。我诧异地看着他，轻轻挽住他的胳膊，上半身微微靠拢，给了他一个依靠的力量。他看我一眼，没说话。

洪喜将一切尽收眼底，别过眼睛。我被他哀伤的目光刺激到，正欲站远点松开手，却被湛澈夹在臂弯，暗暗用着力。

水横流，似乎是可以引燃他身体中，或愤怒或激动的不稳定情绪的炮仗捻。这炮仗捻只要见到湛澈，便自燃着前进。

“你若喜欢，也可以叫我水叔叔，”水横流不动声色，回着小少的话，眼睛却是看着湛澈的，“都是大展宏图的年轻人，前途不可限量嘛，我哪会区别对待？”

这话说的，哪儿跟哪儿，好像没什么可比性。

“叔叔……可不是随便叫的。熟有熟的叫法，远有远的称呼。我还是尊称您一声‘水总’比较好。”小少冲如意使了个颜色，“如意，你先走。”

如意很配合地从他手中接过大圣的推车，两人配合默契。

湛澈仍靠在我身上，但比刚才，好过一些，似乎，不那么重了。

“啊，那个，”我大呼小叫，“已经十一点了，早点回去吧。洪喜，有时间来家里……”

余光瞥到湛澈快要冒火的眼睛，我生生把后半句吞了进去。

洪喜看出我的意思，点点头：“水叔叔，我们进去吧，梅花包间，前面走到头左拐就是。”

我们也走，但在湛澈和洪喜擦肩而过时，小少抬高声音，似乎是讲给所有人，又似乎是专门讲给洪喜听的，“与人做生意，最可怕知人知面不知心。最好擦亮眼，你不知道，有些人哪，道貌岸然的外表下，藏着一颗阴险狡诈、恶贯满盈的心。”

今天的小少，似乎吃了枪药。

他的声音过高，以至于我妈从熟睡中迷迷糊糊醒来，摩挲着双眼，打量了会迎面走来的洪喜和水横流，没头没脑来了一句：“老红。老红。”

如意蹲下来，“妈，什么老红？”她的目光瞥到店内挂的喜气洋洋的红灯笼，“你是说灯笼吗？”

水横流的身体陡然一僵。洪喜也停下脚步，脸上的青筋毕现，似乎忍无可忍：“小少，你说清楚，谁道貌岸然，谁阴险狡诈，谁又恶贯满盈？”

湛澈终于开口道：“小少，少说几句。”

他说这话时，原本攥紧我右手的手指不知何时已松开，重新握成拳头，压抑且强烈的自控自他倚靠我的身体传来，疑窦丛生。

“哈哈哈，如果不是你的指示，不是你调教得好，”水横流仍笑着，“他哪里敢用这种语气和我讲话？”

“你……”被湛澈瞪了一眼，几乎要冲上去动手的小少不情不愿地退回，气哼哼往前走。

我忍不住回头，刚好瞥见水总的背影，大步流星的他一个趔趄，旁边的洪喜赶紧扶住他。两人走到路的劲头，向左拐弯时，我妈又没头没脑说：“老红，老红。”

4 ///

托湛澈的福，店里的顾客和营业额越来越好，每天都有粉丝们来店里吃饭。天南海北，哪儿的都有。

我反正不出来，只管躲在后厨或者卧室，末了从后门离开，赚得盆满钵满，自是十分开心。

恋情被媒体报道后，他发了条微博，仍是一张大象的照片，与之前捉弄我的不同，这次贴了首歌，陈小春的《爱情是一头大象》：

什么事情真是让你搞搞 搞都搞不清

睁着眼睛 来！来！大家看！还是看不透

爱情的形状 到头来究竟是什么

瞎子面对大象 你自己伸手摸

我们谈的爱情应该算是哪一种
睁着大大的眼睛 其实都闭着
小心！小心！小心！小心！伸出你的手
也许这你一辈子 连碰都没碰过
……
哦！你让我牵你的手 我的肩膀靠着你的头
我问你的话 你没说 YES 也没说 NO
我吻你的脸 你也没闪躲
从此以后过着快乐幸福的生活
……

这下更坐实了我身为女朋友的身份，媒体报道称“Noah 承认恋情，大象姐餐厅生意火爆”……又因这歌词，媒体的电话打到店里来，问他有没有跟我求婚。

求婚，真是够了，这位记者同学，该不是您自己恨嫁吧。

每天忙到十点多着实有点吃不消，我和阿盘将营业时间改至晚上九点，过了九点便不再迎新客。

湛澈在后面我私人用的小餐厅吃着阿盘留给他的地瓜饭，嘴上却不饶人：“少解释，我懂的，就是为了早点，和我约会嘛。”

当然也有这方面的因素，我这么大年纪，好不容易谈个恋爱，自然要照顾的。

佯装生气说了他一顿，吃完刚好有人打他电话，便收了碗筷去厨房洗碗。出来时餐厅空无一人，隐约听到洗手间有声响，蹑手蹑脚地凑过去，想打开门吓他一跳。

刚走到门口，听到他刻意压低的说话声，不自觉停下脚步。

“……什么？她同意了？干得好。”

不知道对方说了什么，他回：“好。按计划办。洪一响，整容前照片，我会尽快弄到，发你们确认。弄清楚前，切记，勿打草惊蛇。”

洪一响？

整容？

他要确认什么？

“很好，等你们，胜利的消息。”

——洪一响？如果我没听错，说的，是洪喜的爸？

洪喜爷爷没读过书，不识字，洪喜爸出生时，他在家门口放炮庆祝，二踢脚响了一声后掉下来，差一声，成了哑炮，干脆给洪喜爸起名“洪一响”。

因这名字，洪喜上学时没少被同学嘲笑。尤其是每学期期末考试成绩通知单需要家长签字的那几天，路过洪喜班时，隔着老远便看到一堆男生追着他喊：“一响，两响，三响……”

那时的男孩喜欢拿同学父母的名字取乐，恶作剧地篡改……当事人气得上蹿下跳，他们却玩得不亦乐乎。

洪一响……

这么说，洪喜的爸，整过容？

为什么？

难道是他找到了洪一响？

为什么他会对洪喜的爸感兴趣？

后脑勺的神经，一跳一跳的，又开始疼。

门锁转动的声音，他要出来了。

我赶紧飞奔到旁边的火车车厢内坐下，镇定自若地倒茶喝。

他没发现什么异常：“如心，节目组临时要我回去，下次再来看你。”

我忍不住叫他：“湛澈！”

“嗯？怎么？”经过收银台时，他不忘带走两颗大白兔奶糖。

想问他那个电话是怎么回事，想问他为什么那天小少嘲讽水横流，想问他为什么见到水横流就失去理智……话到嘴边，却难以启口。

人类真是复杂的动物，明明是肌肤相亲、恨不得天天黏在一起的亲密恋人，说话时却要反复斟酌，生怕说错一个字，便成了枚彻底毁灭二人关系的炸弹，摧枯拉朽。

“……你还有什么跟我说的吗？”

他不明所以地看着我。

我退缩了：“好吧，没什么，路上，路上注意安全。”

我不舍地挥挥手，勉强微笑着，只有自己知道，心中有什么东西，在慢慢往下沉。

洪一响，为什么他会对洪喜的爸感兴趣？

如果洪叔叔真的还健在，为什么洪家却完全不知情？

还是我听错？

也许他说的别的什么内容？

如果他想同我说，根本不需要我旁敲侧击地问，会直接讲吧。

如果他不想告诉我，那么，我问的话，尴尬的是他，还是我？

我要不要偷偷跟在他后面打辆出租车，玩跟踪游戏，看他葫芦里到底卖的什么药。电视剧里经常这样演，主人公一身正气坐进出租车，霸气地对司机说：“师傅，跟上前面的车！”

然后一路小心疾行，不能跟丢，也不能被对方发现，那叫一个刺激。等到了目的地，追着上了电梯，竟然发现……

超带感的！像拍侦探片。

一阵急促的敲门声打断了我的想象，有个戴着鸭舌帽的男人敲着门，从他不耐烦的表情看，似乎敲了一会儿。

见我看他，奋力地挥挥手，声音高了八度，“哎，开门哪。”

“是……你？”隔着店门，我回：“你要找的人，不在这儿。不如打电话……”

他摘下鸭舌帽：“你怎么知道我要找的人不在，不是远在天边，近在眼前吗？”

找我？

他点点头："丫头，开门。聊会儿天。"

又是这种完全不允许别人质疑的语气，像机关老领导吩咐刚来的大学实习生，不知不觉中我被感染，被下了蛊似的打开门，请他进来。

"唔，"围着店里走了一圈，他频频点头，"不错。有点味道。"

我打趣道："人人叫您'慈善家'，您找我，该不是来砸钱的吧？"

"哈，我真要拿钱砸你，你肯要吗？"他在我对面坐下，"来壶茶。"

得嘞。我打着瞌睡给他泡了杯普洱："有什么不敢要的，您要真给，我当然真要。我跟钱又没仇。"

他不找湛澈或洪喜，而是找我？倒要看他葫芦里卖的什么药。

我问："水总，洪喜呢，怎么没一起来？听说你们的项目进展顺利。"

听到洪喜的名字，他眉毛一挑："你对他，也不是不关心。"

我心说，哼，那是，我们什么关系。再说，关心不关心的，也用不着你管。

"既然关心，"他察觉到我不情不愿的样子，继续问，"为什么会选Noah？"

——我跟你的关系，已经熟到了可以问我为什么选择谁做男朋友的程度吗？

"水总，"我笑眯眯地，"瞧您这话说的，要是关心一下，就得选择他做男朋友，多少个我也不够分啊。"

"这话没错。"他也笑，食指在下嘴唇处左右蹭来蹭去，心不在焉，"年轻人谈恋爱，都是意气用事。总是等到那个真心待她好的人离开后，才追悔莫及。我啊，"他戳戳我的头，"最见不得这样的悲剧了。"

他在说谁？洪喜？

脑海里的我已经抓着他的领子咆哮，老头，你瞎咧咧什么呢！有话就说，就屁快放！老娘没空跟你玩哑谜！

"每个人立场不同嘛，"现实当中的我继续保持好脾气，"同样的故事，有人觉得是悲剧，可有人认为是喜剧。我爸常跟我说，人呢，最重要的是管好自己的嘴，守住自己的心。旁人的事旁人自会解决，莫多嘴多心地乱掺和，末了讨得一身嫌。”

“哈哈哈哈哈哈……”原以为他会气得够呛，没想到老头见怪不怪，十分豪放，“这嘴真是了得，跟小时候一个样。难怪洪喜喜欢你。我都不是对手。”

真是为了洪喜而来？想来他不知情。

水横流往后一靠，一副极为放松、同我一点都不见外的样子，但仍是长者的口吻：“濮全有那把老骨头怎么样？还天天抓着人跟他玩乒乓吗？”

全身起了一层密密麻麻的鸡皮疙瘩，我犹豫几秒，问：“您……认识我爸？”

“哦，”他脸上因失言而懊悔不迭的神色一闪而过，不自然地打了个哈哈，“嗨，我哪儿认识他，还不是洪喜那小子天天讲，我耳朵都磨出茧了。”

“哦，这样啊。那，”将他杯中的茶水填满，我慢吞吞问道，“您刚才说，我的嘴很了得，跟小时候一个样。我小时候什么样？”

与人四目相对，我从不先避开目光。

迎着他的目光我甚至还挑衅地扬了扬下巴。

“照片，”僵持了几秒钟，他别过脸，“前几天洪喜拿他的相册给我看，有三分之二都是你们在一起的照片。小丫头片子。”他笑得很大声，多少有点刻意：“怎么这么问？”

盯着他似曾相识却又格外陌生的脸，一个大胆的念头把我自己吓了一跳……难道，难道……

那疑问如鲠在喉，上不去，下不来。

像不经意间端着倒满水的杯子，不用说跨步，哪怕没站稳都会外溢。又舍不得倒出少许，贪心地想着也许自己小心一些，再小心一些，便能滴水不漏地顺利到达目的地。

我不敢轻举妄动。因此寸步难行。

他喝光了杯子里的茶，沉吟半晌：“如心哪，犹豫了很久，有句话可能你不爱听，但Noah并不适合你。你多留个心眼。”

我没吭声。这话来得太唐突，我一时不知道如何应对，索性沉默。

“嗐，你生气了，是吧？都怪我这张嘴，叔叔在这里跟你道个歉，你跟Noah正热恋，情人眼里出西施，换作别人，也听不得任何人说自己恋人的不是。”

这话说得在理，多少他也是长辈，我不能太不给他面子，便稍微放松了语气：“无事不登三宝殿，您怎么有空来我这里？”

他没回答我，反问我：“你是不是觉得我和Noah之间怪怪的？”

原来是为了这个。

我不动声色：“是吗？”

“哈，”他笑，“还挺沉得住气。他怎么跟你说我？”

“您怎么不直接问他？”

“他没说？”老狐狸的眼前一亮，迅速捕捉到我眼神中的迟疑，“有什么大不了的，还瞒着你。”

他倒挺会挑拨离间。

“那您倒是说说看，为什么？”

我这么问，他越发相信湛澈并未对我和盘托出，“嘿嘿”笑了两声，身体往前倾着，挨我近了些，说道：“这孩子确实有些自闭和偏执。但谁让我错在先呢？”

这么坦诚？我露出一个淡淡的笑容，鼓励他继续说下去，不论什么原因，既然有一个版本送上来，不妨听听看。

“说来，都怨我。”说出这句话，他似放下了所有的防备和武装，连脸上的老年斑、每一个毛孔都写满了懊悔。

“十几年前在洛杉矶，我曾出过车祸，撞了个人。当时有点慌，加上车中三岁女儿的号啕大哭，慌乱之下，选择了逃逸。是，很无耻，可也活该遭报应，开上高速公路不到二十分钟，便把刹车当油门，造成了一起连环车祸，引起大火和爆炸。直接导致我车上的三岁女儿……我本人也伤得很重，做了几次手术才……”

因为湛澈的关系，我对他多少有些提防，可这故事上来便这么惨烈，再铁石心肠的人也会为之动容，“这……呃……”

“女儿夭折，我妻子受了很大的刺激，对我有些误解，感情破裂的同时，生意也几乎破产，过了好几年奔波流离的日子。”

“这样啊，呃，那个……您……”

他喝光杯中的茶，神情憔悴。

“嗐，很多年了，跟你聊天，扯了这么多。我是做节目后，才下了决心，想找到当年被我撞过的人赎罪……但过去那么久，想找到谈何容易，虽然请了很多专业的事务所寻找，总算在昨天查清楚。”他脸上浮现出的愧疚神色并不是装出来的。

“难道，那个人……”

“是，Noah。”

“哪一年？”

他说出一个年份，我大致算了下，应该是湛澈刚被接到美国不到四个月。

所以，之前……是我多心了吗？

“听说当年除了一些皮外伤，他脑部受伤比较严重，昏迷几个月，一度丧失了语言表达能力。过了几年才慢慢恢复，包括现在，也在继续辅助治疗。”

如意不是说……是因为少年时代的暴力事件才……

他像猜到我的心思：“你想说，他曾接受采访，说遭遇暴力事件？这个报道我也看过。不过是个托词罢了。”

“托词？”

“我找他时，他何尝没有找我？应该是报复我的心太过迫切，想找个合适的时机，揭发我的真面目吧。”他故意轻描淡写地说，“比如在节目中揭发，彻底搞垮我什么的。要知道，我们在节目里第一次见面，便察觉到他强烈的恨意，甚至完全不掩饰对我的种种厌恶。要不是昨天知道他就是被我撞的那个人……我还一直百思不得其解。”

“所以，他之所以处处针对您，是因为早就知道当年的肇事者是您？”

“应该先有点怀疑，后来才确认。当年我受伤比较严重，做过几次整容……”

我重新倒了杯茶给他：“那您找我的意思是？让我帮忙从中调和？您完全可以试着自己跟他沟通，也许说不定就此达成和解。”

他笑得很勉强，咳嗽一声：“如果每次他见到我，不是一副分外眼红的样子，我确实想试试。”

节目中湛澈和水横流交流时的镜头一闪而过。

那天吃饭时他的种种失态……

如果水横流说的是真的，那么也还说得通。

但为什么他会对我隐瞒这一段经历？

我感喟，先是在国内失去双亲，遭遇一系列暴力事件后几欲自杀时，终于被姨妈接走，偏又遭遇车祸，肇事者逃逸，脑损伤表达能力严重丧失……他到底吃了多少苦？

“可能把问题想得多了些，如心。”他叹口气，“我总觉得，他对我的恨意，比我想象的，要多得多。目前也不知道，为了报复我，他会做些什么，以及愿意为此付出什么代价。你知道的，他的性格那么偏执，尤其我听说，他原本早就拒绝了节目组的，哪知道看了视频后，编导说，尤其看到我在时，他眼前一亮，居然同意了。编导还以为我俩是好友……很抱歉，我也无意得罪你，我甚至想，如果不是因为洪喜喜欢你，就凭你的姿色，Noah 凭什么选择你？他不仅要报复我，也要报复洪喜吧。”

——这还叫“无意得罪”。

他要是有意得罪，要说什么话？

我又一向护短，刚才那段话，把我侮辱得够够的，我忍不住，“叫您一声水总，”我直接打开门下逐客令，“是因为您的年龄摆在这儿，并不缘于您所谓‘慈善家’身份，或者自身的威望。千万别认为他人给您脸了，就真的可以不要脸。利用？报复？还无意得罪我？您把人撞伤逃逸，还说人家性格偏执？您不偏执吗？您哪里不偏执？我建议您去精神病院瞧瞧，或者改行去拍个侦探片什么的。不然，太大材小用了。”

他瞪大眼睛，气得脸煞白：“咱好好说话呢，怎么突然就急了？”

“再不走，我可报警了。”

我哪肯再给他说话的机会，瞪着他。

“我……”

“是要洪喜来，还是打 110，您选？”

他一听洪喜的名字，有点慌张，终于不废话，嘘出一口气，走到店外，“等你想明白……”

我摔上门。

回到卧室床上躺了好一会儿，仍控制不住地颤抖。

给湛澈打电话，始终占线。

躺在床上气哼哼的，满脑子都是老头的话。

——Noah 凭什么选择你？

影视剧中，女主听别人说男主出轨，或有了什么别的误会，或亲眼撞见男主与他人有亲密动作疑似出轨时，总是不由分说地疯狂往外跑，男主一边追，一边嚷嚷：“你听我解释啊。”

女主一定会非常配合地摇头狂奔：“我不听我不听我不听……”

神经病啊。

我才不要那样。

当初说爱我的，是他，而非旁人代表、转述。

与我谈恋爱的，也不过只是他一个人。

不论发生什么事情，我当然是要他当面解释。

而我，选择相信自己的感觉，选择相信他。

所有的疑虑所有的谜团，终有一天，我等他，主动与我说清楚。

若他不愿讲，那便尊重他。

爱是他说，也是他不说。

他说，如心，你是世上光。

你对我来说，是世上光。

为了这一句，前面是万丈悬崖跌得粉身碎骨又如何？

他照亮我更多。

因惦着湛澈那通电话，晚上纠结了好一会儿才给洪喜发微信。

我：小喜喜，睡没？

洪喜：领导有啥指示？

我：跟水总合作还算顺利吗？

洪喜：超顺利啊。说他是我的人生事业导师一点都不为过。平易近人，有耐心又有真本事。尤其是公司管理和投资，学到好多东西。

我：别的呢？

洪喜：别的，什么别的？

我：没什么。改天一起吃饭。

洪喜：早点睡。有事给我打电话。

我：好。

他果然不知情。

5 ///

如意带着大圣和育儿嫂重新搬回来，家中无比热闹。那东北保姆做饭相当好吃，手脚利落出活快，孩子和我妈兼顾，连我爸都十分满意。

《梦想达人秀》将在周五晚迎来冠军争夺战，不知新诞生的五强选手们会经历怎样一番激烈厮杀，谁最终能得到赞助商提供的千万创业基金？因是现场直播，在收视率不断攀升、带来无可预估的名与利的强刺激下，更有无数的商演、代言……选手自我炒作、粉丝拉票、媒体负面消息报道铺天盖地……开始有高层施压，主办方如临大敌，再度把所有人拉到郊区演播厅，杜绝外界一切联系。

如意一边开着电脑回复淘宝店找她设计形象的客户，一边跟我八卦。

“你听说了吗？张怡整容失败，跑到整形医院闹事，被记者拍了个正着。”

“你是说……”

“没错，就是参加‘真人秀’的那个，”讲起八卦她真是眉飞色舞，“你说你都有了经纪公司，进了全国五强，想整形倒是选个正规的啊，偏偏去了家便宜的小诊所，医生根本没有整形资格证。我给你找下记者拍的照片，妈呀，吓死老娘了。下颌严重变形，整张脸都是浮肿的，两边脸根本不对称……”

她把手机递给我：“喏，你看。”

我多少做了些心理准备，看到整张脸肿大似猪头，看不清五官，小孩子见到会吓得大叫“妖怪”迅速扑到妈妈怀中的骇人照片，仍吓了一大跳。

“我怎么记得小少说，他给她介绍的是艺人常去的整形医院，怎么去了这家黑诊所？”

说曹操曹操到，门铃一响，小少拎着满满的几个大袋子出现在门口，“叔叔好阿姨好。晚上我做饭，你们今天等着吃现成的就行。”

我爸对他是有好感的，小少嘴又甜，他自然看得出小少的心思，却也不说破。经历了潘羿的事情，他学到的事情是对孩子的事情尽量

"闭嘴"。

我把他拖过来:"张怡的事情你听说了?"

"嗨,能没听说吗,我作为经纪人,这几天电话都被打爆了,她算是毁了。有什么辙,她整容上瘾,什么青春定格提拉术、磨下颌骨瘦脸、全身吸脂,开眼角……重新做脸部吸脂,她能有多少钱,把仅有的家底嘚瑟完了,又四处找人借钱,听说亲朋好友都借了个遍,也不跟我商量,跑去黑诊所整容,你想,便宜能有好事吗,轮得到你?现在好,我们老板和周嘉嘉力排众议保她进五强。毁容了,节目也没法参加……"

"……你,"我狐疑地问,"不是你做了什么手脚吧?"

小少还没反应过来,如意不干了:"姐,你怎么说话呢,她整容上瘾,干小少什么事?小少跟她有仇吗,犯得着吗?你怎么不担心姐夫经纪公司少了一个艺人,不知道赔多少钱。"

事情没有这么简单,我暗自思忖着,不清楚小少知道多少,又不能明说,如果真是湛澈对当年"恶意"的报复,他不可能事事自己出面。如果小少不是执行者,那么,会另有其人?

如意打了个哈欠:"姐,你不会想多了吧?觉得张怡欺负过姐夫,所以是姐夫在报复?他智商哪有这么低,真要豁出去,做法律不允许的事情,换作我,直接找人把她做了不得了,还费尽心思搞这个?"

"就是啊,"小少附和着,"我们老板忙着呢,哪有闲心思管他。"

我仍是不相信:"这么说,小少也知道张怡曾经对你们老板做的事?"

"啊,那个,"小少和如意迅速交换了眼神,如意抢过话头,"那个,嗨,姐,你别怪我,我一时没忍住,是我跟他说的。再说,小少不是外人。"

"对啊对啊,"小少鸡啄米似的不断点头,"我跟如意谁跟谁。"

如意吼他:"滚,谁跟你谁跟谁,我是说你对于姐夫来说,不是外人。"

“咳咳咳，我还以为你打算接受我了。”

“滚！谁接受你，你就那么愿意喜当爹啊？”

……

两人嘻嘻哈哈闹着，不知刻意还是无意，我们尽快结束了这个话题。

张怡变成这样，本该大快人心，我却五味杂陈。

我清楚地记得，湛澈曾无比坚定地告诉我，在法律允许的范围内，多大的代价，都不算大。

所以，他是真的，做到了在法律允许的范围内吗？

万一他铤而走险，如果那家黑诊所是湛澈找人介绍给张怡的呢？

如果是他找人换了整容过程中的药剂呢？

似乎，同湛澈在一起，我不知不觉中，成了一个阴谋论者。

隔天，湛澈偷偷溜出来找我，邀请我观看总决赛，说留了 VIP 席位，本不想去，听他说周嘉嘉请了如意，一时改了主意。

“不想看我，也不想看如意？”

我把头伏在手臂上。

听说闲聊时，突然跳跃提问最让人防不胜防，我杀他个猝不及防：“张怡整容失败是你设计的吗？”

他瞬间领会我的意思，承认起来坦坦荡荡，没有一丝愧色：“是。只不过，最后有点偏差……没想那么严重的。”

我好半天不敢吭声。

“我只是夸她，眼睛好看，”他说，“然后让小少，给她介绍了，一家很正规的，整容医院。”

“你这么信任小少？他全部知情吗？”

我十分意外。

“小少是自己人，我对他百分百信任。”

“就这样？”我不相信，怎么可能？

“不然呢？”他一副茫然的样子，“你该不会以为，我收买了整容医生吧？如心同学，法治社会，你也太视，法律为儿戏了……”

“真这么简单？”我仍质疑，既然问了，就直接问清楚，反正同样得罪人，“如你所说，只去正规医院，怎么会……”

“一个人的欲望，远远大过她的能力，自然会有越来越多的痛苦。我只不过，利用了她的本性和弱点，仅此而已。”

仅此而已？

他的表情笃定而诚恳，“君子报仇，取之有道。君子报仇，”他继而垂下眼眸，“十年不晚。”

张怡被迫退出《梦想达人秀》。

一位在十强晋级赛中以三分钟时间差被淘汰出局的，特别擅长捕捉人物美好神态的摄影师温照上位。绝大多数专业摄影师更注重光线和构图，而他从不在意这些，拍的所有人的照片都如自拍照，美美哒。张怡退赛的新闻很快被温照的新闻覆盖，小伙长得帅，自恋时代，自是十分受欢迎。

6 ///

即将迎来决赛之夜。

茶餐厅却接二连三发生怪事。

上午十点刚营业，一个四十多岁的光头男人带了位红发爆炸女吃饭，两人点了猪脚饭和白切鸡，服务生上菜不到两分钟，女人尖叫着说“有蟑螂”，杀猪似的叫喊声在整个餐厅回荡。

我当时正在后厨帮忙，听到声音出去时，阿盘已经站在餐桌旁跟客人了解情况。餐桌上两个盖饭套餐中，爬了至少有十几只肥硕的蟑螂，沿着盘子极为恶心地爬过汤汁，四散逃窜。

光头男人歪着嘴，单脚踩在板凳上，超乎想象的破锣嗓子震得地板都在抖：“你们到底是开店，还是谋杀啊！叫你们老板出来！”

红发爆炸女早就拿着手机在一旁拍照："我们可都拍下来了，就算蟑螂跑了，也别想赖。"

她还冲着边上的客人吼："都吃什么吃，瞧见没，多少蟑螂？就这破店，还是大明星Noah的女朋友开的？我看是你们两口子，一个在明一个在暗，联合起来开黑店坑人，专门赚昧良心钱吧？"

连湛澈都牵扯上了。

阿盘双手背后毫不退让，站得笔直，沉声道："我们餐厅一天两次消毒，从来没有过蟑螂。而且就算有，一下子这么多直接在餐盘上爬，我们厨师和服务生又不瞎，会看也不看直接端来给顾客吃？"

光头男直接揪住阿盘的衣领："你什么意思？"

阿盘一边挣脱，一边冷笑道："什么意思听不出来吗？想吃霸王餐可以，直接说，姑奶奶赏你一碗吃的。用这种下三烂的手段骗吃骗喝，谁不要脸谁知道。"

我赶过去想赔笑脸时已经打成一片。没想到阿盘一个姑娘家，居然敢和客人直接动手，伤了自己不说，万一被客人讹上，吃不了兜着走。更何况，开店做生意最怕有人闹事，跑得了和尚跑不了庙，吃亏的还不是店家。

没有人眼睁睁看着阿盘被欺负，我们店一向团结，厨师、服务员一起上，直接把那对狗男女摁在地上，直接损失是跑了一半没付账的客人，店里几张桌子被砸坏。

两人一口咬定蟑螂来自我们餐厅，死不承认吃霸王餐。谁也没预料到，隔壁桌坐的四五个身高马大的男人不知何时放下碗筷，像是提前接应好了似的突然袭击，我们完全没防备，那对男女趁乱逃走。

警察来时调了店内的监控，我们又去做了笔录，他们只说会尽快调查。

直到一点半才将餐厅打扫干净，刚松口气，两点半又莫名其妙进来二十几个穿黑西装的男人。一人占一桌，一人点了一瓶啤酒，慢悠悠地喝，一直坐到晚上打烊。其他客人进店看到这阵势，哪敢进来。阿盘气得报警，说这不是黑社会吗，以前在台湾时就听说有店家为了拖垮竞争对手，雇上几十个民工这么做，最后逼得人家倒闭。

“必须报警！我就不信这个邪！”

可人民警察出警后，说人家一没闹事，二没吃霸王餐，没犯法也不好干预。他们例行公事地问了对方几个问题，无果。朋友私下里劝我，是不是得罪了什么人，赶紧找对方主动协调解决。

得罪人？

我们会得罪谁？

阿盘说，恐怕，不是冲你来的，是冲……湛澈来的。

冲他吗？

7 ///

大户的爸爸孟光明被双规的消息，我是从电视里看到的。

当时小少坐在沙发上，两眼盯着电视兴冲冲地说：“如意如意，快点，一会儿就播了。要不是我们给赵女士支着儿，发到微博反响那么好……”

我把手提袋放在沙发上：“哪个赵女士？什么要播出了？”

他吓一跳：“如心姐，今天怎么回来这么早？”

“少打岔，回答我的问题。”

小少偷偷地往如意的卧室扫了一眼，似乎在等如意出来解围。我哪肯放过他，掐着脖子，把他老老实实摁在那里：“说。”

“额……我们老板说，你知道得越少越好。如心姐，我不说，是为你好。”

“还想不想让我在我全家前面说好话，”能动手就尽量不要讲道理，我照着后脑勺扇了一巴掌，“想不想追到如意，嗯？少耍滑头，再废话，你可别后悔。”

“好啦好啦，反正你也不是外人。”他笑嘻嘻的，“孟凡亮你是知道的对吧？他爹孟光明，我一看照片，就知道不是什么好官。我陪如意产检，认识了孟光明的情妇赵女士，孟光明还敢带她住高档酒店，更打着考察的名义几乎走遍全球，贪污的公款少说也几个亿。我稍微使了点手段，赢得了她的信任，又在她和孟光明吵架时添油加醋，引诱她在网上发表了《曝光孟光明》的帖子，还发了大量有关孟光明和她一起的视频和裸照。”

我听得目瞪口呆：“小少，就你这才华，仅当个经纪人，屈才了吧。”

他得意极了：“才看出来啊。何止啊，还有他儿子……别说了，电视马上播。”

本台讯，我市副市长孟光明因涉及官员贪污公款、徇私枉法等违纪违法行为，已被双规，正在接受组织调查。

镜头一闪而过，接着是市委书记考察某开发区的房产开发项目。

小少十分遗憾：“这么一句，就完了？他儿子孟凡亮高考找人顶包，调了别人的身份证、户籍信息，去省重点大学，顺利毕业取得毕业证、学位证……还有贪污的那么多公款，一句也不说？微博里赵女士都贴出来了。”

我诧异极了。

如意从房间出来：“咦，姐，你也在？”

两人迅速交换了下眼色。

“小少，”我决定突袭，“你们湛老师，咋那么信任你呢？报复孟凡亮的事情可以这么放心地安排你去做？”

“我这不是为民除害嘛。”这回答，滴水不漏。

如意撩了撩刘海儿：“姐，没什么瞒你的，小少小时候被混混们要钱，打得鬼哭狼嚎的，Noah 帮过他。两人这么多年一直有联系。小少自告奋勇给他当助理，这么多年的交情，两人早就超越了老板和助理的关系，做任何事都不见外。而且，我也明着告诉你，报复孟凡亮和张怡、李蕊的事情，我也插手了。”

原来如此。

说到这里，这两人不约而同地伸出手，双手紧握，充满感情地说：“为了正义！”

……呃。

我瞠目结舌，这两人，在这方面倒是配合得天衣无缝。

小少得寸进尺：“为了正义，就让我顺手收复了你这个妖女，从此人间多了一对狗男女。”

“滚，”如意骂，“心理年龄十几岁似的，跟你说多少次了，不要老在我家没完没了地说。我都有一个儿子了，吃饱了撑的，还想再要一个？”

“儿子？搞没搞错，你儿子会出去自己买纸尿裤和奶粉吗？你儿子会在你心烦的时候帮你捶背揉肩吗？你儿子能帮你不断介绍各种客源？不带这么欺负人的，”小少急了，“你一边用着我，一边踩着我，真当我是小孩？”

如意看着电视：“你什么时候不闲着没事跟人掐架了，再跟我说话。你干的那些事，是大人干的吗？”

小少站直，双手叉腰，我以为他要放狠话，正幸灾乐祸，忽听他说道：“你真的觉得我像你儿子？想清楚了，我给你五分钟，再回答我。”

“不用五分钟，我现在就回答你。像。”

“你！”小少气结，他看看我，突然笑了，继而冲着如意大喊一声，“妈！”

我：“……”

如意也跳起来：“你再叫一遍试试看。”

小少：“妈！”

非常罕见的男女混合双打上演，我几次被误伤。惊得我爸从大圣睡觉的房间出来：“别闹了别闹了。”

两人这才罢手。

“你们什么时候关心起政治了？”我问如意，“最近你的店怎么样，不忙？”

如意斜斜地看我一眼：“早步入正轨了，姐，不知道有多火。我还招了两个助理，你就甭操心我了。”

“听说你给周嘉嘉设计总决赛的形象？”

“消息还挺灵通。”她很得意，“保证惊艳。”

当时的我并未想到此事会和洪喜有什么关联。

直到隔天一大早接到“禽兽哥”电话。

他很少给我打电话，我正奇怪，他说：“如心姐，喜哥有没有联系你？”

“没有啊，好久我都……”

他打断我，沉声道：“如心姐，大户自杀了，洪喜哥买下的健身会所本来已经全面动工重新装修，可因为当初是找大户他爹疏通的关系，现在一切暂停。我们谁都找不到他……”

啊，我居然忘记了洪喜。

我只知道他在近郊农场开始实施第一个计划，一家家去谈判，晓之以理，动之以情，邀请大家加入他们的“有机蔬果”市场，由他提供技术支持，采用全现代化、机械化、专业化的立体种植技术，给农民一定补贴以保证全有机质量。

还启动了计算机管理流程，通过电脑来寻找最佳生产方式、经营模式，并通过信息收集和分析，来解决每天生产中出现的各种问题。

之前还担心他走暴发户路线，租上几千亩的地找人种植，届时将会产生大量人工费、种植费……我还曾觉得多虑。

从他说我的下巴因他而起，我们便再没见过面。

他多半拣在我和如意不在家的时间来看我妈。

我爸说，他来了就捏肩捶腿，陪我妈聊天。

他絮絮叨叨回忆在我家住的日子。

他还买了大量的儿童绘本读给我妈听，国内外的精致绘本都有，以图为主，文字较少，更适合两岁到五岁左右的小朋友。我爸说，我妈像个天真的孩子般好奇地打量着他，有时不说话也不看谁，她有自己的世界。

她偶尔会摸着洪喜的头，喜滋滋的，满足且得意。

真是愧对洪喜。

我怎么没想到呢？

他和大户的关系一向那么好。

不懂浪漫的男朋友

第十章

男人示弱时，
简直吹动了让女人冲锋上阵去好好爱他的号角。

去吧，蠢女人。
那个人心底最柔软处的大门已经敞开。
去疼他吧，
爱他吧，
好好待他吧。
带上你如火的满腔热情，
踢飞内心预设的千万个害怕，
坚定不移地全速前进吧。

1 ///

阿盘说，在不知道与什么人结仇之前，暂时不要在店里睡，万一有什么危险划不来。

我也有点后怕，于是坐她的顺风车回家。

推门便吓一跳。

如意和湛澈两人一前一后盘腿而坐，湛澈穿着之前我去日本时买给我爸的和服睡衣（我爸觉得怪里怪气的，试都不试一下便束之高阁），双腿叠加，两手放在膝盖前，手心朝上。坐在他身后的如意一袭白色汉袍，双掌紧贴他的后背，眼睛微闭，屏住心神似在运气……

而我妈和我爸坐在沙发的正中央，正歪头看。

我怀疑我走错门了。

武侠小说里常有这样的桥段，有人集中精神练什么神功或是高手运气对决，千万不能发出任何声音，否则会打扰到对方，导致高手元气大伤、走火入魔。

我当即入戏，大气也不敢出一口。

如意突然双掌收回继而猛地用力前推，直击在湛澈后背上。

湛澈上半身在外力的作用下前倾，"噗"的一声自口中喷出大量"鲜血"，继而脖子一歪，身体右倾缓缓倒下。

如意声嘶力竭半跪高呼："乔帮主，乔帮主！"

我妈突然说："哦，《天龙八部》！"

如意跳起来与我妈拍手庆祝："回答正确，加十分，耶！"

我爸愣了片刻，嘴唇哆嗦着连说了几个"嗐，嗐"，红着眼圈难为情地躲进厨房里抹泪。

湛澈这才慢悠悠从茶几上夹了几张抽纸，擦干身上的"血"，冲我眨眼："回来了？"

我伸手在他没擦净的鲜红色的手臂上抹了一抹，果然是番茄酱。

“呃，”我问，“所以今天你们这是……唱的哪一出？”

“那个，我……主要是……”

他冲如意使了个眼色。

如意会意地“啊”了一声，“嗨，姐，是这么回事。我发现咱妈对电视剧挺敏感的，咱们小时候不是老自编自演电视剧吗？就想着给咱妈多演几段，说不定对恢复她的记忆力有帮助。没想到她看一个，说一个，我们自己把情节演得乱七八糟的，她呢，一猜一个准。”

“真的假的？”我边说边溜去厨房找吃的，翻来翻去只找到盘油炸花生米。总比什么都没有强，于是我端到外面一颗一颗往嘴里扔着吃，我接着问：“是吗，都猜出什么？”

“《哪吒闹海》《封神榜》《还珠格格》《包青天》……咱妈可神了，《包青天》我刚唱第一句主题曲，她老人家就说出剧名了。你看她谁都不认识，心里且明白着呢，天天看那么多电视剧，没白看。”

嗬！真是长本事了。

我走到老太太身边：“妈，张嘴。”

她笑呵呵地看着我，问：“你谁家的？”

“你家的，”我充满柔情地与她对视，像看自己的小女儿，我说，“我是如心啊。”

我边说边往她嘴里扔了两颗花生米，她高兴地嚼着，眼珠一眨不眨地盯着我看，满足且好奇：“要钱不？”

自己的丈夫是谁不知道，女儿也记不得，她倒知道吃别人东西得花钱，不能免费。大家都笑。

我装作十分为难的样子：“别人吃，怎么着也得一百块钱。可你，长这么好看，不要钱。”

她眉毛上扬，先是吃惊得难以置信，接着害羞地红了脸，像个贪糖的孩子渴望得到糖，又羞于向别人开口讨要。

回头瞥见湛澈微笑的脸，酸溜溜的。

因为洪喜的爸爸离开，我们很多年没玩这游戏。

不知如意是怎么说动他一起疯的。

我心里毛毛的，童心大起，也想玩一把。

看来，“男朋友趣味说明书”我研究得还不是太透彻，回头必须继续深度挖掘。

我斜睨了如意一眼。

不愧是从小长大的姐妹，在所有人都没察觉到我的醋意时，她这个鬼灵精把姿态放得很低，点头哈腰地蹭到我身边：“姐，你别多想，我主要是想着对恢复咱妈的记忆力有帮助，就拉着姐夫多了练了会儿……”

“……闭嘴，”我压低声音瞪着她，“能换个称呼吗？”

湛澈忙不迭地摆手，十分淡定：“没事，我不介意。”

如意蹬鼻子上脸：“你看，姐夫都不反对，就你事多。”

“滚！”

我爸手扶额头，假装没看见的样子。我拖了湛澈到我房间，关上门，我问：“这么晚，来了怎么也不告诉我一声？又偷跑出来的？”

他点点头，“估计你差不多也该回来了。”

从迈进我房间那一刻起，他的手像绑了弹簧，刚挨着写字桌和书架，觉得不合适又弹回去，伸出又缩。反复几次后，我帮他解脱：“得，处女座同学，觉得房间乱是吧？我懂你的纠结。看不下去直接上手，我就喜欢解救那些陷于水深火热之中不知道自己该不该做某件事的人。”

“好嘞。等的就是这句话。”他心领神会地撸撸袖子，比我更像房间的主人，梳妆台、写字桌、懒人沙发、多功能晾衣架……老实说，他没进军家政保洁界真是该行业的一大损失，绝对小时工收纳的好手，手脚麻利出货快，心细干净还保质，拿着块抹布出出入入十几趟洗手间清洗，连门框上的灰尘都抹得一干二净。

上次见到有人抹门框上的灰尘，还是读中学时值日生打扫完卫生，年级检查组的老师们便会径直走到前门旁，伸手一抹。

——手指变黑，扣分。

现在抹门框的是他，手指白白净净，心满意足。

房间经过他的一番收纳整理，外观的视觉上，像是多出了一半的空间。

我在内心给他点了千万个赞。他似乎还不满足，把手伸向衣橱。

“不要！”

可是晚了，衣橱的把手已经被他拉开，我费了好大力气才塞进去的外套、羽绒服、连衣裙、保暖裤、内衣……如泄洪般以无可抵挡的速度掉出来，乱七八糟堆满整个地板。

他受了不小的惊吓。

一分钟后，他开始狂笑，我假装吃橘子，完了完了，形象算是彻底毁了。

见我真要恼了，他干脆盘腿坐在地上，得意扬扬又带着几分孩子气，问：“我帮你归纳？”

我哼了一声，倒是有点开心。

每个人有点爱好不容易。没有条件创造条件也要让人家充分发挥。

这就是爱啊。

这就是爱啊。

这就是爱啊。

我暗暗决定，以后每天都要拉着他在家里遛上一圈。

“我本来在门外等，”他解释，“结果你爸打球回来看见我，直接拉我进来……然后如意说……对你妈恢复比较有帮助，所以就……”

刚才那场景没拍下来真遗憾。

我想笑，又觉得破坏气氛，更怕说出感谢的话，情绪上去，自己忍不住会哭，只好笨拙地说：“你可以拒绝如意啊。她从小到大被我爸妈惯着，做事没大没小跟谁都没个界限，你不用什么事都依着她。”

——拿我的男神演家庭情景剧？太暴殄天物了好吗！

这跟我学生时代披星戴月辛苦考了全校前三名赢了一个漂亮的笔记本，却我妈用来烧着点炉子有什么区别？

“没有啊，我还蛮……喜欢做的。”他说。

“啊？喜……欢？那你要答应我，”我跟他撒娇，“改天跟我也演一出。你不知道，以前我跟洪……”

他瞥我一眼。

我吐吐舌头，生生把那个“喜”字咽回去。

“哼。表现好，陪你演一天。表现不好，我就……”他转转眼珠，说，“那我就跟如意演一天，让你干巴巴地看。”

他看出我的醋意。

过了一会儿，他说：“其实我说喜欢，是因为如果我妈还活着，我这样做，一定能逗笑她吧。”

男人示弱时，简直吹动了让女人冲锋上阵去好好爱他的号角。

去吧，蠢女人。

那个人心底最柔软处的大门已经敞开。

去疼他吧，爱他吧，好好待他吧。

带上你如火的满腔热情，踢飞内心预设的千万个害怕，坚定不移地全速前进吧。

我上前抱住他，脸埋在他的颈窝，淡淡洗发水味入鼻，只想贪婪地抱一会儿，再抱一会儿。

原来，当深爱着的男人毫无保留地露出已经痊愈的伤口，对于并不相熟的人来说，并不会在他们心中引起多大波澜；可之于深爱着他的你来说，不论他提出什么要求，都无法拒绝。因为只有你，会一直想着，看似愈合的伤口下，那个人曾经有多疼。

非常不合时宜地，敲门声在此刻响起，接着是我爸没有任何刻意掩饰的大声咳嗽。

"如心，不早了，赶紧让湛澈回去，太晚了影响他休息。"

这借口好高级。

肥皂剧里明明都是家长怕家里的老处女嫁不出去，担心生米无法煮成熟饭，通常会在门外面挂把锁，把那对狗男女，不不不，把亲生女儿和未来女婿关在里面。然后任凭女儿在里面鬼哭狼嚎闹着要出去，也内心似铁绝不心软。

果然电视剧里都是骗人的。

我俩愣了几秒，笑得停不下来，还真没想好怎么反驳。要是我妈没生病，脑子还清醒的话，应该是从外面把门锁上直接"生米煮成熟饭"才对。我爸的道行，比我妈果然差很多。

送他到小区门口，我问："有什么事情想和我说吗？"

"茶餐厅还好吗？"

我想起客人捣乱恶心的蟑螂满桌子爬，喉咙里一阵恶心，差点吐出来。

他扶住我："怎么了，哪里不舒服？"

还是不说了吧。

他的事情更重要一些，说了，又有什么帮助，不过是多了一份担心。

我强挤出一丝笑："没什么，挺好的。可能是我晚上吃多了。"

"注意多休息……"他飞快地从钱包中掏出一张照片在我眼前晃晃，"这是我刚才，卖力表演，得到的奖励。"

是一张我九岁生日时的照片。

难看的蘑菇头来自我妈的手艺，碎花小连衣裙是喜欢缝纫的奶奶的作品。相片中的我光脚站在院子里，无比恶俗地将头歪在开满了虽小却繁密的金灿灿桂花树旁，一副"待到山花烂漫时，她在丛中笑"的祖国花朵范儿。

我们人生中初见的那一年。

难怪如意能说动他玩那么幼稚的游戏。

那本相册还摊在写字台上，我打开，果然少了一张。

与此同时，还少了一张那年我过生日时，我们一家四口和洪喜一家——洪叔叔、洪姨、洪喜的合照。

奇怪，难道我记错了？

我的相册从来都是贴满，才换下一本。

明明有这么一张的。

湛澈合上相册，也许是我想多了，总觉得他哪里有些不太对。

被我狐疑地盯了一会儿，他笑："在想什么？"

不要这么神经质。

我回过神，看着他如孩童般噘嘴撒娇，心里有什么东西酥酥麻麻在身体里缓缓流动，怂恿着我做点什么，却也只能握着他的手，握紧一些，再紧一些。心中有份毋庸置疑的信念，坚信那个人与我心有灵犀，他会懂的吧，能感觉到的吧。

"凌晨两点还有个会，"他说，"不能时时看手机如果回复信息回晚了别多想不知道决赛之前还能不能赶回来一次，决赛当天下午我会让小少开车接你到时你跟着他走有什么事都可以直接找他。"

他说这话时，一气呵成。

我一呆。

他说话断字的问题，看来是彻底好了。

之前偶尔正常，偶尔又莫名其妙地四五六断字。像这次一口气都不喘地说这样的长句，倒是第一次。

他自己还没意识到，见我出神，伸手在我眼前晃晃："想什么呢？"

"好。"我点头，怕打草惊蛇，提着一口气，"跟我学，山前有个崔粗腿，山后有个崔腿粗。二人山前来比腿，不知是崔粗腿比崔腿粗的腿粗，还是崔腿粗比崔粗腿的腿粗？"

"啊？"

“别说话，学。”我摇他的手。

他很听话，真的跟着学：“山前有个崔粗腿，山后有个崔腿粗。二人山前来比腿，不知是崔粗腿比崔腿粗的腿粗……”说到这里陡然停住，“如心，我……”

我点头：“要不要再说些别的？从南边来了个喇嘛，提拉着五斤塔嘛。从北边来个哑巴，腰里别着个喇叭，提拉塔嘛的喇嘛，要拿塔嘛换别喇叭哑巴的喇叭，别喇叭的哑巴，不愿意拿喇叭换提拉塔嘛喇嘛的塔嘛。提拉塔嘛的喇嘛拿塔嘛打了别喇叭的哑巴一塔嘛，别喇叭的哑巴，拿喇叭打了提拉塔嘛的喇嘛一喇叭……”

“可以了可以了不用。”他又愣住，显然他自己也没习惯自己讲话的频率。

我们默默对视了几秒。

他的手机铃声大作，确实要走了。

“必须走了。”他指指右脸，“看在我刚才表演那么卖力的份儿上，奖励个呗。”

习惯了他结结巴巴同我讲话的节奏，我好一会儿才回过神。

我踮起脚尖嘟嘴凑过去，他突然转过头，刚好贴在他冰凉的唇上。

原来所有的恋人都会玩这样的小把戏。

我佯装生气：“……烦人。”

他揉我的头发：“好了好了，明天见。”

2 ///

“禽兽哥”跟洪喜办完了大户的丧事才通知我。

进了茶餐厅我们自留的包间，香喷喷的卤肉饭上桌，摆了一溜儿阿盘亲自做的拿手菜。

谁也没心情吃。阿盘跟洪喜客套几句，知道我们有话说，默默关上门。

“帮你随了五百块钱的份子钱。”“禽兽哥”红着眼圈，“大户的老婆怀孕刚两个月，哭得跟什么似的。小三儿又来，挺着大肚子，还有半个月就要生了。那叫一个乱……这孽造的。”

我掏出手机给“禽兽哥”转账，手是抖的。

像是桌上放着一个良心天平，低头，再低一些，便往湛澈那边加了些砝码。

胖大海张怡整形毁容时，他曾说：“一个人的欲望，远远大过她的能力，自然会有越来越多的痛苦。我只不过，利用了她的本性和弱点，仅此而已。”

从湛澈的角度出发，从被大户顶包、失去名校就读的那个男孩的角度出发，大户罪有应得。它们体现了大户最坏的一面。

不论当初那么做的原因是什么，谁推动着，或是谁帮大户安排着，既然做了，就要想到终会有这么一天，要承担后果。

我开服装店时，大户帮过忙。

洪喜和“禽兽哥”与他交情深，经历了大户最好的一面。

于是抬头看着洪喜和“禽兽哥”，这边的砝码就更重一些。

“以后大户老婆跟孩子，能多帮一些就多帮一些吧，我也有份。”

俩人没吭声。

我问洪喜：“健身会所的事情，怎么说？”

他拿起筷子，餐桌上的菜挨个划拉一遍堆得碗里满满的，跟饭菜有仇似的，一口又一口，默不作声地吃。

见惯了他素日里跟个长不大的孩子一样瞎闹，心中五味乏陈。

“可能要配合调查，”他说，“要先停一阵。孟叔叔只是带我跟介绍人喝过一次酒，我没行贿，也没人贪污，问心无愧。”

“哦，”我释然，“那就好。有我……”我把后半句“我能帮得上忙的地方尽管开口”憋回去。

洪喜，这一刻，我很惭愧。

从来都是你帮我，原来当你有了什么事情，我什么都帮不上。

“你呢，”他抬头看看我，暗淡的瞳孔下，极为显眼的黑眼圈，“茶餐厅生意还好吗？他……对你好吗？”

心一阵抽痛，不知如何回答。

他以为我没听清，又问了一遍。

“挺好的，”我说，“你看，是不是客似云来？你放心，”我故意夸张地笑：“姐姐这就给你写一张超级VVVVVVVIP卡，凭姐的卡，啥时来都不用排队等座。”

“禽兽哥”说：“姐，你这笑话一点儿都不好笑，你看，我尴尬症都犯了，手都不知道往哪儿放。”

我白他一眼。

他吐吐舌头，低头刷手机，“好啦好啦，你们聊。我自己哄我自己玩。”话音刚落，他鬼叫：“我勒个去！李蕊进去了！”

我和洪喜异口同声：“哪个李蕊？”

“就是呆逼恐龙，小时候跟我还有张怡一起欺负人的那个。”

“怎么进去的，因为什么？”

我心里咯噔一下。

“本报讯，记者刘佳，通讯员赵小飞，”“禽兽哥”逐字念道，“荔城一女子李某，曾参加《梦想达人秀》，并成功进入全国五强的选手，近日因消费上瘾，在没有任何偿还能力的情况下，败光向亲朋好友借的十六万元人民币，频繁购买名牌包、高档时装，频繁出入高级会所。随后又向银行借款五十万，事后失踪，被银行和昔日好友报警。最终，李某被法院以经济犯罪判处有期徒刑十年。而一位帮助她贷款的担保人张某则也需承担偿还五十万元贷款责任。有关专家表示，‘购物狂’们需提高警惕，提高克制力。‘剁手党’还只坑自己，把朋友再坑进去就不好了。”

洪喜听得呆呆的，抢过“禽兽哥”的手机，“张某？该不会是张怡吧？这姐妹俩。”

我侧过头，一眼瞥见两个抱头痛哭的女人，正是李蕊、张怡。

可怜张怡毁容又被坑，要帮朋友还高额贷款。

湛澈下手够狠。毁容了还没放过她。这两人一辈子，也就这么毁了。

我想起镜头里李蕊在晋级时曾激动得哭泣，说着自己如何感激Noah老师，说Noah老师夸自己包包很漂亮……

她全身上下一堆假名牌，除了那款名牌包。

八成新，估计买的还是二手货。

——不过是利用了她们的本性和弱点？

他像是揣了一颗随时有可能爆炸的地雷，稍微有点风吹草动，便以为是敌人出动，时刻准备着同归于尽。

这消息震得我心神不定，只好强作镇定抱着小湛，翻出包里的衣服，专注地装扮着它。

聊了一会儿，“禽兽哥”有事先走。

我跟洪喜扯了会闲篇儿，有电话打进来。

他正襟危坐，表情严肃，足见打电话的人身份之重要。

“现在？我现在和……如心在一起……什么正好？呃，不要不要，”他看着我，“我先问问她。”

用手遮着手机，他问：“水叔叔说要过来。你要见他吗？”

来这里？我想起之前并不愉快的交流，很不情愿，下意识地觉得他要来踩我怀中的雷，充满了敌意：“呃，不如你们约别的地方，我这里，位置不好又吵。”

“他不是要见我，而是……想见我们俩，说有重要的事情说。”

“可我不想见他啊，而且上次……”我想把上次见面的事情和盘托出，他打断我，“他人很好，就是嘴巴毒了些。再说，不是还有我吗？还能吃了你不成。”他拿开遮手机的手，“说定了，水叔叔，您过来吧，到了找阿盘，她会把您带到包间的。”

3 ///

“你是说，”洪喜瞪大眼睛，脖子上的青筋毕现，“大户的死、张怡与李蕊毁容、进去，与小少、Noah 有关系？”

水横流有点儿生气。

他抽着雪茄，一副大老爷范儿晃晃悠悠进了茶餐厅，阿盘一点儿都没跟他客气，直接从他嘴里抽走那雪茄，捻灭了扔到垃圾桶，指着墙上的提示标语——“大爷，‘禁止吸烟，君子自重’看见没？”

就差说“大爷你瞎啊”。

被拂了面子的他气哼哼跟着阿盘走，又听到阿盘低声补了句：“还公众人物，还慈善家呢，什么素质啊。”

阿盘平时脾气温和，可若有人做了不文明、违背社会公德的事情，尤其是在我们店里，马上爆。

湛澈在节目里跟老头各种掐，也没见他如此黑脸过。

老头自知理亏，外面吃饭的客人又多，闷声进了包间。我和洪喜见到一个气哼哼的他，没好气地从随身带的包里拿出个大信封，抽出里面厚厚的一沓照片：

小少和副市长孟光明的情妇赵女士在医院谈笑风生，在咖啡厅对面而坐的赵女士低头啜泣。

小少与大户的老婆、二奶分别在超市和公园散步。

有次洪喜微信跟大户开导小三儿的情感问题，我出于好奇，曾向他要过两人的照片，虽然色彩偏暗，我还是一眼认出。大户的老婆右颧骨处有颗黑痣，二奶呢，头发染得五颜六色，那么鲜艳的爆炸头，除了她还能有谁？

小少和张怡在某著名整形医院的楼道处，有穿着整形医院粉色制服的医生拿着文件，另外一只手搭在小少的肩膀上，似是熟络得很。

《梦想达人秀》狭窄的后台上，小少与李蕊、张怡窃窃私语，李蕊用手指着自己的名牌包，张怡难以置信地指着自己的眼睛，两人齐齐看向远远一角默默关注着她们的Noah，嘴边带笑。

有几张如意也有份儿，跟小少和李蕊某天在购物中心四层买名牌包包的不是她又是谁？

水横流有备而来：“虽然没有直接证据表明跟Noah有直接关系，可小少为谁办事，还不是他？”

我冷笑：“水总真是有心，这都能被您拍到。看来您‘慈善家’的称号应该改改。还是您已经改行，开侦探所了？”

洪喜有点儿丈二和尚摸不着头脑，表情极为困惑：“他神经病啊，他们招他惹他了？还有，如意怎么也掺和进来了？”

“虽然我不知道为什么，但想必，如心小姐是知道的。”

这个老狐狸，把所有难题推在我身上。

转租服装店给湛澈，我征求洪喜的意见时，虽然也讲了当时的小混混们对湛澈所做的逼得他想自杀的种种劣迹，但我并未点出大户等三人的姓名。

当时的我也不明白为什么没与洪喜彻底和盘托出。

现在想来，也许是骨子里认为洪喜和大户关系太铁，我害怕看到洪喜听到这件事后的态度：怕他义愤填膺自此和大户有了间隙，更怕他因为是自己的朋友而帮亲不帮理。

前者让他失去大户这个朋友，而后者，会让我失去洪喜这个朋友。

“我们不打哑谜行吗？”洪喜急了，“如心，你没觉得吗，自从这个Noah出现，你就变了。以前有什么事情，第一个会想到找我。现在呢，你说说看，有多少事瞒着我？”他停顿几秒，咬着嘴唇，“难道我们十几年的交情，比不上你刚认识几个月的Noah？”

这话问得我格外心虚：“洪喜，你听我……”

“她不好意思说，”从我这里找不到缺口，水横流卖了半天的关子，半闭着嘴哼了一声，“我帮她说。洪喜，你对如心是什么感情，水叔都知道。可感情这事，不讲先来后到，不分谁付出多少，甚至有时候全凭运气。你知道跟如心没法成为恋人，所以骨子里一心希望她过得好，你也就心满意足了，是不是？”

我和洪喜别开面孔，谁也不敢看谁。

“你刚才骂他神经病没错，洪喜。被你说着了，我跟好多精神科医生详细咨询过，像Noah这种状况，绝对百分百精神病。但是如心哪，你别听到这个就害怕，现在医疗技术发达，虽然病情顽固，并非不能治愈，只要进行合理的治疗，不复发和有效地予以控制还是轻易能够达到的。”

又来了。我想掀桌，这个老头，只要给他点好脸，马上就得寸进尺。

“水总，今天我们三个能坐在一起说说话，是给洪喜面子。您不止一次地当我面没有任何界限地颠倒是非，肆意毁谤Noah，觉得合适吗？他是什么样的人我知道，他做过什么样的事情我不在乎，您关门在自己家里随便评论，但在我面前这样门口喷粪，别怪我不客气。”

我真生气了，拉开门：“洪喜，我有事先走。你们继续。”

“如心，”洪喜拦住我，“对不起对不起，我不知道为什么水叔突然说这个。我先代他跟你道歉。可是如心，事情既然跟你有关，我们就彻底把话说清楚。过了今天我保证再也不提。”他转向水横流，表情严肃：“水叔，如心跟我的交情，您是知道的。您今天葫芦里到底卖的什么药，彻底摊开了说清楚，好不好？”

剑拔弩张之际，水横流的态度稍稍和缓些：“如心，刚才我说话太直接，对不住你了。”

洪喜拉拉我的衣襟，又拉一下：“如心，求你啦求你啦求你啦，不看僧面看佛面。”

“我呸，”我怒极反笑，这个家伙，又来这一套，“谁是僧，谁是佛？你俩一唱一和，倒是会配合。”

我重新坐下，说：“从现在开始，水总，请您说话保持客观，只说看到的事实。不许加任何一句评价的话——什么我认为，我觉得，我相信，都不可以说。尤其不准你阴阳怪调，刻薄猜疑，话中有话。”

“好，”水横流沉吟片刻，痛快答应：“省得我什么都没说，你已经做了心里防御，一句不信。”

“这才对嘛，”洪喜双手合十，“以您打麻将未来十年的好运气发誓，说到做到。”

水横流没有别的爱好，业余时间最喜打麻将，办公桌、家中，配备的都是最高级别的麻将桌，全牛皮红木全自动。洪喜有什么事找他都会被拉着打几圈，打得过瘾了才让说正事。为这个，洪喜发朋友圈不知道抱怨过多少次。

“十年的好运气？”水横流没想到洪喜叫他发此毒誓，停顿了几秒，很是犹豫。

这个老头，也有他可爱的一面。

“我讲三件事。第一，我跟你俩都说过，多年前我曾出过车祸，撞了 Noah 是不是？”

原来这件事他也告诉了洪喜。

“这事赖我，从节目里他处处充满敌意，我找人调查才知道当年撞的是他。后面的事情我跟你俩谁都没说。我约他单独见过一次，除了道歉主要是想赔偿。我这么大年纪一老头，纵然千不该万不该，也没出人命酿成大错不是？而且我知道错了也愿意补偿，这辈子从没那么低声下气求过人。就算他不缺钱，可一千万也不是小数目？是不是？”

在镜头对准下的公众场合他已经丝毫不掩饰，可想而知当时的场景。

“之前节目中他没少跟我针锋相对，我对他也没客气。知道他是谁后，基本处处忍让。所以我想把事情摊开了讲，大家各退一步，能弥补的尽量弥补。不论是从钱的数目上来说，还是从姿态上来说，我够有诚意吧，你们猜，他怎么说？”

"他怎么说？"洪喜问。

"我们总共坐了五分钟，我说完后，当时的他很奇怪，全程双手握拳，身体颤抖着，似乎在极力控制。看我的眼神，跟不共戴天的仇人没什么区别。我保证没夸张，我被他吓得不轻。他又大笑，正当我以为可以冰释前嫌时，他摔掉手上的咖啡杯，玻璃碴子和咖啡四溅，最后，他扔了五百块钱在桌上，也扔了一句话。"

"别卖关子，"我不满地说，"他说什么？"

"他说——我不要你的一千万，甚至，我可以给你一千万，然后，我要你的命。今天，此刻，你要是死在这儿，咱俩的事就算两清。过了明天死都不行。"

洪喜张着嘴巴，好半天才说："这是多大的仇，他真这么说？"

"这，也许是因为……"

水横流摇摇头："如心，别急。接下来我说第二件。他是当年车祸受害者的事情，我请了美国一家业界很有名的侦探事务所费了好大力气才查出来。虽然他们在咱们荔城也有分支，但毕竟不如本部得力，所以国内的这些事，多多少少就拍到这些。我也懒得再找国内其他侦探所折腾了。我猜，大户、张怡和李蕊应该是或多或少得罪过 Noah，具体不得而知。但能是什么大事？再厉害再严重能超过我？这第三件……"

"这样说不公平，"我揣着明白装糊涂，"第一，你只是拍到几张照片，明显证据不足。第二，就算有关系，你们根本不知道大户他们曾经对他做了……"

洪喜沉着脸："如心，等水叔说完。"

"如心，你不用着急给他辩护。"水横流得到洪喜的鼓励，声音提高了八度，"结合 Noah 在节目中台上台下的反应，我特意叫人剪辑了他各种不同状态下的视频给一位精神科医生朋友看。诊断结果是人格障碍，也有可能是偏执型精神分裂。还说应该抓紧时间尽快治疗，否则容易加重。我心里说不慌是假的，报警吧，没证据。不报警吧，天天被这样一个神经病惦记着，能不提心吊胆吗？”

“既然您这么说，他对您做了什么？”

“问得好。”水横流等的就是这句，“他除了在节目里跟我死掐，的确没对我做什么。但是，他在伤害我的身边人，伤害我最重要的……”他看着洪喜，脸上是一股说不清道不明的神色，隐忍、心疼、宠溺……十分复杂。

“他伤害我最重要的合作伙伴、朋友，伤害比我亲生儿子还要亲的人——”

我心一惊。果然，果然。原来，原来他就是……

察觉到我脸色的变化，老头停顿了下：“他知道那个人喜欢你，却横刀夺爱，以此来报复我。”

好严密的逻辑。

“我年岁已高，老来无子，没有其他任何亲人。老天爷可怜我这个孤独的老头，差点驾鹤西游时被他所救。我们爷俩又谈得来，在荔城，我带他出席各大商务场合，到哪里都带着他，事无巨细，手把手亲自教他。外界谁人不知谁人不晓我拿他当亲儿子？要不是洪喜不同意认我做干爹，我早就……”

原来老头竟真的提出认干亲，而洪喜居然拒绝了。

记得我俩在医院楼梯间聊天，说起这件事，洪喜为了逗我笑还跪在地上。

“对，”看在洪喜的面子上，我强压着怒火，“接下来，您又要说，我长这么难看，Noah 凭什么喜欢我，就因为想报复您，所以把我从洪喜那里夺走了？您不仅侮辱了 Noah，更侮辱了我。我看有人格障碍的明明是您，不，不是人格障碍，是精神分裂症，躁狂症！他不是说要您的命吗？直接找人把您做了不是更简单？好，退一步，就算前面您说的都是真的……”

我豁出去了，几乎声嘶力竭：“他何必拐弯抹角报复在洪喜身上？直接一刀把您捅了不得了？洪喜是您亲儿子还是您亲爹？哈哈，他曾经救过您的命，报复洪喜就算报复您了，哪里来的狗屁逻辑？而且，我从来没有属于谁。就算没有Noah，”我的声音低下来，刻意避开洪喜的眼睛，“我也不会同洪喜在一起，我一直把他当弟弟。任何时候，发生什么事情，也不会改变！”

洪喜脸色煞白。

水横流看在眼里，越发痛心，站起来拍着桌子朝我怒吼：“你当然不在乎洪喜，你心里根本没有他，所以你看不到别人对他做的任何事。但洪喜是我最在乎的人，我绝不容许别人伤害他一丝一毫。”

洪喜显然也有些吃惊。

老头情绪格外激动，冷静下后脸色稍缓，重新坐下：“中国有句老话说，不见棺材不掉泪。如心，我问你一个最关键的问题——你的茶餐厅，前几天是不是有人来闹事？”

他怎么知道？

“我也就明白地告诉你，那些撒蟑螂的，穿着黑西服占着桌子一人点一瓶啤酒的，都是我找来的。”

这个王八蛋！我就说，我根本没有得罪过任何人。

“水叔，您……”

“我为什么这么做？因为我想验证下，Noah到底对如心是真心，还是为了借她报复我。大户他们被他搞得那么惨，我怎么坐得住？我给他打电话，他很得意，承认大户、李蕊、张怡的事情，都是他主使，还口口声声强调在法律允许的范围内。我重申我年事已高，不想再折腾什么事，希望跟他恩怨两清。为了达到目的，我甚至拿如心，他所谓的小爱人威胁他，说如果他再胡闹，我先对如心下手。我说你别逼我，明天我就行动。他直接把电话挂了。”

我适才即将喷发的火山，一点点熄下来。

“所以如心，茶餐厅的事情，他问过你吗？这两天，你们见面，他关心过你，问有谁对你怎么样吗？还是与平常一样不动声色，想找你的时候就来找你？”

他用手指着我的鼻子：“他脑子里装的，全部都是报复。任何人对他有些许、轻微的伤害，他便病态地几倍、几十倍、上百倍地放大，他除了报复，没有别的。他爱你？我从没见过哪个男人对爱情是这样的表达方式。从你们相识到现在，濮如心，动动你的脑袋，好好想想，他爱你吗？他送过你什么礼物？是怎么爱的？”

也许他觉得已经成功将我和洪喜震慑住，语气渐渐缓和：“你们俩，听我一句话，先去美国躲躲好不好？我所有的关系和人脉都在那边。如心可以申请一所大学上，洪喜可以跟如心一起，或者去我们集团学学。怎么样？这边交给我。我一个老头子，也没任何污点，他能把我怎么样。你们不用现在答复我，回去好好考虑下。”

老家伙咬着牙，一字一顿地说：“如果实在不想去，也可以。换我让某人知道知道，踩了我的底线，会是什么下场。”

4 ///

我们每天都在帮助许一芬进行智力和身体方面的训练，行走、辨音、智力、记忆力……她很配合，进展神速。如意呢，每天都亲自给她洗澡、掏耳朵、剪指甲、刷牙、洗脸。

每天清晨，她都带着大圣和许一芬散步。母女俩握着手在清晨和煦的阳光下散步，慢慢踱着步子，画风是如此温馨、和谐，谁能想到不久前同样是这两个人，其中一个拿着把菜刀满小区追着另一个砍？

许一芬的手机在她晕倒送医院时不知道丢哪里了，后来一直神志不清，也没再买给她。

早上吃饭时，她盯着刷手机的如意，第一次提出对物质的需求：“你们，都有。我也要。”

“许一芬同学，”如意故意板着脸，“不劳而获，只想要东西是不行的。在我们国家，你得拿东西换。”许一芬有 段时间幻想自己来自别的国家，并坚持认为现在是1983年。

许一芬很为难：“拿什么换？”

“写字吧。我打赌你不会写‘如意’这两个字，你要能写出来送给我，我就送你一部手机。划算吧？”

“行吧。”她勉为其难地同意了。

晚上我还在路上，“毒舌老妈”发来一条微信：心。

又长本事，会输我的名字了。

我回了一连串的吻。

我这才发现上一条她发病前的对话记录是“晚上我包了饺子，回来吃”。

鼻子一酸，她之前的微信名字叫“伤心的小女孩”。

因为这个名字，我和如意不知笑话她多少次。彼时的她叉着腰横眉冷对：“再过十几年，等你们到了跳广场舞的年纪，看你们还有什么资格笑话我？”

看来如意还给她补了之前的手机卡，因为我的手机一直响，我接通了她又不说话，只听到压低的窃笑声。

连骚扰电话她都会打了。

回到家我换上家居服，如意拿着我妈写得歪歪扭扭的“如意”大字跟我炫耀。我爸在旁边嘟着嘴，气哼哼的。

“咋了，这是？”

我爸说：“你妈不认得我。天天教，天天忘。”

我取笑他：“那多好，你刚好可以跟她演一场黄昏恋啊，假装是她的追求者，多有意思。”

我爸一愣：“可以吗？”

如意也说：“总比你天天跟她说‘我是你老公’有意思。反正她也记不住。”

他当真了，托腮饶有兴趣地思考着。

“爸，你明天去花鸟市场买束玫瑰，直接说，许一芬，我暗恋你很久了，你愿意接受我的爱吗？”

正在吃橘子的我扑哧一声，差点呛住，这是什么烂俗对白。

我们聊得正欢，许一芬突然盯着我，没头没脑地说：“如心，服装店，洪喜过户。养老，不愁。”

我呆住，这是什么话？

如意最先反应过来，突然大叫：“妈，你是不是说服装店洪喜已经过户给我姐了？”

许一芬没说话，眯眼晃着太妃椅，半睡半醒。

“爸。”如意转向我爸，老头蹑手蹑脚地正准备开溜。

听到如意的话，他开始装模作样地抖胳膊抖腿，假装健身。

“别装了，是不是当初我妈和洪喜瞒着大家把服装店过户给我姐了？怕我姐不同意，就假装说是租的？”

我爸拿着纸巾狼狈地在脸上抹来抹去，汗流浃背的。

“这个，这个，我也是后来才知道。都是洪喜这孩子，拼死坚持，说你的脸都赖他。他别的忙也帮不上，你妈拧不过，说你姐……怕是这辈子难嫁出去，有个房子，一辈子也就不愁了。”

我还没说话，如意直嚷：“那我呢，我虽然嫁出去了，可是可是……”说到一半，她识趣地闭嘴。

房子是洪喜送的。

洪喜要送的，是我。

而房子，现在……

脑子一团糟。

我想起很久之前湛澈来我店里要求转租，洪喜说自己是老板，他曾质疑：“我怎么，听说，老板姓濮？”

原来那时湛澈说的“老板”，其实是“房东”。

不是他搞错，而是房子确实已在我名下。

我带着满腹的心事倒在沙发中，刷了无数遍手机，银行、淘宝店、房产中介、快递、××打车的信息闪了又闪，不是不热闹的。但没有一条来自湛澈，越发落寞。

脑海中不断回荡着水横流的声音："濮如心，动动你的脑袋，好好想想，他爱你吗？是怎么爱的？"

究竟怎样，才算爱一个人呢？

关于爱情，每个人都有着自己独特的表达，也有着不同的期待和接收方式。

万一，是他的表达，我没读懂。

万一，我自己笨，没有接收到。

万一……

晚上老头老太太睡了，我在客厅百无聊赖地看电视，估摸着大圣也睡了，跑去找如意聊天，却听到她压低声音跟谁通电话。

"天啊，小绿，你太强了。不是说她开始不同意？你怎么做到的？……嗯嗯，我知道她清醒的时候少，所以才对你五体投地啊。尤其你居然真的还要做保洁，辛苦你了。啊？真的？只是给了对比照片？我还以为……早知道照片就可以，我直接拿不就行了，哪里用得着我姐夫……我们白白费了那么大工夫，看来这方面，还是我男神对她比较了解……咱们就等着决赛时……"

声音压得越来越低，很快她挂了电话。

推开门出来见到我，她明显吓了一跳："姐，你干吗？"

我两手一摊："怎么办好呢，显而易见，我在偷听你打电话。"

她警觉地看着我："所以，你偷听到什么？"

"你说什么，"我回她，"我自然就听到什么。"

"才怪了。你怎么可能那么无聊。"

"谁时而清醒，时而糊涂？"我问。

她没想到我说的都是真的，并不是在开玩笑，恢复刚才紧张的神色："没有谁，一个朋友。"

“哦，那，什么朋友，你男神比较了解？你现在的男神，还是湛澈吗？还是您老人家换了新口味，有了新男神？刚才你在跟谁通电话？谁的对比照片？决赛指的又是什么？”

她可能没想到我听了这么多，呆了一呆。

反应过来后，她开始了防守和反攻——

“姐，你是不是得了咱妈的真传？我都多大了，你还这么审我？好不容易咱妈这么听话，没人给我添堵了，你倒天天跟我呛。看看咱妈，现在多好，连衣服都是我给她穿啥她穿啥，一点意见都没有。你是不是更年期提前了？还是就看不惯我开心？别听见别人传点啥，就神神道道的。我男神多了去了，你管得着吗？”

“你少给我打马虎眼，别以为我不知道……”

“姐，你管好你自己吧，其他的知道多了，对你也没啥好处。你脑子本来就不好使。大圣要睡觉了，就这样。”

说完她关上门，根本不给我讲话的机会。

难道真的是我多想？总觉得关于湛澈的事情，私底下湛澈、她和小少在密谋更多。或者，是因为水横流那天跟我谈话的关系，我想太多了？

湛澈知道茶餐厅被捣乱的事情，那天只是问我怎样，并没有多余的关心。

也许他真的很忙吧。

我嘴上反驳着水横流，当着洪喜的面，义无反顾地选择站在湛澈这边。

其实，心里是有疑惑和动摇的。

弄清楚这点后的我，很是难过。

不懂浪漫的男朋友

第十一章

以前觉得这世界上最蠢的人，
便是谈恋爱的男生，
最爱问些诸如“女朋友哭的时候要怎么办”的蠢问题。
什么怎么办，抱住她，哄哄她，亲亲她，
天大的事情，便也过去了。
这么简单的事情为什么还要问，还要别人教？

此刻的我有点明白，
又有点糊涂——也许女生觉得简单的，
男生并不这么认为。
哭很简单，而哭的原因，却是复杂的。
“不知道怎么办”背后的心理是：
即便女朋友哭了也不想退步怎么办？
他果然无动于衷地看着我哭。

1 ///

即将迎来《梦想达人秀》的年度总决赛，我已经有三天没有见到湛澈。他偶尔发来几条微信，字数寥寥。小少说，选手们封闭式培训，因为要全国直播，怕有什么闪失，限制极多，连导师的手机都被要求上交，白天导师们彩排、与选手们沟通，夜里选手们练习和休息时，导师们还要与节目组开会反复调整赛制。手机拿在自己手中的时间可以用秒统计。

我请小少传话，决赛前不论如何我要见他一面，多晚我都等。

他开始还帮湛澈解释，什么是我们老板真的忙啦，女孩子要懂事啦，你男朋友是艺人哎……想把我打发走。

我直接拧他的耳朵，这才老老实实帮我联系。

“要晚一些，凌晨两点半，可以吗？”

“可以，”我松开手，“我说了，多晚我都等。”

有些事情，我想和他好好捋一捋。

打电话通知如意今晚在店里住。

“注意安全，关好防盗门。”这小妮子，抛却那些不肯与我言说的秘密，自从我妈生病后，她倒贴心多了。

我怕自己迷迷糊糊睡着，便开始在店里打扫。餐厅的每张桌子、窗户玻璃，洗手间、厨房、操作间……处处擦得闪闪亮时，情绪变得很差。

湛澈曾说，看着被自己打扫得一尘不染的房间，多么大的成就感，那就是快乐的源泉啊。我觉得不。打扫这么干净有什么用。

随便进来几个客人不到半小时便可以轻易毁掉。如果他们带小朋友来，用不了半小时，五分钟就可以。

累得满头大汗、气喘吁吁时，抬眼便见到店外默默盯着我看的湛澈，青色的胡茬儿配上那头微微有些凌乱的碎发，这饱经沧桑的男人。

我去开门。

“不是说要两点半？才一点多啊。”

他笑：“因为开会开到一半，我说已经记不起女朋友长什么样了，再开下去要分手了。所以领导当即决定提前散会。”

“骗人。”我白他一眼。

他走上前伸手想抱我，见我倒退了一步，微微惊讶。

我默默给自己打气。早练习无数次，我这种见色忘义的人，看他的眼睛便神魂颠倒的，每次都要强行集中意念，才能勉强听他讲了些什么话。这次不能被男色诱惑，一定要有原则。

他不解地问：“怎么？”

“湛澈，水横流就是洪一响，是不是？”我单刀直入，杀他个措手不及。

他没料到我突然问这个，“啊”了一声，倒也没否认，有点不悦，皱眉道：“你怎么知道？”

“其实，”我怯怯懦懦地开口，“我今天鼓足了很大的勇气，希望你直接回答我，不问为什么。我想听你说真话。”

他迟疑了几秒，回道：“好。”

我问：“刚才的问题，是，还是不是？”

“是。”他答得干脆又有些负气。

“第二个问题，你的笔记本中，‘最大的恶意’，HYX，指的是洪一响吗？”

他慢慢走到一张餐椅旁坐下，脱下外套挂在上面。

他没有说是，也没有说不是。

我坐在他对面：“水横流，不，我应该称他一声‘洪叔叔’的。我想知道，他对你做了什么，会排在最大的恶意第一名？那三个人的报复方式我已经知道了，你，你会怎么报复他？”

“如心，有些事情你知道了，对你没好处。我们开开心……”

“湛澈，你会报复到我朋友洪喜身上吗？”

我以为他会否认，没想到他愣了愣，继而点点头，像在说一件极为平常的事，“当然，只有报复在洪喜身上，你洪叔叔，”他拍拍心口，阴阳怪调地说，“你洪叔叔这里，才会最疼。”

原来，原来。

我强忍着眼泪：“如果我说，洪喜是我最好的朋友，我不允许你……”

“哦？”他嘲弄地看着我，“我曾经问你，如果在报复的过程中，不小心，伤害到你朋友，你会不会怪我。你信誓旦旦地说，你不会以为他是我朋友吧？才不是。我有点不确定又问了你一遍，不是朋友？”

他垂下眼帘，往日里看到就会让我心跳加速的长睫毛闪动着，此刻却像把专门斩断情丝的弯刀，眨一下，便在我的心口砍上一刀。

什么，没有断？

还没有死心？

别急，刀锋利得很。

哪里还没断？

指给我看。

一刀不行，多砍几刀——

多砍几刀，总是可以的。

“我的相册里有张我过生日时洪叔叔一家与我们的合影，是不是，你拿去了？”

“是。”

“你拿它来做什么？”

“无可奉告。”

“那照片是我的，你不经我同意……”

“改天还你。”

“湛澈，你听我说……”

他忍无可忍，终于打断我："濮如心，你说你一向都重色轻友，有冲突，当然会把我排在第一位，这个不用怀疑。我这个人别的不好，只有记忆力最好。怎么，今天你不但不重色轻友，还认了叔叔，认了朋友？"

我的眼泪流下来。"我以为你问的，是大户，"我结结巴巴地说，"他……当然不是我朋友。可洪喜……"

以前觉得这世界上最蠢的人，便是谈恋爱的男生，最爱问些诸如"女朋友哭的时候要怎么办"的蠢问题。

什么怎么办，抱住她，哄哄她，亲亲她，天大的事情，便也过去了。

这么简单的事情为什么还要问，还要别人教？

此刻的我有点明白，又有点糊涂——也许女生觉得简单的，男生并不这么认为。

哭很简单。而哭的原因，却是复杂的。

"不知道怎么办"背后的心理是：即便女朋友哭了也不想退步怎么办？

他果然无动于衷地看着我哭。我越发心凉，如果换成是他在我面前痛哭流涕，哪怕让我上刀山下油锅我也马上行动，绝不会有一丝犹豫。为了他，有什么事情是不可以退步的呢？

水横流的话响彻耳际——他知道那个人喜欢你，却横刀夺爱，以此来报复我。

不不不，不是这样的。他说我是他的世上光。

我抱着最后一丝希望说："你知道吗？湛澈，从我们恋爱后，我就开始幻想着，也许，我们会有这样一个家，不大，只有六十平方米，也许只有五十平方米。每天早上我会设置三个闹铃，一个七点，一个七点半，一个七点五十。闹表响时你就推我去关闹表，我撒着娇就是不肯。最后只好你爬起来关，带着无奈和宠溺。我们，我们鸡飞狗跳地去忙各自的事情，两个人拖拖拉拉都迟到。洗手间的水池中，总有我掉的头发，我不打扫你也不会像我妈那样叨叨个没完，而是自己默不作声把它们扫干净。浴室的镜子溅满了水花，你坐在马桶上大声喊：‘如心，没纸了，给我拿卷纸！’客厅的沙发上堆满了我穿过的没穿过的衣服，旁边的衣架倒像是个摆设。我洗衣服时总是会少一只袜子……于是，于是，你就买了几打一模一样的袜子，这样随便搭，也没有袜子会觉得孤单。就像有了你，不论发生什么事，我都不觉得孤单一样……

“只要你愿意，我愿意为你做任何事，想要做所有让你开心的事。

“湛澈，我执着地相信，你也会如此待我。”

我说得哽咽，眼泪越发汹涌，鼻涕也开始流，看得出，他不是不动情的。虽然没有表情的面孔充满了疏离感，但我察觉到他的变化，适才握成拳状的手，渐渐舒展开，细长的手指犹豫着，蜷曲握成拳，松开，又握紧。

“洪叔叔说，你恨他，是因为他撞你肇事逃逸，听说你当时昏迷几个月，还……一度失去语言表达能力。你的感受我都理解。可是湛澈，可不可以为了我，只是为了我，收手？他知道错了，也想补偿你。我虽然并不喜欢他，但也不想看你一直活在仇恨里。大户、张怡、李蕊……对他们的报复已经够了。过去那么久，我们一起开始我们的新生活好不好？”

我吸着鼻涕：“我一直很想有个自己的家，就像歌里唱的，我喜欢一回家，就有暖洋洋的灯光在等待。我喜欢一起床，就看到你微笑的脸庞。我喜欢一出门，就为了家人和自己的理想打拼……”

他仍是看着我，不发一言，像在打量一个无关紧要的陌生人。

这个人明明坐在我面前不到一米的距离，我们之间，却像隔了万水千山。

几乎是破釜沉舟，我咬着嘴唇：“湛澈，你……你是为了报复洪喜，才和我在一起的吗？”

他的肩膀在抖。

“……你爱过我吗？”

长时间的沉默后，终于，他反问我：“你，爱过我吗？”

我已经哭成这样，为什么还要问这样的屁话？

我止住哭泣，贱兮兮地拉他的衣袖：“你不要报复了，收手好不好？”

“如果，”他慢慢扯开我的手，“如果，我说不呢？”

“如果你说不，”我眼泪失控，大颗大颗滚落，低头回复他，“我想，我们还是分开一段时间比较好。”

他缓缓站起来，慢慢套上大衣，一颗颗系好纽扣，走到门边，我以为他就这样一走了之，却听到他说：“我，同意你的决定。”

那一刻，我真的听到心脏碎裂的声音。

先是砸中某一个点，继而如冰裂般，以摧枯拉朽之势，整个人——

嘭。

嘭。

嘭。

眼睁睁看着他打开门，又退回来，抬眼看我：“不，我反悔了。我不同意你的决定。”

适才碎成渣渣的心兀自一喜，因他这句话身体渐渐有了暖意，是的，他是爱我的。不管谁说了什么，只要你说，湛澈，只要你说爱我。

我顾不得哭得红肿的眼睛，从眼睛到我整个人，喜气洋洋地张开双手，心花怒放地要奔向他。

“不用分开一段时间，”那声音清脆冰冷，“我们，彻底分开吧。”

开门的声音，他脚下的皮靴踩在地板上，嗒嗒的脚步声，一声又一声。

我的笑容还僵在脸上。原来，心如刀割，是这样的。

“怎么，这就走了？谢谢你放过如心，不过……”清清楚楚洪喜的声音，这么晚，他怎么来了？

他一手抓着湛澈的衣领，另外一手正弹着湛澈衣领上积的雪，我竟不知外面何时下起了雪。

“你要记住，是如心跟你分的手，不是你甩的如心。”

“洪喜，不要！”

我喊得太迟，或者喊与不喊，洪喜都是要下手的。他弹着湛澈衣领的手以迅雷不及掩耳之势直击湛澈的下巴，突如其来的重击让湛澈的身体失去控制，趔趄着倒退几步靠在后面的墙壁上。

他没回击，只是顺势靠在墙上，歪头看着我俩。

“你说什么，便是什么。”他的嘴角微抿，像是在节目中跟观众讲笑话，故弄玄虚又带着嘲弄的语气，分不清里面有几分戏谑几分认真。

“分是结果，至于谁提出来，重要吗？”他慢慢站直身体，走到我旁边，伸手似要帮我拂去脸上的泪，但手在快要触到我的脸时，僵在半空又缩回去。

“如心，不要哭。分手对你来说，其实是件好事情。”他看了洪喜一眼，“开开心心的……”

我哭得越发汹涌。

“她开不开心，跟你有关系吗？”洪喜强行拖我进店，“如心，走。跟他废什么话。人家都在卖你了，你还要继续帮他数钱吗？”

洪喜说这话时，拉我的手推我进店时，拿出纸巾擦我的眼泪时，他都没再说话。

“如果你要走……把……把小如，”语气顿了顿，我说，“把小齐还给我。”

忍住了直接将小湛扔到他脚下的冲动，我用全身仅剩的一点力气慢慢走向他，十几米，却像是走了一个世纪。

伸出的手悬在半空，我说：“小湛，还你。”

如果他回过头，看到伤心欲绝的我，会不会改变决定？

如果我直接拿出小湛和小如的合影照片，请他再好好考虑下，要不要收回之前的话，会不会就是不一样的结果？

他知道我如此愚蠢地说着这样决绝的话，其实是在挽留吗？

不知道的吧。

所以，在原地背对着我站定的他并没有回头，肩膀僵直得像整个人冻在那里。

他没有接我的小湛，只是轻轻呼了口气，嘴里发出“哈”的冷笑声，“你不说我倒忘记了。明天我叫小少快递你。至于小湛……反正也没什么意义，随便找个垃圾桶，扔了吧。”

2 ///

我埋着头哭。洪喜便坐在旁边看我哭。他说，哭吧，哭完了，这事也就过去了。天下的男人果然都是没心没肺的王八蛋。

我哭得差不多了，去洗手间洗脸，已经快三点。于是问他：“你在外面多久了？”

“没多久，反正该听的都听到了。”

“也就是说，”我顿了顿，“你都知道了？”

“如果你是说我爸的事情，是。”

我一时语塞，怕他问何时知道这件事，知道了为什么不告诉他，只好率先发问：“这么晚，你怎么想起找我？”

他双手托腮：“你要不要听听水叔叔讲给我的版本？”

看来水横流自己忍不住，已经跟他坦承了真实身份，父子相认了？

“好啊，你说。”

他点着一根烟，嘴里吐出一个个烟圈，自洪姨某个吸烟的朋友得了肺癌，从发现确诊到去世，只用了一个月的时间，洪姨一哭二闹三上吊逼着他戒烟后，多少年没见他抽。

桌上的烟灰缸渐渐堆满散乱的烟蒂，他夹住最后一根烟别在耳后，没几秒又压在鼻子底下闻。

“今天下午法院通知我，我和大户爸的事情已经查清楚，没什么问题。因为之前停工很久，需要商量的事情太多。打水叔电话……”看来他还没习惯水横流的真实身份，继续叫水叔叔不合适，叫爸又别扭。想了想，只好说“他”。

“打他电话一直关机，只好开车去他家。刚好看到他和湛澈站在大门口，好像在激烈地吵什么。他见到我格外慌乱，半威胁半讨好地摆脱掉湛澈，逃也似的拉我进他家……”

他居然先见的水横流，才来找的我。

“他说，洪喜，本来想等时机成熟了再告诉你。不过，既然你今天来了，择日不如撞日。其实，我，我是你爸洪一响。”

这撞日撞得……也太突然了些。

他将敞开蓝色羽绒服外套的拉链拉至颈间，脸上浮起疲倦的苦笑，“我整个人跟电脑死机似的。好一会儿才缓过来。后来的故事他讲得太快，大半辈子的生活几分钟就匆匆交代完毕。我打个比方，”他说，“感觉像是路边的小孩，边走边玩，只是单纯地想打个哈欠，冷不防走过一人，往嘴里没完没了地强行扔包子，扔完不了也不说原因，只管走他自己的路。”

“呃……”

这是什么破烂比喻。男人的表达方式真是不敢恭维。

“现在我不知道是要被包子撑死，还是噎死……”

是啊，你只是单纯地想打个哈欠而已。我哭笑不得，有太多疑问想问清楚，但比这些疑问更重要的，是要照顾他的心情。

“我明白我明白，”我抓着他的手，“洪喜，我知道的。有什么事情，就像你安慰我时说的，如心别怕，我在。那么洪喜，别慌，我在。”

他感激地看着我，点燃最后那支烟，吐出一团团白色的烟圈，那烟圈袅袅上升又悠然落下、消散。

终于，他开始转述洪一响说给他听的整个故事——

洪一响改名“水横流”，是有所指的，配上他原来的姓，正是“洪水横流”。不知道这老头，这些年经历了什么事情，总希望自己霸气再霸气些。

他的故事版本，是这样的——

当年合伙人卷款逃跑后，他被债主堵着要债，甚至追杀，整日里东躲西逃，南下到了福州。打工的人里他认识了一个“蛇头”，他被说得动了心，交出身上仅有的三万块钱跟随大家登上远洋货轮，途经十几个国家，安哥拉、西班牙、莫桑比克、瑞士、英国……历时七个多月，绕了大半个地球，终于到达美国。

刚到美国就被“蛇头”送到了当地的中餐馆，做着连黑人都不愿意干的脏活、累活，因要先还蛇头的五万块钱（每个人要交八万块），一做就是半年。每天工作 15 个小时以上，生病了只能死扛。一次凌晨两点多送外卖时，他撞见持枪的歹徒正抢劫一个美籍华人，他急中生智将滚烫的面条浇向歹徒，趁乱抢走手枪，救人一命。

那美籍华人是个四十多岁的妇人，暂且称她为丽萨吧。为了表达救命之恩，愿意与其假结婚帮他拿绿卡。他犹豫了几天便同意，除了搬过去一起住，还帮助对方打理位于洛杉矶的中餐馆。他本想安顿下来后便联系洪喜母子，没多久他被灌醉，假戏真做成了真夫妻，第二年丽萨生了个女儿，却是个智障。他越发觉得对不起他们母子，因此一天拖一天，一年拖一年，慢慢死了心。

女儿三岁生日时，他开车带她买礼物，途中发生车祸，撞了湛溆。当时湛溆全身都是血倒在公路上，他一时害怕就肇事逃逸了。后面的故事他讲过，上了高速后误把油门当刹车……他肋骨撞断三根，脸部险些毁容，做了几次整容手术。女儿却受伤过重，抢救无效去世。丽萨认为他是谋杀，不想要先天有病的女儿，才做出如此卑鄙的行为，两人为此大打出手。冷静下来后两人决定离婚，中餐馆半夜突然发生爆炸，炸死 7 人，重伤 3 人，丽萨被炸掉两条腿，送进医院急救，勉强保住半条命，但因过度惊吓，精神也有些问题，时而清醒，时而糊涂。

中餐馆没法再开，又要照顾丽萨，他经人介绍认识了一位意外丧子的神秘富豪。那老头已年过花甲，见面后两人很投缘，请他做了管家，更允许丽萨住在保姆房方便照顾。因他又有木工手艺，连带着打理庄园的花花草草，偶尔亲自下厨做点中餐，深得老头喜欢。

故事后面的版本，跟之前江湖流传的基本上就大同小异了，如意曾跟我讲过，那富豪临死前将所有财产全都留给他。股票，存款、豪车、洛杉矶大量不动产……

突然间成了有钱人，很长的一段时间内他无法适应。他思乡心切，动摇了几年，将手头的资产找人打理，该卖的卖，该处理的处理，很久才下决心回国，又因带着丽萨，无数次偷偷跟在洪喜后面，徘徊在家门口，却始终不敢上前相认。

钱握在手里不知该怎么花，看到《梦想达人秀》招商的广告，鬼使神差，主动联系跑去做了嘉宾。他想着也许在世人面前塑造一个“慈善家”的形象，有机会慢慢接近洪喜，也许有天终能父子相认。

……

“大致这样。”洪喜说。

这故事果然传奇。只是，我隐隐约约觉得哪里有问题。

水横流完全没有任何铺垫地与洪喜相认，应该和湛澈的争吵有直接关系。如果当天没有撞到他，他打算何时相认？

或者，湛澈有他什么把柄？我想起那天不经意间听到的湛澈的电话。

“……什么？她同意了？干得好。”

“好。按计划办。洪一响，整容前照片，我会尽快弄到，发你们确认。弄清楚前，切记，勿打草惊蛇。”

湛澈确实早就知道洪一响的身份。

我悲观地想，在湛澈的整个报复计划中，我到底扮演了一个什么角色，他去我家，只是为了拿那张照片吗？

是不是为了他所谓的报复最大的恶意，一切都要为其让路？

不顾一切代价，我是……其中的“不顾”之一吗？

或者，我们真的曾经爱过吗？

如果没有我的恰巧路过，无意中救了他一命，会有后来的故事吗？

如果，我不寂寞和孤独，会有我们的交集吗？

是不是我和他，混淆了对善意的感激和被需要的感觉，愚蠢地以为，这就是爱情了呢？

……

所有我不曾明白的小细节，湛澈看向洪一响时仇恨的目光，那晚的电话……只差一道光，照亮黑暗中所有混乱的线头，我便可以从毫无头绪的迷宫中走出来。马上就要走到出口。

头疼得像炸开般。

洪喜终于发现哪里不对，盯着我，目光警觉。

我有点心虚。

“你……是不是知道些什么？”

我一个激灵挺了挺上半身，勉强打起精神：“怎么可能？”

“如心，咱们俩的交情，不用我说。就凭我身上发生了这么大的事，我连我妈都不敢说，第一个想到的是你，”他抓住我的双肩，“你都知道些什么，会瞒着我？”

是的，发生这么大的事情，不论如何，他应该找洪姨商量。这份信任有着沉甸甸的压力，我投降了。

这一夜，我们聊至天明。

3 ///

阿盘递给我她最拿手的原味奶茶，白色椰果混成一团，浓郁奶香丝丝入鼻，热气腾腾。我大口喝着，喉咙里发出咕噜咕噜的满足声，她嫌弃地撇嘴：“这么能吃能喝，看来心情还不错。”

“如果我自己都不好好照顾自己的心情，”我说，“指着别人照顾，那未免也太累了。每天起早贪黑的，图什么。”

菜单有几页脱线，阿盘逐个检查，叮嘱店员一番后，狐疑地看着我：“你还不知道？”

其他几个店员听到这话，不约而同偷瞄着我，见我瞪他们，假模假样地继续手中的活儿。

我呆住：“什么不知道？”

她从柜台底下抽出一沓报纸，说：“我早上从大家那里收缴的。你慢慢看。”

如果我和湛澈还没有分手，如果我们会有将来，我苦笑，在留给子孙必须知道的 100 件事中，我会郑重记上一笔：若是你和一位艺人谈恋爱，就要记得养成每天早上起来看新闻的习惯——

“Noah 左拥右抱——潜规则双胞胎姐妹，激起民愤遭群殴”——这则新闻标题下，是服装店外那对母子前来店里生事，围观的粉丝们蜂拥而来，Noah 护着我和如意的配图。

“艺德最差，对粉丝大打出手？幕后人士爆料 Noah 不为人知的那些事”——如意参加海选时我们去后台找他，有粉丝扑过去强吻，他防御性出拳遮挡赶巧击在对方脸上。

“何时从精神病院逃出？Noah 滚出娱乐圈——”配的是他参加节目时卖萌和下了舞台后嫌恶、咆哮的各种对比图。

“私生活混乱谁人敌？周嘉嘉、濮如意、大象女？”——我竟不知道有人拍了我们那么多照片，拥抱、亲吻，他和周嘉嘉交头接耳，他和如意在我家为了讨好我妈演情景剧，在茶餐厅我和他用两个吸管喝一杯奶茶……”

“精神病医生坚称 Noah 患有偏执型精神分裂障碍，建议其迅速住院治疗……”这则新闻标题的配图是我市著名精神病院某医生，手里拿着 Noah 的一打照片，义愤填膺。

“劈腿大象女开黑店，遭警察连夜彻查……”——这张是那天的客人指着满盘子的蟑螂怒气冲冲与我对峙，Noah 站在我旁边护短，手指几乎触碰到对方的鼻子，箭在弦上一副即将要大打出手的蛮横样。

报纸连移花接木都用上了，那身形一看就是店里头牌厨师“歪头”（因他说话喜欢歪着头，我们敬赠的爱称）。

“你们不会信这种八卦报纸的消息吧？”我强作镇定，这是有人专门在黑他，看得出蓄谋已久，完全无中生有。

擦桌子的、拖地的、在后厨帮忙清理卫生的……大家跟听到统一行动的信号似的集体凑过来。

“我们主要怕你受不了。”

“Noah 哥根本不是那种人。”

“拍了你们那么多照片，你居然没一点防备？”

“虽然我的心是向着你的，可是如心姐，Noah 哥挥手打那个女孩是怎么回事？”

一定是我平日里没架子，随和惯了，我说没事，大家还真彻底放开了聊。

歪头说：“能不能走点心，就算把 Noah 哥的头按在我脖子上，肚子那里能不能 P 一下？”

我白他一眼，懒得说话。

大睫毛是店里最帅的服务生，且有一帮小女生粉丝，他问到关键点：“你今天还去演播大厅看达人秀的现场直播吗？网上都传疯了，我朋友圈被刷了一上午的屏。”

“对啊对啊，QQ 空间大家都在转，”新招来的糕点师，一 90 后满不在乎地嚼着口香糖，“他们知道我在这里上班，就差假装来这里喝茶，然后采访你了。”

到底是阿盘心疼我：“去去去，添什么乱，都干活去。要是没什么事干，来来来，我再给你们分配点儿。”

大家嘟嘟囔囔的，也就散了。

只剩下我们两个人时，“其实，”我摊摊手，“阿盘，我和他，已经分手了。”

她似乎并不意外，只淡淡回我：“是吗？分了也好。你先回房间睡会儿，店里有我。”

熬了一晚着实困，我回到房间蒙上被子，困，眼睛累得睁不开，头也疼，闭着眼睛又开始胡思乱想，哪里睡得着。

想起小少说会收走他的手机，估计看不到网上新闻，倒觉得是好事。

那位专门黑他的策划者，除了水横流还能有谁？

想来他请了不少水军，甚至不惜花重金请广告公司找了近百名网络红人转发，“Noah 滚出娱乐圈”和“求广电总局封杀 Noah”一直在微博的热搜前三。

中午事情有了新的情况：胖大海张怡发微博，自爆湛澈曾潜规则她，作弊也是为了不想失去他。为了继续留住他的心，她才迷上整形，没想到毁容后惨遭抛弃。自己的经纪约在湛澈公司，更遭雪藏……她还放出一张两人喝咖啡的合影，有图有真相……又加了很多潜规则的细节，成功塑造了一位放荡不羁、四处留情的下三烂人渣男艺人的形象。

她又连发十条微博，哭诉李蕊进了监狱，也是 Noah 老师灌输的拜金意识，原来李蕊是多么朴素的一个人。现在呢？她打亲情牌，发了李蕊爸妈哭得声泪俱下的照片，煽动性极强。

人们喜欢同情弱者。至于真相，谁在乎呢？

张怡和李蕊的点，水横流挖得很深。

大户的事情往外报，想来孟光明还在双规调查中，他不敢碰。

墙倒众人推，围观的群众搬着小板凳，嗑着瓜子看得且欢。偶有几个忠诚的粉丝在评论里为偶像辩论几句，被拉出人肉，吓得关掉微博评论。这些大招，够毒，够阴。

水横流下了很大的功夫，真真假假，假假真真。那些细节我一看便知道哪里作了假，他的衣服，他的穿着风格，他的站姿、气场，他的头发，他眯着眼睛，他绷紧嘴唇不发一言，他不想理人时生着闷气……早上的报纸自然有几张图是借位，角度不同。张怡和湛澈的照片当然不是合成的，公众场合喝杯咖啡而已，尤其他之前又是她的导师，拍这个很正常。

我一整天都心神不宁。

他，还好吗？

他会怎么做？

会反击吗？

会被封杀自此结束艺人生涯吗？

这是他想要的结果吗？

或者，这些本来就是他所能承受而必须付出的代价呢？

小少来了电话："我一会儿去接你，没问题吧？"

"呃，"我着实意外，"接我？去哪？做什么？"

换他惊讶，"今晚是决赛之夜啊，不是说好的我接你去演播大厅吗？"

哦，记起了，可是那时……那时……犹豫再三，我问："难道你们老板没告诉你吗？"

"告诉我什么？"

"我们，已经，已经分手了。所以，所以……"

小少沉默了几秒："啊，我还以为他跟我说着玩呢。原来你们真分了啊，可是票都给你留着呢。咋办？"

“票你送人好了，我就不凑这个热闹了。谢谢你啊小少，你那么忙，还记得我的事。”

“如心姐，这就见外了不是。为啥分啊？你俩那么好。”

我没说话。我想了想，又忍不住问：“他，还好吗？”

“好，怎么不好？不然呢？你以为什么？以为他会遭到广电总局封杀，强迫退出节目？你也太小看我们老板了。我们已经发了声明和律师函，一定会追究造谣生事者的法律责任。有几家报纸吓得已经出来道歉，电子版也都删除。别担心。”

“……哦。”

那就好。

“而且，我们不会被人肆意搓圆捏扁。晚上你就看好戏吧。”

“什么？”

“没。”小少回，“没事了如心姐，既然你不去，那就算了。别难过，我敢打赌，他那么爱你，谁分手你俩都分不了。大家冷静冷静。没准儿过两天他就来找你了。”

如果肯来主动找我，他就不是他了吧。

挂了电话，突然听到窗外嘈杂的呐喊声。黑压压的人群围在广电大楼前，拿着喇叭拉起横幅，有组织有纪律地吼着：

“Noah 滚出娱乐圈！”

“Noah 退出梦想秀！”

“封杀 Noah！”

“最差艺德渣男 Noah 滚回精神病院！”

……

我想起湛澈曾说，所有的艺人，都敌不过时间。江山代有才人出，各领风骚三五年。粉丝是事情上最薄情的人，不要天真地以为人家就多喜欢你多爱你，生命支柱？精神动力？省省了，不过是无处安放的情绪，刚好遇见你。仅此而已。

整栋楼拉起警戒线，除了保安，还调动了几十名警察到场维护秩序。

4 ///

注定今天不会是个风平浪静的日子。

下午，电视台各大娱乐栏目播报了大赛今晚直播的新闻，选手和导师们下了接送的大巴车，陆续进入演播大厅。

洪一响的头发似乎染过，以前还能依稀从压倒性全白的头发中见得几根黑发，今天却像是从发根染到发尾，和谐的统一的彻底的白。他穿简单普通的T恤、仔裤，白色运动鞋，站在人群中毫不起眼的小老头一个，不怒自威。

湛澈走在他后面，穿黑色西装亮相，仿佛一切都未发生，他与观众、媒体打招呼，淡定、从容。以前他的目光在人群中某处飞速扫过，某处的尖叫声便更大一些，年轻的女孩们失声喊着他的英文名字，晃动着手中的荧光牌，如众星捧月，星海里梦境辽阔，高高在上却近在眼前。

今天……则是另外一番情景。

现场的记者和粉丝们嘘声四起，喝倒彩有之，往他身上扔饮料者有之，大声喊着他的名字问候全家的脏话有之……记者更不顾保安阻拦，冲到前面问他看了今天的新闻没有：

“Noah，请问你到底有几个女朋友？”

“今天张怡在微博上声泪俱下斥责你玩弄女性感情，你怎么看？”

“请问李蕊进监狱和您有关系吗？”

“之前的选手濮如意家庭破裂，是因为你插足吗？”

“为什么要和姐妹俩谈恋爱？请问你是喜欢玩双飞吗？”

……

湛澈不发一言默默前行，小少在旁边全程陪同，他不回应，也不觉尴尬，仿佛一切与他无关。

偏偏走在前面的水横流退回来，重新站在镜头前，甚至主动抓住一家媒体的话筒，清了清嗓子——

“看来我们的 Noah 同学，并不想说点儿什么，不如我替他说。记者朋友们，我有话说。”

看热闹不嫌事大的各大电视台、视频网站的记者们一听此言，争先恐后地举着话筒挤在他面前。湛澈的身体一僵，步伐也慢下来。

“我和 Noah 同录达人秀节目，说我们是同事，并不为过。既然是同事，我自然比大家、比观众要了解他。几次接触，觉得他确实做事有些极端，我真心建议，为了所有爱他的家人，他可以早日入院就诊。这样，是对自己，也是对亲朋好友，对电视台、广大观众和粉丝最好的交代。”

此言一出，迅速引起轩然大波。

“请问水总，您可以讲得再详细些吗？”

“具体是什么事情，让您提出这样的建议呢？”

“您亲眼见到他潜规则女选手吗？”

“今天新闻里爆出的他和同胞姐妹玩双飞，是真的吗？”

“您如何看待张怡发的微博，李蕊入狱也是因湛澈而起吗？”

……

老狐狸十分为难地推开话筒，轻咳几声：“这些事情，我不了解不敢妄言。但今天我要在这里公布一件事情，我……”他跺跺脚，似是下了极大的决心：“我决心将所有事情和盘托出，彻底赎罪。”

——什么？赎罪？

“是的，”他说，“大家可能很困惑，为什么我和湛澈在节目里打得不可开交。老实说，我开始也不知道，但最近才查清楚。我选择在今天，将真相公之于众。”

我屏住呼吸，在店里的卧室内，难以置信地盯着电视。

“我曾在美国撞了一个少年，当时因为过于慌张而肇事逃逸，多年来我一直在找他，想付出一切可以付出的代价赎罪。最近通过侦探事务所才查出，那个少年居然是湛澈。我这才明白所有在节目中、节目外他对我的敌意。我去向他赔罪，想拿出我最大的诚意去偿还。没想到……”说到这里，他掏出手机，湛澈的声音被清清楚楚播放出来，他的声音那么有特点，识别性极强，没有人能忘记。

这个老狐狸，居然录音。

“我不要你的一千万，甚至，我可以给你一千万，然后，我要你的命。今天，此刻，你要是死在这儿，咱俩的事就算两清。过了明天死都不行。”

抛出这个重磅炸弹，老狐狸红着眼圈，抹了抹眼睛，说：“他甚至不惜以我人生最大的秘密来威胁，要求我最好自行了断，否则让我终生后悔。我宁可被千万人唾骂，也不愿意被他威胁。我一个得了癌症的孤老头子，一脚踩在坟头上，过了今天没明天的人，怕什么？”

他得了癌症？

水横流，不不不，洪一响越说越激动，转身冲前面背对他的湛澈，声嘶力竭地说：“没错，今天我当着全国人民的面，当着所有媒体记者的面，我承认，我就是荔城的洪一响！多年前被人骗了钱，欠下巨额外债不得不抛妻弃子出去躲债。吃尽苦头辗转奔波到了美国，忍辱偷生跟别的女人结婚。这么多年，我老了，得了癌症，我罪有应得，却痴心妄想着可以落叶归根，想在死前听到亲生儿子叫我一声爹，我有错吗？就算我多年前撞了湛澈，可至少他还活着，而我唯一的独生女却在那场车祸中夭折！”

电视中的洪一响老泪纵横：“我每天都在义捐，天灾、人祸、绝症……尽可能地帮助那些需要帮助的人，说我想减轻我的罪恶也好，说我想回报社会也好，我扶持年轻人创业，我迎接着所有人或感激或羡慕或尊重的眼神，可我无数次路过家门，无数次见到亲生儿子，却偷偷摸摸像个贼！有谁知道，我愿意散尽千金，只为了能听到儿子喊我一声‘爸’。这一切被湛澈知道，几次威胁我，这个变态的湛澈，他不想要我的一分钱，就想看着我痛苦，看着我生不如死，看着我们父子不能相认！他算准了我在外已有妻子，算准了我心虚，想保留我作为一个父亲最起码的尊严和形象，他算准了我不敢。”

他的声音渐渐低沉，现场鸦雀无声。

“可是洪喜啊，看在我没几天活头儿的份儿上，看在我这个千刀万剐的孤老头子快死的份儿上，你愿意喊我一声‘爸’吗？你不愿意也没关系，有生之年能见到你，我也该知足了。”

他从口袋里掏出一方手帕，抹着泪：“现如今，该坦白的我都坦白了。湛澈，你满意了？我全都讲出来了，还是那句话，一脚踩在坟头上的人，我怕什么？”

原来，这便是他突然跟洪喜相认的主要原因。湛澈以此来威胁他？这即将压死骆驼的最后一根稻草。好像，还是，哪里有点不太通。

有人敲了三下门，我匆忙关掉电视。阿盘探出头，见我醒着，她说：“你的快递。看样子，好像是他寄来的。”

“哦。”我故作镇定，“是什么？”

“你自己打开看嘛。”她将一个长方形箱子放在梳妆台一角，“店里还有事，我先出去了。”

从抽屉里掏出剪刀，哆嗦着总算剪开纸箱。黑色的大垃圾袋内，并没有我的小如。

不，是我的小如。

是被剪刀剪成了成千上万个碎屑的，连同衣服和内芯几乎被粉碎机彻底碎过几遍、几十遍、上百遍的，仅能从些微的碎屑颜色中才依稀分辨出的我的小如。

除此之外，还有一个独立包装的透明密封袋，里面封着的，正是一张撕碎的大白兔奶糖糖纸。邮寄者显然是怕混在小如身体的碎屑中，我分辨不出来，故意独立包装，撕得也不如小如那么碎，至少我看到的第一眼便认出正是被湛澈夹在笔记本中，虽经过岁月多年的变迁已泛黄却宝贝得不能再宝贝的那一张。

万箭齐发支支都射在致命的心脏上，没有一支有所偏离，血肉齐飞碎成渣渣正如这碎成渣渣的小如。

如果是演电视剧，此处我应该口吐鲜血，高喊“你！你！你！”气绝身亡便可全剧终。

那样，一切倒是简单了。

麻木地坐在地板上，血液一点点变凉。这工夫，如意慌里慌张推开门，见到瘫成一团烂泥的我，“姐，你没事吧？你……看到刚才洪一响的采访了？”

我麻木地点点头，又摇摇头。

“外面乱得，简直，整个娱乐圈，不不不，所有的媒体记者全都出动了，姐，这下姐夫，可能悬了。”

他悬不悬的，跟我又有什么关系呢。

“你脸色这么差，其实还是担心他的，是不是？我正想出去买点东西，不如你散散心，陪我吧。”

见我始终没什么反应，她杏眼圆睁：“姐，洪一响如此闹腾胡说八道，外面吵翻天了。说不定记者已经在来的路上，你是他前女友，怎么可能放过你？听我的，赶紧从后门走。”

她终于发现地上碎成渣渣的小如，“咦，这是什么？哎呀，来不及了姐，赶紧跟我走，否则你真的出不去了。”

我仍是不说话。

如意懒得再和我废话，直接从厨房找来两个帮手，强行拖着我上了辆专车。车子七拐八拐，慢慢开出市区，窗边闪过一棵又一棵高大的梧桐树。

那树正对着的服装店摆放未免有些太乱，真是的，店主不仅品味不行，还懒。

要是湛澈在，肯定……

湛澈。

湛澈。

湛澈。

思念的阀门一打开，便排山倒海般不受控制，无孔不入。

我想起我们第一次见面，他并不理会我的问话，先后扶起店里撞倒的板凳，重新搭好配错的上衣和短裙，以及歪倒在一旁的小齐。

吃了我的牛肉干和玉米的他拿纸巾抹掉我嘴角的食物残渣。

被我拒绝不转租的他神情黯然，说："尊重你的，决定。打扰了。生意兴隆。"

为小齐配备的文武大臣被我逐个吃掉，目睹全程的他坏笑，"难怪你，不肯转租，原来是要，找男人，这是大事，现在理解了。"

尝到我的大白兔奶糖时，他颇为失态，"这味道，让人……让人，终生铭记。"

我妈乱卖衣服被人家找上门，店里围满了看热闹的人，为我解围："大家，围在，我女朋友，店里，做什么？虽然她，有点凶，但开店，很不容易，你们，可不能，欺负她哦！"

被媒体报道我俩的绯闻，他发微博说："大象性情温和、诚实忠厚，能负重远行，是兽中之德者。太平有象、吉祥（象）如意、万象更新，都是吉祥富贵的象征。大家不要歧视大象哦！"

感冒时被他捏鼻子捏到吸了又吸的鼻涕，我蒙住头时，他边拍照边嘲笑我："蒙头女子，蹲着，抱石柱，为哪般啊，为哪般！"

交代了前程过往，他拥住我，说："如心，你知道吗，刚才那故事里，没有讲出口的是，你出现的那一刻，对我来说，你是世上光。”

确定恋爱关系后，他敲我的头，“如果你不好好对待我的小湛，我就虐待你的小如。”

……

往事一幕幕浮现在脑海，我不想在如意面前哭，眼泪一忍再忍。

浑浑噩噩依稀听到如意在嘲笑我，“小情侣哪有不吵架的。你们俩，且长着呢。而且，就算真的分手，哪有一次就分得成的，总要七闹八闹。”

眼皮不断地上翻，希望可以把眼泪逼回去，慢慢觉得可以自控，恢复冷静，我终于说：“我只是昨晚没睡好。别自以为是……为了他，我至于么？”

“好好好，”如意说，“不至于不至于。”她的手不断摩挲我的后背，“姐，你曾经见过我最惨的一面，我知道潘羿出轨的那一晚，你曾偷偷躲在我家小区来看我，怕我难堪，也不敢惊动我。你怕我出事，不敢上前，也不敢离开。如果说这是你安慰我关心我的方式，那么让你抱着，在我面前毫无保留地卸下所有面具和自尊地，想哭就哭，至少有我陪着，这是我关心你的方式。”

手掌的温热自后背不断传来，“我只是觉得，”我吸了吸鼻涕，“我爱的那个人，应该会像我爱他那样爱我。”

“每个人表达爱的方式是不一样的，我真的觉得你俩不会分的。我以人格保证。既然你不想哭，要不然，靠我肩上睡会？小齐呢，把她拿出来，正好垫上，省得硌着。”

小齐。

我的小齐。

他用这样极端的方式来表达他对我的恨意和分手的决绝。

他从来没有爱过我，所有的一切，不过是场利用。

他有什么错呢。

一切不过是我的错，天真地把利用当爱情。

濮如心，你这个蠢材。

展开从店里被她拖走时手掌中抓着的些许碎屑，我终于绷不住，在如意的怀里哭得地动山摇，“小齐，小齐在这儿。”

一路哭哭啼啼，终于发现路有些不对劲儿，我问：“我们到底去哪儿？”

如意说：“自然是去演播大厅啊。你男朋友参加这么重要的赛事，你怎么能不在场？”

“你！”

“姐，你想说你们分手了，对吧？分不分的，你今天都得去。”她的语气强硬，“而且，洪姨已经在现场了，你不想知道今天会发生什么事吗？”

“洪姨？她去做什么？”

洪喜之前说洪姨心脏不太好，想慢慢渗透，怕太突然，老人家接受不了。

“好在我们聪明，做了两手准备。以洪喜朋友的名义提前把洪姨接上了，说洪喜约了她看演出。而且，就算她看了新闻，就说带她去见洪叔叔。这么多年夫妻感情……她没怀疑，虽然有点犹豫，也跟着来了。”

“濮如意！这不是你跟咱妈闹着玩，洪姨有心脏病，你就算……”

“心脏病是吧？没事，我带了药，旁边就是医院，怕啥。”

“你到底捣什么鬼？”

“问得好，现在姐夫都被洪一响那个王八蛋踩成什么样了？你真的一点不担心？你一点也不想知道真相？”她气得脸红脖子粗，“枉费姐夫还顾虑你，叮嘱我和小少不可乱来。叮嘱也白搭！我和小少是什么主儿？这事既然我们插手管了，就管定了。从他洪一响不顾死活，颠倒黑白不惜一切代价全面宣战，又当着媒体这样满口喷粪，想彻底置姐夫于死地开始，事情就已经失控了。”

湛澈，会顾虑我？怎么可能？

水横流去茶餐厅捣乱，以我为威胁，他都无动于衷，怎么会顾虑到我？

如意也只是看着精明罢了。从头到尾，不过是一场利用。

我更加心灰意懒："如意，湛澈的事情，跟你有一毛钱的关系吗？你添什么乱？我真生气了啊。师傅，停车。"

"师傅，正常开。我叫的车我付钱，"如意转过头，"怎么跟我没关系？大户从小欺负我，我吓得尿裤子这件事被多少人笑话了多少年？仅这个梗，洪喜就可以刺激我一辈子。单从这一点说，大户死有余辜！而且，你也知道我疾恶如仇的性子，这事儿，你拦不了我。"她冷笑着，"你确定要停车？就算你阻挡我去现场，小少也在。再不快点，可就晚了，现场变成什么样，我可不敢保证。"

我想起小少说，我们不会这样被人肆意搓圆捏扁。

等着晚上看好戏吧。

原来，他们早有预谋。

我掏出手机想给洪喜打个电话，手机冷不防被如意抢走，"你也别想通知谁，我呢，就是请你去看好戏的。看过了，你就明白这些年姐夫独自承受了什么苦。你要是有一点良心，对他还有一点情分，就老老实实坐在车里。"她拉开窗户，"现在你想清楚，是想大赛结束后我还给你？还是让我扔掉，回头送你一款新手机？"

她虽比我瘦，力气却大得惊人，从小到大，除非洪喜在，我很难打得过她。

洪喜？该不会……

她怪笑着说："姐，放心，这么重要的场合，怎么能少得了洪喜？"

今天的如意，是个失控的疯子，无法无天。我气得发抖。

半小时后我被她半挟持地进了郊区的演播大厅，戴上嘉宾证件，过了安检。小少带着几名工作人员，还有十来名穿着制服的保安在内场巡逻。看到我们，他拉过如意窃窃私语，目光躲闪，并不敢看我。

不是每个人都可以像如意那样，不论做了什么事都可以理直气壮。

他俩飞快交流完毕，自有工作人员领着我们到观众席，前五排是VIP席位，基本坐的都是重要客户或关系户，我们的位置在VIP第三排正中。如意把时间掐得很准，我们入场时观众早已入场坐好。隔着一条过道，洪喜坐在我隔壁斜着十几排开外，以及远远地坐在另一个角落里的洪姨。

他们母子俩果然在这里。

洪喜难道没看适才洪一响的采访吗？

如果看了，为什么还会选择在这里出现？

想都不用想新闻炸成什么样，他不可能不知道。

他看我的目光，一样地惊诧，晃了晃手机，似乎在提醒我看微信，奈何那手机被如意关机，扔到了她的手提包中。

旁边的如意说："你好奇洪喜怎么会来是吧？我们说你约的他，说有很重要的事。哈哈，洪喜可是真爱你啊！只要提你的名字，他可是随叫随到。"

"濮如意，你个王八蛋。"我咬着牙，"你疯了。"

"恰恰相反，姐，"她微笑着，"我比任何时候都知道自己在干些什么。我清醒得很，放心。"

我正欲发火，话筒中传出主持人的声音——

"请安静，我们的节目即将开始直播，请现场观众将手机调成振动。"

我只得冲洪喜摆摆手。

金碧辉煌的舞台中央，身着蓝色西装西裤的主持人拿着手卡，正同导演低语。舞台东侧银光闪闪地摆了四张座椅，一个同样银光闪闪的长桌，上面立了四张座签，依次是：周嘉嘉、湛澈、水横流、边杰。此时座位全空，只等正式开始，主持人念了开场白，再请嘉宾隆重出场。

说真的，我很佩服节目组。

这一天，不亚于孙悟空大闹天宫，洪一响自认为打了一手好牌，却丝毫没有影响湛澈身为节目组导师的身份，节目准时直播。

现场乐队演奏起欢快的音乐，工作人员各司其职，终于，开始了。

主持人："各位嘉宾，媒体朋友们，各位现场、电视机前的观众朋友们，大家好！欢迎大家收看我们这一期的年度总决赛！首先，让我们以最热烈的掌声，邀请我们的导师出场……"

第一个自然是周嘉嘉。她身白西装，内搭白色深 V 性感小背心，贴身剪裁衬得细腰盈盈一握，长腿笔直修长，白皙的脖子挂了条粉色方钻项链，璀璨耀眼，一改往日性感华丽的穿衣风格，犀利、干练、御姐范儿。现场的欢呼声一浪高过一浪，观众席两侧的记者席闪光灯快要闪瞎人的眼睛。

这是如意的设计方案吗？妙不可言。以前的周嘉嘉温婉性感，今天的她帅气明雅。

如意得意极了，凑近我耳旁："姐，棒吧？有没有爱上我？"

我瞪她一眼。

主持人说着暖场的话，周嘉嘉好人缘，跟媒体和粉丝关系最好，八面玲珑，原本吵着问洪一响和湛澈的媒体记者们很快把关注点落在节目上。

我渐渐缓过气，冲着洪喜的方向做了个鬼脸，想逗他笑。

他回头看我一眼，仍是茫然。

洪一响落座后神采飞扬，常露出阴森的笑容而不自知。他一入场便看到我，不知是我多心，还是角度问题，好几次与他的目光相遇，像是他刻意做给我看，眼睛半闭眉头紧锁，冷寒寒的，带着大人威胁小孩停止做某件事的权威，无声无息地强压投射过来。

见到洪喜，他的目光转暖，有惊讶、有关心、有不解，很快，他移开目光。他应该没有见到洪姨。她的位置很偏，灯光也暗，若不是我听如意说她会来，搜寻了好一阵，黑压压的人群中，怕是很难捕捉到她的身影。不知道，洪喜有没有看到她。

湛澈终于出场了。我没有勇气看他，垂着头。

现场格外骚动，大声骂的，窃窃私语的，要多难听，有多难听。因此我更加不敢抬头。慌乱中如意握住我的手，低声道："姐，没事。"

她的声音沉稳，我假装看她一眼，余光瞥见湛澈穿蓝紫天鹅丝绒晚礼服，系着金色领结，蓄着胡茬儿。

没有任何一丝我担忧的沧桑、颓废、沮丧，或者一蹶不振。

他仍是他。任凭世人如何争议、辱骂，他仍是那般与世无争，凡事与我无关高高挂起的气定神闲。

节目即将开始，选手们已在后台准备，只等逐个展示各自准备的特长，播放节目组亲赴选手家乡录制的 VCR，再煽动现场观众投票和嘉宾投票，便可产生今日的冠亚季军。

似乎并没有什么特别。似乎他也没有发现我。我的位置那么靠前，我曾担忧不小心目光相遇会是什么样的慌乱和不安，心咚咚加速跳个不停。担心其实是多余的。并没有这样的机会。

他并不愿看到我，即便发现也会假装看不见。我偷偷瞥过去的时候，他不是目不斜视，就是在严肃点评或与主持人互动，或者是低头在积分卡上写写画画。每个动作都是身处工作中心无旁骛的状态。

呵，为什么，我还不死心？

彻底没有任何利用价值的我。

濮如心，不要哭。

没关系的。

你不会没有人爱。

他不爱你，是他的损失。

你很好，你有很多值得爱的地方，只是他不知道。

不是你的错。

也许，也许，那个人还在来的路上。

濮如心，如果实在忍不住，也不要在这里哭。

你，你真的很好。

我仰着头，希望眼泪可以迅速蒸发掉，不要不争气地流下来。

噙着泪，选手陆续上场，我渐渐止住悲伤，变得安静。

整晚，最异常的，其实是洪一响。

点评选手时他的情绪变化极大，凡是湛澈夸奖的，他一律否决。凡是湛澈认为有问题，欠缺创意和新意的，他一律支持，赞不绝口。

边杰我行我素，似场外人，才不管那边发生了什么，他只看到他愿意看到的东西，点评也保持了他一贯专业、冷僻，却并不讨好现场观众的作风。

周嘉嘉之前只负责貌美，此刻夹在湛澈和洪一响中间，充当起和事佬，两头劝，看上去都不得罪，观点自然是向着湛澈的。有几次她伸出手，轻拍湛澈后背，似在安慰，似在支持。时而两人侧头私语，湛澈木着脸摇头，两人交情可见一斑。

“好一个红颜知己呀。”如意的身体向后靠，用确定我听得到的声音怪里怪气地说。

我装作没听见。

第一位选手是替补李蕊入围五强的口技帅，可圈可点。特长是口技，但凡世界上有的，没有他学不了的：名人的声音，虫鸟走兽声、风声雨声雷声……人送“国宝金嗓子”，任何声音都学得惟妙惟肖。本职工作是某航空公司的机长，其实他相貌平平，可化了妆穿上机长制服，不知迷倒多少制服控，圈粉能力了得。

第二位是范小晨，那个能言善辩，几乎可以颠倒黑白的辩论家。此刻听到主持人念他的名字，作为自如意后我唯一期待的选手，不由得一阵激动。

舞台中央的灯光闪烁了又暗下来，一阵窸窸窣窣的声音后，全场灯光全数熄灭，如陷入漆黑不见五指的深夜，众人惊呼着，却见头顶上方的成千上万个水滴形蓝色小霓虹灯陆续亮起，微弱的光若有若无，勉强看清身处的位置。

接着，大屏幕突然出现一位坐在轮椅上的银发老人，现场的观众，包括我都以为是节目提前录的VCR，以突出节目效果，并未察觉出有什么意外，大家屏息静坐。

那老人脸上的皱纹一层赛过一层，上半身，手、头、脸、眼皮……僵硬且晃动个不停，似得了老年痴呆症，无法自控。

她是范小晨的母亲？奶奶？

范小晨那么阳光、向上、自信，从未想过他的家人第一次在公共场合亮相，居然是位病入膏肓的老人。

观众席和媒体席骚动不安。

洪一响却面色大变，站起来拍着桌子，看上去又意外又震惊。

坐在边上的边杰愣了片刻，拽拽他的袖子，指指座位，小声提醒着。

洪一响却转向湛澈，双眼颓败如死灰。

所有灯光尽数熄灭。

无尽的黑暗。

大屏幕里那银发老人开口，虽然看上去行动迟缓，说话的同时头颤颤悠悠晃个不停，声音沙哑、迟疑，吐字却很清晰。

“我的名字，是吴招娣。今天，想揭发洪一响，也就是这个在你们面前道貌岸然的，化名为水横流的人的真实面目。”她说这话时，目光空洞，眼睛紧闭，似乎睡着。

吴招娣！

——当年卷了很多家具厂的钱逃跑，害得洪一响远走他乡、湛澈家破人忙的寡妇吴招娣？

“多年前，洪一响跟人赌钱，输了一百多万，甜言蜜语哄骗我，骗了几个厂合伙人的钱跟他私奔。躲躲藏藏，一路历尽千辛万苦到了美国。”

一阵止不住的持续咳嗽后，老人轻拍胸口，继续说道：“异国他乡的日子很是艰难，他哄我花高价跟当地人假结婚拿绿卡。慢慢地，我们在洛杉矶开了家中餐馆勉强为生，第二年女儿出生。虽然有点智障，但很可爱，胖嘟嘟的脚指头像白嫩的莲藕，他却十分嫌弃，甚至不愿意看那孩子一眼。”

——所有的答案呼之欲出了吗？

“女儿三岁生日那天，他叫保姆休假，自己开车带那孩子出去，直接撞上防护栏……直到葬礼，警察也没查出什么，以车祸草草结案。可我不甘心，背着他调街头的摄像头，总算查出些端倪。跟他对质时，他慌得跪下求我原谅。我限他三天内自首，没想到他居然想要我的命，炸了半个中餐馆，警察只查出液化气罐爆炸，死了两个厨师和五位客人，我却命大，只没了两条腿，人半死不活的，悲愤中我只好假装脑袋被炸出毛病，偶尔清醒，偶尔糊涂，这才侥幸活下来。”

老人说的这段话，分几次录制，看得出录制过程中停停录录，录录停停。其间有人接听电话，来回走动。而她似因精神太差，不能持续讲那么多的话。

“他带我在街头卖自制的木制品为生，因我残疾，很是被人同情。后来被当地一名绅士 William 看中，那老人很喜欢他，请他做了庄园管家，更允许我住在保姆房方便照顾。一晃十几年，大晓得他给那位好心的老人灌了什么迷魂汤，临终前居然将所有遗产一半给了公益机构，一半留给他……我曾提醒老人他并不如大家看到的那么诚实厚道，可老人只是一笑置之。”

这故事，和洪喜讲给我听的，颇有些出入。

老人似乎有点困，有人递给她一杯咖啡，她摆摆手，半眯着眼睛：“也许是后来我终日沉默寡言，看我可怜，那老人给他遗产的附加条件是，除日常开销外，由理财管家打理。不管出于任何原因的大额投资、支出，必须我们两个联合签名，且与理财管家视频确保无误后，才能生效，否则全部改捐公益组织。”

导师席传来一阵清脆的巴掌声。接着是洪一响的怒吼：“工作人员，听这个疯婆娘胡说八道些什么，把 VCR 给我关了，这可是现场直播！”

灯光仍旧没有亮。

黑暗中只依稀看到有很多人影走动，接着听到谁的闷哼声，像是被人强行捂住嘴巴按在座位上动弹不得，声音在喉咙里游走，呜呜咽咽的，没人能听清在说些什么。

“各位观众，临时出了一些意外情况，请大家离开录制现场，今天……”

话筒的声音也很快被切断，淹没在无声的黑暗中。

有人快步奔跑，有人倒地，有人怒吼，有人在摔东西……

可大屏幕里，老人的声音仍在继续——

“我为了保命，只得配合他的各种签字。若非湛澈找人扮成保姆混入家中救我出来，可怜我现在还会被软禁在常年不见阳光的地下室。洪一响，这个无恶不作的恶棍，如今把自己塑造成了一个慈善家的形象，我来这里就是要问问——”

吴招娣手捂胸口，大力地咳嗽，那咳嗽声撕心裂肺，好一阵才停下。

“我当年骗了人家的钱，罪大恶极，害得无数人倾家荡产，千刀万剐也没什么说的。可是洪一响，你扪心自问，你的双手沾了多少人的血？你还记得当年被你我骗了巨款、双双服毒自尽的袁氏两口子——袁小飞的爹妈吗？当然，袁小飞现在改名叫湛澈了，你每天和他录节目，你真录得下去吗？你还记得被你亲手害死的女儿吗？突发心脏病的黄金抢救时间是发作起四到六分钟，那善良的老人家 William 病发时为什么没有一个人在场？保姆说是你要大家外出采购，搞了什么鬼，你心里清楚。你以为把钱骗到手，逃脱法律的制裁，把自己洗白了，就可以欢欢喜喜认你的儿子洪喜了？就可以给你们老洪家光宗耀祖了？当年对我用尽甜言蜜语、抛妻弃子的你，现在倒想来认亲了？”

死亡般的沉寂后，那声音格外刺耳、尖利——

“我就不信，你老婆和你儿子的眼睛，跟你一样，都是瞎的。”

5 ///

演播大厅的灯光大亮时，导师席舞台上的幕布紧闭，纵然遮住了处在风口浪尖的导师们，却遮不住这桩堪称全国，不，也许是全球最大闹剧的真人秀节目丑闻。

那一脸尴尬的主持人，十分敬业地站在屏风外，戴着耳麦与我不知道的哪位导播或者领导低语着。

再大的闹剧和丑闻，总要收场。

“现场的观众朋友、记者朋友、各位嘉宾领导们，很抱歉今天发生一些意外……节目暂时先进行到这里，请大家有序退场，谢谢您的合作。媒体朋友，也请多多包涵和配合。事出有因，调查清楚后，我们定会给大家一个交代。拜托拜托。”

前后门出口开始涌进大量保安，在主持人多次抱拳、作揖，几乎快哭出来的恳求下，媒体簇拥着，却敌不过围成人墙的保安，敌退我进、敌进我退，反反复复，终于慢慢占了弱势地位，陆陆续续退到外面。

混乱中，如意拉我的手：“姐，走了。”

“去哪儿？”

“跟我走，别说话。”

洪喜呆坐在座位上，面如死灰。

角落里的洪姨遥遥望着洪喜，面色平静。

这对母子应该是此时才发现对方，却谁都没有动。

我挣脱如意的手：“还我手机。”

“放心，洪姨没事，她从头到尾都很平静。”她将手机还给我，低声说，“洪姨对我很好，我不可能害她。之前怕有什么闪失，让我的医生朋友一直陪她来着。”

“你闹得也太大了，简直胡闹。这怎么收场？”

“她……”如意低头不知翻着谁的微信，“洪姨有权利知道真相。这么多年，她也应该知道真相。”

她总有她的道理。

我懒得跟她废话，演播大厅陆陆续续清场完毕，只剩一些工作人员来回走动，做最后的清理。我慢慢蹭到洪喜身边，提醒他：“洪喜，先去看洪姨。”

他反应过来：“谁把我妈接来的？”

如意当然没有听到这句话。

她已经和小少会合，这两人着实厚脸皮，一副“我什么都不知道”的样子晃来晃去，间或帮助工作人员清场。不知道小少和其中一个像是领导的男人说了些什么，那人叹口气，望望我们，又望望闭合的幕布后，也许麻烦太大，善后的事情有太多，带着愤怒尴尬，摇摇头又点点头，掏出手机往外走。

经过我们身边时，那男人眉头紧锁，对着电话的那一头似在和大领导对话：“您听我解释，我到现在都还……本来我们延时二十秒，但是不知道出了什么情况……电视机前的观众收看的应该有六秒左右，后面及时切断。所以主要是现场观众和记者……是是是，我有不可推卸的责任，重大事故。广电总局那边可能需要您……我一定……”

我陪洪喜走到洪姨身边。

洪喜蹲下来，低低叫了声：“妈。”

他抚着洪姨的左胸口：“心慌吗？胸闷不闷？有没有哪里疼？呼吸畅不畅？带药了吗，先吃一颗。”

洪姨按住他翻口袋的手，声音是抖的：“我没事，刚吃过一颗。”

“妈，发生什么事情，对我来说，都不如您的身体重要。您……”

洪姨打断他的话，只是说：“我们，回家。”

“好。”

洪喜懂事地站起来，没再继续追问，扶着洪姨，母子俩默默往外走。

适才闭合的幕布在此时徐徐拉开，小少和如意站在最边上，湛澈、洪一响、周嘉嘉，连边杰都在，一个也不少。

他们居然都没走。

最愤怒的是边杰，喘着气，胸脯起起伏伏的：“我不懂你们有什么私人恩怨，但闹到节目中，还是直播节目，就是你们对观众、对职业生涯，乃至对你们人格的最大亵渎！因为你们，电视台不知道多少人要被处罚，甚至是撤职、开除！平时你们小打小闹，我睁只眼闭只眼，也就忍了。可是今天你们自己看看，像什么话！做人不能一点底线都没有。别忘记，你们是公众人物。”

他拂袖离去。

小少怯怯地站在湛澈旁边，面有惭色，但眉目间，是得意的。

没有他的里应外合，如意再折腾能闹出什么大风浪？

湛澈低头坐在舞台上金光闪闪的导师椅上，眼睛微眨，手指轻敲桌面，节奏缓慢，一下，两下，三下。

周嘉嘉站在他身后，这明晃晃的女人双手抓着他的肩膀，像热恋中的恋人对世人宣示着共进退，拍拍他的肩膀，再拍拍。见到我们，冲如意点点头。

湛澈旁边周嘉嘉的导师椅座位湿了大半，另一侧水横流的桌子上倒着一瓶开盖的矿泉水瓶，瓶中已空，还在滴答滴答地往下滴着水。地上静静地躺着一枚精致的白色耳麦。

而水横流伏在桌上，将自己埋在臂肘中。

适才热闹非凡的演播大厅，只剩下我们这些人。

死一般的寂静。

洪姨的目光死死盯着水横流不见五官的身影，眼泪忍了又忍，像是老了十岁。岁月在她脸上刻下的皱纹亦翻倍，原来跳广场舞几个小时都红光满面的她，气色尽失。

她哆嗦着抓紧洪喜的胳膊，手一直在抖，身体摇摇晃晃的，几乎整个人靠在洪喜身上。

“送我回家。”她说。

“如果洪阿姨身体还能挺住的话，”小少笑嘻嘻的，“不妨听完了再走，难得大家都在，这样的机会，不是每天都有。”

“小少！”湛澈喝了一声，看看洪姨，沉声道，“还没玩够？送洪姨去医院。”

小少嘟囔着：“我……”

“洪阿姨身体不太好，去吧。”

“不必了。”洪喜瞥了一眼湛澈，“这是我的家事，不劳烦您了。想必湛……不，想必袁小飞先生，”他刻意叫了湛澈之前的姓名，“也是极忙的。”他扶着洪姨在前面走，我亦步亦趋地跟着。

“离开也好。”身后的小少似极为不甘心，“走了就不必看后面的戏了。水总，现在的局面您满意吗？要说这事，主要赖您，”他漫不经心地拨弄着打了啫喱的头发，“您要是昨天听湛老师的话多好，开开心心回美国。不必闹得世人皆知，不必接受法律制裁，妻儿也不会知道您多年来隐藏的真面目。对，还有那么多遗产，随便花。现在呢？就算节目直播被掐，可现场这么多的媒体记者，完蛋了，我的天哪，自媒体时代，好想知道他们在微博、微信、QQ 空间发了什么内容呢。”

如意跟他一唱一和：“是呀，人家也好期待呢。”

这两个闹得天翻地覆的混世魔王。

“要不是我们湛老师看到如心姐抱着洪喜哭，动了恻隐之心，今天的事情本来可以避免。您离开荔城，所有的事情一笔勾销，多好。可是呢，有句话说得好——天作孽，犹可违；自作孽，不可逭。没想到您不但毫不退让，反而颠倒黑白，想利用舆论的力量，彻底搞死湛老师。如若不是您把我们逼到墙角，我哪会冒这么大的风险把 VCR 放出来？”

如意接道："对，所有这一切，洪叔叔，怨不得别人呀，都是您咎由自取。"

湛澈，湛澈看到我抱着洪喜哭？

在哪里？

我心一酸，无法自控地转过头，正瞥见抬头的水横流脖子上毕现的青筋："一笔勾销？哈哈哈哈哈哈，Noah 会有这份好心？我不过输在没看好吴招娣。早知道你是袁家的儿子，我就不应该在当年发了善心肇事逃逸，应该再狠一些。"

他咬牙切齿道："我就应该冲着你，多碾压几遍，对，反正你爸妈也是因我而死，我也不怕再弄死你。"他的双手做扶方向盘状，左右旋转。"撞死你撞死你！"边说边狞笑着往湛澈身上扑。

小少最先反应过来，挡在湛澈前面，死死拉住水横流："我看你是疯了。保安，保安！"

"小少，"湛澈开口，"放开他。"

"可是……"

"没事。"

小少不情不愿地松开手，但仍站在湛澈旁边，他和周嘉嘉，两人默契地站在湛澈身边，像是两个守护神，严阵以待。

"从很多年前我和姨妈偶然在 William 的庄园见到你和吴招娣，虽然不确定，可我知道，那就是你。很多年，做梦我都在想着，用什么样的方式可以让你万劫不复，什么样的方式可以让你尝到比我承受的要多出千万倍千万倍的痛苦？是，每次见到你我都恨不得拿刀捅了你，让你死上千次上万次，都便宜了你。"

我低着头，想控制住不断夺眶而出的眼泪，却是徒劳。越是想忍，眼泪越是决堤，连带着鼻涕流出来，抽抽噎噎的，肩膀也跟着耸。

那晚，他说："只有报复在洪喜身上，你洪叔叔，这里，才会最疼。"

——"你说你一向都重色轻友，有冲突，当然会把我排在第一位，这个不用怀疑。我这个人别的不好，只有记忆力最好。怎么，今天你不但不重色轻友，还认了叔叔，认了朋友？”

杀父杀母的不共戴天之仇下，原来，为了我，他是想过退步的。

可是，我却问他，你是为了报复洪喜，才和我在一起的吗？

你，爱过我吗？

——你，爱过，我吗？

……

“今天似乎，实现了。再没有别的方式让你更痛苦了吧？我想应该是的，但，为什么？”我察觉到他的目光落在我身上，是的，即便没有勇气抬头，可我就是知道，他的目光带着力量，我知道。

“为什么我却一点都高兴不起来呢。洪喜、洪阿姨，很抱歉，我……”他哽咽着，控制再控制，“今天，所有的损失和责任，由我，一人承担，与其他人无关。那就这样吧。”

他的声音很缥缈，似乎说话的人，自己也很困惑，像自言自语，又像是说给所有人听，但并不需要任何人回应。

如意把我推到他面前，几乎快要贴到一起，挤眉弄眼的，试图让我说些什么。

我抓着他衣襟的一角，结结巴巴的，连头也没有勇气抬，“如意说，你曾经为了我，想过，想过让步，抱歉，是我错怪……”

“如心，没有的，”清冷的声音在耳旁响起，他抓住我的手，挣脱开他的衣襟，又慢慢松开，“……你说的没错，如心。我……我从来没有爱过你，从头到尾，我都是为了报复。”他刻意加重了语气，“如、你、所、见，只是为了报复。”

不懂浪漫的男朋友

第十二章

“桃花帘外东风软，
桃花帘内晨妆懒。
帘外桃花帘内人，
人与桃花隔不远。”

阳春四月百花开。

如意强拉着我们全家去郊游。

我爸一向喜静，家里但凡有什么集体活动，他从来都是雷打不动地宅在家里，这次却极其主动地帮着张罗，爬行垫、帐篷、小毛毯、水果、各种零食，还专门去药店买了大号的电子智能提醒定时药盒、血压计……大包小包的像是要搬家。

我本没心情，茶餐厅忙得不像话，阿盘几乎每天都在面试招人，手脚勤快、细心的人很难找，现在的年轻人，失恋了，下雨了，堵车了，早上出门被妈妈骂了，昨夜玩游戏玩得不爽了……都可以成为他们的辞职理由，调休、放假、涨薪都留不住。

奈何如意不肯，她和小少一唱一和，什么你不要扫兴啊，又打亲情牌，趁着爸妈身体好，几乎是强拉着我上了车。

正是一年里最好的季节。天是淡淡的水洗蓝，薄且白的大片云朵，被风吹得丝丝缕缕，阳光极明媚，风也不刺骨，衬衫外裹件风衣便很舒服。叫得出和叫不出名字的野菜、野草、野花，寂寞了一整个冬天，早攒足劲儿争相露面。我折了枝迎春花递给许一芬。她喜滋滋地接过，手指摩挲着糙糙的树枝，没头没脑地说了一句："小齐喜欢。"

每年的春天，我都会摘些迎春花撒在小齐白色蕾丝花边的小被子上，洋洋洒洒飘落得满地金灿灿，以及小齐的微笑，是每个春天我最期盼的事。

哦，还有那种如珍珠般大小的土樱桃树结的果子，比硕大的车厘子味道要好上几百倍。圆圆的核裹着一层或红或黄或乳白的皮，酸酸甜甜，随便折上那么一枝，枝枝挂满圆润的果子，一颗一颗揪着直接坐树下吃。

天，整个世界的空虚都可以被填满。

许一芬的身体，各方面指标日趋回升，恢复速度惊人，连医生都难以置信。没想到她还记得小齐喜欢迎春花。

如意把大圣放在草地上，母子俩滚来滚去，头发上挂着草屑，没心没肺地大笑着。

小少在一边拍着手:“来，两个小宝贝，来叔叔这边。叔叔给吃糖，来！”

如意吼:“滚，你是谁叔叔？”

两个人追逐打闹着，倒也是空旷草地上一道难得的风景。

我爸说，倒是很久都没见到这么和谐的场面。

因“真人秀事件”电视台很多职工受到降职和开除处理，听说湛澈私下补了很多钱，又四处帮大家找工作。他委托小少解决所有事情后，便彻底消失，半年多的时间，无人知道他去了哪里。

他自然不肯联系我，我自知无颜见他。大家也都商量好了似的对这件事只字不提。

不，确切来说，应该是在我面前才只字不提。

于是我便仗着这份“在我面前无人敢问”，装出无所谓的样子，没心没肺地度过这一天又一天，把所有生命和热情全部投入到我的茶餐厅中。

我曾经找来别的布料做了个新的小齐，可惜，抱在怀里，再没有彼时的感觉。

或者我早没有了那样的心境。

或者，我已经戒掉了小齐。

谁知道呢。

不过，我倒是知道点别的，比如说，大家都是成熟的成年人。

而所谓成熟，便是当对方做出这种选择，即便你有着再多的疑惑和不甘，也要学着保持沉默。

吴招娣在真人秀决赛的隔天逝世。

节目随后匆匆收尾，娱乐圈热热闹闹炒了一天，周嘉嘉突然自爆已婚并怀孕三月，成功转移了公众的视线，什么都敌不过时间，慢慢几乎没有人再谈起。

如意说，湛澈深知洪一响并不敢真正对我的茶餐厅做些什么，至少冲洪喜，他都不会做出什么过分的事。那时他正为节目的事情头疼，也就没有多过问，不料却让我对他心生隔阂。

我听了越发愧疚，是他高估了我对他的感情。

也许，错过彼此，对我们来说，更好一些吧。

时间不对。

人，人也不对。

总有更适合更配得上他的好妹纸的。

果然欺骗和委屈自己，比强迫别人相信，更容易一些。

毕竟，不用担心看自己的脸色。

洪喜陪同洪一响去美国自首回来后，便和洪姨搬到郊区的别墅，两个多小时的车程，几乎是这个城市离我们家最远的地方。

他仍然想继续洪一响之前与他共同策划的两大事业方向。但没有了洪叔叔，步伐慢了很多。

他说，没关系，顺其自然。

承受生命中所有需要承受的种种。

来什么，便是什么。

他缩小了先前设定的宏大规模，整天待在农场里。

他终于成了一个男人最应该成为的样子。

每天他都会和许一芬聊天或视频，农场里的蔬菜长得欢，油菜、冰菜、菠菜、叶甜菜、青蒜苗、茄子、黄瓜、樱桃萝卜……他穿着肥大的连体下水裤，脸上沾着泥巴，笑得极甜。

我们都很想念他。

一行人也不赶时间，边溜达边聊天，路过一家私人宅院时，如意说到了，晚上我们就在这里过夜。

“朋友的房子，不对外开放。我求了好久才让我们来的。”

那是一座五百多平方米的院子。

门前种了大片的桃树林，踩过原木搭就的小桥，桥下成群的金鱼游得正欢。

推开吱咛响着的大门，一栋三层的十分原生态的木屋映入眼帘。左右各两个步行台阶蜿蜒相通。长长的几乎可以容纳十几个人吃饭的木制餐桌下，两只肥肥的金毛侧卧，听到推门声，警觉地坐起来，竖着耳朵，接着便摇头尾巴晃地跑过来，蹭着如意的腿，十分热情。

这两只金毛几乎长得一模一样，全身都是漂亮的金黄色。不同的是一条右前腿有撮白毛，一条左前腿有撮白毛。

小少在一边叫:“如意，来这边。”

那条右腿有白毛的金毛竟喜气洋洋地颠跑到小少旁边，半只狗跳到他身上，两只肉爪搭在他的肩头，大舌头直奔他的脸舔去，他也不躲，相反还有点沾沾自喜:“哎呀，如意，你可真热情，不枉我对你的一片真心。”

……这狗的名字，叫如意?

跟如意和小少这么熟?

我狐疑地打量着这座院子，怎么从未听她说起，况且，敢给狗起这样的名字，以她的性子，居然肯依?

我爸宠溺地看着站在桃花树下的许一芬，风吹落满地粉红，桃花瓣雨飘飘洒洒落在她的头发、肩上，煞是好看。

年轻时的许一芬，也曾是曼妙的美少女，我家中便有一张她少女时代的照片，像是自童话森林中走来，身着纯白连衣裙的她手捧花束，阳光穿过林间树叶闪闪烁烁的露珠照在她如瀑布般的长发上，眼神清澈似仙子，真是甜美动人。

“桃花帘外东风软，桃花帘内晨妆懒。帘外桃花帘内人，人与桃花隔不远。”

我看得痴痴的，不敢打扰这对夫妻，于是慢悠悠踱着步子，一间间屋子参观。越往里走越是生疑，十分好奇主人到底是谁。

待到正厅旁边的主卧，又犹豫，因主人不在，贸然进去未免有失礼貌，偏那屋子房门大开，从我的角度看，斑斑驳驳的做旧实木收纳柜上，一个与小齐颇像的公仔赫然映入眼帘，四下打量无人，心一横，偷偷溜进去。

不是像，而是真真实实的我原本的小齐。

同等大小，有着同样的圆脑袋、笨拙的小手与小脚。细长的辫子甩到前胸，眯着的双眼和微抿的嘴，材质、泛黄新旧程度，一模一样。不是被他彻底剪掉了吗？

难道……

覆水难收，他却有回天之术，生生把之前粉碎的小齐补了回来？

怎么可能？而且，看上去没有任何缝补针线的线脚啊。

心脏怦怦怦跳个不停，此小齐正坐在金灿灿的公主椅上，旁边放了十几套似乎为它量身定做的衣服。公主裙、制服、睡衣、晚礼服、家居服……一个圆形的接近盆的木质盘摆满了油桃、葡萄、苹果、草莓、樱桃、酸杏。

想要上前摸摸它，手却不可自控地抖个不停，像是挨到，便会从高空跌落至现实，如果是梦，久一些也好啊。

我正一动不敢动之际，二楼阳台的窗户突然大开，本来声音并不大，但两只金毛听见，同时冲着那个方向叫了两声。

“汪汪！”

是那种欢喜地撒着娇，唯有对主人才会发出的叫声。

我按捺不住狂跳的心脏，回过头，一个瘦削的，身形十分单薄的男人正缓缓走下楼梯，柔和的亚麻色头发，如古天乐般铜色的皮肤，眼睛微眨。

那左腿有白毛的金毛已经狂奔着极为熟练地上了楼梯，一通“汪汪汪”的叫声后，两只肥爪搭在那人的双肩，脑袋拱啊拱的，流着口水的狗嘴里，仍是撒娇的叫声。

“如心，别闹。”男人宠溺地摸着狗头，看得出，心情是愉悦的。

“小……小齐，你不是毁掉了吗？”

“哦，”他高冷地摇摇头，“毁掉的那个，是高仿。”

我：“……”

他特意做个高仿的，来刺激我？

我又气又喜，这么久没见面，却没头没尾地说了句，“小齐，还没有，文武大臣。”

他愣了好一会儿，终于抬头，那目光慢慢移动，路过我的头发、脸、腰间、裤脚和白色运动鞋，又缓缓爬升，盯住我的眼睛，“这么重要的大事，”他说，“关系到国计民生，我不是很会帮它选拔。”

强忍住如同那狗一样猛冲过去的冲动，忍着眼泪，我说：“我虽然没有别的优点，刚好……”

他抢过我的话：“刚好唯独这方面，你最擅长。”

我爸突然闯进来，左手抓了根不知从哪里找来的磨得光溜溜的桃木棍，气势汹汹的：“湛澈，果然是你。我问你！两只狗，一只叫如意，一只叫如心，你什么意思？她们俩是狗，我是什么？”

我爸边说边扬起那桃木棍对着他的腿便是一顿抽，他惊得连连跳起：“叔叔，您您您……听我解释。”第一次见到他如此慌乱的样子，我幸灾乐祸地看着，对啊，我爸不说，倒是忘记这事。

那狗，他居然敢起名字叫如心？

“主，主要是，那个，那个，我，我我……如心，帮帮我啦。就算看在小齐的面子上……”

看到主人被欺负，“如心”急了，咬着我爸的裤脚使劲往外拖。

还看在小齐的面子上……

我想，哼。

如心，如我，自然是不急的。

运动运动，才不辜负这大好的阳光这大好的天儿。

相信小齐也这么认为。

丢下他们二人，我独自走到后面的庭院，两个穿着西服的男士，此刻正背对着我，沿着最外侧的小路向深处走。

较年轻的那个，四下打量一番，偷偷问："王哥，我今天第一天上班，要是问多了，您可别怪我。"

被称作"王哥"的摆摆手："大武，咱俩谁跟谁，你还跟我客气？啥事，你只管说。"

"咱们老板身为一个大男人，却偏偏开了'家务整理收纳公司'，我也就不说什么了，各有各的爱好嘛。可是，那个房间，"叫大武的朝自己身后一指，"摆着一个奇怪的娃娃和各种衣服，是给谁备着的？难不成，袁先生，有私生女？"

"嗨，哪儿来的私生女啊，你想多了。我听说，是他女朋友的。当初两人因为误会分开，一直没和好。"

"那这娃娃？"

"听说那女朋友很喜欢，于是就……"

"嗨，要我说，袁先生太专情了，"大武走得慢了几步，此刻加快步伐紧跟上去，"既然已经分手了，凭他的条件，什么样的找不到？"

王哥凑到大武的耳旁，压低了声音："听说……"

我紧张得僵直了身体，大气也不敢出。

"我听人家讲，袁先生一直想着她，还认为两人并未分手。他相信，她总会回来找他的。"

后记

我总是等着你的

哈哈哈哈哈哈哈哈哈哈！

终于到了写后记的时间，作为一个两年没有出版新书的作者（众人：并没有什么值得骄傲的！你还知道这件事啊！），作为一个曾经把“快”当成是美德，却在而立之年发觉“慢”有慢的好处并越来越享受“慢”的作者，作为一个有文字洁癖将这部长篇小说改了三遍、十遍，乃至几十遍的作者，请允许我先大笑几声。

再随便拉个人抱头痛哭一会儿……

呜呜呜呜呜呜呜呜呜呜！

不要担心，这个作者的神经并没有出现问题，她只是有些悲喜交加。

悲的是，终于彻底完稿，可以顺利出版与大家正式见面了，太不容易了……喜的是，终于彻底完稿，可以顺利出版与大家正式见面了，太不容易了……

擦干眼泪，说正事。

确实不是有心拖稿，在看到太多的微博留言问我，什么时候出新书时，我曾认真地跟大家解释。

这是我第一次全身心享受慢写作的过程，就像走走停停，会遇见不同的路人和风景般，原来写写停停，那些深深潜藏在脑子里的人物、线索、思路、情节……会慢慢探出头，羞羞答答肯主动牵住我的手，来，这才是我们的故事。

请把它们写下来呀。

不论多慢多晚，我们总是等着你的。

是以主人公的职业、爱好、性格、言谈举止，故事的起因、发展、经过、爆发……在充裕的时间里，终于发酵且相遇。

所以，看到这次我写了这样一个完全不一样的故事，是不是有些意外呢？

所以，现在相信，我每天除了吃水果、看书，是真的也在认真码字了吧。

谢谢大家一直没有忘记我，像故事中的人物一样，耐心地等着我。

书中主人公母亲许一芬的病毒性急性脑膜炎，关于此病的认识和病情发展、治疗过程，来自我的朋友粲然父亲的亲身经历，而在那样一段痛苦不堪的康复过程中，粲然积极面对困难的态度和乐观的性格，让我十分受触动，也希望可以普及关于此病的信息，多做防范。

感谢好闺蜜玄色和好闺蜜兼经纪人刘瑞雪给予的莫大支持。

感谢王云女士和好朋友十四阙在图书出版前对本书提出的宝贵意见。

感谢所有等待的读者，以及正在看书的你们。

希望这本书没有辜负你们的等待和期望。

还是那句话：

希望这本书至少有一句话，可以让你大笑或反思。

这样，我就很开心了，如吃黄桃罐头一样，像是得到了整个世界。

握下所有看我书的诸位读者的小手手。

么么哒。

小懒

于 2016 年 6 月 22 日